बुनियाद-III

मनोहर श्याम जोशी

सम्पादक

भूपेन्द्र अबोध

वाणी प्रकाशन

वाणी प्रकाशन

4695, 21-ए, दरियागंज, नयी दिल्ली 110 002

शाखा

अशोक राजपथ, पटना 800 004

फ़ोन : +91 11 23273167 फ़ैक्स : +91 11 23275710

www.vaniprakashan.in
vaniprakashan@gmail.com
sales@vaniprakashan.in

BUNIYAD-III
by Manohar Shyam Joshi
Edited by Bhoopendra Abodh

ISBN : 978-93-5000-957-4
Novel

संस्करण 2012
आवृत्ति 2018

मूल्य : ₹ 495

एम.एस. प्रिंटर्स, दिल्ली-110 093 में मुद्रित

वाणी प्रकाशन का लोगो मक़बूल फ़िदा हुसेन की कूची से

सेनगुप्ता की बड़ी तस्वीर पर चंदन की माला। आगे धूप जल रही है। रोशन उसके सामने गुलाब की कली रखता है। जेब से नोटबुक निकालकर देखता है और निवेदिता की आहट सुनकर आंखें मूंदता है और तस्वीर को हाथ जोड़कर कहता है : हे महाजीबाने! हे महामरोन! लोई नो शरन। लोई नो शरन।

रोशन आंखें खोलता है मगर निवेदिता की ओर नहीं देखता। उसकी आंखें छलछला आयी हैं। गहरी सांस छोड़ता है : आखिर में बस एक माला टंगी हुई तस्वीर की भी कद्र तभी तक जब तक उसे माला पहनाने की जरूरत समझने वाले बन्दे की तस्वीर आप माला की मुंहताज ना हो जाए।

निवेदिता : मिस्टर रोशनलाल।

रोशन : नमस्ते निवेदिताजी।

निवेदिता : नमस्ते।

रोशन : मेरी चिट्ठी मिली होनी है आपको?

निवेदिता : हां, सान्त्वना के लिए आभारी हूँ।

रोशन : मैं तो उस दिन खुद हाजिर होना चाहता था लेकिन...।

निवेदिता : किसी ने रोक दिया?

रोशन : मेरी गिल्टी फीलिंग है।

निवेदिता : माने?

रोशन : मैंने सोचा कि आप मेरी सूरत तक नहीं देखना चाहोगी।

निवेदिता : क्यों भला?

रोशन : अपने बाबा की मृत्यु के बाद आप उनकी मृत्यु के कारण से मिलतीं तो आपका शोक निश्चय ही बढ़ जाता।

निवेदिता : आपको किसने कहा कि मैं आपको बाबा की मृत्यु का कारण मानती हूँ।

निवेदिता : उस तरह से तो उनकी मृत्यु का कारण मैं रही।

रोशन : मेरे को पता है। मेरे को यहां नहीं आना चाहिए था, लेकिन मेरे से रहा नहीं गया। मैं जानता हूँ। जानता हूँ, मेरे आने का गलत मतलब लग सकता है, मगर यहां न आना ओर आपसे माफी न मांगना तो और भी गलत होता। मैं भीतर-ही-भीतर तड़पता रहता।

अपनी बात कह के रोशन रुकता है और निवेदिता के चेहरे को टटोलता है। वहां कुछ भी नहीं पाकर खिसियाता तथा मुस्कुराता है और कहना जारी रखता है : लो मैं फिर खुदगर्जी जैसी बात करने लग पड़ा। अपनी तड़प याद है, आपकी भूल जा रहा हूँ। बाप का साया उठ जाना तो वैसे ही बहुत तकलीफदेह होता है। और आपकी

तकलीफ तो इस करके और बढ़ गई होनी है कि आपने मेरे जैसे नीचे इंसान की खातिर अपने बाबा को आखिरी दिनों में बेसहारा छोड़ दिया।

निवेदिता : मेरी तकलीफ को अपनी तकलीफ मत बनाइए मिस्टर रोशनलाल।

रोशन : आपकी कोई भी चीज मेरे वास्ते पराई नहीं हो सकती निवेदिता जी। मेरे को अफसोस यही है कि मैंने आपके बाबा को पराया समझने की भूल की। सेनगुप्ता साहब ने मेरे वास्ते इतना कुछ किया और मैंने...

निवेदिता : बाबा ने ऐसा कुछ खास तो किया नहीं आपके लिए?

रोशन : किया। पहले सहारा देकर सम्हाला। फिर बेसहारा करके अपने पांवों खड़ा होना सीखने पर मजबूर किया। आज मेरा जो भी छोटा-मोटा कारोबार है, उनकी ही बदौलत है। जिसने मुझे नई जिन्दगी बख्शी, मैं उसकी मौत का सबब बना।

तस्वीर के आगे जाकर रोशन खड़ा हो जाता है। निवेदिता आती हैः आपसे वही कहती हूँ जो डाक्टर मोशाय ने मुझसे कहा। बाबा को आपने नहीं, शराब ने मारा।

रोशन : इंसान शराब गम गलत करने वास्ते पीता है। और सेनगुप्ता साहब को सबसे ज्यादा गम मैंने पहुंचाया। उनके वास्ते दुनिया में आप ही सब कुछ थे निवेदिता जी। मैंने आपको उनसे अलग कर दिया।

निवेदिता : मैंने जो कुछ किया अपनी जिम्मेदारी पर किया।

रोशन : आपने मेरी खातिर किया। और मेरी नीचता की हद ये हो गई कि जब आप घर छोड़ आए तो मैं आपको सहारा देने के लिए आगे नही बढ़ा।

निवेदिता : मेरी ही भलाई के लिए तो।

रोशन : लेकिन मैं आपको कहां यकीन दिला पाया कि बात आपकी भलाई के लिए की जा रही है। दिला पाता तो आप फौरन अपने बाबा के पास लौट जाते।

निवेदिता : आपने तो बहुत समझाया। मैं ही नासमझ निकली।

रोशन : असल में आप मुझ पर यकीन किस तरह करतीं? अगर मैं यकीन करने लायक आदमी होता तो ये ट्रेजडी होती ही क्यों?

निवेदिता : अब इन बातों को भूल जाइए, प्लीज।

रोशन : निवेदिता जी आपका इंतजार करते हुए मैं इस कमरे में खड़ा हुआ इस तस्वीर के आगे हाथ जोड़े हुए, आपके बाबा से माफी मांगता रहा। पता नहीं उन्होंने माफ किया कि नहीं, लेकिन आप तो कर दीजिए। निवेदिता जी, खौमा कोरेन।

निवेदिता : अपनी गलती के लिए आपको कसूरवार मानती तब माफी देने का प्रश्न उठता रोशनलाल। बल्कि मैं तुरन्त बाबा के पास नहीं लौटी तो इसीलिए कि मेरी यही मान्यता थी कि जो कुछ मैंने किया, उचित किया।

रोशन : तो अपने बाबा की ओर से माफ कर दो।

निवेदिता : बाबा सब को माफ कर गये अंत में। आपको भी।

सुनकर रोशन प्रसन्न होता है लेकिन अपनी प्रसन्नता को छिपाता है : जी ये उनकी महानता थी कि माफ कर गये। लेकिन मैंने अपने को कभी भी माफ नहीं करना है।

निवेदिता : उस सबको भूल जाइए।

रोशन की आंखों में आंसू भर आते है : इस बात को कैसे भूल जाऊं निवेदिता जी कि इस दुनिया में मैंने जिसे सबसे ज्यादा चाहा उसे ही सबसे ज्यादा तकलीफ पहुँचाई।

रुमाल से आँखें पोंछते हुए रोशन बाथरूम की ओर बढ़ता है। दरवाजे पर ठिठकता है और घूमता हुआ पूछता है : जरा मुंह धोना था। सेनगुप्ता साहब का बाथरूम इस्तेमाल कर सकता हूँ?

निवेदिता : (*अटककर धीमे से*) हां।

रोशन बाथरूम में घुसता है। बाथरूम पहुंचकर वाशबेसिन में मुंह धोता है, तौलिए से मुंह पोंछता है और आइने में अपने को देखता है। उसका चेहरा गंभीर दिखता है। वो थोड़ा-सा मुस्कुराता है। सामने पड़ा परफ्यूम उठाकर सूंघता है और गर्दन हिलाता है।

निवेदिता : मिस्टर रोशनलाल आपके लिए चाय बनवाऊं या कॉफी?

रोशन : जी कुछ नहीं। (*अपने से*) अभी कोई जल्दी नहीं है, बाद में इकट्ठे ही पीते रहने हैं। मैंने कहा लाला रोशनलाल कि जब होटलों वाली का बाथरूम इतना शानदार है तो महलों वाली का स्वर्ग ही होना है। स्वर्गवास के बारे में क्या आइडिया है?

आंगन के एक कोने में हौदी-सी है। इसे एक चारपाई तिरछी खड़ी करके ओट में रखा गया है। चारपाई पर अतिरिक्त पर्दे के लिए मैली-सी चादर लटकी है। इसके पीछे राजराजेश्वरी नहाकर कपड़े बदल चुकी है और गीले कपड़े निचोड़ रही है तभी धन्नो की गुस्सेवाली आवाज सुनायी देती है : एक तो मरी किराया नहीं देती, दूसरे घण्टों नहाकर पानी बर्बाद करती है। अरी ओ रज्जो, निकल बाहर।

राजराजेश्वरी : आ रही हूँ मौसी।

राजराजेश्वरी अपना सामान उठा के हड़बड़ी में चलती है और इस क्रम में आड़ के लिए रखी चारपाई गिर जाती है और बाल्टी का पानी भी। धन्नो की आवाज सुनाई

देती है : अब देखो, ये क्या कर दिया मरी ने। बाल्टी भर पानी बहा दिया बेफालतू में।

राजराजेश्वरी : मौसी इतनी कंजूसी तो मत कर। पानी को पानी की तरह बहने दिया कर अपने घर में।

धन्नो : अजी क्यों बहने दूं? आंगन में झाड़ू-पोचा कौन लगाएगा? तू...?

राजराजेश्वरी : मैं तो राजकुमारी हूँ मौसी। राजकुमारियां तो न पानी भरती हैं, ना पोचा लगाती हैं। तेरे डर के मारे मैं पानी भर लेती हूँ यही बहुत है।

धन्नो हौदी से पानी भरती है और जाने लगती है मगर फिर रास्ता रोककर खड़ी हो जाती है : अरे तू राजकुमारी है तो मैं वो हूँ, मलका विक्टोरिया। दो-चार राजकुमारियों की नौकरियों में क्या रह ली, अपने को राजकुमारी समझने लगी।

राजराजेश्वरी : मेरी प्रिंस से शादी होने दो फिर बताऊंगी।

धन्नो : अजी हो गई प्रिंस से शादी! मैं तो कहती हूँ बिसना से कर ले शादी। मोटी तनखाह पा रहा है बैंक में।

राजराजेश्वरी : तनखाह तो उसकी मरियल-सी है मौसी, खुद मोटा जरूर है। और मौसी, मुझे तनख्वाह पर ही गुजर करनी हो तो मैं फिर से किसी राजकुमारी की नौकरी ना ज्वॉयन कर लूं? कम-से-कम राजसी ठाठ देखने को तो मिलता है।

धन्नो : तो वही कर, और मेरी पाई-पाई चुका। मुझे भी महलों में रखने के सपने दिखाकर बेवकूफ बना रही है। तेरे आने से पहले कम-से-कम इस कमरे का किराया तो मिलता था।

राजराजेश्वरी : डेढ़ कमरे के किराये पर कब तक अपनी जिन्दगी काटेगी मौसी?

धन्नो : तू मेरी खास सहेली की बेटी है इसलिए बर्दाश्त करती रही अब तक। अब नहीं हो रहा है। किराया नहीं देती, उल्टे पैसे मांगती है। मेरा जेवर-कपड़ा पहन लेती है। मेरे नाम पर उधार कराती है।

राजराजेश्वरी : मौसी मैंने अपने को राजकुमारी और तुझे राजमाता बनाने का कारोबार शुरू किया है। इस करोबार में शक्ल, अक्ल, वक्त, मेहनत सब कुछ लगा रही हूँ। तू तो सिर्फ थोड़ा पैसा लगा दे। पच्चीस रुपये हों तो दे।

धन्नो : कहां से दूं? मेरे पास कोई खजाना है?

राजराजेश्वरी : मैंने सौ लाके दिए तो थे।

धन्नो : नब्बे तो तेरे किराये का ही बकाया था। दो सौ पैंतीस रुपये साढ़े छह आने तुझे और दे देने हैं।

राज राजेश्वरी अपने कमरे में चली जाती है : अच्छा, मैं अभी हिसाब कर देती हूँ।

धन्नो : मरी की बात सुनो। बच्ची मुझसे उधार मांग रही है और कहती है दो सौ पैंतीस का हिसाब चुकता कर देगी।

राजराजेश्वरी कमरे से निकलती है और एक अठन्नी लाके धन्नो को थमाती है : मौसी, ये अठन्नी सम्हाल। तेरे साढ़े छह आने सूद समेत वापस। अब रहे दो सौ पैंतीस, उसमें से दस वो काट। बाकी कितने बचे?

धन्नो : दो सौ पच्चीस। निकाल।

राजराजेश्वरी : नहीं मौसी, तू निकाल पच्चीस। अब हो गया डाई सौ।

गुस्सा दबाती हुई धन्नो मुस्कराती है : आज तो दे रही हूँ मगर आखिरी बार।

राजराजेश्वरी : प्रिंस से शादी होने के बाद सारी जिन्दगी मैं तुझे दूंगी मौसी।

धन्नो : मुझे तो वो मरा प्रिंस मालूम ही ना होता। आज तक कुछ दिया नहीं तुझे।

राजराजेश्वरी : वो इसलिए कि उसे शक है कि मैं राजकुमारी नहीं हूँ। रोज जिद करता है अपने घर ले चलो। आज मैंने राजकुमारी भुवनेश्वरी जी से सफाई के नाम पर उनके बंगले की चाबी मांगी। वहां ले जाके कहूंगी ये मेरा घर है।

एक शानदार बंगले वे कमरे में रोशन टहल रहा है। चीजें देख रहा है। एक तस्वीर के पास आकर अटकता है : तो ये है आपका घर?

राजराजेश्वरी : छोटा-सा। मुझे पता था कि आप इससे डिस्पौइन्ट होंगे।

रोशन : बुरा नहीं है। नॉट बैड। नॉट बैड एट ऑल।

राजराजेश्वरी : चाय बाहर लॉन में लगवाऊं कि यहां?

रोशन : यहीं। ये तस्वीरें किसकी हैं?

राजराजेश्वरी : मेरी कजन भुवनेश्वरी की। हमारे इस बंगले को वही यूज करती है। मुझे तो ये जारा भी पसन्द नहीं है। मैं तो अपने लिए पृथ्वीराज रोड पर जगह ले रही हूँ।

रोशन चलता-चलता थोड़ा आगे बढ़ता है। उसे एक दरवाजा मिलता है : ये क्या बाथरूम है?

राजराजेश्वरी : हां।

रोशन : जरा मैं हाथ धो लूं?

राजराजेश्वरी : ठीक है, मैं इतने में चाय लगवाती हूँ।

बड़े ठसके से राजेश्वरी खानसामा को पुकारती है : खानसामा...।

बाथरूम के भीतर रोशन वही सब करता है जो उसने निवेदिता के बाथरूम में किया था। फर्क इतना है कि यहां परफ्यूम जनाना है।

रोशन : लाला रोशनलाल, आप ब्राइडग्रुम तो हो एक, और बढ़िया बाथरूम हैं दो। शादी किससे करनी है? ऐ मेरे दिल...तेरे लिए... अजीब मुश्किल...।

लभाया का कमरा। कन्नी तथा रोशन भी कमरे में हैं।

लभायाराम : मुश्किल इस करके है नागनाथ कि तू खुदगर्ज हैं। किसी एक को सांपनाथ के लिए छोड़।

रोशन 'यहाँ बदला वफा का बेवफाई के सिवा क्या है' की तर्ज पर गाता है : किसे रखूं, किसे छोड़ूं, जरा ये तो बता दे तू...।

लभायाराम : (*गाकर*) प्रिंसेस नू फड़, दूजी नू छड़। भलाई है इसी में जी।

रोशन : प्रिंसेस को किस तरह छोड़ दूँ?

लभायाराम : तो मैंने प्रिंसेस से तेरे को छुड़वा देना है। जाकर उससे कह देना है कि तू प्रिंस नहीं है।

रोशन : उससे तेरा क्या फायदा होना है? तेरे बारे में तो मैं पहले ही कह चुका हूँ कि तू प्रिंस नहीं है।

लभयाराम : तो भी मैंने उससे जा के कहना है, क्योंकि नागनाथ-सांपनाथ कम्पनी का उसूल ही ये है कि अगर अपना भला ना हो पाये तो कम-से-कम दूसरे को बुरा तो कर दो।

रोशन : अच्छा जी।

लभायाराम : हां जी।

राशेन : चल चल रे नौजवान। तो सांपनाथ चलता हूँ। लौट के मिलता हूँ।

लभायाराम उसे एक चेक देता है : इसे बैंक में जमा करा देना।

रोशन : इसे तू करा लेना। मैं इस समय एक तगड़ी बैंक बैलेन्स वाली से मिलने जा रहा हूँ।

लभयाराम : होटलवाली से या महलवाली से?

राशन : होटलवाली से।

लभायाराम : जो आज तू होटलवाली के हक में फैसला करके नहीं आया तो मैंने ये मुश्किल जरूर हल करा देनी है।

सेनगुप्ता की स्टडी में गंभीर बैठी निवेदिता के साथ रोशन भी है। निवेदिता बताती है : होटल का काम कुछ तो देखने लगी हूँ।

रोशन : कुछ नहीं, सारा ही आप देखो। गम से उबरने का एक ही तरीका है निवेदिता जी, कारोबार में डूब जाना।

निवेदिता : हां।

अरुन्धति आती है : अच्छा, रोशन है? मैं भीतर बैठी सोच रही थी कि ऐसा कौन मिलने वाला आ गया जो निवेदिता वहीं बैठी रह गई? और रोशन, क्या खबर?

रोशन : आपकी मेहरबानी से ठीक ही हूँ जी।

अरुन्धति : क्या बात हो रही थी निवेदिता से?

रोशन : निवेदिता जी से मैं ये कह रहा था कि इंसान तो मर जाता है मगर अपने पीछे अपना किया हुआ काम छोड़ जाता है। उसके काम की जिन्दा रखो तभी उसका नाम जिन्दा रहता है। इसलिए इन्हें सेनगुप्ता साहब के कारोबार को पूरी तरह सम्हालना चाहिए।

अरुन्धति : बल्कि उसे और आगे बढ़ाना चाहिए। लड़की होने का ये मतलब नहीं कि बिजनेस चला न सके।

रोशन : ये तो चलाते हैं। सेनगुप्ता साहब तो इनसे कहते भी थे कि मेरा बेटा-बेटी दोनो ही आप हो। निवेदिता जी आप तो कारोबार को और फैलाओ। मैं हर तरह से आपकी मदद करने को तैयार हूँ।

अरुन्धति बहुत गौर से पहले रोशन को और फिर निवेदिता को देखती है।

निवेदिता : आपका तो अपना कारोबार है।

रोशन : उसकी आप फिकर मत करो।

अरुन्धति : जब आप इसके कारोबार की फिकर कर रहे हैं तब ये आपके कारोबार की फिकर कैसे ना करे?

रोशन सकपकाता है। झेंपकर मुसकुराता है : एक दूसरे की फिकर तो करनी ही चाहिए। अच्छा जी, तो मैंने बहुत वक्त ले लिया। अब चलता हूँ। नमस्ते निवेदिता जी, नमस्ते अरुन्धति जी। और निवेदिता जी मेरे लायक कोई भी सेवा हो जो जरूर बताना। आपने जब भी कहना है मैंने सब कुछ छोड़ के फौरन हाजिर हो जाना है।

निवेदिता : मुझे मालूम है। मैं आप पर भरोसा कर सकती हूँ।

रोशन के जाते ही अरुन्धति दरवाजा बंद करती है और निवेदिता से पूछती है : तू इस पर भरोसा कर सकती है? ये तूने क्या कह दिया उससे?

निवेदिता : जानती नहीं।

अरुन्धति : ये रोज-रोज यहां क्यों आने लगा है?

निवेदिता : जानती नहीं।

अरुन्धति : ऐसे अनजान बनने से तो होगा नहीं निवेदिता। मैं आज मिस्टर रोशनलाल के बारे में ही बात करने आई थी तुझसे।

निवेदिता : मैंने परसों भी कहा था ना, मैं अभी मिस्टर रोशनलाल के बारे में बात नहीं करना चाहती।

अरुन्धति : मिस्टर रोशन के बारे में बात नहीं करना चाहती मगर मिस्टर रोशनलाल से बात करना चाहती है?

निवेदिता : आ गये तो बात करनी पड़ी।

अरुन्धति : तू बात करती है इसीलिये वो आए और इसी तरह बात करती रही तो एक दिन आके कहेगी कि माँ मुझको मिस्टर रोशनलाल के बारे में बात करनी है।

निवेदिता : तब की तब देखी जायेगी।

अरुन्धति : इस समय अन्धा बने रहने से भी नहीं होगा री। मिस्टर रोशनलाल से अनेक सावधान रहना जरूरी है।

निवेदिता : जानती हूं।

अरुन्धति : ऐनक तो उतरवा दिया उसने। अब तो तेरे लिए उस पर नजर रखना भी मुश्किल।

लभायाराम के कमरे में रोशन और कन्नी बैठे हैं।

रोशन : तो कन्नी क्या ख्याल है?

कन्नी : अपनी दोनों बैंक बैलेंसवाली से आपने मुझे मिलवाया और दोनों के बारे में जितना कुछ बताया, सोचकर दाद देनी पड़ती है मामाजी आपकी नजर की। एक-से-एक बदशक्ल और बोदी बड़की ढूंढ के लाते हो।

रोशन : शक्ल और अक्ल नहीं देखी जाती कन्नी। बैंक बैलेन्स देखा जाता है।

कन्नी : बैंक-बैलेन्स के बारे में मेरे को कहां से खबर होनी है?

रोशन : तो तेरा मतलब है बाकी मामलों में दोनों एक सी है? किसी से भी कर लूं तेरे को कोई एतराज नहीं?

कन्नी : मेरे को क्यों होने लगा? उन लड़कियों के माँ-बाप को हो सकता है। निवेदिता के माताजी तो आपको पहले ही नापास किए हुए हैं।

रोशन : अच्छा। तेरा मतलब है राजकुमारी पर ज्यादा ध्यान देना चाहिए?

कन्नी : अगर अगली आप पे ध्यान दे रही हो तो।

रोशन : ध्यान तो दे रही है मगर दिक्कत है कि अब वो कह रही है कि अपना घर दिखाओ, घरवालों को दिखाओ।

लभायाराम आता है : तो हिचकता क्यों है नागनाथ? बुला उन्हें और दिखा ये विला महल। विला महाराजा हवेली सिंह।

कन्नी : हां मामाजी, बुलाओ। बड़ा मजा आना है।

रोशन : अरी बेवकूफ यहां बुलाते ही उसे पता चल जाना है कि मैं प्रिंस नहीं हूँ।

लभायाराम : अगली भी प्रिंसेस ही है इसकी क्या गारन्टी है?

रोशन : नहीं। मैं उसके यहां गया। मैंने सब कुछ देखा। नौकर-चाकर, माली-ड्राइवर, उसका एलबम तक देखा।

लभायाराम : तब तो आपको कम-से-कम एक दिन के लिए बढ़िया मकान में शिफ्ट कर जाना चाहिए।

रोशन : ऐसे ही किसी बढ़िया कोठी की खोज में तो निकल रहा था।

लभायाराम : जो तू हुक्म करे नागनाथ तो मैंने तेरे वास्ते एक बढ़िया कोठी का इंतजाम कर देना है।

रोशन : कर बिरादर। जल्दी कर।

एक कोठी का दरवाजा खोला जा रहा है। खुलते ही शानदार ड्राइंगरूम दिखता है। रोशन और लभाया भीतर जाते हैं। ड्राइंगरूम की सजावट देखकर रोशन मुग्ध है : हुं-हुं-हुं।

लभायाराम : माफी चाहता हूं नागनाथ। इससे बढ़िया कोठी का इंतजाम नहीं ना करा पाया।

रोशन : नहीं, ये भी चल जाएगी। वैल डन सांपनाथ।

लभायाराम : हौसला अफजाई वास्ते शुक्रिया नागनाथ।

रोशन : यहां कोई झंझट वाली बात तो नहीं ना है सांपनाथ?

लभायाराम : नहीं। चाहे तो पूरे चैन और आराम के साथ सारी रात यहां बिता ले बेशक। हां नौकर-चाकर के नाम पर कुल एक बैरा जुटा पाया हूँ।

रोशन घड़ी देखता है : कोई बात नहीं। अच्छा सांपनाथ तू अब कट! तेरे इसी नेकी को माँ बदौलत ने हमेशा याद रखना है।

लभायाराम : बाप बदौलत को भी यही उम्मीद है कि तूने कभी भूलना नहीं है।

सपन सेनगुप्ता की स्टडी में फोन बजता है। निवेदिता उठाती है : इसमें पूछना क्या है माँ? वो मानसिंह रोड वाली कोठी तुम्हारे लिए ही तो खाली कराई है।...नहीं तो...ना! ना! मैं अभी जाकर देखती हूँ। ऐसा करने की उनकी हिम्मत कैसे हुई?

मानसिंह रोड वाली कोठी के ड्राइंग रूम में नाश्ता करते हुए राजराजेश्वरी और रोशन बात कर रहे हैं। राजराजेश्वरी बता रही है : शिकार का तो बडी को बहुत शौक है।

रोशन : कौन-सा बडी?

राजराजेश्वरी : डा. दिग्विजय सिंह। मगर वो गप्पी बहुत ज्यादा है।

रोशन : बेहद। मगर मेरे से वो बचता फिरता है, क्योंकि शिकार के मामले में मुझे उससे ज्यादा जानकारी है। और गप्पियों के गुब्बारे में पिन चुभाना मेरे जैसा किसी को आता नहीं। एक बार जूनागढ़ में एक पार्टी में वो कह रहा था कि गीर में मैंने एक जगह बब्बर शेरों के अड़तालीस पंजे देखे। मैं बारह के झुण्ड के पीछे गया और बारहों को मार के आया। तब मैंने उसकी ओर झुक के पूछा—और बड़ी गडरिए ने तुमसे कुछ नहीं कहा?

सुनाते हुए रोशन राजराजेश्वरी की ओर झुकता है। दोनों हंसते हैं। हंसने में राजराजेश्वरी की चाय मुंह से निकल जाती है और अपने ही कपड़ों पर गिरती है।

राजराजेश्वरी : एक्सक्यूज मी। बाथरूम कहां है?

रोशन बाथरूम का दरवाजा खोलता है और बाअदब उसको भीतर भेजता है। तभी डोर-बेल बजती है। सुनकर रोशन परेशान होता है जाकर दरवाजा खोलता है। सामने निवेदिता खड़ी है। रोशन भौंचक्क रह जाता है : हैलो निवेदिता जी। आप यहां कैसे?

निवेदिता : यही सवाल तो मैं आपसे करना चाह रही थी।

रोशन : मैं तो जी ये कोठी देखने चला आया था।

निवेदिता : क्या रंगाई-पोताई का ठेका लेने वाले हैं?

रोशन : जी वो इस तरह है कि ये कोठी बिकाऊ है और मेरी जान-पहचान की एक राजकुमारी जी मेरे को साथ ले के इसे देखने आई हैं।

निवेदिता : ये कोठी बिकाऊ है?

रोशन : है जी। आप एजेन्ट से पूछो। बल्कि आप इन्टरेस्टेड हो तो आपको दिला देने हैं। प्रिंसेस को कोई ओर दिलवा देंगे।

निवेदिता : यह कोठी न बिकाऊ है, न आप किसी प्रिंसेस को दिलवा सकते हैं। ये कोठी मेरी है और इसे मैं अपनी माँ को दे चुकी हूँ।

रोशन : जी...?

अन्दर से बाथरूम का दरवाजा खोलती हुई राजराजेश्वरी आती है : क्या बात है प्रिंस?

रोशन : थोड़ा कन्फयूजन हो गया है राजकुमारी साहिबा। मैं सार्ट आउट कर रहा हूँ।

निवेदिता : आप तकलीफ मत कीजिए। मैं सॉर्ट आउट कर देती हूँ। ये मेरी कोठी है। इसे मैं अपनी माँ को दे रही हूँ। एक कन्फ़्यूजन दूर हुआ? ये रोशनलाल

हैं, पहले मेरे होटल में काम करते थे। दूसरा कन्फ्यूजन दूर हुआ? और ये मेरी कोठी है। बिकाऊ नहीं है। मैं इसे अपनी माँ को दे चुकी हूँ। तीसरा कन्फ्यूजन दूर हुआ? और अब आप मिस्टर रोशन और राजकुमारी साहिबा चाबी मुझे दीजिए और यहां से दफा होइए।

* * *

सिलाई मशीन पर लाजो हवेलीराम के लिए कमीज सिलती, क्रांतिकारी गाना गुनगुना रही है। सतबीर आता है। उसके हाथ में एक पैकेट है : लो माताजी पकड़ो, पिताजी वास्ते दो नये कुर्ते बनवा दिए।

पैकेट लाजो एक किनारे रख देती है और सिलाई जारी रखती है : तेरे को मना किया था पुत्तर।

सतबीर सिलाई मशीन का चक्का तलहथी लगाकर रोकता है : आप पिताजी के इस फटे कुर्ते को फिर सिलने क्यों बैठ गए?

लाजो : फटा नहीं है, सिर्फ उधड़ा है।

सतबीर : छोड़ो इसकी मरम्मत करना।

लाजो : अभी तेरे पिताजी लौट के आएंगे तो क्या पहनेंगे?

अपना लाया पैकेट खोलता है : ये जो मैं लाया हूँ।

लाजो इसका कोई जवाब नहीं देती तो सतबीर के भीतर से जैसे ज्वालामुखी फूट पड़ता है : जब मैं लाला वृषभान की नौकरी में था तब आप मेरा दिया हुआ पैसा किस तरह ले लेते? गंगाजल से धो के शुद्ध बना लेते थे क्या आप? अगर मेरी कमाई को आप हराम की समझते हो तो वो लाला वृषभान तो हरामी का बाप है, बाप।

रोशन कमरे में आता है : बल्कि दादा!

और सतबीर को गले लगाता है : बधाइयां होवें सत, तू मामा बन गया। मेरी मंगला बहनजी के यहां लड़की पैदा हुई।

सतबीर : मर गये मंगला बहनजी।

रोशन : जो तेरे को ये रिश्तेदारी मंजूर नहीं ना है तो ताऊजी बनने की बधाइयां ले। तेरा दोस्त जे॰बी॰ बेटी का बाप बन गया है।

सतबीर : मेरा कोई दोस्त-वोस्त नहीं है।

रोशन : जो तेरे को जे॰बी॰ के घर लछमी आने की खबर से सदमा पहुंचा हो तो लो उसके घर से लछमी जाने की खबर सुन और फड़क उठ। जे॰बी॰ हौरी जिस जमीन

की लीज पाने वास्ते कोशिश में थे, उसे गुरुशरण ने हथिया लिया। चल इसी बात पर कर दावत।

सतबीर : मैंने किसी बात पर कोई दावत नही करनी। सुना?

रोशन : आपने करनी भी तो मैंने खानी नहीं माई-बाप। माताजी, इसके रूहानी हाजमे को क्या हुआ है?

क्रांतिकारी गाना गुनगुनाती लाजो के मुंह से निकलता है : पता नहीं।

रोशन : आप तो बड़ा पुराना इन्कलाबी गीत गाने लगे।

लाजो : अब तो गीत ही है हमारा इन्कलाब।

सबतीर : गीतों में और बच्चों से की जाने वाली जिद में।

लाजो कुछ कहने को होती है मगर नही कहती। उसकी आंखों में आंसू छलक आते हैं। हवेलीराम को सफर से लौट के आया देख रोशन आह्लादित होता है : पिताजी आ गए।

लाजो आंसू पोंछती उठती है और हवेलीराम की नजर लाजो की आंखों पर पड़ती है : क्या हुआ लाजोजी?

लाजो : कुछ नही मास्टरजी।

सतबीर : बबलीजी से कुछ पता चला पिताजी?

हवेलीराम : बबली मिली नहीं पुत्तर।

सतबीर : मेरे को पता था यही होना है। मैं इसी करके आप वहां जाना चाहता था। आपने मेरे को जाने नहीं दिया।

हवेलीराम : तू जाता तो तुझे भी नहीं मिलती।

सतबीर : आपको मिली भी हो तो आपने बताना थोड़े ही है।

हवेलीराम : मिली होती तो तुझसे झूठ बोलता? वहां निहालदेई ने बताया कि वो तो दिल्ली के आने से कुछ महीने बाद ही उत्तरकाशी चली गई।

सतबीर : तो आपने उत्तरकाशी में खोजना था।

हवेलीराम : वहीं से आ रहा हूँ।

सतबीर : मतलब?

हवेलीराम : (*बुदबुदाकर*) वहां भी नहीं मिली।

लाजो : प्रज्ञावतीजी को ले आए साथ में?

कह चुकने के बाद लाजो की समझ में आता है कि गलती हो गई। सतबीर पहले लाजो को, फिर हवेलीराम को देखता है : तो पिताजी उन्हें लेने गए थे? सहारनपुर जाने की बात ही झूठी थी?

हवेलीराम : नहीं पुत्तर, मैं सहारनपुर ही गया था। वहीं से उत्तरकाशी गया।

सतबीर : और उस धोखेबाज संन्यासिनी को फिर क्यों ले आए पिताजी?

लाजो : उन्हें आप छोड़ किधर आए मास्टरजी?

हवेलीराम : वो मंगला से मिलने गई है। अपने भगत लाला वृषभान के यहां!

वृषभान के घर का आंगन जिसमें एक नौकरानी पोचा लगा रही है। नामकरण के लिए आए हुए लोग इधर-उधर आ-जा रहे हैं। भीतर कहीं ढोलक बज रही है। औरतें हंस-गा रही हैं। राजरानी अपने नौकर-नौकरानियों के सर पर फल-मिठाई और नेग की पिटारियां रखे हुए आती है। दूसरी तरफ सुभद्रा चाबी का गुच्छा कमर में खोंसती हुई बढ़ती है : मैंने कही जी, बड़ी जल्दी फुर्सत मिली धेवती के लिए?

राजरानी : अजी दादी की मौजूदगी से नानी को बेफिकरी! फुर्सत से आई है नेग-वेग ले के। (*नौकरों से*) जाओ बिटिया के कमरे में रखो।

नौकर उधर को जाने लगते हैं तो सुभद्रा टोकती है : अरे ऊपर नहीं, नीचे वाला कमरा दे दिया है। नीचे इन्हें देखने जाऊं, ऊपर मंगला को, इसी में बहुत थक जाऊं थीं।

राजरानी : ये अच्छा है। सास-बहू अगल-बगल हो गए।

राजरानी बाहर को झांकती है : अरे प्रज्ञावती बहन जी, आओ ना।

वीरांवाली हिचकते हुए आती है। सुभद्रा के चेहरे पर एक रंग आता है और एक जाता है। राजरानी उम्मीद करती है कि सुभद्रा वीरांवली के पैर छूयेगी, लेकिन आधे-अधूरे ढंग से वह नमस्ते करती है : नमस्ते। इनके आशीर्वादों की कमी रह गई हम लोगों के लिये।

राजरानी : अजी इनके आशीर्वादों की क्या कमी? आप ये देख लो जी कि आशीर्वाद देने का मौका होवे है तो संजोग से आ ही जाये हैं। मंगला की शादी के दिन भी बहनजी आप ही आप पहुंचीं।

सुभद्रा : हां, मैंने भी सुनी थी कि मिलनी के वास्ते पहुंचीं।

सुभद्रा संवाद कहते हुए वीरांवाली का चेहरा टटोलती है। वीरांवली सकपकाती है, तभी नवजात बच्चे के रोने की आवाज आती है। सुभद्रा लपकने को होती है और राजरानी से कहती हैं : आओ बहन जी। जच्चा-बच्चा सुच्चे हो के आ गये देखैं।

राजरानी : आप भी चलो प्रज्ञावतीजी।

वीरांवाली : नहीं जी, मैं यहीं ठीक हूँ।

सुभद्रा : आओ ना।

कमरे में नौकरों ने राजरानी का लाया हुआ सामान पलंग पर सजा रखा है। पलंग के पास ही एक पालना है जिसके ऊपर के डंडे पर बच्चे के खिलौने बंधे हैं जिनमें टीन का एक झुनझुना भी है। मंगला वीरांवली के पाँव छूती है : प्रज्ञावती बहनजी?

वीरांवाली आशीर्वाद देती है : जीती रहो। खुश रहो।

राजरानी बच्ची को पालने में सुलाती है और अपना लाया झबला पहनाती है : इसने तो नानी को देखते ही रोना शुरू कर दिया।

मंगला : अरी रोती क्यों है? जो नानी का जेवर तुझे कम लग रहा हो तो कह दे अगली बारी ला देगी।

राजरानी : अजी क्यों ना लायेगी? मगर आज तो जो दस्तूर है वही ला सकती थी ना। सात बर्तन, दो कड़े, पाजेब, तगड़ी।

मंगला : और ये चांद-सूरज भी तो लाई है नानी।

राजरानी : ले मंगला, अपना जोड़ा सम्हाल।

सुभद्रा : अभी इसे जाकर पहन ले हवन के लिए।

राजरानी : और ये तेरे सास-ससुर के कपड़े और ये जोड़ा जय के वास्ते।

सुभद्रा : और बड़े बक्से में क्या लाई हो?

राजरानी : गिरामफोन बच्ची के लिए।

सुभद्रा : ये तो तुमने इसे बड़ी सही चीज दी। जब इसकी शक्ल बाप जैसी है तो शौकीन भी उसी-सी ना होगी।

राजरानी : सौखीन तो इसके दादा भी कम ना थे, बतावें।

सुभद्रा गहरी सांस भरके वीरांवाली को देखती है। वीरांवाली निगाह झुका लेती है। सुभद्रा वक्रोक्ति बोलती है : अजी शौक किसने ना किए जवानी में?

एक नौकरानी आती है : जय भैया हवन के वास्ते बुला रहे हैं। उतावले हो रहे हैं।

राजरानी : उतावला तो हो ही रहा है। परसों आ के मुझसे यूं पूछने लगा कि ये मंगला की कैद कब खत्म होने वाली है?

तभी मंगला आ जाती है : मेरी क्या बात कर रहे हो?

राजरानी : तेरी बात जय करता है। हवन के लिए बुला रहा है।

सुभद्रा : प्रज्ञावतीजी आप भी चलो हवन में।

वीरांवाली : नहीं, उसमें सारे घरवाले बैठते हैं।

सुभद्रा : आप तो बाहर वाली होकर भी घर से ज्यादा हो।

वीरांवाली : आपकी मेहरवानी है जो आप ऐसा सोचते हो।

सुभद्रा : मैं ही नहीं, लालाजी भी ऐसा सोचते हैं। आओ।

वीरांवाली : नहीं जी, हवन में आप लोग बैठो।

मंगला : तो आप यहीं बैठो बहनजी। खाना खाके जाना।

वीरांवाली : ठीक है।

इन लोगों के जाने के बाद वीरांवाली उठती है और चहलकदमी करने लगती है। वह अपने को एक शीशे में देखती है। पहले उसका अपना अक्स दिखाई देता है मगर फिर वो सुभद्रा का लिबास पहनी हुई बगल में चाबी खोंसी हुई वीरांवाली बन जाती हे। बच्चे के पालने की ओर उसका ध्यान जाता है। वो उसे छूकर, फिर हिलाकर देखती है और उसे अपना बच्चा हवेलीराम को दे दिए जाने का दृश्य याद आता है। वीरांवाली इधर-उधर झांकती वृषभान का कमरा खोजने लगती है। उसके चेहरे पर पहली बार इधर किसी दृढ़ संकल्प का भाव चमक रहा होता है और उधर से हवन के संकल्प की आवाज कानों में गूँज रही होती है। फिर वह उस कमरे की ओर बढ़ती है जिसमें से वृषभान के कराहने की आवाज आ रही है। दरवाजे के पास पहुंचकर कई-कई कोशिशें करती है कि किवाड़ खटखटाये, मगर हर बार दरवाजे के पास से वह वापस लौट आती है। उसके अन्दर दरअसल भयानक अर्न्तद्वंद्व चलने लग गया है कि अपने तमाम दृढ संकल्पों के बावजूद वृषभान के कमरे के अन्दर जाये कि नहीं? अन्दर प्रतिध्वनित होते अपने ही अन्तस का एक स्वर जहाँ यह कह रहा होता है कि वृषभान से जब मिलने के इरादे से ही यहाँ आयी हो वीरांवली, तो कमरे के अन्दर जाने में दिक्कत क्यों हो रही है? वहीं दूसरे स्वर का कहना कि कमरे के अन्दर जाने का निश्चय कर तू ये क्या करने जा रही है प्रज्ञावती? यह मत भूल कि तू सन्यासिनी है। पहला स्वर फिर उसे दरवाजे की तरफ ढ़केलने लग जाता है कि अच्छी प्रेमिका है तो बीमारी की ऐसी हालत में भी प्रेमी रह चुके वृषभान के हाल पूछने नहीं जायेगी तू? मगर दूसरा स्वर दरवाजे की तरफ बढ़ने को आतुर पावों में जैसे जंजीर डालने लग जाता है कि कभी तू ने ही कहा था प्रज्ञावती कि वृषभान से फिर से मिलने के लिये अगले जन्म का इन्तजार किया जा सकता है। फिर इसी जन्म में और अभी ही मिलने की इतनी बेसब्री क्यों...? और इस तरह अपने अर्न्तद्वन्दों से गुजरती-जूझती जीत अन्ततः पहले स्वर की ही होती है कि तू ने तो कहा था वीरांवली कि सतबीर को यह सारा सच बताने से पहले, कि दरअसल वह वृषभान का बेटा है, तुम वृषभान की इजाजत लोगी। वह इजाजत लेनी है कि नहीं? और अगर लेनी है तो अभी जैसा और जो अनुकूल मौका हाथ आया है, उसे गंवाने की मूर्खता मत कर। इतना कमजोर मत बन...। और इस बार वीरांवली के पाँव सचमुच रुकते नहीं। संयोग ऐसा बनता है कि जब वह कमरे के दरवाजे पर पहुंचती है और अन्दर प्रवेश के लिये पर्दा हटाने को होती है तभी परेशान-हाल तथा घबराई हुई नर्स कमरे से बाहर निकलने को होती है। वीरांवाली पर

नजर पड़ते ही नर्स के चेहरे पर राहत के भाव उभारते हैं। वीरांवाली से वह पूछती है–"आप लालाजी के घर की हैं कोई?" हिचकिचाती हुई वीरांवाली के मुंह से 'हां' निकलता है। नर्स आग्रह करती है–"दो मिनट के लिये उनके पास आप बैठिये प्लीज! मुझे डाक्टर को जरूरी फोन करना है"। वीरांवली के मुंह से निकलता है–"जरूर..."। नर्स 'धन्यवाद' कहती हुई बाहर होती है और वीरांवाली कमरे का पर्दा उठाकर भीतर पहुँचती है। बिस्तर पर पड़े वृषभान की नजर उस पर पड़ती है। वीरांवाली पर नजर पड़नी थी कि वृषभान की आंखों में आंसू आ जाते हैं। कांपता हुआ अपना हाथ वह उठाता है और इशारे से वीरांवाली से कहता है कि अन्दर आ जाओ। वीरांवाली अंदर पहुंचती है। वृषभान उसे अपने करीब, और करीब, आने का इशारा करता है और झुकने का इशारा करता है। वीरांवाली की आंखों में आंसू हैं। जब वह झुकती है, वृषभान अपनी उंगलियों के पोरों से उसके आंसू पोंछ देता है। वीरांवली पूछती है–"ये क्या हालत बना ली तुमने...?"

कांपता हुआ अपना हाथ वृषभान ऊपर को उठाता है और अस्पष्ट-सी आवाज किसी तरह उसके मुंह से निकल पाती है–"उसने...सजा...।"

"क्या...?" वीरांवाली पूछती है।

"सजा...।" वृषभान की आवाज पहले जैसी ही अस्पष्ट-सी है। वीरांवाली इस पर नहीं समझ पाती तो बिस्तर के सिरहाने टेबल पर रखे स्लेट-पेन्सिल की तरफ इशारा करता है। वीरांवाली स्लेट-पेन्सिल थमाती है। वृषभान उल्टे हाथ से किसी तरह 'सजा' शब्द लिख पाता है। वीरांवाली पूछती है, "सजा...?" जबाब में वृषभान 'हां' में सिर हिलाता है। वीरांवाली के मुंह से निकलता है, "सजा दी है भगवान ने? मगर तुम्हारा क्या कसूर था कि सजा देता?" अस्पष्ट-सी आवाज में वृषभान के मुंह से अबकी 'दगा' शब्द निकलता है। वीरांवाली कहती है; "दगा तुमने कहां की? दगा किस्मत ने की और किस्मत को उसी भगवान ने बनाया। अपने किये की सजा तुम्हें क्यों दी भला?"

यहाँ तक आते-आते हवन-मंत्रों के 'स्वाहा-स्वाहा' के सामूहिक स्वर काफी तेज सुनाई देने लगते हैं। अपने पास की जगह को कांपते हाथ से थपथपाता वृषभान वीरांवली से बैठने का इशारा करता है। वीरांवली इन्कार करती हुई कहती है, "मेरे पास वक्त नहीं है वृषभान। मैं सिर्फ एक बात करने आयी हूँ...।" मगर वृषभान जैसे कुछ सुनता नहीं। कांपते हाथ से अपने पास की जगह थपथपाता हुआ दुबारा बैठने को कहता है। सिर्फ इशारा ही नहीं, अस्पष्ट-सी आवाज में जैसे आग्रह भी कि 'बैठो...'। वीरांवाली बैठती है तो वृषभान जूस पिलाने वाले कप की तरफ इशारा करता है। अपने हाथ में जूस का कप थामे वीरांवली उसे जूस पिलाती है। अन्दर

हवन-वेदी के पास हवन मंत्रों के साथ उच्चरित 'स्वाहा...स्वाहा...' के सामूहिक स्वर और ज्यादा तेज सुनाई देने लग गये है। वृषभान को जूस पिलाकर वीरांवली उठना चाहती है लेकिन अपने कांपते हाथ से वृषभान उसे रोकता है। वीरांवली दुबारा बैठती हुई कहती है–''वृषभान मेरी एक बात सुनो, फिर मेरे को जाने दो। मैं जानना चाहती हूँ कि क्या मैं...।''

वृषभान उसका जुमला पूरा नहीं होने देता। हथेली से उसका मुंह बंद कर देता है और इशारे से कहता है कि कुछ मत बोलो और सिर्फ देखो और देखने दो। उसके एकटक घूरने पर पहले वीरांवाली निगाह झुका लेती है, फिर उठाती है और उसकी हथेली अपने मुंह से अलग करती है : इस तरह मत देखो वृषभान। बस मेरी एक बात सुन लो। मैं ये इजाजत चाहती हूँ कि...।

वृषभान फिर उसके मुंह पर हथेली रख देता है। उसे एकटक देखता है। वीरांवाली पहले निगाह झुकाती है, फिर उठ कर कुछ देर तक मिलाती है। अपनी हथेली से वृषभान की आंखें ढक देती है : नहीं, नहीं, नहीं-नहीं-नहीं-नहीं...। गया वक्त लौटता नहीं।

वृषभान अपनी हथेली से उसकी हथेली हटा देता है : (*अस्पष्ट*) वक्त...वहीं.. वहीं...।

वीरांवाली दोनों हथेलियों से अपनी आंखें बंद कर लेती है : नहीं, मैं संन्यासिनी बन चुकी हूँ और तुम राधाजी के दादाजी।

मंगला की गोद में छोटी बच्ची। मंगला जे॰बी॰ के साथ हवन में बैठी हुई है। पंडित मंत्र बोल रहा है। आहुतियां दी जा रही हैं। दर्शकों में राजरानी और सुभद्रा भी है। पूर्णाहुति का मंत्र समाप्त करते हुए पंडित कहता है : लो जी, हवन तो हो गया, अब टीका करवा लो और कलावा बंधवा लो।

पंडित जे॰बी॰, मंगला और बच्ची को काला टीका लगाता है और उनके कलावा बांधता है। इसी बीच नर्स पहुंचती है और जे॰बी॰ को सूचित करती है : जे.बी. साहब, डाक्टर माथुर ने कहा है वे आज आपकी दावत में आ नहीं सकेंगे।

नर्स को आया देख सुभद्रा चौंकती है : मरीज को अकेला कैसे छोड़ आई नर्स?

नर्स : वहां वो हैं ना। वो आपकी रिलेटिव, जिन्होंने आरेंज-सी साड़ी पहनी है।

सुभद्रा इस सूचना पर रियैक्ट करती है और उठकर तेजी से कदम बढ़ाती है। उधर वीरांवाली वृषभान के पास बैठी हुई है।

वीरांवाली : अब तो मेरे को वो पूछने दो जो मैं पूछने आई थी। क्या मैं सतबीर को ये बता दूं कि वो तुम्हारा बेटा है।

वृषभान 'हां' में सिर हिलाता है और आवाज में कहता है : बता दो।

वीरांवाली : वीरजी कहते थे कि तुमसे नफरत करते-करते सतबीर आप नफरत के काबिल बन गया है। असलियत मालूम होने पर वो शायद फिर अच्छा बन जाए। ....और अब मेरे को जाने दो वृषभान।

वृषभान 'हां' में सिर हिलाता है। वीरांवाली उठती है। वृषभान की हथेली पकड़कर सिर आंखों और होंठो से लगाती है। फिर अपने आंसुओं से लड़ती हुई लपककर बाहर निकलने का होती है कि दरवाजे की दूसरी तरफ किसी से टकराती है। औपचारिक माफी मांगती-मांगती यह देखकर वह सकते में आ जाती है कि वह सुभद्रा से टकराई है। भौंचक तथा सकपकाई उसके मुंह में निकलता है : माफ कर...ना... जी।

सुभद्रा : माफी मांगना आसान होता है, देना मुश्किल।

वीरांवाली : अच्छा...हुआ...जो आप आ गयीं।

सुभद्रा : और बुरा हुआ जो आप यहां से नहीं गईं।

वीरांवाली : पता नहीं वो नर्स मेरे को छोड़ के कहां चली गई?

सुभद्रा : आप पर वो बहुत मेहरबान है जी।

वीरांवाली : हवन हो गया हो तो मैं मंगला से बात कर लूं?

सुभद्रा : मुझसे बात नहीं करेंगी?

वीरांवाली : जी जरूर करनी है।

सुभद्रा : तो चलो।

वीरांवाली : अभी?

सुभद्रा : अब भी नही?

सुभद्रा नर्स को आवाज देती है। नर्स आती है। ये दोनों चलकर सुभद्रा के मालिश वाले कमरे में पहुंचती हैं।

सुभद्रा : आओ बहनजी, यहां आराम से बैठो। यहां कोई नहीं आता-जाता।

वीरांवाली बैठ जाती है। सुभद्रा भी बैठती है और शुरू होती है : अब सुनाओ अपनी बातें।

वीरांवाली : आप गिरस्तन, मैं संन्यासिनी। मेरी बातों से आपको क्या दिलचस्पी हो सकती है?

सुभद्रा : वीरांवाली की बातों से तो हो सके है?

सुनकर वीरांवाली पर बिजली-सी गिरती है, मगर वो अपने को सम्हालती हुई पूछती है : कौन? वीरांवाली?

सुभद्रा उठ खड़ी होती है : आपको शर्म नहीं आतो इस तरह अनजान बनते हुए? ढोंग करते हुए? धोखा करते हुए?

वीरांवाली भी उठ जाती है और अपना चेहरा सुभद्रा से परे रखते हुए कहती है : जिस वीरांवली की बात आप करते हो वो तो कभी की मर चुकी।

सुभद्रा : सचमुच मर गई होती तो पाप कटता, उसका भी, मेरा भी। लेकिन वो तो सिर्फ गेरुए चोले की ओट चली गई थी कि अपने चाहने वाले से मिलती रहे।

वीरांवाली : ये सच है कि मैं वृषभान से प्यार करती थी। लेकिन ये झूठ है कि संन्यासिनी बनने के बाद मैं आपके पति से चोरी-छिपे मिलती रही।

सुभद्रा : ये किसी और को समझाना। मैंने पूरी जवानी बिता दी इस उम्मीद में कि कभी तो मेरे पति और मेरे बीच से वीरांवाली का साया हटेगा। मगर मैं हाजिर-नाजिर खड़ी रही पति की खिदमत में और ये उसी गैर हाजिर वीरांवाली में रमे रहे। कभी भूल से मेरी ओर देखा तो मेरे चेहरे में वीरांवाली को ही ढूंढा। कभी बांहों में लिया तो वीरांवाली को ही समझकर। लोहे की दीवार बना रहा वीरांवाली का वो साया। क्योंकि वो साया था ही नहीं, वो तो खुद वीरांवाली थी जिससे मिलने के लिए ये बीच-बीच में देहरादून का बहाना करके उत्तरकाशी जाते रहे।

वीरांवाली : रब की सौगंध, मैं आपके पति वास्ते मर चुकी थी और अगर ममता के हाथों मजबूर ना हो जाती तो मैंने मरे ही रहना था।

सुभद्रा : मुझ अभागन को भरमाने के लिए क्यों झूठी कसमें खाओ हो?

वीरांवाली : आप अपने को अभागन कहते हो मगर आपको क्या नहीं मिला? पति, घर, बेटा-बहू, पैसा, इज्ज़त। सब कुछ तो आपके हिस्से पड़ा। मेरे हिस्से तो दो ही चीजें पड़ीं—बदनामी और बिछुड़न।

सुभद्रा : मेरी तरह आप किसी और की यादों में बेइज्ज़त तो ना किए जाते रहे?

वीरांवाली : मैं संन्यासिनी हूँ। इस तरह की बातें अब ना सोचती हूँ, ना कहती हूँ। लेकिन जब आपने यह बात उठाई तब कह ही दूं। लाला वृषभान किसी की याद में कुंवारे नहीं बैठे रहे। साये से कोई शादी नहीं करता सुभद्रा बहन। साये के हाड़-मांस नहीं होता। बांहों में उन्होंने आपको ही लिया, मेरे साये को नहीं।

सुभद्रा सुनकर फीके ढ़ंग से मुस्कराती है : बांहों में मुझे लिया जरूर, मगर आपके साये में लपेटकर। एक बात पूछ सकती हूँ? अगर आपने सचमुच संन्यास ले लिया है तो इनकी और मेरी जिन्दगी में फिर क्यों आईं?

वीरांवाली : असल में...मेरा एक बेटा भी है।

सुभद्रा : सतबीर?

सुभद्रा : हां। और तब तो आपको ये भी पता होना है कि सतबीर को जेल जाने

से बचाने वास्ते ही मैं आपके पति के सामने फिर से आई। हालांकि अब सोचती हूँ कि ना ही आती तो ठीक था। मेरे कहने पर भी उन्होंने उसके खिलाफ इल्जाम वापस नहीं लिया।

सुभद्रा : उन्हें लकवा मार गया। आप सतबीर को सजा से बचाने के लिए जायदाद में उसका हिस्सा दिलाने आई थीं। मैंने और मेरे बेटे ने इसमें थोड़ी आनाकानी की तो आपने अपने भगवान से कह के हम लोगों को ये बेहूदा सजा दिलवाई। और आपका वो सतबीर? ये बिचारे बेटा-बेटा कहकर उसे उसके हिस्से का पैसा देने की कह रहे थे और वो इनके वास्ते चंदन की चिता....।

कहते-कहते सुभद्रा का स्वर टूट जाता है और वह रोने लगती है। वीरांवाली अपने आंचल से उसके आंसू पोछती है : मैं सतबीर को समझाने ही आई हूँ। झगड़ा अब खत्म हो जाना है।

सुभद्रा : मेरी तो जी एक ही विनती है, अब आप बख्शो। वापस चले जाओ। ज्योतिषों ने गलत ना कही थी कि आपके आने से इनका कभी अच्छा नहीं होना।

वीरांवाली : अच्छा हो इस कोशिश में आई हूँ। रहा इस घर का सवाल तो यहां मेरा पहला और आखिरी कदम है। मैं सिर्फ लाला वृषभान से ये इजाजत लेने आई थी कि मैं सतबीर को बता सकूँ कि वो उनका बेटा है।

सुभद्रा : अगर आप सचमुच संन्यासिनी हो, सचमुच इनका अच्छा चाहती हो तो किसी चमत्कार से इनको ठीक कर दो।

वीरांवाली : संन्यासिनी हूँ, भगवान नहीं। चमत्कार करना नहीं जानती। प्रार्थना अलबत्ता कर सकती हूँ और मैंने एक ही प्रार्थना करनी है कि वृषभान को सुभद्रा वास्ते चंगा कर दो।

दोनों एक-दूसरे को देखते हैं और फिर वीरांवाली चली जाती है।

लभायाराम के कमरे में सतबीर बेचेनी से चहलकदमी कर रहा है : लाला वृषभान का गुणगान करने वास्ते पिताजी-माताजी आप काफी नहीं ना थे जो आपको भी बुला लाए उत्तरकाशी से? आप चाहे जो कहते रहो मैंने उस कमीने को कभी माफ नहीं करना।

कमरे में हवेली, वीरांवाली और लाजो बैठे हैं। लाजो सतबीर को समझाना चाहती है : किसी शरीफ आदमी को कमीना नहीं कहा जाता पुत्तर।

सतबीर : इन प्रज्ञावती बहनजी के खास भगत हो जाने भर से क्या वो शरीफ हो गए?

वीरांवाली : तू यहां मेरे पास आकर बैठ जरा। मैं जो भी कह रही हूँ तेरी भलाई वास्ते कह रही हूँ सत। तू तो मेरे पुत्तर बरगा है।

सतबीर : मैं ना तो किसी का पुत्तर हूँ, ना किसी का पुत्तर बरगा, सुना प्रज्ञावती बहनजी? जिनका था, उन्होंने किसी और की दहलीज पर रखकर छुट्टी कर ली।

वीरांवाली : इंसान से कोई भी गलती होती है पुत्तर तो किसी मजबूरी में होती है, किसी गलतफहमी से होती है, किसी नासमझी से होती है।

सतबीर : जिस गलती से किसी दूसरे इंसान को तकलीफ पहुंचे वो सिर्फ खुदगर्जी की वजह से होती है। इंसान वो है जो खुद तकलीफ उठा ले। लाला वृषभान को कोई मजबूरी नहीं थी, कोई गलतफहमी नहीं थी।

हवेलीराम : गलती का जवाब गलती से देना चाहता है?

सतबीर : जहर का इलाज जहर है।

वीरांवाली : इस तरह तो जहर-ही-जहर बढ़ता जाना है। देख सत, तूने अब लाला वृषभान से झगड़ा खत्म करना है। मैंने तेरे को बताया था पुत्तर कि मैं उनकी घरवाली से कह के आई हूँ कि मैंने लाला वृषभान की सेहत वास्ते रब से दुआएं मांगनी हैं। मेरी प्रार्थना का समय हो गया है। आ, तू भी मेरे साथ प्रार्थना में बैठ। हम दोनों मिलकर ईश्वर से कहें कि लाला वृषभान का तन चंगा करे और सतबीर का मन।

सतबीर : मैंने नहीं करनी है प्रार्थना। जब तक लाला वृषभान का तन-मन-धन सब कुछ खत्म नहीं हो जाता, तब तक मेरे को चैन नहीं आना।

वीरांवाली : तू नहीं जानता पुत्तर कि तू क्या कह रहा है?

सतबीर : मैं तो यही जानता हूँ कि आप जब भी आते हो उस लाले का भला और मेरा बुरा करने आते हो।

वीरांवाली : मैं तो बाप और बेटा दोनों के भले के वास्ते प्रार्थना ही कर सकती हूँ।

सतबीर : मैं समझा नहीं, आप कहना क्या चाह रहे हो? कौन, किसका बाप?

वीरांवाली आगे कुछ नहीं कहती और प्रार्थना करने बैठ जाती है।

हवेलीराम और लाजो आते हैं और सतबीर को पकड़के अलग ले जाते हैं। बैठाते हैं। उसके सिर पर हाथ फेरते हुए कहते हैं : बाप लाला वृषभान, और बेटा सतबीर।

सतबीर : *(खंखारते हुए)* मतलब?

लाजो : तू लाला वृषभान का बेटा है।

सतबीर सोच में पड़ जाता है। अनुनय-विनय से हवेलीराम उसकी ओर देखता है।

सतबीर : नहीं, नहीं। आपको मेरे साथ इस तरह का मजाक करने का कोई हक नहीं। मैं बदनसीब, कंगाल, उस करोड़पति का पुत्तर?

लाजो : हां पुत्तर, हां। ये सच है। लाला वृषभान ने अपनी गलती महसूस की है। वो तेरे को तेरा हक देना चाहते हैं। जा...। अब उनसे मत झगड़।

हवेलीराम : लाला वृषभान बीमार है। तू उनका बेटा है। जा उनके सिरहाने अपनी जगह ले।

सतबीर : वही लेने जा रहा हूँ।

सतबीर चप्पल पहने कुछ उठाने लगता है। रोशन आता है और सतबीर से टकराता है। (*गाकर*) वन चले राम रघुराई। किधर चला?

सतबीर कोई जबाब नहीं देता और आगे बढ़ जाता है।

* * *

लभायाराम का कमरा। वीरांवाली पद्मासन में ध्यान लगाए बैठी है। हाथ प्रार्थना में जुड़े हैं। लाजो पास में बैठी चुपचाप रो रही है।

डा॰ माथुर वृषभान को एग्जामिन कर रहा है : जरा दायां हाथ उठाने को कोशिश करो भाई साहब।

वृषभान दायां हाथ उठाने की कोशिश करता है जो आंशिक रूप से कामयाब होती है। उसके उठे हुए हाथ को माथुर अपने हाथ में लेता है : अपनी हथेली मेरी हथेली पर कसो जरा।

वृषभान हथेली कसने की कोशिश करता है और किसी हद तक कामयाब होता है।

डॉ॰ माथुर : वैरीगुड।

नर्स भीतर झांकती है : गेट पर कोई मिस्टर रोशनलाल खड़े हैं। लालाजी का हाल पूछ रहे हैं और जानना चाहते हैं कि उनका भाई प्रिंस यहां है क्या?

वृषभान : (*अस्पष्ट*) प्रिंस...नहीं...।

सुभद्रा : कह दो लालाजी की तबीयत वैसी ही है।

डा॰ माथुर : (*बात काटते हुए*) पहले से बेहतर है।

सुभद्रा : और प्रिंस यहां तो नहीं आया?

डा॰ माथुर : मेरा नाम लीजिए भाईसाहब।

वृषभान : (*अस्पष्ट*) माथुर...।

डा॰ माथुर : बोलना तो पहले से ज्यादा साफ है। भाभीजी, अब तो सुधार होता

दीखता है आपकी दुआ से।

सुभद्रा : मेरी दुआ से?

डा॰ माथुर : तो और किसकी।

वीरांवाली प्रार्थना में ध्यानमग्न बैठी है। आंखों की कोर से आंसू गिर रहे हैं। आंख खोलकर लाजो की ओर देखती है जो पास में ही रुआंसी बैठी गीता पढ़ रही है।

वीरांवाली : लाजो, कोई खबर सत की?

लाजो सिर हिलाती है कि नहीं। फिर अपने आंसू पोंछ के कहती है : रोशन बीच में बता गया कि लाला वृषभान के यहां तो है नहीं।

वीरांवाली : वीरजी भी चले गये ढूंढने वास्ते?

लाजो : हां। सत का जिन लेखकों-कवियों में उठना-बैठना है उनके पास गये हैं।

वीरांवाली : मैं यहां ना आती तो ही ठीक था। आ भी गई थी तो उसे वो नहीं बताना चाहिए था। बड़ी गलती हो गई मेरे से।

लाजो : अगर गलती थी भी तो हमारी। हम ही तेरे को बुला के लाए। हम ही ने तेरे से सत को बताने को कहा।

हवेलीराम आता है। ये लोग बड़ी उम्मीद से उसकी ओर देखते हैं। वो चप्पलें उतारते हुए निगाह फेर लेता है। सुराही से अपने लिए पानी भरता है। लाजो उसकी ओर दौड़ के आती है : मास्टरजी क्या हुआ?

हवेली पानी पीता है और बताता है : कुछ नहीं लाजोजी।

लाजो : तो इस तरह चुप-चुप क्यों हो?

हवेलीराम : जब बताने को कुछ नहीं हो तब चुप ही रहना पड़ता है। जितने लेखकों-कवियों को मैं जानता था सबके यहां हो आया। और हर जगह से एक ही जवाब मिला कि इधर डेढ़ साल से सतबीर ने उनके यहां आना-जाना छोड़ दिया था। जब लिखता ही नहीं था तब उनके यहां जाकर क्या करता?

लाजो : रोशन किधर?

हवेलीराम : पालम गया है।

लाजो : क्यों भला?

हवेलीराम : कन्नी की पहचान वाला है कोई बिल्लू चाट वाला वो बता रहा था कि उसने सत को पालम गाँव की ओर पैदल जाते देखा।

वीरांवाली : रब करे कि वहां मिल जाए। वरना मैंने कभी अपने को माफ नहीं कर सकना है।

हवेलीराम : तू अपने को क्यों दोष देती है वीरांवाली? तूने तो कोई गलती नहीं की।

वीरांवाली : संन्यास लेकर संसार में लौटना गलती नहीं तो और क्या है?

हवेलीराम : संन्यास भी इसी संसार में रहते हुए ही लिया था ना वीरांवाली? और संसार में संन्यासी तो क्या, खुद अवतारी भगवान को भी हर इन्सानी फर्ज निभाना पड़ता है।

वीरांवाली : प्रज्ञावती वीरांवाली का फर्ज निभा नहीं सकती थी। ये कोशिश ही फिजूल थी।

रोशन गाता हुए आता है : जोगन बन जाऊंगी, सैंया तोरे कारण...।

लाजो : रोशन! इतनी जल्दी मुड़कर आ भी गया पालम से?

रोशन : एक दोस्त की गाड़ी में गया था।

हवेलीराम : कुछ पता चला पुत्तर?

रोशन : खाक-पत्थर! बेकार मेरे को यहां-वहां दौड़ा रहे हो आप। मैं तो शुरू में ही कह रहा था कि लाला वृषभान के यहां रिपोर्ट दर्ज कराओ। उन्होंने ही कहीं बंद कर दिया होना है सत को।

वीरांवाली : ना पुत्तर, ना।

रोशन : प्रज्ञावतीजी आप बुरा मत मानना, मगर आपको आराम से बाहर की दुनिया की कोई समझ नहीं है। आप तो वहीं बैठ के रब का नाम लिया करो। आपसे एक बात पूछ सकता हूँ कि आपने मेरे भाई को हमारे दुश्मन के यहां क्यों भिजवा दिया? उन लोगों का क्या भरोसा?

वीरांवाली : मुझे पूरा भरोसा है लाला वृषभान ने सतबीर का कोई बुरा नहीं करना है।

रोशन : जी मेरे को तो आपके भरोसे पर भी कोई भरोसा नहीं है। पहले भी आप ऐसा ही उल्टा-सीधा समझा गये और सत को करवा गये जेल।

लाजो : तब कुछ गड़बड़ हो गई थी पुत्तर।

रोशन : गड़बड़ इतनी हुई थी कि तब जिस जेल में डलबाया था उसमें मिलने जाने दिया करते थे। इस बारी इतना सही काम हुआ है कि हमें ये तक नहीं पता कि कहां बंद किया है। अब मैं जा रहा हूँ रपट लिखाने वास्ते, अब और कोई तरीका नहीं है।

लाजो : हमने कोई रिपोर्ट नहीं लिखवानी, सुना?

रोशन : तो आप बता दो मैंने क्या करना है? आपकी तरह रोते रहना है? कि इन प्रज्ञावती बहनजी की तरह प्रार्थना ही करनी है? कि पिताजी की तरह कभी अपने

दुखड़े से और कभी गीता के फलसफे से निगाहें चार करनी हैं? इस तरह नहीं मिलना है सत। आया आप लोगों की समझ में?

हवेलीराम : तो एक बीमार आदमी के खिलाफ थाने में झूठी रिपोर्ट लिखा के भी नहीं मिलना है। तुझे लाला वृषभान पर ऐतबार नहीं, मुझ पर तो है? मैं इस गीता पर हाथ रखकर पूरे विश्वास से कहता हूँ कि सत को उन्होंने गायब नहीं किया। वो आप ही हमसे रूठ के कहीं चला गया है।

रोशन : रूठने की कोई वजह तो होगी? आपने उससे ऐसा क्या कह दिया जो वो घर छोड़ के चला गया? बताओ?

हवेलीराम : ये मौका जिरह का नहीं, उसे ढूंढने का है।

रोशन : आपने उसी वक्त कहना था कि वो नाराज होके घर से गया है। मैं स्टेशन जाके उसे पकड़ लेता। तब तो आपने कह दिया, लाला वृषभान के पास गया है। मैंने पूछा भी कि वहां क्यों गया है? तब माताजी बोले कि लौट के आके उसने खुद बता देना है। या तो आप तब झूठ बोल रहे थे, या अब।

लाजो : तू चाहे जो समझ ले। मगर इस समय उसे जा के ढूंढ।

हवेलीराम : मैं भी चलता हूँ। एक बारी सहारनपुर की ओर देख आऊं। तू पालम से आगे भी देख आ।

रोशन : चंगा जी। मैंने तो आल इण्डिया टूर कर लेना है। मगर आप लोगों ने मेरे को सच बात नहीं बतानी।

वीरांवाली : आप कहो तो मैं भी खोज में निकलूं?

रोशन : आप तो प्रार्थना करो। क्या खबर, पड़ोसियों का ही फायदा हो रहा हो उससे?

वृषभान तकियों के सहारे बैठा है। डा॰ माथुर उसके दाएं अंगों के रिफ्लैक्स छोटे हैमर से जांच रहा है। वो संतुष्ट होता है : वण्डरफुल। बहुत तेजी से जान पड़ रही है तुम्हारे जिस्म में।

वृषभान अब काफी स्पष्ट बोल रहा है : तुम्हारी दवा।

डा॰ माथुर : मेरी दवा से तो ज्यादा असर भाभीजी की दुआओं का हुआ है भाई साहब।

सुभद्रा : मेरी दुआओं का असर होता तो शुरू से ही होता।

डा॰ माथुर : भाभीजी, असर तो होते-होते ही हो सके था। फालिज का केस है। नर्स, व्हील चेयर लाओ।

नर्स व्हील चेयर ले के आती है और डॉक्टर तथा सुभद्रा के सहारे वृषभान को उस पर बैठाती है : भाई साहब, अब हम आपको फिर से घुमन्तू जंतु बनाए दे रहे हैं।

वृषभान : बाबा गाड़ी...।

डा॰ माथुर : हां भाभीजी के छोटे से बलमा बनकर अब बाबा गाड़ी में घूमा करो आप।

वृषभान : अपाहिज बोझ।

सुभद्रा : उसकी प्रार्थना के असर से बिल्कुल ठीक हो जाओगे आप।

वृषभान गर्दन घुमाता हुआ सवालिया निगाह उठाता है : किसकी?

सुभद्रा : वो जो आपकी है।

वृषभान : तुम।

सुभद्रा : मैं तो सिर्फ समाज और बिरादरी की निगाह में आपकी हूँ। मगर अपने आत्मा-परमात्मा दोनों की निगाह में तो आप उसी वीरांवाली के हो। उसकी प्रार्थना से ही ठीक हो रहे हो आप। गुड्डी के नामकरण के दिन जब आपसे मिल के गई तब कह के गई थी कि भगवान से प्रार्थना करूंगी कि आपके पति ठीक हो जाएं। भगवान भी आपको उसका पति मानता होगा जभी उसकी प्रार्थना पर फौरन ठीक किया।

सुभद्रा की आंखों से आंसू आ जाते हैं लेकिन उसकी आवाज में तल्खी नहीं बल्कि अपनी हार मानने का भाव है।

वृषभान : मैंने धोखा नहीं किया। अनजाने में हुआ।

सुभद्रा : लोग तो घर में ले आवे हैं सौतन। आपने तो मन की मन में ही रखी। घर में होती तो इस समय तो मैं उसके पांव धोती कि उसकी प्रार्थना से आप ठीक हुए। आप उसके लिए, उसके बेटे के लिए जो करना चाहो जरूर करो। मेरी और जय की ओर से कोई रोक सहीं है।

वृषभान मुस्कुराता है।

रोशन सतबीर को ढूंढता हुआ एक प्लेटफॉर्म पर गाता हुआ बढ़ रहा है : जब तुम ही चले इंग्लैंड, बजाकर बैंड, ओ प्रीतम प्यारा... दुनिया में कौन हमारा...। लो जी खिड़की में भी नहीं मिला। अब आगे कहां जाएं? चलो पहले प्लेटफॉर्म की बेंच में आराम करें। लातें जबाब दे गईं अब तो। मैंने कहा बादशाहो, टिकट हमने भी फुल कटवाया हुआ है। अद्धी बैंच तो हमारे वास्ते भी छोड़ दो।

सतबीर उठता है और रोशन खाली हुई जगह पर बैठने को होता है तभी सतबीर पर नजर पड़ती है : अरे सत! हमसे मिले तुम ब्रदर... तुमसे मिले हम गुड़गांव में...।

सतबीर उठकर भागता है : मेरे को जाने दे रोशन।

रोशन गाता हुआ उसका पीछा करता है : ना जाने देंगी, जाने ना देंगी...। और रुक न सको तो जाओ पर जाने ये पहले ये सुन जाओ। गुमशुदा की तलाश-...प्यारे सतबीर तुम जहां भी हो पढ़कर फौरन चले आओ। माताजी रो-रो के विहाल हो रहे हैं। पिताजी ने खाना छोड़ दिया है। प्रज्ञावती जी प्रार्थना करते-करते थक गये हैं और लाला रोशनलाल बेहाल हो गये हैं। घर लौट आओ। तुमसे कोई कुछ नहीं कहेगा। तुम्हारी मर्जी के खिलाफ शादी नहीं की जाएगी।

सतबीर : बेवक्त की बकवास बंद कर।

रोशन उसे गले लगाता है : इस वक्त के लिए तो प्यारे यही थी अपने पास। अच्छा, अब बता चक्कर क्या था?

सतबीर : कुछ नहीं। मैंने घर छोड़ दिया।

रोशन : गौतम द बुद्धा की तरह? यों ही?

सतबीर : हां।

रोशन : तो अब यों ही वापस चले चल। क्योंकि बुद्धा बनने का तेरा चांस तो निकल गया है।

सतबीर : मैंने वापस नहीं चलना।

रोशन : तो माताजी-पिताजी से क्या कहूं घर जाके?

सतबीर : कह देना मैं नहीं मिला।

रोशन : किस तरह कह देना? तू तो जानता है मेरे वास्ते झूठ बोलना कितना मुश्किल है।

सतबीर : तू उनसे कह देना कि वो घर आने को तैयार नहीं है।

रोशन : मगर क्यूं? तेरी शादी मर्जी के खिलाफ नहीं की जा रही है। तेरे को इम्तिहान की रिपोर्ट देख के पिताजी ने पीटा नहीं है। तू ही बता, ऐसा कुछ किया माताजी-पिताजी ने जो तू घर छोड़ आया?

सतबीर : मेरे माताजी-पिताजी ने कुछ नहीं किया।

रोशन : करेक्ट। तो पड़ोसन की माताजी ने जो कुछ कहा हो या किया हो उसे भी भूल जा और घर चल।

सतबीर : वो मेरा घर नहीं है।

रोशन : तेरा दिमाग तो दुरुस्त है ना बिरादर? पेंच-पांच सब अपनी जगह पर?

सतबीर कोई जबाब नहीं देता लेकिन उसकी आंखों में आंसू छलक आते हैं। रोशन हैरान होता है : चल बिरादर, नहीं तो क्लब चल। वहां मैंने तेरे को पिलाना है

ठण्डा नींबू पानी और अपने को पिलाना है चिल्ड जौ पानी। फिर हमने करनी हैं बातें। ठण्डे दिलो-दिमाग से। उठ बिरादर।

सतबीर : तू मेरा बिरादर नहीं है रोशन। मैं मास्टर हवेलीराम का पुत्तर नहीं हूँ। तुम लोगों का घर मेरा घर नहीं है।

रोशन : ये किस चण्डूखाने में सुन आया तू?

सतबीर : तेरे घर में। तेरे पिताजी मास्टर हवेलीराम के मुंह से सुन के आया हूँ।

रोशन : उन्होंने मजाक किया होना है।

सतबीर : मास्टर हवेलीराम कभी मजाक नही करते। कभी झूठ नहीं बोलते।

रोशन : पिताजी ने इस तरह कहा? तब तो ये भी बताया होना है तू किसका बेटा है?

सतबीर : लाला वृषभान का...। वल्ले-वल्ले! बधाइयां होवें...

कहते-कहते सतबीर दांयी बांह में आंखें छिपा के जहाँ रोने लगता है, रोशन सचमुच बहुत खुश होता है और धौल-धप्पा करता है : ...अबे, तो इसमें घर से भागने और रोने की क्या बात है? ये तो दोतरफा खुशी की बात है। लाला वृषभान को बुढ़ापे में एक पुरुषार्थी पुत्तर मिल गया और तेरे को जवानी में करोड़ों कमाऊ बाप।

सतबीर : मेरे को नहीं चाहिए उनका पैसा।

रोशन : फिर तेरे को क्या चाहिए? हम गरीबों का प्यार। तो इस तरह कर बिरादर कि लाला वृषभान से पैसा ले के हमें दे दे। और हमारा प्यार हमसे लेता चला जा लाइफ लौंग।

सतबीर : मेरे को कुछ नहीं चाहिए। पैसा, प्यार, कुछ नहीं। सब कुछ खोटा है यहां।

सतबीर उठके चल देता है, रोशन उसके पीछे आता है : लाला वृषभान का पैसा खोटा हो सकता है सत, मास्टर हवेलीराम का प्यार नहीं, सुना? तेरे को कोई हक नहीं है कि उनका प्यार ठुकरा दे। उन्हें बुढ़ापे में तकलीफ पहुंचाए।

सतबीर : मैंने उन्हें नहीं ठुकराया, उन्होंने मेरे को ठुकरा दिया। पराया बना दिया इस उम्र तक पालकर। अब मेरा कोई घर नहीं।

रोशन : उन्होंने तो तेरे एक से दो घर कर दिए। खैर, जो तेरे को दूसरा घर नामंजूर हो तो पहले वालों में तो चल।

सतबीर : घरों से अब दिल भर गया। मैं अब मुकम्मिल बेघर बन गया हूँ रोशन।

रोशन : सत मेरी एक बात सुन। तू पहले चल के माता-पिताजी को अपने इस फैसले के बारे में आप बता दे, फिर शौक से घर-संसार छोड़ कर संन्यासी बन जाना।

और बाय द वे आश्रम को दान-दक्षिणा तगड़ी मिलने लग पड़े तो मेरे को मैनेजर की पोस्ट पे बुला लेना। चल, चल ना।

सतबीर एक क्षण सोचता है, फिर राजी हो जाता है : चलता हूँ, आखिरी बार।

लभायाराम का कमरा। वीरांवाली प्रार्थना कर रही है, लाजो उदास बैठी है और हवेलीराम गीता पढ़ रहा है : सुख दुखे समे कृत्वा लाभालाभौ जयाजयौ...।

पंक्ति को पढ़ने के बाद अपनी निगाह उठाता है और जैसे अपने से ही कहता है : सुख-दुख को एक समान मान के....।

आवाज सुनाई देती है : आ गया, आ गया, आ गया, आ गया, ना आने वाला...।

सुनकर लाजो चिढ़ती नहीं बल्कि खुश होकर लपकती है : कोई खबर मिली सत की?

रोशन : आप सत मिला।

हवेलीराम : कहां है?

रोशन : सतबीर हाजिर हो...।

पीछे से सतबीर आता है। लाजो उसे गले लगा लेती है : सत, तू कहां चला गया था पुत्तर?

सतबीर : जिधर से आप मेरे को किसी दिन चिथड़े में लिपटा लाए होने हो।

लाजो : तेरे को क्या पता, हम तेरे को कहां से लाए? क्यों लाए? किस तरह अपने से भी ज्यादा मानकर पाला तेरे को? उसकी ये सजा दे रहा है हमको?

रोशन : माताजी ये बड़ी मुश्किल से यहां आने को राजी हुआ है। और वो भी बस ये कहने आया है कि इसने संन्यासी बनने का फैसला कर लिया है।

इस सूचना से लाजो चौंकती है : संन्यासी क्यों बनेगा?

रोशन : वो इस तरह है जी कि ये जो संन्यासिनी प्रज्ञावती जी आए हैं, इन्होंने इसे लाला वृषभान का बेटा बताकर एक ही झटके में फटेहाल से मालामाल बना दिया। इस करके इसका दिमाग चल गया है।

सतबीर : इन प्रज्ञावती जी ने मेरे को मालामाल से फटेहाल बना दिया है। इन्होंने आकर मेरा सब कुछ छीन लिया।

वीरांवाली : मैं तो तेरे को सब कुछ दिलाना चाहती हूँ पुत्तर।

सतबीर : खबरदार जो आपने मेरे को पुत्तर कहा। खबरदार जो उस लचर लाले को आपने मेरा बाप बनाया।

वीरांवाली रुआंसी होती हुई पीछे हटती है। रोशन उसके पास जाता

है : प्रज्ञावती जी आप छोड़ो इस बेवकूफ को। आप तो मेरे को कहो पुत्तर। लाला वृषभान को मेरा बाप बना दो। मेरे को तो सारी बात किसी ने बताई नहीं। अगर प्राब्लम यही हो कि लाला वृषभान का कोई पैदा हुआ बच्चा खो गया था और आपको ही उसकी पहचान मालूम है तो मेरे को कर दो लाले के आगे हाजिर। लाओ फटाफट वो ताबीज जो बच्चे के गले में पड़ा था। उसे पहनूं तो चलूं।

हवेलीराम : तेरा हर मजाक बेवक्त हुआ करता है रोशन।

रोशन : पिताजी मैं इतना सीरियस कभी हुआ ही नहीं जिन्दगी में।

हवेलीराम : तू सतबीर को ढूंढ के लाया है हमारे लिए। यही तेरी सीरियसनैस बहुत है। अब जरा हमें इसे समझाने दे।

रोशन : आप प्रेम के साथ इसे समझाओ। मैं तो चला अपना धंधा देखने।

लाजो : रोटी नही खानी?

रोशन : डबलरोटी खा ली थी। अच्छा चलता हूँ और लौट के मिलता हूँ। और प्रज्ञावतीजी अब आप ऐसा कुछ मत कह देना कि सत फिर भाग खड़ा हो। (*गाकर*) जोगन बन जाऊंगी...।

रोशन गाता हुआ चला जाता है।

सतबीर : माताजी-पिताजी अब मेरे को भी इजाजत दो।

लाजो : तूने कहां जाना है?

सतबीर : कहीं भी और कहीं नहीं।

लाजो : लेकिन तू रोशन और लभाया के साथ मिल कर बिजनेस करता है। तेरा यहां रहना जरूरी है।

सतबीर : मैं हर जगह गैरजरूरी हूँ।

लाजो : इस तरह नहीं कहते।

हवेलीराम : यहां से जाएगा तू तो रोटी-रोजी के लिए क्या करेगा?

सतबीर : कुछ भी और कुछ भी नहीं।

वीरांवाली सतबीर के पास आती है : ये क्या कर रहा है सतबीर? जब नफरत की आग में जलने और जलाने की बात थी तब तो तू नहीं भागा। लाला वृषभान से हर बुरे-अच्छे तरीके से लड़ता रहा। और अब जब बाप का प्यार और बेटे का हक पाने का मौका आया है तू भाग जाना चाहता है? तू मेरे कहने पर एक बार, सिर्फ एक बार, उनसे मिल ले।

सतबीर : आपको ये सब वकालत करने की जरूरत नहीं है। वो आप भी मेरे को एक बारी बुला चुके हैं, जबरदस्ती मेरे बाप बनते हुए। मेरे को पैसे देने की बात कह

चुके हैं। मैंने आपसे भी वही कहना है जो मैं उनसे कह के आया हूँ कि अगर वो मेरे बाप हैं तो मैंने उनके वास्ते चंदन की चिता सजानी है।

हवेलीराम : वो सचमुच तेरे पिता हैं सत।

सतबीर : अगर वो सचमुच मेरे पिता हैं तो मैं... चंदन की चिता सजाने वाली बात वापस लेता हूँ।

हवेलीराम को ऐसा लगता है कि शायद सतबीर में परिवर्तन हो रहा है : वो तेरे पिता हैं। उनसे अगर कोई नाइंसाफी हुई तो अनजाने में हुई। तुझे उनसे नाराज नहीं रहना चाहिए। लड़ना नही चाहिए।

सतबीर : जिस आदमी ने बाप होते हुए भी मेरे को गोद नहीं खिलाया मैं उसके वास्ते चिता भी क्यों सजाऊं?

वीरांवाली : उन्हें कोई दोष न दे। उन्हें तेरी पैदाइश का पता नहीं था।

सतबीर : बस आपको ही पता था?

वीरांवाली : हां।

सतबीर : प्रज्ञावती जी पिछली बारी जब आप लाला वृषभान की वकालत करने आए तब आपने मेरे से कहा कि आपके खास भगत हैं। क्या आप अपने भक्तों के नाजायज औलाद का हिसाब भी अपने पास रखते हो? क्या आपके सारे ही भगत चरित्रहीन हैं?

वीरांवाली उठ जाती है और एक किनारे हो जाती है।

लाजो : सतबीर, तू जानता नहीं कि तू क्या कह रहा है, क्या कर रहा है।

सतबीर : तो माताजी आप इन्हें क्यों मेरे को अपने से छीन लेने दे रहे हो? क्यों इन्हें जबरदस्ती लाला वृषभान को मेरा बाप बनाने दे रहे हो?

लाजो : ये तेरी माँ है।

हवेलीराम वीरांवाली के कंधे पर हाथ रखता है : वीरांवाली। जिसकी लाला वृषभान से शादी तय हुई थी लेकिन कुछ गलतफहमियों की वजह से हो नहीं पाई।

वीरांवाली-सतबीर की आंखें मिलती है। वो एक-दूसरे की तरफ बढ़ते हैं। लगता है कि सतबीर वीरांवाली की पसरी हुई बांहों में समा जाएगा लेकिन वो उसके हाथ अपने शरीर से हटाते हुए कहता है : गलतफहमी में शादी नहीं हुई। और किसी खुशफहमी में आपने मेरे को जन्म देकर मेरी माताजी बनना मंजूर नहीं किया होना है। वाह संन्यासिनी जी! आपने अपने को माफ किया, लाला वृषभान को माफ किया, सजा इन्हें दिलाई!

'इन्हें' कहते हुए लाजो तथा हवेली की तरफ इशारा करता है : इनसे कहा कि लाला वृषभान की निशानी को पालो। और जब इन्होंने पाल-पोस कर बड़ा कर दिया

तब इनको और मेरे को सजा देने को आ गये। सिर्फ इसलिए कि आप लाला वृषभान को मेरे गुस्से से बचाना चाहते हो?

लाजो : बात इस तरह नहीं है पुत्तर।

सतबीर : किसी तरह भी हो, मेरे को और बिल्कुल नहीं सुननी।

लपक के सतबीर जाने लगता है। हवेलीराम उसके पीछे लपकता है : सतबीर सुन तो..., पुत्तर सुन तो...।

वीरांवाली हवेलीराम को परे करके दौड़ पड़ती है : आप इधर ही रहो। मैंने समझा देना है उसे।

वीरांवाली और सतबीर बैठे हैं लेकिन एक दूसरे की ओर देख नहीं रहे। वीरांवाली रो रही है : तो इस तरह हुआ। मैं खुदकुशी कर पाई होती तो ही अच्छा रहता सत तेरे वास्ते।

सतबीर : खुदकुशी में कौन-सी बहादुरी होती है?

वीरांवाली : पुत्तर तू कुछ भी कह, लेकिन बिन ब्याही माँ निडर होके अपना बच्चा पाल नहीं सकती थी उस जमाने में। हमारे आश्रम में ही कितनी ही ऐसी बदनसीब माएँ पहुंचती हैं। अभी दो साल पहले ही एक लड़की आई थी सहारनपुर से। बबली। बताती थी, यहां कैंप में उसकी किसी से शादी होनी थी। उसने की नहीं। फिर वो जहां नौकरी करने लगी वहां के मालिक के बेटे ने हाथ मांगा तो उसने शादी कहीं और कर ली।

सतबीर : बबली आपके पास आई थी?

वीरांवाली : तू उसे जानता है?

सतबीर : हां। क्यों आई थी?

वीरांवाली : क्योंकि वो बिन ब्याही माँ बनने वाली थी।

सतबीर : वो कहां है?

वीरांवाली : कलकत्ता। और उसे कलकत्ता भिजवाने के लिए जिम्मेदार है कैंप का वो लड़का जिससे उसकी कभी शादी होने वाली थी।

सतबीर : वो किस तरह?

वीरांवाली : क्योंकि उसी ने उसके पास पहला ग्राहक भिजवाया था ये कह के कि इन्होंने आपको सेक्रेटरी बना के नौकरी दिला देनी है।

सतबीर : नहीं।

वीरांवाली : हां। अनजाने में बड़ी गलतियां करता है इन्सान। तो अब भी मना है लाला वृषभान से मिलने वास्ते?

सतबीर : नहीं। मैंने उनसे अब कोई झगड़ा नहीं करनी। उनसे जरूर मिल लेना है।

वीरांवाली : तो फिर चल!

सतबीर : आप चलो, मैंने एक काम करके आ जाना है।

वृषभान की कोठी के गार्डन का लोकेशन। चारों तरफ खूबसूरती है और एक तरह की उदासी भी, क्योंकि सांझ ढल रही है। पक्षी वापस जा रहे हैं। सुभद्रा व्हील चेयर में वृषभान को घुमा रही है : एक चक्कर और, कि भीतर ले चलूं?

वृषभान : भीतर गर्मी। यहीं।

सुभद्रा व्हील चेयर घुमाती हुई नया चक्कर शुरू करती है तभी उसकी पीठ के पीछे से वीरांवाली सतबीर को ले के आती है : सुभद्रा जी...।

सुभद्रा मुड़ती है। पहचानने के बाद मुस्कुराती है और व्हील चेयर घुमा देती है : कौन? अरे आप? आओ ना।

वीरांवाली : मैंने इस घर में कदम न रखने को कहा था लेकिन अधूरा फर्ज पूरा करने को आना पड़ गया। वृषभान, ये तुम्हारा बेटा सतबीर। ये तुमसे अब नहीं झगड़ेगा।

वृषभान सतबीर का हाथ अपने हाथ में लेता है : बाप-बेटा कैसा झगड़ा?

सुभद्रा : आपके यहां आने में रोक कैसे हो सके भला? आपकी प्रार्थना से ही ठीक हुए हैं। बल्कि मैं तो कहूं, आप यहीं रहो कुछ रोज।

वीरांवाली : मैं तो माफी चाहूंगी। इस सत को आप जरूर रख सकते हैं।

वृषभान : ये तो रहेगा ही।

सुभद्रा : हां, जब जायदाद में इसका हिस्सा दे रहे हैं तो घर भी देंगे।

वृषभान सतबीर की ओर देखता है फिर उसका हाथ थपथपाता है।

सतबीर : जिद ही है मेरा हिस्सा करने की, नाजायज औलाद को अपनाने की, तो मेरी यही विनती है आपसे कि मेरे हिस्से के पैसों से नाजायज बच्चों के लिए धर्मखाता खोल देना।

कहकर सतबीर जाने लगता है।

वृषभान : सतबीर, बेटे कहां जा रहा है...?

रेलवे की बुकिंग खिड़की। लाइन में पहले नम्बर पर पहुंचकर सतबीर कहता है : एक टिकट कलकत्ता।

* * *

लभायाराम का कमरा। हवेलीराम, कुलभूषण और लाजो उदास बैठे हैं। लाजो बता रही है : यहां से वीरांवाली के साथ लाला वृषभान के घर गया, वहां से कुछ ही देर में लौट के आया और सामान बांधने लग पड़ा। मैंने पूछा क्या लाला वृषभान हौरी ने तेरे को अपने यहां रहने वास्ते बुलाया है? कहता है 'हां'। मगर वहां गया नहीं।

हवेलीराम : ताज्जुब ये है कि हमसे झूठ बोल के गया।

लाजो : रोशन से तो सच बोला था कि बस एक ही बार जाऊंगा घर। फिर मैंने संन्यास ले लेना है।

कुलभूषण : मैंने पुलिस को बता दिया था कि साधु बनने की बात थी उसके मन में। तो उन्होंने हरिद्वार से ले के आगे तक सभी आश्रमों में दिखवा लिया है, मगर कुछ पता नहीं चला।

हवेलीराम : पता नहीं कहाँ चला गया। कोई दुर्घटना तो...।

कुलभूषण : अस्पतालों में भी दिखवा लिया?

सुनकर हवेलीराम सोच में पड़ जाता है और मानो अपने से ही कहता है : कहीं ऐसा तो नहीं था कि जब ये पेट में था तब इसकी माँ वीरांवली ने भी दो बार आत्मह...

लाजो उसके मुंह पर हाथ रख देती हैं : मास्टर जी, शुभ-शुभ बोलो। वो जहां भी हो चंगी तरह हो। मेरा मन तो कहता है मास्टरजी कि सत ने संन्यास भी नहीं लेना।

हवेलीराम : तब रब करे कि वो जल्दी लौट आए। बहुत खाली-खाली सा लगता है उसके बगैर। हालांकि मेरी तरह वो भी ज्यादा बोलता-चालता नहीं, लेकिन मुझे लगता है कि जैसे उसके जाने से घर की सारी रौनक ही चली गई।

लाजो : वो तो आपको लगना ही हुआ। सतबीर पुत्तर भले ही लाला वृषभान का हो, वारिस आपका है। आपके सारे गुण हैं उसमें।

कुलभूषण : हां, पिताजी ने उसे ही अपने सबसे नजदीक माना है।

रोशन गाता हुआ आता है : बेताब है दिल आज मौहब्बत के असर से, जिस दिन से मेरा चांद छिपा मेरी नजर से...। अच्छा, प्राजी तशरीफ लाए हैं? दिली खुशी हुई जी आपको हमारे मामलों से दिलचस्पी लेते देख कर।

हवेलीराम : सतबीर के बारे में कुछ पता चला रोशन?

रोशन : जी मेरे को कहां से पता चलना था?

लाजो : तू थाने नहीं गया पूछने?

रोशन : ना।

लाजो : क्यूं?

रोशन : फुर्सत नहीं मिली।

हवेलीराम : इस समय कहां से आ रहा है?

रोशन : क्लब से।

लाजो : क्लब में गुलछर्रे उड़ाने वासते फुर्सत है, भाई के बारे में पूछताछ करने वास्ते नहीं?

रोशन : क्लब में मैं बिजनेस के काम से गया था और माता जी, ये मास्टर हवेलीराम के पुत्तर के गुम होने का मामला नहीं है कि बार-बार थाने के धक्के खाना जरूरी हो। ये लाला वृषभान के पुत्तर के गुम होने का मामला है। जरा भी कोई सुराग मिलना है तो थानेदार ने आप घर बताने आना है। मास्टर हवेलीराम और लाला वृषभान के पुत्तर के गुम होने में कितना फर्क है ये इसी से पता चलता है कि इस बारी प्राजी घर आए हैं।

कुलभूषण : प्राजी को पिछली बार तूने खबर करना तक जरूरी नहीं समझा।

लाजो : पुत्तर, जरूरी नहीं कि हमेशा कोई बताने ही आए। इंसान बीच-बीच में पूछने भी आ सकता है।

रोशन : यही तो मुसीबत है, पूछते ही नहीं! ये तक नहीं कि जिंदा हो या मर गये।

कुलभूषण : तू कितना आता है?

रोशन : आपके क्वार्टर में मेरे पिताजी-माता जी नहीं रहते। आपके और मेरे पिताजी-माता जी यहां रहते हैं। यहां।

हवेलीराम : तुम्हें लड़ते देखता हूँ तो सोचता हूँ कि सत ने कुछ गलत नहीं किया घर से भाग कर।

रोशन : पिताजी गुस्ताखी माफ। सत मेरी वजह से घर से नहीं ना भागा है? प्रज्ञावती बहनजी को मैं नहीं ना लाया बुला के?

लाजो : पिताजी ने जो भी किया सत के भले के लिए किया।

रोशन : सत को रोशन समझ के किया? ये मान के किया कि लाला वृषभान से पैसे मिल के उसने खुश हो जाना है? उसके वास्ते दुनिया में पिताजी से बढ़ के कोई शै ही नहीं रही। और आपने पिताजी के वास्ते ही उसे अछूत बना दिया। उसके सिलवाये हुए कुर्ते पिताजी का पहनाने वास्ते राजी नहीं हुए आप। मेरे लाये को ठुकराते तो कोई बात नहीं थी, लेकिन आपने उसके लाये को भी ठुकराया जिसे आप पिताजी का असली वारिस कहते हो।

रोशन कुर्तों का वो पैकेट लाता है, जो सतबीर लाया था। लाजो पैकेट खोलकर

कुर्ते निकालती है : सत पुत्तर, तू मुड़ के घर आ जा वापस। फिर मैंने तेरे सामने अपने हाथों से पहनाना है पिताजी को तेरा लाया कुर्ता। सत, सुना तूने?

सतबीर कलकत्ता के एक नाइट-क्लब के फॉयर में कांच के भीतर लगी डांसर्स की तस्वीरें देख रहा है। जिन नाचने वालियों को तस्वीरें हैं उनमें से कोई भी बबली से पूरी तरह मिलती नहीं : अब तो जेब भी जबाब देने लग गई और लातें भी। पता नहीं बबली जी यहां मिलते हैं कि नहीं। तस्वीरों में से तो कोई भी बबली जी की नहीं।

दलपत : बिल्कुल सही फरमाया। लेकिन सुनिए, आपको उसका असली नाम कैसे पता है—बबली? आप भी मेरी तरह पुराने चाहने वालों में से हैं?

सतबीर पलटता है और दलपत से मुखातिब होता है : दलपत साहब आप? कलकत्ता में?

दलपत : हां। बिजनेस-कम-प्लैजर ट्रिप पर। मगर तुम यहां क्या झक मार रहे हो प्रिंस ऑफ पुराना किला?

सतबीर : मैं बबली जी को ढूंढते वास्ते आया हूँ। हफ्ता होने आया ढूंढते-ढूंढते। कहीं कोई सुराग नहीं मिला।

दलपत : ये तुम्हारी बगल में खड़ी तो है बबली।

सतबीर देखता है, जहां एक बड़ा पोस्टर है : कहां?

दलपत पोस्टर की ओर इशारा करता है : ये!

सतबीर तस्वीर पहचानने की कोशिश करता है। तस्वीर में लड़की स्पेनिश डान्सर की पोशाक में है। सतबीर उसका नाम पढ़ता है और दलपत से कहता है : लेकिन ये तो लिखा है कि ब्राजील की लेडी है।

दलपत : देसी साहबों की दुनिया में देसी को विलायती कह के चलाना पड़ता है। इनमें से कोई भी लड़की बाहर की नहीं है। लड़की तो लड़की ही है। पटपड़गंज की हो या पैरिस की।

सतबीर : आप मेरे को बबली जी से मिलवा दोगे दलपत साहब?

दलपत : कभी तुमने मुझे उससे मिलवाया था? लेकिन अब मैं तुम्हें उससे मिलवा दूंगा।

नाइट क्लब का स्पॉट लाइट बबली पर है जो इस्पहानी फोक डांस कर रही है।

नीम अंधेरे में सामने की कोने वाली टेबल पर सतबीर और दलपत बैठा है। दलपत नाच देख रहा है और सिगरेट का धुआं उड़ा रहा है : देखो प्रिंस। देखने के ही पैसे दिए हैं। मानता हूँ तुमने इसे पहले बहुत देखा है लेकिन इस रूप में तो नहीं दोस्त?

सतबीर निगाहें नीचे किए नैपकीन से खेल रहा है। वो नर्वस है और झेंपा हुआ भी। दलपत अपना हाथ बढ़ा के सतबीर की ढोडी पकड़ता है और उसका चेहरा उठाता है : इतना तो इत्मीनान कर लो कि तुम्हारी बबली जी ही है।

स्पॉट लाइट में डांस करती बबली अपना प्रोग्राम खत्म करती है। नीम अंधेरे में बैठे दर्शक ताली बजाते है। दबे हुए ढंग से दलपत भी ताली बजाता है। पास में बैठा सतबीर ताली नहीं बजाता। पूछता है : अब चलें जी?

दलपत : सब्र करो। उसे कपड़े-वपड़े बदलने का तो मौका दो।

बबली ग्रीन रूम में। डांस वाले कपड़े उतारकर वह पार्टी ड्रेस पहन चुकी है और दरवाजे पर दस्तक सुनकर दरवाजा खोलती है। उसकी हेयर ड्रेसर गुलाबों का छोटा-सा गुलदस्ता लेती है। गुलदस्ते के साथ दलपत का कार्ड भी है।

बबली : (*कार्ड पढ़कर*) दलपत सिंह फ्राम डेल्ही?

हेयर ड्रेसर से कहती है : अन्दर आने दो।

लड़की इशारा करती है। दलपत भीतर आता है और बबली से हाथ मिलाता है : हैलो डार्लिंग! ब्राजील की आबोहवा तुम्हें माफिक आई है। सैनोरा तुम पहले से भी ज्यादा हसीन हो चली हो।

बबली : फोकट में हुस्न की तारीफ सुनना मेरे को पसन्द नहीं ना है।

दलपत : भूल के लिए बहुत-बहुत शर्मिन्दा हूँ। एक नाचीज-सा तोहफा ये बताने के लिए कि तुम भी क्या चीज हो।

दलपत अपनी जेब में हाथ डालता है और जेवर का डिब्बा निकाल कर बबली को देता है। बबली डिब्बा खोलती है। उसमें चमकदार नगवाले टॉप्स हैं।

बबली : थैंक्स।

दलपत : और अगर अब इजाजत हो तो मैं तुम्हारे एक बहुत पुराने चाहने वाले को पेश करूं?

दलपत बाहर की ओर देखता है और इशारा करता है। सतबीर अन्दर आता है।

दलपत : सैनोरा बार्बी, मे आई प्रेजेन्ट प्रिंस सतबीर सिंह ऑफ पुराना किला?

बबली मुंह फेर लेती है : यू मे नॉट।

सतबीर : बबली जी।

बबली : यहां कोई बबली नहीं रहती। बार्बी रहती है और बार्बी सिर्फ अपने कद्रदानों से मिलती है।

दलपत : प्यार से देखो। ये कोई ऐरा-गैरा नहीं, तुम्हारा पहला कद्रदान है।

बबली : इन्होंने तो मेरी ऐसी कद्र की कि बबली से बार्बी बनने के रास्ते पर डाल दिया।

दलपत : अच्छा, तो यही है वो गुनहगार? चलो आज इसकी सजा तय करते हैं।

बबली : तुम आप भी गुनहगार हो। तुमने क्या सजा तय की है?

सतबीर : बबली जी मैं अपने सारे पापों का प्रायश्चित करने वास्ते आया हूँ।

बबली : इस तरह के मोटे-मोटे स्कूल के अल्फाज यहां बोले-समझे नहीं जाते, सुना। दलपत, मेरे को भूख लगी है। कम, लेट्स गो।

दलपत कंधे उचकाता है कि मैं क्या करूं?

दलपत : तुम्हारा हुक्म सिर आंखों पर। सॉरी प्रिंस।

सतबीर : दलपत साहब इन्हें समझाइए। मैं ज्यादा नहीं, सिर्फ दो मिनट इनसे तन्हाई में बात करना चाहता हूँ।

बबली : मैं पब्लिक तक में बात करने को तैयार नहीं।

सतबीर : बबली जी प्लीज। आपको माता जी की सौगंध।

इस कसम के आगे बबली लाचार हो जाती है : अपनी गन्दी जबान से अपनी माता जी का नाम मत ले।

दलपत : बात कर लो बिचारे से। हफ्ते भर से तुम्हारे लिए कलकत्ता की खाफ छान रहा है।

बबली : ठीक है, तुम लॉबी में वेट करो।

दलपत : बैस्ट ऑफ लक।

दलपत सतबीर को पैट करके चला जाता है। दलपत के जाने के बाद बबली बैठ जाती है लेकिन सतबीर से बैठने को नहीं कहती : ओ.के., जो कुछ कहना हो जल्दी कहो।

सतबीर : पहली बात तो मैं ये कहना चाहता हूँ कि जो कुछ हुआ उसका मुझे बहुत दुख है। अभी प्रज्ञावती जी दिल्ली आए थे तो उन्होंने किसी और सिलसिले में आपके बारे में बताया। सुनते ही मैं यहां आ गया हूँ।

बबली : पूछ सकती हूँ क्यों? अपना कमीशन मांगने?

सतबीर : जी?

बबली : कमीशन। जे.बी. साहब और दलपत इन दो अमीर कद्रदानों से मिलवाने का।

बबली की आवाज टूटने लगती है। आंखों में गुस्सा और नमी दोनों भर उठते हैं : आपने जो कुछ किया उसके बाद आपने मेरे को सूरत दिखाने की जुर्रत किस तरह की?

सतबीर : बबली जी, ये सच है कि मैंने आपसे शादी वास्ते मना किया। लेकिन ये भी सही है कि मैंने कभी आपसे शादी करने का वादा नहीं किया। हमारे बुजुर्गों से समझने में भूल हो गई।

बबली : और मेरे से भी? आपने मंगला की वजह से मेरे को छोड़ा। पड़ोसी के प्यार का दम भरने के बाद छोड़ा। उसी तरह जैसे जे.बी. ने बॉस के बांवरेपन का नाटक करने के बाद छोड़ा।

सतबीर : जे.बी. साहब की मैं नहीं जानता।

बबली : क्यों नहीं जानते? अब ना जानने वाले बन गये? और तब क्या हुआ था जब जे.बी. साहब की रात-दिन तारीफ करते थे कि नहीं, वो तो बहुत अच्छे आदमी हैं।

सतबीर : उनके बारे में आप मुझे धोखा हुआ। वो शायद हैं तो अच्छे मगर हर माने में बहुत कमजोर हैं।

बबली : जानना चाहोगे कि जितना ही तुमने और मंगला ने मिलकर उन्हें परेशान किया उतनी ही उनकी मेरे तरफ मेहरबानी बढ़ती गई। यहां तक कि मंगला से शादी करने से दस दिन पहले, सिर्फ दस दिन पहले, आपके कमीने जे.बी. साहब ने माला अदल-बदल कर मेरे से शादी कर ली।

सतबीर : आपने मंगला जी से कह देना था।

बबली : मेरे को तो पता ही नहीं था कि वो मेरे से धोखा करेंगे। मैं तो हर तरह से बेफिक्र थी कि वो एकाएक आये और आपकी एजेन्ट बता के मेरे को अलविदा कह गये। तबाह कर गये मेरे को।

सतबीर : बबली जी मेरे साथ भी तो बुरी बीती।

बबली : तो आंसू पोंछने-पुंछवाने अब आये हो? तब लकवा मार गया था?

सतबीर : पहले हिरासत में था, फिर जेल में। मेरे साथ भी बहुत बुरा सलूक किया जे.बी. साहब ने। मेरी जिन्दगी भी तबाह हो गई है, मेरी दुनिया भी बदल गई है।

बबली : दुख के पहाड़ टूटे, दुनिया बदली, मगर आप वैसे के वैसे रहे। निहालदेई मौसी को उत्तरकाशी में मेरा बच्चा पैदा होने की बात पता नहीं थी। बेवकूफी में

आपके माता जी को उन्होंने चिट्ठी लिख भेजी कि बबली से सतबीर की शादी करने का वादा पूरा करो। तब आपने क्या किया? एक सिफारिशी चिट्ठी देकर दलपत जैसे अय्याश को मेरे पास भेजा कि ये सचमुच आपको नौकरी देना चाहते हैं।

सतबीर : मैं माफी चाहता हूँ। मैं जे.बी. साहब से बदला लेने वास्ते बेताब था। दलपत की मदद हम लोगों के लिए जरूरी थी। और कसम खाता हूँ, मेरे को पता नहीं था कि...।

बबली : आप उन समझदारों में से हो जिन्हें कुछ पता नहीं होता। ये भी नहीं कि अगर कोई लड़की एकाएक शहर छोड़ के जाती है तो कोई खास बात होती है। यह भी नहीं कि अगर कोई लड़की बिन ब्याही माँ बन जाती है तो हर हमदर्द उसका दर्द थोड़ा और बढ़ाना अपना धर्म समझता है। दंगों तक में जिस नरक से मैंने अपने को बचाया उसी में आपने मेरे को ढकेला।

सतबीर : आप जिन तकलीफों से गुजरे होंगे मैं उसको अच्छी तरह से समझ सकता हूँ बबली जी।

बबली : समझ सकते हो, भोग तो नहीं सकते? दंगों के बाद मेरे को तो मर्दों के नाम से ही नफरत हो चली थी। आप ही मंडराते रहे आस-पास मेरी राय बदलने वास्ते। कभी बाल्टी उठाई, कभी आंसू पोंछे, कभी मेरे खातिर गुण्डों से लड़े, हमेशा बहुत प्यार से बबली जी-बबली जी कहा। बबली जी दुनिया ऐसी नहीं है, जैसा आप समझते हो।

सतबीर : मैं मानता हूँ बबली जी कि इस दुनिया को आप मेरे से बेहतर समझते थे। मगर बबली जी आपने...इस तरह का... समझौता नहीं ना करना चाहिए था। आप तो टाइप करके भी रोजी-रोटी चला सकते थे।

बबली : मैंने सब तरह से कोशिश की और यही पाया कि आम दुनिया के मर्दों वास्ते औरत के दो ही रूप हो सकते हैं—ब्याहता या वेश्या।

कहते हुए आवाज टूटती है और बबली रोने लगती है। सतबीर रूमाल निकालकर बढ़ाता है। वो नहीं लेती। अपने आंसू अपने रूमाल से पोंछती हुई उठती है और मेकअप ठीक करने लगती है।

सतबीर : बबली जी, आंसू पोंछ डालो। अब भी सब ठीक हो सकता है।

बबली : मेरे को आपकी हमदर्दी की जरूरत नहीं है, सुना? आप जाओ और दलपत को भेज दो।

सतबीर : बबली जी मैं हमदर्दी जताने वास्ते नहीं ना आया। मैं तो ये कहने वास्ते आया हूँ कि मैं अपने, जे.बी. साहब के, दूसरे तमाम मर्दों के पापों का प्रायश्चित करना चाहता हूँ।

बबली : किस तरह?

सतबीर : आपसे शादी करके।

सुनकर बबली हंसती है और हंसते-हंसते फिर बैठ जाती है : क्या कैम्प में शादी इस करके नहीं की थी कि आपके बबली जी मर्दों के पापों से पवित्र नहीं ना हुए थे? सतबीरजी, मेरे को ना आपकी हमदर्दी की जरूरत है, ना कुर्बानी की।

बबली उठकर जाने लगती है। सतबीर रास्ता रोकता है : बबली जी, इसमें कुर्बानी वाली कोई बात नहीं हैं। मैं कलकत्ता आपको खोजता हुआ तब आया जब मेरे को दो बातें इकट्ठी पता चलीं। पहले ये कि आप बिन ब्याहे माँ बन गये हो, और दूसरी ये कि मैं आप एक बिन ब्याही माँ की औलाद हूँ।

बबली शार्पली रियैक्ट करती है : किसने कहा?

सतबीर : प्रज्ञावतीजी ने। मैं उनका ही बेटा हूँ।

सुनकर बबली सोच में पड़ जाती है : इसीलिए उनको मेरे से सच्ची हमदर्दी थी?

सतबीर : बबली जी, मेरे को ये मौका दो कि मैं आपको और आपके बच्चे को समाज में इज्ज़त दिला सकूं।

बबली : जिस समाज ने बबली को ही इज्ज़त नहीं दी उसने बॉर्बी को किधर से इज्ज़त दे देनी है? बेकार है सतबीर जी। वैसे ऑफर वास्ते बहुत-बहुत शुक्रिया।

सतबीर : बच्चे को? उसे तो इज्ज़त दिला सकता हूँ मैं।

बबली सोच में पड़ती है : मैंने उस बदनसीब से कह रखा है कि तेरी माँ नहीं है, तेरे पापा दिल्ली में रहते है। पापा बनकर उसे दिल्ली ले जांओगे सतबीर जी?

जवाब में सतबीर गर्दन ऊपर-नीची करके हामी भरता है।

एक छोटे-से कमरे में आया की मदद से बबली काका को तैयार कर रही है। पास में उसकी अटैची भी रखी है।

dkdk(*बच्चा*) : हां, आंटी जी। पापा पास जाना है मैंने।

बबली : वहां जाके रोना तो नहीं है?

काका : नहीं।

बबली : शाबाश!

बबली की अपनी आंखों में आंसू छलक आते हैं। अब वो उन्हें पोंछते हुए, उनसे लड़ते हुए, अटैची बंद करती है।

काका : आप क्यों रोते हो आंटी जी?

बबली : मैं? नहीं तो!

सतबीर दरवाजे पर आता है : मैं आ सकता हूँ?

बबली : आओ जी काके के पापा जी। काका, मीट पापा।

काका : हाऊ डू यू डू? आंटी जी आप तो कहते थे पापा छोटे-से हैं?

काका सतबीर से हाथ मिलाता है। सतबीर उसको गोद में उठा लेता है।

बबली : जैसे आप बड़े हो गये, वैसे ये भी हो गये।

अटैची उठाकर सतबीर को देती है : ये इसका सामान।

काका : आंटी जी रो रहे हैं, इनको भी ले चलो पापा।

बबली : नहीं बेटे, मैंने बताया था आंटी जी का कलकत्ता में बहुत काम है। आंटी जी बाद में आ जाने हैं।

सतबीर : अच्छा, नमस्ते बबली जी। मैं काके के बारे में बराबर आपको लिखता रहूंगा।

बबली : नहीं। न मेरे को इसकी याद दिलाना, न इसको मेरी।

बबली रोने लगती है। काका भी रोने लगता है : छोड़ो मैंने नहीं जाना आंटी के बिना।

बबली हाथ के इशारे से कहती है 'इसे ले जाओ'। उनके बाहर जाने के बाद दरवाजा बंद करती है। बच्चे के रोने की आवाज आती है।

लभायाराम का कमरा। लाजो छाज से अनाज फटक रही है। लवेलीराम गीता पढ़ रहा है। हवेलीराम गीता बंद करता है और चहलकदमी करता हुआ कुर्ते के पैकेट के पास पहुंचता है। उन्हें छू के देखता है। तभी रोशन के गाते हुए आने की आवाज सुनाई देती है, और पहले रोशन तथा पीछे-पीछे कुलभूषण भीतर आते हैं : (*गाकर*) जाते-जाते मिट्ठा-मिट्ठा गम दे गया...।

लाजो सवालिया निगाह उठा के कुलभूषण को देखती है : क्या हुआ पुत्तर? कुछ पता चला?

कुलभूषण : नहीं माता जी।

हवेलीराम : नहीं?

कुलभूषण : और पिताजी क्लेम के अंगेस्ट अलाटमेन्ट की चिट्ठी आई लभाया के पास?

हवेलीराम : मैं पूछना भूल गया।

कुलभूषण : ध्यान रखिए। लभाया का कोई भरोसा नहीं। पुश्तैनी जायदाद के क्लेम में जो चौथाई हिस्सा मेरा है, उसने वो मार जाना है।

हवेलीराम : वो देगा तो अपनी खुशी से ही।

कुलभूषण : उसने वादा किया था देने का। ये वादा मिलने पर ही आपने उसकी

ओर से गवाहियां दिलाई थीं। आप ढीले पड़ गये तो उसने हेरा-फेरी कर जानी है।

रोशन : और पिताजी जब हेरा-फेरी के खतरों की बात चल ही निकली है तब मेरे को भी एक अरज करने दो। प्राजी को पुश्तैनी जायदाद के क्लेम से जो पैसा मिलना है उसे इन्हें मेरे से आधा-आधा करना होगा। कहीं भरजाई जी के कहने पर आप ही सब ने ले लें।

कुलभूषण : मेरे को अपने बरगा समझ रखा है?

रोशन : किस तरह समझ सकता हूँ? मैं तो अपने ढंग का अकेला हूँ।

हवेलीराम : जो अपने ढंग का अकेला था वो तो चला गया। और ये उसे भूल भी गये। उसे हिस्सा देने की बात भी नहीं कर रहे हैं।

रोशन : जिसने लाला वृषभान के करोड़ों ठुकरा दिए उसने हमारे कुछ हजार क्यों लेने हैं?

हवेलीराम : तुम्हें देने भी नहीं।

हवेलीराम सतबीर का सिलाया हुआ कुर्ता खोलकर देखने लगता है। लाजो उठकर आती है और कुर्ता अपने हाथ में ले लेती है : पहन लो इसे। पता नहीं उसने तो कब आना है मुड़ के।

लाजो हवेलीराम को कुर्ता बदलने में मदद करती है और तभी काका की आवाज सुनाई पड़ती है : पापा, यही है हमारा नया घर?

काका और सतबीर भीतर आते हैं। लाजो दौड़ती है और सतबीर को गले लगा लेती है : सत तू आ गया?

हवेलीराम : ये काका किसका है?

सतबीर : मेरा पिताजी।

* * *

लभायाराम का कमरा। शाम का वक्त। सतबीर बंधे हुए बिस्तर के साथ बैठा हुआ अटैची में चीजें डाल रहा है। कन्नी दाल बीन रही है। लाजो उदास और परेशान है : सत पुत्तर, इस तरह जिद ना कर।

सतबीर : माता जी मैं अपना फैसला बदल नहीं सकता। मैं दिल्ली आया तो बस इसी करके कि आप लोगों से मिलता जाऊं।

कन्नी : छोटे-से काके को ले के जाओगे कहां मामा जी?

सतबीर : कहीं भी।

लाजो सतबीर के पास आ जाती है : अकेला इसकी परवरिश कैसे करेगा?

सतबीर : कैसे भी। माता जी यहां मेरे को सब लोग जानते हैं। काके के बारे में पूछते हैं। मैं नहीं चाहता कि काके से कोई कहे कि वो मेरा पुत्तर नहीं है।

लाजो : तो ये तेरा है कहां?

सतबीर नाराज होता है : है। सुना माता जी? काका मेरा पुत्तर है।

हवेलीराम काका को लेकर आता है। काका के हाथ में टैकनस की पुरानी गेंद है।

हवेलीराम : नहीं, काका तो मेरा पुत्तर है। क्यों काका?

काका : आपके पुत्तर हैं पापा जी।

हवेलीराम : और तू पापा जी! इस तरह तू क्या हुआ मेरा?

काका : ग्रैण्ड-पुत्तर!

हवेलीराम प्यार से चपत लगाता है : अंग्रेज का बच्चा।

काका : दादा जी ने मेरे को बाल दिलाई।

कन्नी : और नाना जी मेरे वास्ते कुछ नहीं लाये?

कन्नी को हवेलीराम एक किताब देता है : तेरे वास्ते ये किताब।

कन्नी अटक-अटक के पढ़ती है : 'पिता के पत्र पुत्री के नाम'। धार्मिक किताबें ही लाके देते हो हमेशा।

लाजो : ये इतिहास की किताब है।

कन्नी : इतिहास क्या?

हवेलीराम : तवारीख।

कन्नी : तवारीख क्या?

हवेलीराम : हिस्ट्री।

कन्नी : हिस्ट्री मेरे को पता है। वो जिसमें होता है, किसका पुत्तर कौन था। बाबर का पुत्तर अकबर।

हवेलीराम : बाबर का पुत्तर हुमायूं। अधकचरी अंग्रेजी समझने-बोलने वाले अधपढ़ लोगों का जमाना आता दीख रहा है ग्रैण्ड पुत्तर।

हवेलीराम की नजर सतबीर के सामान पर पड़ती है। उधर सतबीर काका को बुलाता है : काका अपने कपड़े बदलवाओ। हमें स्टेशन जाना है।

काका : छुक-छुक में?

हवेलीराम : ये क्या हो रहा है?

लाजो : सत जा रहा है काके को ले के।

हवेलीराम : तुझे तो लाला वृषभान के यहां चलना है मेरे साथ।

सतबीर : नहीं पिताज़ी, इसका लाला वृषभान से कोई ताल्लुक नहीं।

काका लाजो की ओर देखता है : कौन लाला?

हवेलीराम : जा कन्नी, काके को थोड़ा बाहर घुमा ला।

कन्नी काके को लेकर जाती है।

हवेलीराम सतबीर के पास जाता है : सत, हमें इस बात का अन्दाजा है कि काका किसका पुत्तर है। उत्तरकाशी से लौटकर मैंने तुझसे कहा था कि इतिहास अपने को दोहराता है। तू काके को लाला वृषभान के सुपुर्द कर दे। उनके यहां इसकी अच्छी परवरिश हो जाएगी।

लाजो : ये सिरदर्द तू क्यों मोल लेता है पुत्तर?

सतबीर : मेरे वास्ते आपने क्यों मोल लिया था?

लाजो : तू तो हमारा भांजा था। बबली के पुत्तर से तेरा कोई रिश्ता नहीं।

सतबीर : नाजायज होने के दर्द का रिश्ता है।

हवेलीराम : लाला वृषभान तुझे अपनाना चाहते हैं। अपना दर्द दूर कर पुत्तर, और काके का भी करना।

सतबीर : नहीं। मैंने लाला वृषभान से नहीं मिलना।

लाजो : पुत्तर, होश कर। तू कोई घर-गिरस्ती वाला नहीं। तूने अकेले रह कर काके को किस तरह पाल लेना है? या तो शादी कर।

सतबीर : मैंने काके को खिलाने वास्ते कोई नौकरानी रख लेनी है।

लाजो : मैंने तेरे को अकेला नहीं जाने देना, सुना। जो तू गया तो मैं भी साथ चलूंगी।

हवेलीराम : क्लेम का मामला दो-एक रोज में तय हो जाना है पुत्तर। अगर जाना ही है तो अपना हिस्सा ले के जाना।

सतबीर सोच में पड़ता है और गहरी सांस लेता है।

कुलभूषण का क्वार्टर। रात का समय। मोहिनी और सुलोचना आफ्टर डिनर काफी पी रहे हैं।

सुलोचना : और किसी को तो हिस्सा देने का सवाल ही नहीं पैदा होता मम्मी जी।

मोहिनी : सवाल पैदा हो भी नहीं सकता पुत्तर जी। क्योंकि लाला गेंदामल के जीते जी हमारे भूषण के सिवा कोई पोता पैदा हुआ ही नहीं।

कुलभूषण नाइट सूट पहनता हुआ अंदर आता है और सुलोचना की ओर एक

चिट्ठी बढ़ाता है : लोचन, आई फारगोट टु टैल यू, आज दफ्तर में कुक्की की चिट्ठी आई।

सुलोचना चिट्ठी लेकर पढ़ती है : कुक्की हमेशा तुम्हें चिट्ठी भेजती है और दफ्तर के पते पर।

कुलभूषण : निक्का तुम्हें भेजता है और घर पर।

मोहिनी : शुरू से इस तरह ही होता आया है। बेटियों को बाप से लगाव होता है, बेटों को माँ से।

कुलभूषण : कुक्की फर्स्ट आई है और निक्का वही फिसड्डी का फिसड्डी चल रहा है।

सुलोचना : ड्रामा हो, म्यूजिक हो, हर एक्स्ट्रा कैरीक्यूलर एक्टीविटी में निक्का सबसे आगे है।

मोहिनी : बच्चे तुम्हारे तीनों ही बहुत सयाने हैं। भूषण पुत्तर, एक प्याला काफी और आवे?

कुलभूषण : मम्मीजी, काफी वास्ते भूषण ने कभी मना किया?

सुलोचना : मम्मीजी जब के काफी बनाते-पीते आ रहे है जब औरों ने काफी का नाम तक नहीं सुना था। ग्रेनी जी वास्ते लव भेजा है बच्चों ने।

ये सुनकर मोहिनी मुस्कराती है : बच्चे तेरे बहुत ही लवली हैं लोचन। तभी मैं कहती हूँ कि उनके वास्ते कुछ जोड़ो, कुछ जमा करके रखो।

सुलोचना : भूषण से कहो मम्मीजी, मेरे से क्यों कहते हो? इन्हें तो अपने झगड़ालू भाइयों का ध्यान है, बच्चों का नहीं।

मोहिनी : हां भूषण, ये लोचन क्या कह रही थी कि पुश्तैनी जायदाद के क्लेम में तेरे हिस्से के पैसों में रोशन और सतबीर का हिस्सा किस तरह दिया जाना है?

कुलभूषण : पिताजी चाहते हैं।

सुलोचना : उनके चाहने से कानून तो नहीं बदल जाता। सतबीर तो वारिस तक नहीं है।

मोहिनी : उसने कुछ लेना ही हो तो लाला वृषभान से ले।

सुलोचना : और जो उनका दिया लेने से कोई परहेज हो तो हमें दिला दे।

मोहिनी : और रोशन का भी कोई हक नहीं बनता। लाला गेंदामल ने चवन्नी की पत्ती तेरे नाम की थी पुत्तर, रोशन के नहीं।

कुलभूषण : मेरे को हिस्सा मिला ही इस करके कि मैं हवेलीराम जी का पुत्तर हूँ उसी तरह रोशन भी है।

मोहिनी : पुत्तर, इतना पढ़ा-लिखा होकर भी तेरे को ये समझ में क्यों नहीं आता

कि हवेलीराम जी का नाम तो गेंदामल जी ने अपने वारिसों में से काट दिया था। बाद में तेरा नाम डाला तो इस करके कि तू उनका पहला पोता था।

सुलोचना : तब तक तो लभाया न पैदा हुआ था, न होता दिखता था। डैडीजी कहते थे कि जो लभाया न होता तो सारी पुश्तैनी जायदाद भूषण को मिल जानी थी।

मोहिनी : चलो, सारा तो हिस्से में ना आया ना सही। जितना आया है उतना तो सम्हालो। उसमें तो उस रोशन का हिस्सा मत करो जो कभी सीधे मुंह न तेरे से बोलता है पुत्तर, न लोचन से।

सुलोचना : हमेशा इंसल्ट करता है।

कुलभूषण : रोशन को तो वाकई कुछ देने की तबीयत नहीं होती। दिया तो उसने जरूर हेरा-फेरी वाली किसी स्कीम में डुबा देना है।

मोहिनी : तो मत दे पुत्तर।

कुलभूषण : मगर पिताजी....।

मोहिनी : तेरे पिताजी ने ये तो देखना चाहिए कि रोशन तो है छड़ा, और तू है बाल-बच्चों वाला। तेरे खर्चे बड़े हैं, तेरी जिम्मेदारियां बड़ी हैं।

सुलोचना : बच्चे बोर्डिंग में पढ़ते है। कुक्की ने तो अब कॉलेज जाना है।

मोहिनी : हमने उसकी शादी करनी है।

कुलभूषण : आप मेरे मन में कई बारी उठता है कि इन्डस्ट्रियल एक्सपैंशन के इस दौर में मैं भी कोई छोटा-मोटा अपना काम क्यों ना शुरू कर दूं।

सुलोचना : वाई नॉट! तुम्हें जैसे हार्ड वर्किंग और टेलेन्टेड बन्दे ने तो ममूली शुरूआत करके भी टॉप इन्डस्ट्रियलिस्ट बन जाना है।

कुलभूषण : चंगा जी। मैंने पिताजी को कह देना है कि मेरे को आप जरूरत है। मैं रोशन को नहीं दे सकता!

मोहिनी माथा पीटती है : पुत्तर तेरे को फाइलों पर लिखना जरूर आना होना है, अपनों के बीच बोलना नहीं आता। वहां इस तरह मत कह देना कि रोशन को नहीं देना है। वहां यही कहना कि मैंने सारा पैसा बैंक में जमा करा देना है। बाद में हम भाइयों के बच्चों के काम आएगा।

कुलभूषण : चंगा जी।

मोहिनी : और भूषण सुन, तेरे पिताजी को अपने क्लेम के अंगेस्ट जो मकान मिलना है उसमें अपना भी हिस्सा रखना।

कुलभूषण : उस मकान में तो पिताजी हौरी आप रहने की सोच रहे हैं।

मोहिनी : खुशी से रहें। लेकिन ये मानें कि उसमें तेरा बराबर का हिस्सा है।

बल्कि पुत्तर तू तो इस तरह कर कि उनसे कह मेरे हिस्से के पैसे दे दो, मकान रोशन के नाम कर दो।

कुलभूषण : चंगा जी। क्लेम आने दो।

लभायाराम का कमरा। कन्नी और रोशन के साथ काका है। सतबीर थोड़ी दूर बैठा गीता पढ़ नहीं, पलट रहा है। लाजो बच्चों की कापियां जांच रही है।

रोशन : हां काके, हो जा शुरू! माई बॉडी स्वेइंग, माई माइंड स्वेइंग, माई हार्ट लूसिंग कन्ट्रोल रे, नाव हू प्लेइंग फ्लूटरिया।

काका उसके साथ-साथ गाने-नाचने की कोशिश करता है।

सतबीर : बच्चे को मत सिखा इस तरह की बकवास।

रोशन : बच्चे को पसन्द है। है ना? क्यों भई काके?

काका : हां भई चाचे!

रोशन बच्चे को गोद में उठा लेता है : बल्ले-बल्ले।

काका : बल्ले-बल्ले।

कन्नी : काके तेरे पापा का नाम क्या है?

काका : सतबीर।

रोशन : और पापे के पापा का नाम क्या है?

काका : मास्टर जी!

लाजो आती है और काका को प्यार से डांटते हुये अपनी गोद में उठाती हुई कहती है : मास्टर हवेलीराम! मास्टर हवेलीराम!

तभी भूषण को लिये हवेलीराम आ जाता है : हाजिर हूँ सरकार।

लाजो हंसती है : हवेलीराम जी।

कन्नी : लो नानाजी, आपने तो हंसी का कोटा पूरा कर छोड़ा। मैंने तो काके की कितनी ही मजेदार बातें सुनानी हैं आपको।

लाजो : काके के वास्ते नियम तोड़ लेने है नानीजी।

रोशन : पिताजी, अलाटमेंट का कुछ हुआ जी? इस काके को शिकायत है कि आंटी जी आपने तो कहा मेरे पापा बहुत बड़े मकान में रहते हैं।

हवेलीराम : अब तेरा पापा अपने बड़े मकान में जाना ही नहीं चाहता तो हम क्या करें? खैर इससे बड़े मकान में हम तेरे को जरूर ले जाएंगे।

लाजो : हो गया अलॉट? किधर?

हवेलीराम : लाजपत नगर वन में।

कन्नी : नानाजी आप और नानीजी लाला लाजपतराय के चेले थे ना?

हवेलीराम : थे। हमारा सब कुछ गुजरे हुए जमाने का है।

सतबीर : पिताजी अलाटमेंट हो गया तो मेरे को यहां से जाने की इजाजत दो।

हवेलीराम : रोशन पुत्तर, इस तरह है कि सत दिल्ली में रहना नहीं चाहता। तेरे माता जी भी उसके साथ जाना चाहते हैं। मकान बेच देना तो ठीक नहीं रहेगा। इसलिए तू और भूषण सत को उसके हिस्से का पैसा दे दो। नौ हजार कुछ का मकान है। दोनों भाई मिल के तीन हजार इसे दे दो।

रोशन : पिताजी मेरे को तो ना आपकी बात समझ में आती है, ना सत की। मेरा तो जो भी पैसा है धंधे में लगा है। धंधे से खींचकर इसे किस तरह दे दूं? जो इसको पैसों की इतनी ही जरूरत है तो ले ले लाला वृषभान से।

सतबीर : मेरे को पैसों की कोई जरूरत नहीं है।

कुलभूषण : पिताजी मेरे ख्याल से तो आप मकान बेच दो।

रोशन : वाह जी वाह। अपना बेच दें और किराये का लेकर रहें?

कुलभूषण : मेरा तो सरकारी क्वार्टर है। मेरी फैमिली को तो लाजपतनगर रहना नहीं।

रोशन : मत रहो!

कुलभूषण : मेरा प्रपोजल है कि तू मेरे को रुपया साढ़े चार हजार दे दे और मकान पूरा आप ले ले।

रोशन : मैंने आपको कानी कौड़ी नहीं देनी।

लाजो : मकान है पिताजी का। उनके जीते जी बंटवारा करने लगे?

कुलभूषण : माता जी, पिताजी ने आप कहा है कि पैसों का हिसाब कर लो।

रोशन : जो आप इतने ही हिसाबी-किताबी बन चले हो प्राजी तो इस तरह करो कि ये साढ़े चार हजार उसमें से काट लो जो आपने मेरे को पुश्तैनी जायदाद के क्लेम में से देने हैं। कुल कितने का है क्लेम? **जेब में से चिट निकालकर देखता है :** बहत्तर हजार सात सौ चालीस का। इसका चौथाई कितना हुआ? मैंने कहा सतबीर बिरादर, जरा बता हिसाब कर के।

सतबीर : अठारह हजार एक सौ पिचासी।

रोशन : इसका अद्धा कितना हुआ?

सतबीर : नौ हजार साढ़े बाणवे रुपये।

रोशन : इसमें सें साढ़े चार हजार काट के बाकी मेरे को पकड़ा दो। प्राजी और मेरा हिसाब जिन्दगीभर के लिए साफ।

लाजो : सतबीर का हिस्सा नहीं करना इसमें?

रोशन : सतबीर को कुछ नहीं चाहिए माता जी। इसे कभी जरूरत पड़ी तो मैंने दे देना है।

हवेलीराम : इसे अभी जरूरत है। ये जा रहा है।

रोशन : प्राजी से सारा हिसाब कराओ। मैंने इसका हिस्सा जरूर दे देना है।

कुलभूषण : पिताजी, मैं आपसे एक बात कहना चाहता था। जो पैसा लभाया ने मेरे को देना है वो एक तरह देखा जाए तो मेरा ही है। और उसमें किसी की हिस्सेदारी हो नहीं सकती। लेकिन मैं कोई खुदगर्ज बंदा नही ना हूँ। इस करके मैंने फैसला किया है कि सारा पैसा बैंक में डाल दूं, ताकि बाद में वो हम भाइयों के बच्चों के काम आए।

रोशन : लो जी, और सुनो। अभी तो दूर-दूर तक हमारी शादी के आसार नहीं और प्राजी ने पैसा हमारे बच्चों के नाम कर दिया? वैसे बाइ द वे, ये अकाउन्ट होगा किसके नाम पर?

कुलभूषण : आफ्कोर्स मेरे!

रोशन : जो ऑफ्कोर्स आपके नाम होना है तो हमने अपनी होने वालियों बीबियों के होने वाले बच्चों समेत उसके लिए आउट ऑफ कोर्स हो जाना है। सारा पैसा प्राजी के बच्चों के काम आ जाना है।

सतबीर अटैची उठाता है और काका को पकड़ता है : पिताजी मैं तो चला। मेरे को इस बहस से कोई दिलचस्पी नहीं।

लाजो : पुत्तर मेरे बिना शहर छोड़ के ना जाना। मुंशीजी के बेटे के घर मेरा इंतजार करना।

सतबीर : चंगा जी। मेरा बिस्तर आप अपने सामान के साथ ले आना।

रोशन : पिताजी, आप प्राजी से मेरे पैसे दिलवा दो। मेरे को धंधे वास्ते चाहिए। बल्कि आप तो इनसे कहो कि अपना पैसा भी मेरे को दे दो। बैंक से ज्यादा सूद तो इन्हें मैंने दे देना है।

कुलभूषण : मैंने तेरे को नहीं देना पैसा बिजनेस वास्ते। अगर उस पैसे से बिजनेस ही करना होगा तो मैंने आप कर लेना है। तेरे को तो व्यापार की कोई समझ नहीं है, हेरा-फेरी की है।

रोशन : मैं तो ये देख रहा हूँ कि हेरा-फेरी में आप मेरे पर भारी पड़ रहे हैं।

कुलभूषण : मैंने क्या हेराफेरी की?

रोशन : पुश्तैनी जायदाद में मेरा हिस्सा मार रहे हो।

कुलभूषण : तेरा कोई हिस्सा नहीं था। लाला गेंदामल के जीते जी तू पैदा ही नहीं हुआ था।

रोशन : पैदा बाद में हुआ तो क्या? हूँ तो मैं भी आपकी तरह मास्टर हवेलीराम का पुत्तर ही।

कुलभूषण : इस तरह की कानूनी बहस ही करनी है तो सुन ले। दादाजी ने पिताजी का नाम वारिसों में से काट दिया था।

लाजो : भूषण...

कुलभूषण : मेरे पे क्यों गुस्सा होते हो माता जी? कानून छांटना मैंने नहीं, रोशन ने शुरू किया।

रोशन : कानून की बात आप जानो। मैं तो हिस्से की बात कर रहा हूँ। मेरा हिस्सा दो।

कुलभूषण : तो मैंने कब मना किया है? इतना ही कहा है कि पैसा बाद की जरूरतों के वास्ते बैंक में रख देंगे।

रोशन : मेरे को अपनी आज की जरूरतों की फिकर है। उनके वास्ते मैंने पैसा लेना ही लेना है।

कुलभूषण : मगर मैंने नहीं देना है।

रोशन की आवाज तेज हो उठती है : आपके अच्छों को देना पड़ना है।

लभायाराम आता है : नागनाथ फुंकार रहा! किसने छेड़ा इस गरीब को?

रोशन : गरीब हैं छेड़ने वाले हमारे प्राजी। इन्हें अभी तूने पैसे दिये नहीं सांपनाथ, और ये मेरा हिस्सा मारने की पहले ही सोचने लग पड़े।

लभायाराम : अरे! भूषण प्राजी पधारे हैं? पैरी पौना।

कुलभूषण : जीता रह।

लभायाराम : प्राजी मेरे को एक बात आज तक समझ में नहीं ना आई। आप और रोशन में इतना ज्यादा प्रेम किस तरह है?

कुलभूषण : रोशन के मन को तूने मेरे से ज्यादा अच्छी तरह पढ़ सकना है लभाये। और सुना, क्लेम के अगेंस्ट हो गया अलाटमेंट?

लभायाराम हवेलीराम के पांव छूता है : हां जी। चाचाजी आपके आशीर्वाद से पुश्तैनी फर्म गेंदामल-रलियाराम फिर चल निकली।

हवेलीराम उसके सिर पर हाथ रखता है : जीता रह पुत्तर, अपने बाऊजी का अपने दादाजी का नाम ऊंचा कर।

कुलभूषण : किधर-किधर, क्या-क्या मिला लभाया? दो मकानों और तीन दुकानों का क्लेम था ना?

लभायाराम : मैंने तो सारा ही नकद ले लिया।

कुलभूषण : ये भी चंगा ही किया। वरना मैंने तो कहना ही था कि मेरा हिस्सा नकद दे दे।

लभायाराम : देने को पास में कुछ हो तो दूं।

कुलभूषण : मतलब?

लभायाराम : मतलब मैंने सारा पुश्तैनी बिजनेस में लगा दिया।

सुलोचना और मोहिनी आ जाते है।

रोशन : वॉट डू यू मीन पुश्तैनी बिजनेस में लगा दिया?

लभायाराम इसका जवाब नहीं देता। सुलोचना वगैरह का स्वागत करने को आगे बढ़ता है : आओजी भरजाईजी।

रोशन : भरजाईजी के माता जी आओजी।

सुलोचना पांव छूती है। ये लोग आशीर्वाद देते हैं : पैरीपोना माता जी, पैरीपोना पिताजी।

मोहिनी लाजो के गले मिलती है : मैंने कहा बधाइयां दे आने हैं, मिठाइयां खा आने हैं। अब तक तो क्लेम-श्लेम मिल गये होने हैं।

लभायाराम मिठाई का डिब्बा खोल के आगे बढ़ाता है : मिठाइयां जरूर खाओ जी।

मोहिनी एक टुकड़ा लेती है। लोचन भी।

मोहिनी : तो किस तरह करना है लभाया? पुत्तर भूषण को नकद में देना है कि कोई मकान या दुकान देना है?

लभायाराम : जी देना तो कुछ नहीं है।

सुलोचना : मतलब?

लभायाराम मिठाई का डिब्बा कुलभूषण की ओर बढ़ाता है। मिठाई का टुकड़ा लेते हुए कुलभूषण को मुंह से निकालता है : आप लोगों को मिठाई खाने से फुर्सत मिले तो मैं लभाये से समझूं।

लभायाराम : मुंह मीठा करो और मन के सारे कड़वे ख्यालात निकाल दो। मैंने आपसे अर्ज किया कि सारा पैसा मैंने पुश्तैनी फर्म में लगा छोड़ा है। फर्म का काम करो, जो पैसा बने लेते रहो।

सुलोचना : ये अपनी इतनी बड़ी अफसरी छोड़ दे?

लभायाराम : ना छोड़ना चाहें तो अफसरी में रहते हुए फर्म का काम कराते रहें।

कुलभूषण : ऐसा तो मैं ख्वाब में भी नहीं सोच सकता।

लभायाराम : तो गेंदामल-रलियाराम से कुछ भी पैसा पाने के ख्वाब छोड़ दो।

लभायाराम अब मिठाई रोशन को दे रहा है : ले रोशन, मुंह मीठा कर।

रोशन मिठाई का टुकड़ा उठाने लगता है तभी आगे बढकर कुलभूषण मिठाई का डिब्बा छीन लेता है : लभाया बंद कर ये मसखरापन। हम लोगों ने तेरे हक में गवाहियां इसी शर्त पर करवाई थीं कि चुपचाप चौथाई हिस्सा मेरे को दे देगा।

लभायाराम : गुस्ताखी माफ प्राजी। गवाही ना तो आपने दी, न दिलवाई। जो कुछ हुआ हमारे चाचाजी के आशीर्वाद से हुआ।

लभायाराम मिठाई का डिबा कुलभूषण से छीन लेता है और हवेलीराम की ओर बढ़ता है : लो चाचाजी, मुंह मीठा करो।

सुलोचना : मैं तो पहले ही कहती थी भूषण, ये लोग तुम्हारा कभी भला नहीं चाहने हैं। मुंशीजी के कहने पर मम्मीजी ने समझौता करा दिया था। लेकिन इन्होंने उसे रद्द करवा दिया। इनकी नीयत यही थी कि तुम्हें न मिले, रोशन को दिला दें।

लाजो : बीवीरानी, हमारी नीयत तो यही थी कि झगड़ा ना हो।

सुलोचना : तो दिलाओ भूषण का हिस्सा, कराओ झगड़ा खत्म।

लभायाराम : जो है, फर्म का है। हिस्सा किसी का नहीं।

हवेलीराम को मिठाई देने के बाद लभाया लाजो की ओर बढ़ता है : लो चाचीजी, खाओ मिठाई।

सुलोचना : बड़े पुत्तर का हिस्सा मारने क़ी खुशी में मिठाइयां खा रहे हैं—खिला रहे हैं?

भूषण गुस्से में लपकता है और मिठाई के डिब्बे पर हाथ मार देता है। मिठाई गिर जाती है : स्टाप इट।

रोशन : माता जी पर हाथ उठाते शर्म नहीं आती?

सुलोचना : मिठाई के डिब्बे को माता जी कहते हैं?

हवेलीराम : अब...ये सब, बहुत हो चुका।

कुलभूषण : तो पिताजी, आपने मेरे हिस्से का पैसा नहीं दिलवाना है इससे? इतनी बड़ी नाइन्साफी और हेरा-फेरी होने देंगे?

रोशन : जो आपको पैसे मिल जाने थे तो आपने खुद ऐसी ही हेरा-फेरी करनी थी। आप तो खुद कह रहे थे कि सारा पैसा बैंक में रखा देने हैं।

मोहिनी : पुत्तर ये तुम दोनों भाइयों का सवाल है। मिल के रहो और मिल के समझाओ लभाया को।

रोशन : मैंने इसे क्या समझाना है? हां फिर भी समझ लेना है। बाकी पैसा तो पिताजी ने सांपनाथ के हाथ उसी दिन गंवा दिया जिस दिन इसके हक में गवाही देने को तैयार हुए।

हवेलीराम : पैसा मैंने उसी दिन गंवा दिया जिस दिन मैं इन्कलाबी हुआ। पैसा

गंवाने का दुख न तब था, ना अब है। दुख तो यही है कि हम उस इन्कलाब को गंवा बैठे।

मोहिनी : भूषण पुत्तर, यहां बैठ के तो तकरीरें ही सुनने को मिलनी हैं। लभाया को साथ ले और मुंशी जी को साथ ले। वही फैसला करा देने हैं।

लभायाराम : मैं तो आपका बच्चा हूँ मम्मीजी, मैं आपने जहां ले जाना मैंने वहीं जाना है। पैसे के बारे में तो वही है कि बिजनेस में लग गया।

मोहिनी : बिजनेस में लगने की कोई लिखा-पढ़त तो होनी है नां लभाये? वो मुंशीजी से करा लेने हैं।

लभायाराम : लिखत-पढ़त तो दिलों में होती है मम्मीजी। कागज के टुकड़े का क्या है? चाहे जिसने फाड़ दिया।

कुन्नी : लिखत-पढ़त मास्टर नानाजी हमारे सगे नानाजी से पहले ही कर बैठे। दे गये मुख्तारी। जो होना था पहले ही हो गया।

मोहिनी : बड़ों के बीच नहीं बोला जाता कन्नीए।

कन्नी : बच्चों वाली बातें करते हैं, अपने को बड़ा कहते हैं।

हवेलीराम चीख पड़ता है : अब बंद भी करो यह सब...।

हवेलीराम के चीखने पर शांति होती है। इसी बीच काके की आवाज सुनाई देती है। काका सतबीर के साथ कमरे में आता है : चाचा कहता है माई बाडी स्वेइंग, माई माइंड स्वेइंग...।

हवेलीराम चीखने के बाद चकराता है। वो गिरने को होता है। सतबीर थामता है : पिताजी...।

* * *

निवेदिता अपने ऑफिस में कागजात देख रही है। शुभेन्दु लभायाराम को लेकर भीतर आता है : मिस सेनगुप्ता!

निवेदिता : येस मिस्टर मोइत्रो।

शुभेन्दु : आपने मिस्टर लभायाराम से मिलने के लिए कहा था।

निवेदिता : अरे हां, लभायाराम जी! मैं आपसे सिर्फ ये कहना चाहती थी कि हम आपकी फर्म से डील नहीं करना चाहते।

लभायाराम : जी हमसे क्या गुस्ताखी हो गई?

निवेदिता : जिस फर्म में मिस्टर रोशनलाल पार्टनर हों उससे हम कोई वास्ता नहीं

रखना चाहते। मिस्टर रोशनलाल हमारे यहां काम कर चुके हैं और हम जानते हैं कि वो धोखेबाज हैं।

लभायाराम : जी वो पार्टनर नहीं, मुलाजिम है।

शुभेन्दु : मैडम का मतलब ये है कि आपको उनमें और हममें चुनाव करना होगा।

लभायाराम : जी चुनाव क्या करना है? मैंने अभी जाकर उसे हटा देना है।

निवेदिता : हटा दें तब मिस्टर मोइत्रो से बात कर लें।

शुभेन्दु : आप जरा बाहर बैठिए, मैं अभी आता हूँ।

लभायाराम : जो हुकम।

लभायाराम चला जाता है।

शुभेन्दु : पिशीमाँ कह रही थीं कि आप दिन-रात काम ही करती रहती हैं। आपके लिए रिलेक्शेशन अनेक जरूरी। शाम को बंगला फिल्म है। मैं उस के तीन टिकट ले आया हूँ।

निवेदिता : मिस्टर मोइत्रो, पिशीमाँ के आग्रह पर आपको मैंने बिजनेस में जरूर बहाल किया है, अपने जीवन में नहीं।

शुभेन्दु कुछ कहने को होता है लेकिन निवेदिता निगाह फाइल पर जमा लेती है। शुभेन्दु चला जाता है तो अरुन्धति आती है : मे आई क्या इन?

निवेदिता : अरे माँ, तुम?

अरुन्धति : कल की पार्टी कैसी रही?

निवेदिता : बहुत अच्छी माँ।

अरुन्धति : सुकांत भी यही कह रहा था।

निवेदिता : खाना अच्छा लगा उन्हें? मैं तो डर रही थी कि होटल से मंगवाने की बजाय मैंने घर में बनाकर गलती न करी हो।

अरुन्धति : जहां तक सुकांत का प्रश्न है, तू कोई गलती कर ही नहीं सकती। तेरा बनाया भोजन उसे पसन्द आया कि नहीं ये तो नहीं बता सकती, हां तू उसे खूब पसन्द आई। तेरी बड़ी प्रशंसा कर रहा था।

निवेदिता : मुझमें प्रशंसा करने लायक क्या दिख सकता है मिस्टर बसु मलिक को? वो लेखक-पत्रकार, मैं बिजनेसवूमन। वो मार्क्सवादी, मैं पूंजीवादी। वो दुनिया घूमे हुए, मैं घर घुस्सू। वो हंसने-बोलने वाले, मैं गूंगी।

अरुन्धति : ऐसी बात तो नहीं है। उस रोशन ने और सब चाहे बुरे काम किए हों मगर एक काम अच्छा जरूर किया कि तुझे बोलना सिखा दिया।

निवेदिता : उसका नाम मत लो मेरे सामने।

अरुन्धति : सुकांत का तो लूं?

निवेदिता : माँ तुम जिस तरह उन्हें घेर-घार के, माने...आग्रहपूर्वक मेरे पास ला रही हो, उससे मुझे बहुत संकोच होता है।

अरुन्धति : सुकांत अपनी इच्छा से तेरे पास आ रहा है। मुझे घेरना-घारना तो तुझे पड़ रहा है निवेदिता।

निवेदिता : तो मुझे भी मत घेरो। तुम जानती हो मुझे इस सब से कोई दिलचस्पी नहीं है।

अरुन्धति : मैं तो यही जानती हूँ कि सुकांत को तुझमें दिलचस्पी है। और मैं ये भी जानती हूँ कि तेरी और उसकी जोड़ी अच्छी रहेगी।

निवेदिता : मुझे...मुझे विवाह नहीं करना है।

अरुन्धति : इस समय विवाह करने के लिए कहने तो आई नहीं हूँ। सुकांत आज शाम तुझसे मिलना चाहता था। उसने तो बंगला फिल्म के टिकट लेने के वास्ते कहा था, मैं ले नहीं पाई।

निवेदिता : फिल्म को टिकट तो...

निवेदिता फोन उठाती हैं और अपने रिसेप्शनस्टि को आदेश करती है : जरा मिस्टर मोइत्रो से कहो कि वो जो सिनेमा टिकट लाए हैं, वो भीतर दे दें।

सुनकर अरुन्धति मुस्कुराती है : क्या टिकटों के लिए उसने तुझसे भी कहा था?

निवेदिता : ना। माने ये टिकट तो....

शुभेन्दु आता है। उसके हाथ में तीन टिकट हैं : आपने टिकट मंगाए मिस सेनगुप्ता?

अरुन्धति : हां।

शुभेन्दु : तो मैं पिशी माँ से कह दूं आप शाम को फिल्म देखने चल रही हैं?

निवेदिता : हां। मगर उनके नहीं, माँ के साथ।

शुभेन्दु : तो ठीक है, मैं माँ को लेकर आपके पास आ जाऊंगा।

निवेदिता : आप नहीं जा रहे हैं।

शुभेन्दु : फिर तीसरा टिकट?

अरुन्धति : मेरी एक सहेली जाना चाहती है।

शुभेन्दु निराश होता है और मुंह लटकाए चला जाता है। उसके जाने के बाद अरुन्धति कहती है : बेचारा। सुकांत सही कह रहा था। तू बहुत परेशान करती है अपने प्रशंसकों को।

निवेदिता : प्रशंसा करने वालों से मुझे डर लगता है।

अरुन्धति : सुकांत से मत डर। वो रोशन नहीं है।

लभायाराम के कमरे में रोशन एक चिट्ठी पढ़ रहा है। उधर से लभायाराम आता है : किसकी चिट्ठी पढ़ रहा है?

रोशन : माताजी की। लिखते हैं कि मुंशीजी के बेटे के पड़ोस में मकान लिया है। मुंशीजी की वजह से पिताजी का तो मन लग गया लेकिन आप माताजी को जालंधर रास नहीं आ रहा। माताजी का मन मेरे बिना लग भी नहीं सकता।

लभायाराम : मेरे ख्याल से तू भी वहीं चला जा।

रोशन : मैंने चले जाना है तो नागनाथ-सांपनाथ कम्पनी कैसे चलनी है?

लभायाराम : वो कम्पनी तो क्लेम का पैसा मिलने के साथ डिजोल्व हो गई। अब तो गेंदामल-रलियाराम चल रही है और उसे तेरी खास जरूरत है नहीं।

रोशन चौकन्ना होता है : ओ लभाये, तेरी नीयत मेरे साथ चार सौ बीसी करने की तो नहीं है?

लभायाराम : आठ सौ चालीस तू आप है। तेरे साथ चार सौ बीसी क्या करनी है?

रोशन : और सुना, किधर का राउन्ड मार के आया?

लभायाराम : धर्मचंद जी से मिला पहले तो।

रोशन : क्यूं? उसे तो मैं कल मिल आया था।

लभायाराम : मैं दरअसल उनकी बेटी रानी से मिलने गया था।

रोशन : मेरे से पूछे बगैर?

लभायाराम : गेंदामल-रलियाराम मेरी फर्म है। मुझे किसी से इजाजत लेने की जरुरत नहीं है। हां तू कहीं किसी से मिलने जाया कर तो मेरे से पूछ लिया कर। तेरे वास्ते मेरी इजाजत बगैर किसी भी जनानी से मिलना बिल्कुल मना है।

रोशन : क्यूं भला?

लभायाराम : तेरे को लड़कियों को खुश रखने का आर्ट नहीं आता। तू उन्हें नाराज कर देता है।

रोशन : अच्छा जी।

लभायाराम : हां जी। निवेदिता जी तेरे से इतने खत्म हैं कि तेरी वजह से हमारी फर्म से डीलिंग बंद करना चाहते हैं। उनका वो जो शुभेन्दु है वो कहता था कि अगर मैंने तेरे को नहीं निकाला तो उन्होंने अपने पहचान वालों से भी ये फर्म ब्लैकलिस्ट करवा छोड़नी है।

रोशन : तू मेरे को निकाल कैसे सकता है? मैं तो फर्म में पार्टनर हूँ। चवन्नी पत्ती

दादाजी हम लोगों के नाम कर गये थे।

लभायाराम : उसे लेना हो तो कचहरी में जाओ। मगर उससे कुछ बनना नहीं है। सुना चाचाजी ने भी लाहौर में केस करके देखा था।

रोशन : तो अब?

लभायाराम : अब ये कि तेरे को मेरे साथ रहना है तो मुलाजिम हो के। जितना और जैसा मैं कहूं, वैसा ही करना है।

रोशन फीके ढंग से मुस्कुराता है। फिर कुछ सोचता है।

रोशन वायस ओवर

निवेदिताजी मेरे से खफा हैं।

निवेदिता अपने ऑफिस में बैठी है। उसके सामने फाइलों का ढेर है। एक फाइल सामने खुली है। सुकांत सामने बैठा हुआ अपनी घड़ी देखता है।

निवेदिता : देखिए, ये आपका अत्याचार है। पहले आप जिद करते हैं कि मैं दफ्तर का काम करती रहूं और करने लगती हूँ तो आप घड़ी देखने लगते हैं मिस्टर बसु मलिक। लो मैं फाइल देखना छोड़ देती हूँ।

सुकांत : ना-ना। आप अपना काम कीजिए। मैं तो अब आज्ञा चाहूंगा, और क्षमा भी। कि बेकार आपको डिस्टर्ब करने चला आया दफ्तर में।

निवेदिता : बिना बुलाए तो नहीं आये न? माँ ने आपसे यहां आने को कहा। एक प्याला कॉफी और मंगवाऊं?

सुकांत : दो प्याले पी तो लिये!

निवेदिता : आप तो इन्टैलैक्चुअल। आप लोगों के लिए कितनी भी काफी नाकाफी।

शब्दों का ये खेल सुनकर सुकांत मुस्कुराता है : अभी उतना इन्टैलैक्चुअल भी नहीं हुआ।

निवेदिता फाइलों के नीचे से एक बंगला किताब उठाती है : आप तो इंटैलैक्चुअलों के भी इन्टेलैक्चुअल। माँ को जो आप अपनी किताब दे गये थे, वो मैं पढ़ रही हूँ।

सुकांत : इस पूंजीवादी दफ्तर में बैठ के आप मेरी किताब पढ़ रही थीं?

निवेदिता : जब यहाँ आपसे बात कर सकती हूँ तब आपकी किताब क्यों नहीं पढ़ सकती?

सुकांत : किताब पढ़ के यह लगा कि मैं इन्टलैक्चुअलों का भी इन्टलैक्चुअल हूँ?

निवेदिता : हाँ! दिमाग ही दिमाग है, दिल नहीं। विचार ही विचार है, भावना नहीं।

सुकांत : ये शिकायत तो मैं आपके बारे में करने वाला था। दिल आपके नहीं

है।

निवेदिता : मेरे तो दिमाग भी नहीं है। कुछ भी नहीं है।

सुकांत : सब कुछ है मगर आप अनदेखा करना चाहती हैं। आप अपने को अपने से छिपाती हैं!

निवेदिता : इस तरह मत कहिए प्लीज। इस तरह की बातों से मुझे चिढ़ है। लगता है मुझ...

सुकांत : लगता है मुझी से चिढ़ है।

निवेदिता : ना। ना तो।

सुकांत : मेरे मुँह तारीफ सुनना भी आपको तकलीफदेह मालूम होता है।

निवेदिता : असल में मैं... मन मेरा... आपको तो पता नहीं हैं सुकांत बाबू किन्तु मैं...।

सुकांत : मुझे सब पता है निवेदिता।

निवेदिता : मैं सदा ऐसी नहीं थी।

सुकांत : और न सदा ऐसी रहोगी।

दरवाजे पर दस्तक होती है जिसे खोलता हुआ शुभेन्दु पूछता है : मे आई कम इन...?

निवेदिता : आइए।

शुभेन्दु आता है : फाइलें हो गई हों तो...।

निवेदिता : हो जाने पर आपको बुला लूंगी।

सुकांत : अच्छा तो मैं चलूं, आप काम कीजिए। माँ से कह देना मैंने प्रायः घण्टा भर प्रतीक्षा की, उसके बाद चला गया।

निवेदिता : बैठिए ना।

सुकांत : शाम को तो मिल ही रहे हैं। पता नहीं माँ ने यहाँ क्यों बुलवाया? शायद दफ्तर में आपका रोब-दाब देखने के लिए।

निवेदिता : माँ से फोन पर बात कर लीजिए।

सुकांत उठ के जाने लगता है। निवेदिता भी उठती हुई शुभेन्दु से कहती है : आप क्यों खड़े हैं? जाइए।

शुभेन्दु : आपके विजिटर्स।

निवेदिता : मैंने कहा था उनसे आप मिल लीजिए।

शुभेन्दु : उनमें से एक है जो आपसे ही मिलना चाहते हैं। कहते हैं आपसे पर्सनल काम है।

निवेदिता : कौन हैं?

शुभेन्दु : मिस्टर रोशनलाल। अभी भेजूं या बाद में?

निवेदिता : अभी।

शुभेन्दु-सुकांत चले जाते हैं। रोशन अन्दर आता है : नमस्कार निवेदिता जी।

निवेदिता : नमस्कार।

रोशन : जी मैं बैठ सकता हूँ?

निवेदिता : नहीं। उस दिन मैंने आपसे फोन पर क्या कहा था, आप भूल गये?

रोशन : जी वो बात ये है...

निवेदिता : बात कुछ हो ही नहीं सकती। मैंने मिस्टर लभायाराम से सख्त ताकीद की थी कि आपको फर्म के काम से यहाँ न भेजा जाए।

रोशन : जी फर्म से तो मेरे को आपके हुक्म से निकाल दिया गया। मैं यहाँ एक पर्सनल काम से आया था।

निवेदिता : आपका मुझसे कोई पर्सनल काम नहीं हो सकता।

रोशन : निवेदिता जी, मैं इस करके आया था कि अस्पताल में दाखिल होने से पहले जब मिस्टर सेनगुप्ता क्लब में आए थे तो मेरी टेबल पर ये भूल गये थे।

एक पैन सैट देता है।

निवेदिता : ये तो बाबा का नहीं है।

रोशन : उन्हीं का है जी। बता रहे थे कि आपको प्रेजेण्ट करने वास्ते खरीदा है। इसमें प्रेजेन्टेशन की चिट भी रखी थी।

निवेदिता : चिट कहाँ हैं?

रोशन : जी वो तो खो गई।

निवेदिता : ये नहीं खोया?

रोशन : जी खो तो ये भी गया था। वो क्या था, जी मेरे साथ जो अपने को प्रिंसेस कहने वाली नौकरानी बैठी थी, वो इसे मारकर ले गई थी। मैंने कल उसके पास देखा तो छीना।

निवेदिता : ये उनको ही लौटा दीजिए। मेरी तरफ से भेंट।

रोशन : आप अपने बाबा की निशानी रख नहीं सकतीं?

निवेदिता : बाबा की निशानी ये दफ्तर है, होटल है। जाइए।

रोशन : जाते-जाते एक बात कहने की इजाजत चाहता हूँ। आप भले ही मेरे से कितनी नफरत करने लग पड़ीं, मैंने हमेशा आपकी पूजा करनी है। आपने लात मारनी है तो मैंने लात को आँखों से लगाना है।

निवेदिता : मुझे लात मारने पर मजबूर मत कीजिए प्लीज।

रोशन लातों को आँखों से लगाने का जैस्चर करता हुआ बाहर चला जाता

है।

रानो अपने लान में बैठी कुछ तस्वीरें देख रही है। इन तस्वीरों में उसके साथ लभायाराम और रोशनलाल बैठे हैं। नवयुवक-नवयुवतियाँ खड़ी हैं। रानो तस्वीर एक ओर रखकर खड़ी होती है। अपनी जय-जयकारों भरे नारों के बीच मालाओं से लदा धर्मचंद इधर आता है और अपने समर्थकों को, जिनमें लभायाराम भी शामिल है, हाथ जोड़ता है : आप लोगों का मैं तहे-दिल से शुक्रिया अदा करना चाहता हूँ। खासकर अपने खैरातीमल जी का और नौजवान लभायाराम का।

रानो : दादाजी आप तो घर आके भी तकरीर देने लग पड़े?

सब लोग हँसते हैं।

धर्मचंद : मैं रानो का भी शुक्रिया अदा करना चाहता हूँ कि इसने मुझे याद दिलाई कि मेरा घर भी है। वरना राजनैतिक के नशे में तो मैं घर-परिवार भूल ही जाता हूँ। वैसे भी बच्चे सब बड़े-बड़े हो गये और अपनी-अपनी लाइन पर निकल गए। घर के नाम पर बस ये रानो ही बची है। मेरे सबसे छोटे और होनहार पुत्तर सतपाल की इकलौती निशानी। वो और उसकी घरवाली दोनों ही दंगों में मारे गये वरना आज आपकी रहनुमाई वो कर रहे होते। दोनों को ही बहुत दिलचस्पी थी सियासी कामों से।

कहते-कहते धर्मचंद रो पड़ता है।

लभायाराम : मेरे ख्याल से हमें चलना चाहिए और धर्मचंद जी को आराम करने देना चाहिए।

ये लोग चले जाते हैं। उनके जाने के बाद धर्मचंद लान पर रखी एक कुर्सी पर पसर जाता है। रानो उसके पास खड़ी होती है : दादाजी आप इस तरह के लोगों को ज्यादा मुँह मत लगाया करो।

धर्मचंद : लभाये को? वो तो बहुत संजीदा और सयाना बंदा है।

रानो : नहीं ये जो खैरातीराम जी जैसे लोग हैं ना, इनसे आपको दूर रहना चाहिए।

धर्मचंद : पुत्तर तू तो जानती ही है कि मेरे को आप इस तरह के बन्दों से कितनी नफरत है। मगर पॉलिटिक्स में सबसे बनाकर रखनी पड़ती है। मैं तो पुराना इन्कलाबी, आर्यसमाजी और गाँधीवादी हूँ। मैं जो पालिटिक्स में आने को मजबूर ना कर दिया गया होता तो बिल्कुल अपने दोस्त मास्टर हवेलीराम बरगा होता।

रानी : मेरे को मास्टर हवेलीराम बहुत अच्छे लगते हैं।

धर्मचंद : अरे! मेरा तो दुनिया में उसके सिवा अब कोई दोस्त रह ही नहीं गया।

रानी : आप भी उनकी तरह पॉलिटिक्स से हट जाइए। गाँधी जी ने तो कहा भी था कि...।

धर्मचंद : पुत्तर मैं तो पॉलिटिक्स को छोड़ भी दूँ लेकिन पॉलिटिक्स मेरे को नहीं छोड़ती।

रानी : खैरातीमल बरगे लोगों की वजह से आपको बहुत काम्प्रोमाइज करनी पड़ जाती है।

धर्मचंद : काम्प्रोमाइज का नाम ही पालीटिक्स है। कोरे आदर्शवाद से तो एक कदम आगे नहीं बढ़ा जा सकता। अब तू यही देख कि पहले इलैक्शन में जब मैंने अपने खर्चों का हिसाब सही-सही देना चाहा तब मेरे एजेन्ट ने कहा कि धर्मचंद जी हिसाब सही देके गाँधीवादी भले ही बने रह सकना है, लेकिन लोकसभा का सदस्य नहीं हो पाना है। तो ये इसी तरह है। अब तुम नौजवान करना क्रान्ति, मेरे जैसे तुम्हारा साथ देंगे।

रोशन आ जाता है : आपके चुने हुए नौजवानों में मैं भी शामिल हूँ धर्मचंद जी।

धर्मचंद : जरूर। रोशन तेरे बरगे सयाने नौजवानों की तो बहुत जरूरत है। और अब ये बता पुत्तर कि आज इस बूढ़े से क्या जरूरत पड़ गई तेरे को?

रोशन : जी मैं तो आपकी पोती के जन्मदिन पर तोहफा देने आया था। और ये शिकायत करने भी कि इन्होंने लभाया को तो बाकायदा न्यौता दिया, मुझे नहीं।

रानो : ले, मैंने किसे न्यौता दिया? मेरा तो आज जन्मदिन भी नहीं है। लभायाराम जी ने आपसे झूठ क्यों बोला?

रोशन सर पर हाथ मारता है : इसी तरह की बातों से लभाया मक्कारी और मसखरेपन के लिए बदनाम हो चुका है।

धर्मचंद : यहाँ तो हमें कभी ऐसा लगा नहीं। हो सकता है पुत्तर, तेरे से समझने में गलती हुई हो। आज रानो का जन्मदिन तो नहीं है, लेकिन इसके बाप के नाम से एक ट्रस्ट आज खुली है, जिसकी देखरेख ये करेगी।

रोशन : मुबारक हो। पार्टी होनी चाहिए।

रानो : दादाजी देंगे।

रोशन : नहीं। पार्टी आज शाम मैंने देनी क्लब में। दादा-पोती दोनों को।

धर्मचंद : पुत्तर तू तो जानता है कि मैं घर से बाहर कहीं जाता नहीं।

रोशन : आप तो यहीं बैठ के सारी दुनिया को उँगली पे घुमा देते हो। रानो जी आप तो आओगे ना?

धर्मचंद की ओर देखती है : दादाजी...।

धर्मचंद : हाँ-हाँ चली जाना।

राजराजेश्वरी क्लब की एक टेबल पर बैठी है और अपना पर्स छोड़कर एक तरफ जाती है। दूसरी तरफ से रोशन आता है और उसकी टेबल पर बैठ जाता है। पर्स से खेलने लगता है। राजराजेशवरी पलटकर आती है और गरज के कहती है : मैं ये पर्स टेबल रोकने के लिए छोड़ गई थी।

रोशन : ओह, मैंने सोचा अपनी याद दिलाने वास्ते छोड़ गये। *(गाकर)* वो अपनी याद दिलाने को एक पर्स पुराना छोड़ गए...।

राजराजेश्वरी : मेरा पर्स वापस कीजिए और यहाँ से उठिए। यहाँ मैं बैठी थी।

रोशन पर्स वापस करता है : बैठी थी—पास्ट टैंस। बैठा हूँ—प्रेजेन्ट टैंस

राजराजेश्वरी गुस्सा होकर जाने को होती है लेकिन तभी रोशन मुस्कुराता हुआ सीट छोड़ के बगल वाली टेबल पर जा बैठता है। दलपत और लभाया आते हैं और दलपत प्रिंसेस की ओर इशारा करता है : हैलो प्रिंसेस। अच्छा लभाया हम तो अपनी मंजिल पर पहुँच गये।

लभायाराम : प्रिंसेस की दुआएं रहनी हैं तो हमने भी किसी मंजिल पर पहुँच ही जाना है।

रोशन : अगर महल तक नहीं तो अस्तबल तक तो जरूर।

लभायाराम : तेरे से मिलने वास्ते तो वहीं जाना पड़ेगा?

दलपत : तो प्रिंसेस...।

राजराजेश्वरी : दोस्त मुझे राज कहते हैं।

दलपत : क्या मैं दोस्ती का दम्भ भर सकता हूँ?

राजराजेश्वरी : कोशिश करके तो देख ही सकते हो।

दलपत : तो राज, योरप कैसा रहा?

राजराजेश्वरी जैसे ठण्ड के मारे कंपकपाने लगती है : ऊ...इट वाज वैरी कोल्ड। इतनी ठण्ड थी कि याद करके कंपकपी छूट रही है। इमैजिन, आमस्तरडाम की नहरें तक जमी हुई थीं। वी स्केटेड आन दैम—इमेजिन!

दलपत : मैंने भी अखबारों में पढ़ा।

रोशन अपनी टेबल से उठ के आता है : इन्होंने भी।

दलपत : तुमने कुछ कहा रोशन?

रोशन : जी मैंने अर्ज किया कि ये नहरों के जमने की खबर रज्जो ने भी अखबार में ही पढ़ी।

दलपत : रज्जो?

राजराजेश्वरी : यानी मैं। गुस्ताख किस्म के दोस्त मुझे राज की जगह रज्जो भी कह देते हैं।

दलपत : ओ, आई सी।

रोशन : माने में देखता हूँ, मगर दलपत साहब आप जो देखते हो सो एक हसीन धोखा है।

दलपत : मतलब?

रोशन बड़े अन्दाज से कुछ कहने को होता है कि राजराजेश्वरी पहले बोल पड़ती है : नॉव दलपतसिंह जी प्लीज! आप मुझसे बात करने आए हैं कि इस प्रैक्टिकल जोकर से? आपको पता है कि मुझसे प्रिंस बनके मिला।

रोशन : आपको पता है ये मेरे से प्रिंसेस बन के मिलीं।

दलपत : प्रिंसेस तो हैं ही।

रोशन : प्रिंसेस तो नहीं हैं, हाँ प्रिंसेस भुवनेश्वरी की नौकरी में जरूर रही हैं। अच्छा तो दलपत, मैं चलता हूँ और लौट के मिलता हूँ।

रोशन चलने को होता है कि सामने से रानो आ रही होती है। रोशन उसे ग्रीट करता है और उसके साथ कोने वाली मेज पर बैठ जाता है।

रानो : आपको बहुत इंतजार तो नहीं करना पड़ा रोशन जी?

रोशन : नहीं रोशनी जी।

रानो : मेरा नाम तो रानो है।

रोशन : जिसकी वजह से मैं रोशन हूँ उसे तो मैंने रोशनी ही कहना हुआ।

रानो : लगता है मास्टर हवेलीराम से आपने शायरी भी विरासत में पाई है।

रोशन : कहाँ पिताजी, कहाँ मैं। उनके चरणों की धूल के बराबर भी बन सकूं तो मैंने अपने को धन्य मान लेना है।

रानो : दादाजी के दोस्तों में मेरे को सबसे ज्यादा मास्टर हवेलीराम ही पसन्द हैं। वो ही ऐसे हैं जो उसूलों के पक्के हैं।

रोशन : भले ही नुकसान हो जाए, वो उसूल से नहीं हटते।

रानो : किसी तरह का लालच नहीं है उनके मन में।

रोशन : जी मैंने पिताजी से एक ही बात सीखी है कि लालच ही इन्सान की सबसे बड़ी कमजोरी है। मेरा तो लभाये से इसीलिए झगड़ा हो गया कि वो बहुत लालची है। पैसा कमाने की खातिर कुछ भी कर सकता है। मैंने हेरा-फेरी में साथ देने से इंकार किया तो उसने मेरे को बिजनेस में से हटा दिया और मेरा जो हिस्सा था वो भी मार लिया।

रानो : ये तो बहुत बुरी बात है।

राजराजेश्वरी आकर रानो के पास खड़ी हो जाती है : बुरी बात तो यह भी है मिस्टर रोशनलाल कि आप भोली-भाली लड़कियों से धोखा-धड़ी करते है।

रानो के कंधे पर हाथ रखती है : बगैर बुलाए आ गई हूँ और अब बगैर मांगे सलाह देने की हिमाकत करना चाहती हूँ कि भेड़िए से सावधान।

रानो : ये कौन हैं रोशनजी?

रोशन : कोई सिरफिरी मालूम होती है।

राजराजजेश्वरी : सिर ही फिरा था तभी तो आप पर भरोसा किया। *(रानी से)* मैं प्रिंसेस राजराजेश्वरी हूँ। ये साहब मुझसे प्रिंस रिपुदमन सिंह बनकर मिलते रहे। दूसरे की कोठी को अपनी बताकर मेरी दावतें करते रहे। कभी किसी बहाने मुझसे दो-चार हजार रुपया मांगते रहे। कुल मिला के पन्द्रह हजार तीन सौ तरेपन रुपया मांग लिया और अब इनकी सारी पोल खुल चुकी लेकिन ये पैसा नहीं लौटाते।

रानो : आप ये क्या कह रही हैं?

रोशन झुककर कान में कहता है : मैंने बताया ना, पगली है। एक प्रिंसेस की नौकरानी थी। वहीं रहते-रहते इसे पागलपन सवार हो गया कि मैं प्रिंसेस हूँ।

लभायाराम आता है : हैलो प्रिंसेस।

राजराजेश्वरी : ओ हैलो लभायाराम। अपने इस भाई को समझाइए प्लीज। आपको तो सारा किस्सा मालूम है। प्रिंस बनकर मुझसे मिलता रहा और पैसे ऐंठता रहा। अब वापस मांगती हूँ तो लोगों से कहता है कि मैं पगली हूँ।

लभायाराम : मैं तो आप इसकी हेरा-फेरी से परेशान हो गया। मैंने तो इसे अपनी फर्म से निकाल दिया।

रानो : मिस्टर रोशनलाल तो कह रहे थे कि आपकी हेरा-फेरी से आजिज होके इन्होंने आपकी फर्म छोड़ी।

लभायाराम : जी इसमें सारे ही ऐब हैं। बेईमानी तो करता ही है और साथ में झूठ भी बोलता है। तभी मेरे को ताज्जुब हुआ कि आप इससे मिलने क्लब कैसे आ गए। आज तो आपको मेरे साथ निवेदिता जी की शादी में जाना था।

* * *

जे०बी० अपनी रोती बच्ची को गोद में ले के नचाता हुआ गा रहा है : सो जा राजकुमारी सो जा। सो जा मैं बलिहारी सो जा।

बच्ची रोने लगती है। जे॰बी॰ जैसे लड़ियाता है : हत्तेरी की। अरे, वीनू मानकड मिड विकिट पर छक्का मारने वाला था और तू रो दी? हैं...?

अपना जूड़ा ठीक करती मंगला आती है : ये तुम्हारी बेटी है, बीवी नहीं, जो इसे तुम्हारे साथ जबरदस्ती क्रिकेट कमेन्ट्री सुननी पड़े या मैच देखना पड़े।

जे॰बी॰ : तो इन गुड़िया महारानी से हम किस टॉपिक पर बतियायें? बिनाई पर? बहनजी आपने उनके सूटर में मछली डिजाइन बड़ी अच्छी डाली है। हमें भी सिखा दो। अजी इसमें मुश्किल क्या है? आठ सीधे, चार उल्टे।

मंगला बच्ची को गोद में लेना चाहती है : तुम तो इस तरह बच्ची को बातूनी बना दोगे।

जय गुड़िया को मंगला के हाथ में नहीं देता और तभी सुभद्रा आती है : जय तू जरा जा के प्रिंस का पता कर। पापा बैचैन हैं उससे मिलने को।

जे॰बी॰ : अम्मा मुझे मंगला के साथ कवि सम्मेलन में जाना है।

सुभद्रा : उसमें तो देर है अभी।

मंगला : प्रिंस जब यहाँ आना ही नहीं चाहते तब आप लोग क्यों जबरदस्ती करते हो?

जे॰बी॰ : और अम्मा, मैं दोबारा उनके यहाँ देखी आया। वहाँ कोई मिलता ही नहीं।

सुभद्रा : एक बार जाकर और देख आ।

जे॰बी॰ : ओ.के.। ठीक है मंगला। तुम तैयार रहना। मैं आता हूँ।

नाराज होता जय चला जाता है।

मंगला : प्रिंस से पापा को करना क्या है?

सुभद्रा : उनसे कुछ भूल हो गई थी, उसे सुधारना चाहे हैं।

मंगला : जेल भिजवाने की भूल अब किस तरह सुधर सकती है? और अम्मा आपको पता है कि प्रिंस हर कैसी दुश्मनी कर रहे हैं हमसे। उनकी ओर दोस्ती का हाथ बढ़ाने से क्या फायदा?

सुभद्रा : दुश्मनी भी तो ठीक ना है।

मंगला : अम्मा इस सारे मामले से इनको तनाव होता है। आप तो जानती ही हैं कि प्रिंस की वजह से पहले भी झंझट हुआ।

सुभद्रा : अब ना होगा। तू बेफिकर रह मंगला।

वृषभान अपनी व्हील चेयर पर, जिसे अब वह खुद चला लेता है। दीवार घड़ी घंटे बजाती है। वृषभान घड़ी देखकर कहता है : पता नहीं, जय कहाँ रह गया?

सुभद्रा : ढूंढ रहा होगा बेचारा। वैसे मैं कहूँ कि आप प्रिंस के बारे में इतना परेशान क्यों रहो हो? अगर वो आपसे कोई सरोकार ना रखना चाहता हो तो आप क्या कर सको हो?

वृषभान : मैं उसके साथ इन्साफ करना चाहता हूँ।

सुभद्रा : देखो जी सच्ची बात, इंसाफ तो आप उसकी माँ के साथ करना चाहो हो। क्यों जी उससे इंसाफ करते हुए क्यों हिचकते हो?

वृषभान : उसके साथ अब कोई इंसाफ नहीं हो सकता। हाँ इस कोशिश में तुम्हारे से नाइंसाफी जरूर हो सकती है सुभद्रा।

सुभद्रा : जिसे सारी जवानी मन में बसाए रखा उसे अब बुढ़ापे में घर में बसा लोगे तो कोई नाइंसाफी ना होगी मेरे साथ। सुना? मैं सच कह रही हूँ। उसे यही रख लो। उसके होने से तुम्हारी तबीयत सम्हलती रहती है।

वृषभान : सुभद्रा प्लीज, इस तरह मत कहा करो।

सुभद्रा : तुम्हारे मन की बात भी न कहूँ? क्यों जी, मन की मन में ही रखना चाहो हो?

वृषभान : मेरे मन में क्या है, ये मैं खुद नहीं जानता। तुम कहाँ से जानोगी सुभद्रा?

सुभद्रा : ऐसा दीखै कि अपने से छिपाये रखो हो।

मंगला बच्ची को लेकर आती है : जय अभी आया नहीं? कवि सम्मेलन के लिए देर हो जाएगी।

सुभद्रा : आता ही होगा। तू बच्ची मुझे दे के चली जा।

मंगला बच्ची को उसकी गोद में देने लगती है, तभी जय आता है : आ गये? कहाँ रह गये? मैं तो जाने लगी थी।

जे॰बी॰ : प्रिंस के घर में फिर ताला मिला। मैं बैठा रहा कि शायद कोई आए। जब कोई नहीं मिला तो फिर मैंने उसकी भाभी सुलोचना को कांटेक्ट किया। सुलोचना ने यही बताया कि वह अपने माँ-बाप के साथ जालन्धर चला गया।

वृषभान : जालन्धर का पता दिया?

जे॰बी॰ : उसे नहीं मालूम। वो तो जी बस यही कहती रही कि मेरे बच्चों-का खर्चा बढ़ रहा है। थोड़ा पैसा और दिलवा दो।

सुभद्रा : एक बार रेड की खबर देकर क्या अहसान किया, सारी जिन्दगी भर को मोल ही ले लिया।

वृषभान : सुभद्रा तुम कहो तो प्रज्ञावती जी को फिर से लिखें। शायद उन्हें जालंधर का पता मालूम हो।

मंगला : मेरे को तो ये प्रज्ञावती जी वाली बात भी कुछ समझ में नहीं आती। पहले तो उनका इस घर में आने से ही साफ़ इंकार था। अब तो रोज ही चक्कर लगाती रहती हैं। जब वो संन्यासिनी हैं तब हम गिरस्तों के मामलों में उनकी इतनी दिलचस्पी क्यों?

सुभद्रा : तुम जाओ। कवि-सम्मेलन के लिये देरी हो रही है।

मंगला झुंझलाती है, फिर जे॰बी॰ के साथ कमरे से बाहर निकलने लगती है। चलते-चलते जे॰बी॰ से कहती है : और जय, मेरे को सबसे ज्यादा ताज्जुब इस बात का है कि तुम भी इस बारे में कुछ नहीं बताते।

जे॰बी॰ : मेरा मुँह बंद है। मगर इतना कह सकता हूँ कि मैं भी इस सबसे आजिज आ चुका हूँ।

ये लोग आगे बढ़ते हैं और श्यामलाल से टकराते हैं जो छिपकर सुन रहा था। श्यामलाल जे॰बी॰ को जाने देता है लेकिन मंगला से टकरा जाता है। बच्ची रोने लगती है। श्यामलाल बच्चा को चुप कराने लगता है और थपथपाते हुए फुसफुसाकर कहता है : ओ...लो...लो...नहीं-नहीं। बिटिया तेरे को कोई और न समझाये तो मेरे से समझ लियो कि ये माजरा क्या है।

अपनी कोठी के विशाल बगीचे की ढलान की तरफ ह्विल-चेयर चलाता वृषभान आगे बढ़ रहा है। उसकी बगल में सुभद्रा चल रही है। गाड़ी रोककर वृषभान सुभद्रा पर नजर टिकता है : दो हफ्ते हो गये। अब तक तो उत्तरकाशी से जवाब आ जाना चाहिये था।

सुभद्रा : कहीं बेटे की तरह माँ ने भी इस कोठी में कदम नहीं रखने का फैसला तो नहीं कर लिया? आप खुद ही चले जाओ उत्तरकाशी।

पीछे से आता हुआ श्यामलाल सुभद्रा का कहा सुन लेता है और करीब आकर सलाह देता है : बारिसों में पहाड़ मत भेजो लालजी को। रास्ते अक्सर बंद हो जाते हैं।

वृषभान : आइए श्यामलाल जी, आज बहुत महीनों बाद दिखाई दिए।

सुभद्रा : भाई साहब नाराज हो गए दीखैं।

श्यामलाल : अजी अपनों से कभी नाराज हुआ जाये है? अब लालाजी ने मुझे शिवलाल जी के साथ लगा दिया है और शिवलाल जी का ऐसा है कि दफ्तर के काम से काम बाकी सारी दुनिया जय-जय राम।

वृषभान : आप खुद भी बहुत मेहनत कर रहे हैं। मुझे बहुत खुशी है कि आखिर आपने कम्पनी के काम की ओर ध्यान देना शुरू कर दिया ।

सुभद्रा : और अब घर आ ही गये हो तो कम्पनी के मालिक की ओर ध्यान दो। मैं जरा जा के पूजा कर आऊं। इनकी सेवा में तो भगवान तक के लिए टाइम ना मिले।

श्यामलाल : अजी पति ही परमेश्वर हैं। खैर, तुम जाओ लल्ली। मैं हूँ लालाजी के पास।

सुभद्रा चली जाती है। श्यामलाल व्हील-चेयर चलाने लगता है।

वृषभान : नहीं, नहीं, इसकी जरूरत नहीं है श्यामलाल जी। अब मैं खुद चला लेता हूँ।

श्यामलाल : मुझे खबर है इसकी लेकिन इतने दिनों बाद आया हूँ तो कुछ तो सेवा का मौका दो जी। लल्ली ने इतनी मन्नतें मांगी हैं, इतना पूजा-पाठ कराया है कि आप तो पूरी तरह फिट हो जाओगे। मैं खुद लल्ली के कहने पर विंध्यवासिनी में हवन करा के आया।

श्यामलाल का ध्यान गाड़ी के ब्रेक की ओर जाता है। वह पूछता है : ये क्या है?

ब्रेक लगा के दिखाता हुआ वृषभान : ये ब्रेक है इसका।

श्यामलाल : वाह।

श्यामलाल ब्रेक को गौर से देखता है और कुछ सोचने लगता है। दूसरी तरफ से वीरांवाली आती है मगर श्यामलाल को देखकर ठिठकती है। श्यामलाल का ध्यान उसकी ओर जाता है और मुँह से निकलता है : अच्छा प्रज्ञावती बहनजी हैं। आज तो मेरा जन्म सफ़ल हो गया। मैं तो कब से चाह रहा था कि हमारे लालाजी के पास आओ।

वृषभान : श्यामलाल जी, जाकर सुभद्रा को खबर कीजिए और अभी उसकी पूजा खत्म होने में वक्त हो तो आप ही नाश्ते का इंतजाम करवाओ।

श्यामलाल : जो हुक्म। और लालाजी नाश्ता फौरन रखवाऊं कि आराम से?

श्यामलाल स्टडी के रास्ते से भीतर जाता हुआ इधर को आती हुई मंगला से आमने-सामने होता है।

मंगला : पापा बाहर बगीचे में हैं श्यामलाल जी।

श्यामलाल : हाँ जी। पापा भी हैं, पापन भी है।

मंगला दरवाजे की आरे बढ़ती है और बाहर वृषभान तथा प्रज्ञावती को एक अंतरंग क्षण में एक-दूसरे का हाथ पकड़े हुए देखकर ठिठक जाती है। वीरांवाली अपना हाथ छुड़ा रही होती है : नहीं वृषभान, हमें कमजोर नहीं पड़ना चाहिए।

वृषभान : मैंने तुम्हें हमेशा अपनी शक्ति माना, कमजोरी नहीं।

वीरांवली : तो फिर शक्ति को शक्ति ही रहने दो।

वृषभान : सतबीर को ढूंढने गई और खुद गायब हो गई। मैंने उत्तरकाशी के पते पर चिट्ठियां डलवाईं।

वीरांवाली : मैं तो कलकत्ता से आ रही हूँ। सतबीर की कोई खबर?

वृषभान : सुना वो दिल्ली आया लेकिन मुझसे मिले बगैर अपने माँ-बाप के साथ जालंधर चला गया। जालंधर का पता यहाँ किसी को मालूम नहीं है।

वीरांवाली : मुंशीजी के बेटे के यहाँ गये होने हैं।

वृषभान : तुम वो जगह जानती हो तो उसे बुला लाओ।

वीरांवाली : वो जगह तो मैं जानती हूँ लेकिन मुंशीजी हौरी तो यही जानते हैं कि मैं मर गई।

वृषभान : अब तो भेद खुल गया है।

वीरांवाली : मगर सब पर नहीं।

वृषभान : मैं अपने किसी आदमी को भेजवा दूँगा।

वीरांवाली : उससे कोई फायदा नहीं होना। सतबीर ने आना है तो मेरे कहने से ही। मैं ही जाऊंगी।

वृषभान : ठीक है उसे जाकर बुला लाओ। मैं इस बीच अपने वकील हबीबउल्लाह को बुला के सारे कागजात तैयार रखूंगा।

श्यामलाल आता है और मंगला को वीरांवली-वृषभान की बातचीत छिपकर सुनते हुए देखता है। मुस्कुराता है। मंगला, जो एजिटेटिड मालूम हो रही है, इस मुस्कान का जवाब भौंहे सिकोड़कर और होंठ काटकर देती है। वो चली जाती है और श्यामलाल खड़ा सुनता रहता है।

वीरांवाली : अच्छा, मैं भीतर चलूं सुभद्रा बहन के पास।

वृषभान : वो तो पूजा कर रही है। तुम यहीं रहो। तुमसे पता नहीं कितनी बातें करनी हैं मुझे।

वीरांवाली : तुम्हें गृहस्थ का धर्म निभाना है वृषभान और मुझे संन्यासिनी का। अकेले में हमारी कोई बात नहीं हो सकती।

वीरांवाली स्टडी की ओर बढ़ती है कि दरवाजे के पास ही श्यामलाल मिल जाता है। और पूछता है : प्रज्ञावती जी, बहुत दिनों से मैं आपसे एक सवाल पूछना चाहूँ था जी। वो ये कि जो शख्स मेरी तरह ना तो घर-गिरस्ती वाला बन सका हो और ना संन्यासी उसका धर्म क्या होता है?

वीरांवली : जिसके लिए आत्मा गवाही दे वही धर्म है।

श्यामलाल : जिसके लिए आत्मा गवाही देती है उसके लिए परमात्मा ना देता है जी। आप पे भी यही चोट हुई है, मेरे पे भी।

वीरांवाली बगैर कुछ कहे सिर झुकए भीतर चली जाती है। मुस्कुराता श्यामलाल बाहर को निकल जाता है।

मंगला अपने कमरे में पालना झुलाती कुछ गुनगुना रही है। वो उदास लगती है। बच्ची सो गई है इसलिए पालना झुलाना बंद करती है। उसका ध्यान इस ओर जाता है कि श्यामलाल दरवाजे पर खड़ा है। पूछती है : श्यामलालजी, आप यहाँ कैसे खड़े हैं?

श्यामलाल : एक चेतावनी देने।

मंगला : किस बारे में?

श्यामलाल : प्रज्ञावती बहनजी के बारे में, जो तुम्हारे बहाने घर में घुसी हैं।

मंगला : चेतावनी मुझे क्यों दे रहे हैं?

श्यामलाल : क्योंकि तुम्हारी सासूजी तो हैं नासमझ और जय बिचारा अपने पापा की इतनी इज़्ज़त करे है कि पापन प्रज्ञावती का यहाँ आना रोक नहीं पाता। किसे पता था कि लाला वृषभान बुढ़ापे में फिर वही प्यार के दीवानेपन का चक्कर शुरू कर देंगे?

मंगला : प्रज्ञावती जी संन्यासिनी हैं। उनके बारे में इस तरह की बातें करना आपको शोभा नहीं देता।

श्यामलाल : अजी जब उन्हें करना शोभा दे रहा है तब हमें कहने में शर्म क्यों हो? बिटिया, ये प्रज्ञावती जी ना तो संन्यासिनी हैं ना इनका नाम प्रज्ञावती है। ये हैं वीरांवाली।

मंगला : वीरांवाली?

श्यामलाल : हाँ। बिटिया मैंने तुमको एक बार बताई थी ना कि प्रिंस इस मारे झगड़ा कर रहा है कि उसे अपनी उन बुआ का बदला लेना है जिन्होंसे लाला वृषभान ने सब कुछ किया पर शादी ना की।

मंगला : प्रज्ञावती वही बुआ हैं?

श्यामलाल : नहीं। मेरी जानकारी तब अधूरी थी। अब पता चला है कि वीरांवाली सतबीर की बुआ नहीं, माँ है। वो इस घर के चक्कर इस मारे काट रही है कि लाला वृषभान की जायदाद का बड़ा हिस्सा अपने बेटे सतबीर को दिला दें। लालाजी ने बुला लिया है हबीबउल्लाह साहब को।

मंगला : श्यामलाल जी इस तरह के क्लेश फैलाने वाली बातें मुझसे मत कीजिए।

श्यामलाल : देखो मंगला बिटिया, तुम्हें तो पता ही है कि जब से जे.बी. साहब

खफा हुए हैं मैंने तो तुम्हारे घर के मामलों से दिलचस्पी लेना ही छोड़ दिया है। बस प्रभु से सुबह-शाम हाथ जोड़कर कह देता हूँ कि लाला वृषभान के घर में शुख-शांति रहे। देख बिटिया मेरे लिए इस दुनिया में तेरे सासूजी से बड़ा कोई नहीं है। उनकी खुशी को मैं अपनी खुशी से बड़ी समझूं हूँ। आज इशारे से एक बात तुमसे कही है तो इसी मारे कि अपनी भोली सासूजी को अपनी संन्यासिनी सौतन की साजिशों से बचा। ये काम तू ही कर सकती है। मैं तेरे पांव पड़ता हूँ।

श्यामलाल झुकने लगता है। मंगला रोकती है : ये आप क्या कर रहे हैं?

श्यामलाल : मैंने कही ना, लल्ली के सुख के लिए मैं कुछ भी कर सकता हूँ।

सुभद्रा अपने मालिश वाले कमरे में तकियों के सहारे अधलेटी है। श्यामलाल पास खड़ा है : हाँ, मंगला मुझे भी जरूर थोड़ी परेशान लगे है।

श्यामलाल : थोड़ी नहीं बहुत। और वो परेशान हो रही है तो सही हो रही है। पढ़ी-लिखी समझदार लड़की है। दुनिया की ऊंच-नीच समझे है। तुम्हारी तरह अंधविश्वासी नहीं कि संन्यासिनी ने आँख में झोंकी धूल और तुम सारे शिकवे गई भूल।

सुभद्रा : क्या धूल झोंकी?

श्यामलाल माथा पीटता है और कंधे उचकाता है : लल्ली तुम्हें पता है कि मैं जे.बी. की नाराजी के बाद छुट्टी ले के क्यों गया? और कहाँ गया? मैं गया विंध्यवासिनी जी के दर्शन करने। मैंने उनसे क्या मांगा तुम्हें पता हैं?

सुभद्रा : यही मांगा होगा कि आपकी घर-गिरस्ती जम जाए।

श्यामलाल : इस उमर में? अब तो मैं यही मांग सकूं कि तुम्हारी घर-गिरस्ती ना उजड़े। सो मैंने विंध्यवासिनी में हाथ जोड़ के ये कही कि है देवी माता हमारी लल्ली पर उसकी सौतन ने जादू कर दिया है। उसके जादू को उतार। उसकी आँखों पर पर्दा पड़ गया है। उस पर्दे को उठा।

सुभद्रा : उस बिचारी ने कोई जादू किया तो यही कि जय के पापा की बीमारी दूर कर दी।

श्यामलाल हंसता है : विंध्यवासिनी जी, आप की कोई कृपा हुई नहीं हमारी मूरख लल्ली पर। इसे अपनी सौतन और अपने पति का नाटक अभी तक समझ में ही ना आया।

सुभद्रा उठ बैठती है और विरोध करती है : कौन-सा नाटक? क्यों बकवास करो हो?

श्यामलाल : सौतन संन्यासिनी की प्रार्थना से बीमार पति की तबीयत सम्हलने का नाटक।

सुभद्रा : उसमें नाटक की क्या बात है?

श्यामलाल : उसमें नाटक की बात ये है कि जैसे ही लाला वृषभान को अपनी तबीयत में सुधार होता दीखा उन्होंने वीरांवाली को बुला भेजा। वो आई और उसने बड़े प्यार से कही कि बहनजी मैं तो प्रार्थना करूंगी कि आपके पति ठीक हो जायें। बस जी इधर वो गई और उधर पति जी ठीक होने लगे। जय सियारामजी की। नाटक ही नाटक में वो बन जायेगी रानी और तुम हो जाओगी दासी। थोड़ी कही की ज्यादा समझना, चलता हूँ।

सुभद्रा सोच में पड़ती है। श्यामलाल चला जाता है।

जे॰बी॰ एक किताब पढ़ते हुए अपने कमरे की ओर आगे बढ़ रहा है। उधर से आती हुई मंगला से टकराता है।

जे॰बी॰ : *(पढ़ते हुए)* सुमुखी तुम्हारा सुन्दर मुख ही माणिक मदिरा का प्याला।

मंगला उदास है और जाना चाहती है। जे॰बी॰ उसे पकड़ लेता है : वाह क्या परफैक्ट टाइमिंग है एन्ट्री का। कबूतरी जी तुम्हारे लिए कविता की ये किताब लाया हूँ, इसे तो लेती जाओ।

मंगला किताब ले लेती है : धन्यवाद।

जे॰बी॰ : कोई धन्यवाद नहीं चलेगा। इसमें से कुछ पढ़कर सुनाओ।

मंगला : इस समय मूड नहीं है जय।

जे॰बी॰ : तुम्हारा मूड किसने खराब कर दिया?

मंगला : श्यामलाल जी ने।

जे॰बी॰ : उनकी बात सुनती ही क्यों हो? और सुनती भी हो तो इस कान से सुनो और उस कान से निकाल दो।

मंगला : ऐसा ही करती अगर...।

जे॰बी॰ : अगर?

मंगला : अगर पापा और प्रज्ञावती जी की बातचीत ना सुन चुकी होती। जय ये सब क्या हो रहा है?

जे॰बी॰ : असल में पापा उसके आश्रम के लिए डोनेशन देना चाहते हैं।

मंगला : जय मैं तुम्हारी पत्नी हूँ। पत्नी से ज्यादा नजदीक तो कोई हो ही नहीं

सकता। पापा भी। तुम मुझसे क्यों छिपाते हो? क्यों चाहते हो कि श्यामलाल जी जैसे मुझे आके बतायें।

जे०बी० झुंझलाता है : जब श्यामलाल जी बता ही गये हैं तो मुझसे क्यों पूछ रही हो? क्या ये कोई बड़ी खुशी की बात है जो बार-बार दोहराई जाए?

सुभद्रा आती है और इनका मूड देखकर सहमती है : क्या बात है, कुछ झगड़ा हुआ?

जे०बी० : झगड़ा हुआ नहीं मगर होगा अगर बाहर वाले इसी तरह आते रहे तो।

सुभद्रा : बाहर वाले कौन?

जे०बी० : श्यामलाल जी और प्रज्ञावती जी।

सुभद्रा : तो श्यामलाल जी ने ये ठीक ही कही कि जय और मंगला प्रिंस के साथ इंसाफ किए जाने से खफा हैं?

जे०बी० : मैं कोई खफा नहीं हूँ। खफा होने से फायदा भी क्या है? यहाँ मेरे लिए फुर्सत किसे है? यहाँ तो दिन-रात उसकी परवाह है जो कह गया कि चंदन की चिता सजाऊंगा।

सुभद्रा : अपने पापा को गलत मत समझ। हबीब भाई कानूनी कागजात बना के आये हैं। पापा दस्तखत करने से पहले तुझे कुछ बताना चाहते हैं।

जे०बी० सुभद्रा की ओर मुंह फेर लेता है और मंगला से मुखातिब होकर कहता है : पापा से कह दे अम्मा, उनकी जायदाद है चाहे जो करें। मैं तो मंगला को लेके ससुराल जा रहा हूँ। बहुत बार बुलावा आया है।

वृषभान स्टडी में आरामकुर्सी में बैठा हुआ है। उसकी व्हील-चेयर एक कोने में रखी हुई है। सुभद्रा आराम कुर्सी के पीछे खड़ी है और जे०बी० कुछ कानूनी कागजात देख रहा है।

वृषभान : अच्छी तरह देख लो जय। बस अब प्रिंस आता ही होगा अपनी माँ के साथ।

जे०बी० : प्रिंस और उसकी माँ देखें। मुझे क्या देखना है?

स्टडी का पर्दा उठता है। श्यामलाल झांकता हुआ सूचित करता है : हाँ जी बैठे हैं आपके इंतजार में।

दहलीज पार करके वीरांवाली आती है। श्यामलाल पीछे-पीछे। श्यामलाल आकर व्हील-चेयर के पास खड़ा हो जाता है। वीरांवाली वृभषान को 'नमस्ते' करती है।

वृषभान : नमस्ते। प्रिंस का क्या हुआ? नहीं मिला जालंधर में?

वीरांवाली : मिला, मगर यहाँ आने को राजी नहीं हुआ।

सुभद्रा : बहनजी हमने तो सारे कानूनी कागजात बनवा दिए थे। आप उसे लाओ समझा-बुझाकर। क्यों इन्हें इस उम्र में परेशान करो हो?

श्यामलाल : परेशान करने की भी एक उम्र होवे है ना।

वृषभान : श्यामलाल जी आपका यहाँ कोई काम नहीं है।

चुप-चोरी वृषभान के व्हील-चेयर के ब्रेक से कुछ छेड़छाड़ करता हुआ श्यामलाल : आप ठीक कहते हो। ऐसे सत्संग में मुझ जैसे पापियों का क्या काम हो सके है?

जे॰बी॰ : पापा इन कागजात के तैयार हो जाने के बाद दुनिया में ये किसी से छिपा नहीं रहेगा कि आपने प्रिंस को अपना बेटा और वारिस माना है और उसे अपनी जायदाद का आधा हिस्सा दिया है।

श्यामलाल घोर आश्चर्य की मुद्रा बनाता है : अजी हाँ! और मेरे सुनने में तो ये आई है कि प्रिंस एक नाजायज औलाद को लिए घूम रहा है। कहीं ऐसा तो नहीं कि जे.बी. वाला आधा हिस्सा आप इस नये नाजायज को दिला दो?

वृषभान गुस्से से श्यामलाल को देखता है : श्याम...लाल...जी...!

वीरांवाली सकपकाती है और वृषभान श्यामलाल से कुछ कहे इससे पहले उसे टोक देती है : मैं एक बात अकेले में करना चाहती हूँ।

जे॰बी॰ : सबके सामने क्यों नहीं कर सकतीं?

श्यामलाल : जे.बी. पापा से अदब से बोला करो।

श्यामलाल गाड़ी ले के वृषभान और वीरांवाली के पास आता है और वीरांवाली से कहता है : मेरे ख्याल से तो आप इन्हें इसमें थोड़ा बाहर घुमा लाओ जी।

श्यामलाल वृषभान को व्हील-चेयर में बैठाने में मदद करता है। वीरांवाली सुभद्रा से इजाजत चाहती है कि थोड़ी देर को क्या सचमुच मैं इन्हें—वृषभान को—व्हील-चेयर में घुला लाऊं? सुनकर सुभद्रा खुश होती है कि इसमें पूछने की क्या बात?

गार्डन में घुमाते हुए वृषभान तथा वीरांवाली की हम सिर्फ बातचीत सुन पाते हैं। फिल्म के पर्दे पर उन्हें देख नहीं पाते। बातचीत बबली के बेटे काके के बारे में हो रही है, सतबीर जिसे कलकत्ता से अपने साथ लेता आया है और दरअसल जिसका पिता खुद जय है। पहले हम वृषभान की आवाज सुनते हैं। वीरांवाली से वह पूछ रहा होता है : तुमने मुझे पहले नहीं बताया?

वीरांवली की आवाज : आज भी नहीं बताती, मगर श्यामलाल जी की बात सुनकर मुझे लगा कि शायद उन्हें पता चल गया है इसलिए तुम्हें बता रही हूँ।

वृषभान : तुम्हें पूरा यकीन है कि वो जय का ही बेटा हैं?

वीरांवली : हाँ। लेकिन जय से इस बारे में कुछ मत कहना।

वृषभान : अब तो और भी ज्यादा जरूरी हो जाता है कि मैं सतबीर की मदद करूं। वो मेरा पैसा नहीं लेता तो मैं ऐसा करता हूँ कि किसी ऐसे आदमी से उसे मदद पहुँचवाता हूँ जिसका मेरे से कोई सम्बन्ध न हो।

वीरांवली : जैसा चाहो करो। बस मुझसे यहाँ आते रहने को मत कहो।

फिल्म के पर्दे पर अब हम देख पाते हैं कि वृषभान अपनी गाड़ी खुद चला रहा है और वीरांवाली उसकी बगल में चल रही है। थोड़ी दूर बाद ढलान शुरू होती है और गाड़ी तेजी से नीचे जाने लगती है। पीछे से वीरांवाली लपकती है। दौड़ती हुई गाड़ी को पकड़ती है। मगर इस क्रम में चीखती हुई वो खुद भी गिरती है और गाड़ी भी। एक झाड़ी में फंस के वो रुक जाते हैं। चीख सुनकर जे॰बी॰, श्यामलाल और सुभद्रा बाहर दौड़ते हैं।

सुभद्रा : क्या हुआ? क्या हुआ?

वृषभान : ब्रेक फेल हो गया। इन्होंने बचा लिया, नहीं तो गाड़ी नीचे पूल में जा गिरती। इन बिचारियों को खुद बहुत चोट लगी। डॉ॰ माथुर को बुलवाइए।

श्यामलाल : इन्होंने वास्ते मेहमानों वाला कमरा भी ठीक करवा दूँ जी?

वृषभान॰ : जरूर।

वीरांवली : नहीं-नहीं, मैं चली जाऊंगी।

वृषभान : ऐसी हालत में कौन जाने देगा?

सुभद्रा अपने कमरे के तख्त में उदास बैठी है। श्यामलाल आता है : अब तो वो इन्हें अपनी प्रार्थना से ठीक कर रही थीं, अब ये अपनी प्रार्थनाओं से उन्हें ठीक कर रहे हैं। वहीं बैठे मेहमानों वाले कमरे में। देख ली लल्ली प्रभु की लीला? देख लिये संन्यासिनी के नाटक? अच्छा-भला ब्रेक फेल हो गया। ब्रेक का फेल होगा, जिन्दगी तुम्हारी गढ़्ढे में गिरेगी।

श्यामलाल जाता है और सुभद्रा रोने लगती है।

* * *

कमरे में सुभद्रा के सामने कुर्सी पर बैठा श्यामलाल कुछ उल्टा-सीधा समझा रहा है। सुनती हुई सुभद्रा के चेहरे पर खीझ के भाव हैं, जैसे वह सुनना नहीं चाहती और उठ खड़ी होती है : पता नहीं क्या कह रहे हो आप, जब से दुबारा यहाँ आने-जाने लगे हो। फिर से गड़बड़ होने लगी।

श्यामलाल : गड़बड़ मेरे आने से नहीं, उस सत्यानासिनी संन्यासिनी के आने से हुई है। मैं तुझे चेतावनी दे रहा हूँ लल्ली, अब ये ना जाने वाली। रोज का नियम बन गया है। सबरे डॉ॰ माथुर से बीमारी का सर्टिफिकेट लिखा ले है। इधर डॉक्टर गया, उधर प्रार्थना में बैठ जाए है। और प्रार्थना शुरू होते ही लालाजी पहुँच जाए हैं। उन्हीं से ही करती होगी प्रार्थना।

सुभद्रा दोनों कानों पर हाथ रख लेती है : बस करो भाईसाहब।

श्यामलाल : उन्हीं से जा के कह बस करने को। जा ना, थोड़ी आत्मा-परमात्मा की बातें भी सुनने को मिलेंगी।

सुभद्रा एक क्षण सोचती है और कमरे से बाहर निकलती है।

वीरांवाली अपनी चारपाई पर पुस्तक लिये बैठी है और व्हील-चेयर पर बैठा वृषभान सुन रहा है।

वीरांवली : मन सबसे बड़ा बंधन है क्योंकि वो हमें संसार से उसी तरह बांधता है जिस तरह रस्सी जानवर को खूंटे से बांधती है, और मन के बंधन को काट भी मन स्वयं ही सकता है।

वृषभान : वो किस तरह?

वीरांवाली : विषय-वासना से वैराग्य पैदा करके।

वृषभान : विषय-वासना से इतना डर क्यों?

वीरांवाली : विषय-वासना वो जंगल है जिसमें मन खूंखार जानवर बन जाता है।

सुनकर वृषभान मुस्कुराता है : मन को झुठलाती क्यों हो? दुनिया को झूठ क्यों कहती हो?

वीरांवाली : ब्रह्म सत्य है, जगत मिथ्या है, ज्ञानी लोग ऐसा ही कह गये हैं।

वृषभान : जब ब्रह्म सत्य है तो उसका बनाया जगत मिथ्या कैसे हो सकता है?

वीरांवाली : कुछ ज्ञानियों का ये नजरिया भी रहा है।

वृषभान : तो उन्हीं का ज्ञान दो मुझे। तुम तो बस यही कहे जाती हो कि मन का नाश करना जरूरी है, संसार का त्याग करना जरूरी है। मन को मारनेवाली बातें मत किया करो वीरांवाली, मन को जीतने वाली बातें सुनना चाहता हूँ तुमसे। प्रेम से क्यों डरना? प्रेम तो परमेश्वर है।

सुभद्रा कमरे की तरफ आ रही होती है कि वृषभान की बातें सुनकर ठिठकती है। मुड़ के वह तेजी के साथ वापस होती है और अपने कमरे में पलंग पर औंधे गिरती हुई तकिए में मुँह छिपा लेती है। मंगला पीछे से घबड़ायी हुई पहुँचती है : क्या हुआ अम्मा...?

सुभद्रा जवाब नहीं देती। मंगला उसे हिलाती है और उसका चेहरा तकिए से उठाती है : अम्मा!

देखती है कि उसकी आँखों में आंसू हैं : अम्मा तुम रो क्यों रही हो?

सुभद्रा : कुछ नहीं मंगला। जरा ऐसे ही दर्द-सा उठा।

मंगला : कहाँ?

सुभद्रा इसका तुरंत जवाब नहीं दे पाती। फिर कलेजे पर हाथ रख लेती है : यहाँ।

मंगला : कलेजे में?

सुभद्रा उठ बैठती है और आंसू पोंछती है : कलेजे में ही तो। जा, तू गुड़िया को छोड़ के क्यों आ गई? ये ठीक हो जायेगा। ऐसा तो उठता ही जाये है बीच-बीच में।

मंगला एक क्षण हिचकिचाती है, लेकिन बच्ची की रोने की आवाज सुनकर चली जाती है।

जे॰बी॰ गुनगुनाता हुआ आ रहा है। वो अपने कमरे में दाखिल होता है जहाँ मंगला शीशा देखकर संवर रही है। जे॰बी॰ उसका चेहरा अपनी ओर घुमाता है : भर लो, भर लो, भर लो, इसमें यौवन मधुरस की हाला।

मंगला : सुनो जय।

जे॰बी॰ उसे किस करने को होता है : और लगा मेरे अधरों से, भूल हटाना तुम जाओ।

मंगला उसे धकिया कर अलग करती है : मेरी बात तो सुनो।

जे॰बी॰ : बातों में कुछ धरा नहीं है। खैर, जल्दी सुनाओ।

मंगला : अम्मा की तबीयत ठीक नहीं है शायद। कलेजे में दर्द का गोला उठता है बार-बार और वो रोने लग जाती हैं।

जे॰बी॰ : अरे तो डाक्टर भरूचा को दिखलाया होता। वो सुबह-शाम आती तो हैं उन्हें देखने।

मंगला : अम्मा मानती नहीं।

जे॰बी॰ : मैं जाकर देखता हूँ।

सुभद्रा पलंग पर लेटी है। उसके मुँह में थर्मामीटर लगा है। जे॰बी॰ उसकी नाड़ी

देख रहा है : नाड़ी तो तेज नहीं है।

माथा छू के देखता है : माथा भी गर्म नहीं है।

सुभद्रा : तो मैंने कब कही कि मेरे को कुछ हुआ है।

जे॰बी॰ थर्मामीटर निकाल के देखता है : नाइन्टी सैवन पाइन्ट एट। बुखार भी नहीं है।

सुभद्रा : अरे तो मैंने कब कही थी कि मुझे बुखार है?

जे॰बी॰ : फिर रोती-कराहती क्यों रहती है? मंगला से तूने कही कि कलेजे में दर्द है।

सुभद्रा : ऐसे दर्द का क्या है? होता ही रहे हैं।

जे॰बी॰ : तो आराम किया कर।

सुभद्रा : घर में मेहमान के रहते मेरे लिए आराम कहाँ? जरा जाऊं देखूँ प्रज्ञावती जी के वास्ते हल्का खाना बनाया कि नहीं।

जे॰बी॰ : उनके लिए नर्स-नौकरानी सब तो है, फिर तू क्यों खटती है अम्मा? तू लेटी रह चुपचाप। मैं डाक्टरनी को बुला के लाता हूँ।

सुभद्रा : क्यों फिजूल बुलाए है उसको? मुझे कुछ ना हुआ है।

जे॰बी॰ : अगर तेरे को कुछ ना हुआ है अम्मा तो डाक्टरनी जबरदस्ती कुछ कर ना देगी।

जे॰बी॰ जाने लगता है और जाने के क्रम में श्यामलाल से टकराता है। श्यामलाल जे॰बी॰ को बांहों से पकड़ लेता है : देख के जे.बी. साहब! ना इतना गुस्सा ठीक, ना इतनी तेजी ठीक। बड़ी जालिम चीज है दुनिया। बड़ा फूंक-फूंक के कदम रखना पड़ता है।

जे॰बी॰ : डॉ॰ भरूचा को बुलवाइए।

श्यामलाल : अजी उन्हें लालाजी कब के बुला चुके।

जे॰बी॰ : अम्मा के चैकअप के लिए?

श्यामलाल : नहीं। सत्यानासिनी जी की मिजाजपुर्सी के लिए। बिचारियों का जख्म तो गहरा था ही, बुखार भी बढ़ने लगा है। और क्यूं ना बढ़े?

जे॰बी॰ गुस्सा होकर जाता है और श्यामलाल भीतर आता है

सुभद्रा : जय को क्यों जाने दिया भाईसाहब? उसके पापा वहाँ हुए तो झगड़ पड़ेगा।

श्यामलाल : लल्ली अब और कहाँ हो सके हैं जय के पापा? ये तो आत्मा-परमात्मा वाले मिलन के ऊंचे खेल हैं। क्या समझी?

डॉ॰ भरूचा वीरांवाली के मुँह से थर्मामीटर निकाल के देख रही है : बुखार सचमुच बढ़ गया है। मैं दवा बदल देती हूँ।

जे॰बी॰ कमरे में झांकता है : डॉ॰ भरूचा आपको यहाँ से फुर्सत मिल जाए तो जरा अम्मा को देख लें।

डॉ॰ भरूचा अपना बैग सम्हालता है : जरूर।

मंगला बच्ची को थपथपा कर सुला रही है। जे॰बी॰ आता है और दरवाजे पर ठिठक जाता है। मंगला बच्ची को चादर उढ़ाकर जे॰बी॰ के पास आती है : क्या हुआ? अम्मा के जांच की रिपोर्ट मिल गई?

जे॰बी॰ रिपोर्ट सामने करता है : हाँ। इनमें तो कुछ ना निकला। डॉ॰ भरूचा कहती हैं कि बीमारी कुछ नही है, अम्मा के मन पर कोई बोझ है शायद।

मंगला : मैं तो कह ही रही थी दुख का रोग है। और दुख क्या है हम सबको पता हैं।

जे॰बी॰ : समझ में नहीं आता कि क्या करूं?

मंगला : मैं करूंगी। मेरे बहाने ही ये बीमारी इस घर में आई है, मैं ही इससे जाने को कहूँगी।

वीरांवाली के हाथ में वही धार्मिक ग्रन्थ है। अपनी चारपाई पर वह तकियों के सहारे बैठी है। बृषभान व्हील-चेयर पर है।

वीरांवली : आप ही ब्रह्मा हैं, आप ही विष्णु हैं, आप ही इन्द्र हैं, आप ही चिर हैं और आप ही यह सारा विश्व हैं। आप से भिन्न और कुछ भी नहीं है। आप ही भीतर, आप ही बाहर, आप ही आगे, आप ही पीछे...।

वृषभान हाथ बढ़ा के किताब ले लेता है और हंस पड़ता है : आप ही दायें, आप ही बायें, आप ही ऊपर, आप ही नीचे।

वीरांवाली : इसमें हंसने की क्या बात है?

वृषभान : हंसने की कोई बात नहीं, लेकिन पता नहीं क्यों तुम्हारे मुँह से ये सब सुन के अजीब लगता है।

वीरांवाली : क्यों भला?

वृषभान : तुम आत्मा-परमात्मा की बातें सुनाती रहती हो और मुझे एक चुलबुली लड़की याद आती रहती है जो चिंया मारा करती थी और मुझे राधाजी का पिताजी कहा करती थी। तुम्हें कभी याद आती है वो लड़की?

वीरांवाली : आती भी हो तो मैं ये जानती हूँ कि लड़की हमेशा लड़की नहीं रहती।

वृषभान : मेरी यादों में तो तुम वही हो वीरांवाली।

वीरांवाली : मगर मैं तो वीरांवाली नहीं हूँ। यादों के सहारे तुम गुजरा हुआ जमाना नहीं लौटा सकते वृषभान। तुम चाहो भी तो किसी जादू से मैं फिर वो बेवकूफ लड़की नहीं बन सकती, जिसने....

वृषभान : जिसने...?

वीरांवाली : छोड़ो।

वृषभान : नहीं, बताओ। बेवकूफ तो तुम तब भी नहीं थी वीरांवाली। समाज और सियासत के बारे में बड़ी लम्बी-चौड़ी बहसें कर लेती थी। तुम कहती हो कि गुजरा हुआ जमाना लौटाया नहीं जा सकता। लेकिन मुझे तो लगता है कि वो लौट आया है। वैसे ही हमारी हर मुलाकात मुठभेड़ में और हर बातचीत बहस में बदलने लगी है। बहस का रिश्ता ही जानदार रिश्ता होता है वीरांवाली। उसी में दो जने सचमुच आमने-सामने होते हैं। बाकी सब तो गुलामी है। पीछे-पीछे चलने वाली बात है।

वीरांवाली : जितना ही तुम इस तरह की बातें करते हो उतना ही मेरे को लगता है कि अब यहाँ से चले जाना चाहिए।

वृषभान : तुम जितना ही जाने की बात करती हो उतना ही मुझे लगता है तुम्हें कभी नहीं जाने देना चाहिए।

वीरांवाली : नहीं, अब मुझे छुट्टी दो वृषभान।

वृषभान : छुट्टी तो डॉ. भरूचा देंगी। आज वो आईं नहीं?

वीरांवाली : आए थे। सुभद्रा बहन को देखने गयी हैं।

वृषभान : जय की अम्मा को क्या हुआ?

वीरांवाली : ये तो तुम्हें मालूम होना चाहिये वृषभान।

वृषभान : मुझसे तो किसी ने कुछ कहा नहीं।

वीरांवाली : वृषभान, मुझे लगता है कि मेरे यहाँ रहने से तुम्हारे और सुभद्रा बहन के बीच कुछ तनाव-सा हो गया है।

वृषभान : बिल्कुल नहीं। सुभद्रा तो तुम्हारी शुक्रगुजार है कि तुमने मुझे ठीक कर दिया। वो तो खुद तुम्हें यहीं रखने को कहती है। वो तो यहाँ तक कहती है कि...।

वीरांवाली मुँह पे हाथ रख देती है : नहीं। वो ऐसा कुछ कहें तो तुम्हें सुनना नहीं चाहिए। सुन भी लो तो मेरे को बताना नहीं चाहिए। मैं संन्यासिनी हूँ वृषभान।

वृषभान अपने मुँह से उसका हाथ उठाता है : तुम संन्यासिनी बाद में हो, वीरांवाली पहले।

वीरांवाली : वीरांवाली मर चुकी है।

वृषभान : वीरांवाली मेरे लिए कभी नहीं मरी।

वीरांवाली : तो क्या सुभद्रा से शादी उसके जिन्दा रहते कर ली?

वृषभान : तुम्हें तो पता है वीरांवाली कि क्या हुआ। और वीरांवाली, भूल करने वाले को भूल सुधारने का मौका तो देना ही होता है।

वीरांवाली : वृषभान तुम्हें मेरी कसम...जो....।

वीरांवाली कुछ और कहने को होती है लेकिन तभी उसका ध्यान मंगला पर जाता है जो दरवाजे पर आकर ठिठक गई है। वह बुलाती है : अरे, आओ मंगला।

मंगला : नहीं, मैं फिर आ जाऊंगी।

वृषभान बहुत झेंपता है : नहीं, तुम बैठो इनके पास। ये अकेली थीं इस मारे मैं बैठ गया। मैं जा के सुभद्रा को देखूं। ये बता रही हैं उसकी तबीयत खराब है।

मंगला के जवाब का इंतजार किए बगैर व्हील-चेयर चलाता वृषभान चला जाता है। मंगला दरवाजे के पास खड़ी रह जाती है। वीरांवली हाथ से इशारा करते हुए उसे बुलाती है और पास बैठाती है : आओ मंगला बैठो। कहो।

मंगला नजर झुका लेती है : समझ में नहीं आता कहाँ से शुरू करूं?

वीरांवाली : यहीं से कर दो।

मंगला नजर उठाती है : मतलब?

वीरांवाली : अभी तुम आई। लाला वृषभान को मेरे से बात करते देखा। यहीं से।

मंगला : बहनजी, पहले आप लाला वृषभान के यहाँ आने से मना कर देते थे। मुझे तब सारी बात मालूम नहीं थी, इसलिए आपका मना करना मुझे बुरा लगता था। अब मैं समझती हूँ...।

वीरांवाली : अब तुम्हें मेरा यहाँ आना बुरा लग रहा है? मंगला, मेरा बस चलता तो मैं लाला वृषभान के लिए हमेशा मरी रहती। मैं उनसे फिर मिली हूँ तो सतबीर के मारे मजबूर होकर।

मंगला : जब आपने देख लिया कि सतबीर भी उनसे नहीं मिलना चाहते तब आपका बार-बार यहाँ आना कुछ ठीक नहीं।

वीरांवाली : मेरे को सतबीर की वजह से ही बार-बार आना पड़ रहा है।

मंगला : आना...और फिर यहीं रह जाना। बहनजी यह एक बाल-बच्चेदार आदमी का घर है। एक ऐसे आदमी का, जिससे कभी आपकी शादी होने वाली थी। आप यहाँ रहेंगी और वो आदमी जब भी आपको अकेला पायेगा आपका अकेलापन

दूर करने की कोशिश करेगा। तो इससे इस घर की मालकिन को दुख का रोग लग जायेगा।

वीरांवाली : मैं आप यहाँ नहीं रहना चाहती। डॉ॰ भरूचा जाने नहीं देतीं।

मंगला : मैं ये नहीं कह रही कि आप अपना इलाज मत कराइए। इतना ही कह रही हूँ कि यहाँ मत रहिए। आप मेरे मायके चली जाइए। वहाँ तो आपके लिए कमरा हमेशा खाली रखते हैं।

वीरांवाली : नहीं मंगला। मेरे को ना यहाँ रहना चाहिए, ना कहीं पड़ोस में। मेरे को तो उत्तरकाशी चले जाना चाहिए। जो मैंने लाला वृषभान से कहना है तो उन्होंने कभी राजी नहीं होना है। तुम मेरी एक मदद करो। कल सुबह मेरे उत्तरकाशी जाने का इंतजाम कर दो।

मंगला : मैं कर दूंगी। और हर लिहाज से आपसे छोटी होते हुए भी यह सब कहा, इसके लिए माफी चाहती हूँ।

वृषभान व्हील-चेयर पर। वो आंगन पार करके वीरांवाली के कमरे के दरवाजे पर पहुँचता है। दरवाजा खुला हुआ है। पर्दा पड़ा है। वह दरवाजा खटखटाता है और लगातार खटखटाता है। अन्दर से कोई आवाज नहीं मिलती। इधर-उधर देखता है। नजर जय और मंगला पर जाती है, जो बच्ची को लेकर घूमने जा रहे हैं : क्या ढूंढ रहे हैं पापा?

वृषभान : प्रज्ञावतीजी को देख रहा था। वो सबेरे भजन सुनाया करती हैं।

मंगला : मगर वो तो चली गईं।

वृषभान : कहाँ?

मंगला : उत्तरकाशी।

वृषभान : बीमारी की हालत में चली गई? उन्हें भेजने का इंतजाम किस बेवकूफ ने किया?

जे॰बी॰ : मैंने पापा।

वृषभान : मुझसे पूछे बगैर? डाक्टर से पूछे बगैर? उन्हें रास्ते में कुछ हो गया तो?

जे॰बी॰ : रास्ते में प्रज्ञावतीजी को कोई तकलीफ नहीं होगी। मंगला की अम्मा उनके साथ गई हैं और एक डाक्टर भी। हाँ, इस घर में वीरांवाली जी को खुद जरूर तकलीफ हो सकती थी। और उनकी वजह से अम्मा को तो हो ही रही थी।

वृषभान तिलमिला उठता है : तुम्हारी अम्मा को कुछ नहीं हुआ है। मेरी डाक्टर माथुर और भरूचा दोनों से बात हुई थी।

मंगला : मगर डॉ॰ भरूचा कह रही थीं कि अम्मा को दुख का रोग लग गया है।

ये बात सुनने पर ही प्रज्ञावतीजी यहाँ से गई हैं। संन्यासिनी होकर किसी को दुख देना उनको शोभा नहीं देता था।

जे॰बी॰ : दुख पहुँचाना तो किसी को भी शोभा नहीं देता।

वृषभान : अनजाने में दुख पहुँचाया था उसका प्रायश्चित करना चाह रहा था मैं।

मंगला : ऐसा प्रायश्चित किस काम का जो स्वयं पाप हो? संन्यासिनी तो सुख-दुख से परे पहुँच चुकी है, लेकिन गृहस्थन को तो दुख होगा ही।

जे॰बी॰ : पापा, प्रिंस आपसे कुछ नहीं चाहता। वीरांवाली कुछ नहीं चाहतीं। क्या आप उनको कुछ देने की जिद में हम सबको बर्बाद कर देंगे?

मंगला : इतना सोचते क्यों हैं पापा? आप विलायत से लौटे हुए नौजवान लाला वृषभान नहीं हैं। आप जय के पापा और इस गुड़िया के दादा हैं।

इधर को आती हुई सुभद्रा मंगला की बात सुन लेती है और डपटती है : मंगला, घर के मालिक की मर्जी के खिलाफ घर के मेहमान को विदा कर दिया क्या ये बदतमीजी काफी ना थी कि अब छोटे मुँह बड़ी बात भी कर रही है?

मंगला : मुझे माफ कर दीजिए पापा।

वृषभान : माफी तो शायद मुझे...। आई एम सॉरी एवरीबडी।

वृषभान व्हील चेयर मोड़ के जाने को होता है कि पीछे से सुभद्रा पकड़ लेती है : बच्चों को माफ कर दो जी। फिर, सास्तरों में कहा है कि सोलह साल से बड़े होकर तो बच्चे भी माँ-बाप के बराबरी वाले माने जाने चाहिए। जय-मंगला तो अब खुद माँ-बाप बन गये हैं, इनकी गुड़िया चार महीने के बाद सालभर की हो जाएगी।

वृषभान सोचता है। व्हील-चेयर घुमाता है। गुड़िया को अपनी व्हील-चेयर में लेता है और जय-मंगला-सुभद्रा से कहता है : चलो सैर को।

बर्थ डे केक पर 'हैपी बर्थडे गुड़िया' लिखा हुआ है। एक मोमबत्ती जल रही है। केक वाली मेज के चारों ओर बच्चों की भीड़ के साथ जे॰बी॰, मंगला, सुभद्रा, श्यामलाल खड़े हैं। वृषभान-व्हील चेयर में है। गुड़िया जे॰बी॰ की गोद में।

मंगला : ये केक क्यों मंगवाया? मार्कण्डेय का पूजन होता है हमारे यहाँ, सो करवा ही लिया था सबेरे।

सुभद्रा : अजी जय के पापा तो आधे बिलायती हैं!

श्यामलाल : और अपनी पोती को बना के रहेंगे पूरी मेम।

जे॰बी॰ : ओ॰के॰, साइलेन्स, रैडी फॉर टेक! अच्छा गुड़िया महारानी, नमो नमः। आप फूंक मार के इस मोमबत्ती को बुझाइए।

वृषभान : 'फू' करो।

सुभद्रा : वो कुछ ना करती फू-फा। हिन्दुस्तानी लड़की है।

जे॰बी॰ फूंक मार के बुझा देता है : ये क्या, इसका बाप फूंक मारेगा।

जे॰बी॰-वृषभान-मंगला : हैप्पी बर्थडे टु यू, हैप्पी बर्थडे टु यू, हैप्पी बर्थडे डियर गुड़िया, हैप्पी बर्थडे टु यू...।

जे॰बी॰ : लो जी श्यामलालजी, बांटो केक। आप मत खाना। अभी आप गाये नहीं।

श्यामलाल : अजी मुझसे तो बंटवाए होते लड्डू और गवायी होती बधाई **(गाकर)** लल्ला के जनम दिन का शुभ दिन मुबारक हो...।

गाना शुरू अकेला श्यामलाल करता है लेकिन बाद में जे॰बी॰ और सुभद्रा भी साथ गाते हैं। इस बीच बच्चों को केक, मिठाई, गुब्बारे वगैरह दिये जाते रहते हैं। वृषभान कहता है : सारा प्रोग्राम यहीं कर लेने का इरादा है? बाहर गैस्ट आए हुए हैं। एक-से-एक गवैये आये हुए हैं।

मंगला : बाहर चलने से पहले जय से एक गाना जरूर सुनेंगे।

जे॰बी॰ : गाना नहीं दोगाना। डूएट। *(गाकर)* तू मेरा चाँद मैं तेरी चाँदनी...अरे गाओ ना मंगला।

मंगला : नहीं, तुम गाओ मगर ये नहीं कोई और

जे॰बी॰ : तो सुनिए साहेबान-कद्रदान-'जीवन के सफर में राही, मिलते हैं बिछड़ जाने को-और दे जाते हैं यादें, तन्हाई में तड़पाने को।'

मंगला : उदास गाना नहीं।

श्यामलाल : ये बहुत अच्छा गाना है। क्या बात है—जीवन के सफर में राही, मिलते हैं बिछड़ जाने को...।

सुभद्रा : जय को गाने दो।

जे॰बी॰ : जीवन के सफर में राही, मिलते हैं बिछुड़ जाने को। और दे जाते हैं यादें, तन्हाई में तड़पाने को...हो हो, हो, हो हो...दिल देके दगा देते हैं, एक रोग लगा देते हैं, हंस हंस के...

सहसा जे॰बी॰ की आवाज टूटती है। वह मेज का सहारा लेता है। सब लोग चिन्तित होते हैं। उसे सम्हालती हुई सुभद्रा के मुँह से निकलता है : क्या हुआ जय?

जे॰बी॰ : कमजोरी-सी महसूस हुई अम्मा।

मंगला : कमजोरी की शिकायत आजकल अक्सर करने लगे हैं अम्मा और डाक्टर को दिखाते ना हैं।

सुभद्रा : ये क्या खड़े हैं माथुर साहब। अभी जा इनके साथ और जांच करा।

जे०बी० : मुझे कुछ ना हुआ है अम्मा *(गाकर)* एक रोग लगा देते हैं...।

सुभद्रा : बंद कर ये गाना। और जा डाक्टर साहब के साथ।

स्टडी में वृषभान, सुभद्रा, श्यामलाल। डॉ० माथुर कमरे में पहुँचता है। वृषभान के चेहरे पर उत्सुकता है : कर लिया एग्जामिन?

डॉ० माथुर : हाँ।

सुभद्रा : कोई फिकर वाली बात तो ना है?

डॉ० माथुर : जाहिरा तौर पर तो कुछ भी नहीं। लेकिन...इस उम्र में एकाएक इतनी कमजोरी महसूस होने लगना...इसके लिए तो इन्वैस्टीगेशन होना जरूरी है।

श्यामलाल सुभद्रा के कान में कहता है : कोई टोटका कर गई दीखै तुम्हारी सौतन।

*　　　　*　　　　*

जालंधर में मुंशी जी के घर का आंगन। एक तख्त पर मुंशीजी तथा मास्टर हवेलीराम बैठे हैं। पास ही मूंज की एक चारपाई पर धोती बिछाकर लाजो बड़ियां डाल रही है।

मुंशी : मेरे के तो तू ये बता छोटे लाट कि मुल्क आजाद हो जाने के बाद तेरा बरगा आजादी का दीवाना इस तरह ढीला कैसे पड़ गया है? तेरे को तो ताकतवर बन जाना चाहिए था। डोम गुम्बद, मीनार टावर, राइट हकूक, ताकत पावर।

हवेलीराम : सारी गड़बड़ हुई ही इसलिए है मुंशीजी कि लोगों ने आजादी का मतलब ट्रांसफर ऑफ पावर समझ लिया है। बस ये कि ताकत पुराने हुक्मरान के हाथ से नये हुक्मरान के साथ में आ गई है।

लाजो : नये हुक्मरान हम-आप हैं मास्टरजी। हम...हिन्दुस्तान की जनता।

हबीबउल्लाह आता है : आदाब अर्ज है मास्टर हवेलीराम! इस बहस में मैं भी शामिल हो सकता हूँ?

आवाज सुन के हवेलीराम नजर उठाता है और उसे पहचानता है : अरे हबीबउल्लाह साहब! आदाब...आप यहाँ कैसे?

हबीबउल्लाह : कुछ तो यों कि आपसे बहस करने को तरस गया था और कुछ यों कि मुझे सतबीर से बात करनी थी।

हबीबउल्लाह के बैठने के लिये मुंशी अपनी जगह से उठने लगता है : हमारा छोटा लाट मास्टर जरूर है, मगर उसने आपको खड़े रहने की सजा नहीं ना दी है। वैलकम स्वागत बैठो सिट, कुछ चाय नाश्ता टी-बिस्किट?

हबीबउल्लाह मिठाई का डिब्बा देता है : नहीं, बल्कि मैं आपके वास्ते मिठाई लाया हूँ।

मुंशी : जरूर कोई काम फंसा होना है।

हबीबउल्लाह : सतबीर को मनाने का।

लाजो : लाला वृषभान ने भेजा होना है?

हबीबउल्लाह : नहीं, मुझे लाला वृषभान ने नहीं भेजा। मैं खुद ही आया हूँ। सतबीर हो तो उसे बुलवा दीजिए।

लाजो : सत! पुत्तर जरा बाहर आ। देख कौन आए हैं।

सतबीर बाहर आता है : हबीबउल्लाह साहब। आदाब। आज इधर का रुख कैसे कर लिया?

हबीबउल्लाह : आदाब। कैसे हो भाई तुम?

सतबीर : लाला वृषभान ने आपको मेरी मिजाजपुर्सी वास्ते भेजा है?

हबीबउल्लाह : मुझे लाला वृषभान ने नहीं भेजा, मैं खुद आया हूँ। देखो प्रिंस मैंने अपने दोस्त नियाज अहमद को तुम्हारे पास एक बेहतरीन बिजनेस ऑफर ले के भेजा था। तुमने उसे ठुकरा क्यों दिया?

सतबीर : क्योंकि मैंने लाला वृषभान से सीधे या तिरछे किसी तरह पैसे नहीं लेने। नियाज साहब लाला वृषभान आपके दोस्त हैं और आप लाला वृषभान के।

हबीबउल्लाह : यकीन मानो प्रिंस, मैंने उन्हें भेजा था। उन्हें नई बिजनेस लगाने के लिए किसी मेहनती ओर ईमानदार पार्टनर की जरूरत थी। मैंने तुम्हारे नाम की सिफारिश की।

सतबीर : आप जिस कम्पनी के डायरेक्टर और वकील हों, क्या उसने इसी ईमानदारी का ईनाम देने वास्ते मेरे को जेल भिजवाया?

हबीबउल्लाह : देखो प्रिंस। लाला वृषभान तुम्हारे खिलाफ केस वापस लेना चाहते थे। उन्होंने उसी सिलसिले में मुझे बातचीत करने के लिए बुलाया था। मगर अफसोस उन्हें तभी लकवा मार गया, और श्यामलाल ने एक अर्से तक उनकी-मेरी मुलाकात नहीं होने दी। इसी दौरान तुम्हारे साथ नाइंसाफी हो गई। तुम वो नियाज अहमद वाला ऑफर मंजूर कर लो प्रिंस।

सतबीर : हबीबउल्लाह साहब, मैंने प्रज्ञावतीजी की मार्फत लाला वृषभान को एक संदेश भिजवाया था। कि जिसके पास मेरी मदद के वास्ते फालतू पैसा हो वो उससे नाजायज औलादों वास्ते ट्रस्ट खुलवा दे। यही संदेश आप नियाज अहमद साहब को भी सुना दें।

हबीबउल्लाह : तुमने ऐसा मैसेज भिजवाया था तो गलत किया था। प्रज्ञावतीजी तुम्हारी माँ हैं और लाला वृषभान तुम्हारे बाप।

सतबीर : मेरा कोई माँ-बाप नहीं है। मैं अनाथों से भी ज्यादा अनाथ हूँ।

हबीबउल्लाह : इसे समझाइए लाजवन्ती बहन।

लाजो : बेकार है हबीब भाई। जिसे आप वीरांवली नहीं समझा सकी, उसे मैंने किस तरह समझा सकना है?

वृषभान अपने कमरे में व्हील-चेयर पर बैठा है। उसके सामने वाली कुर्सी पर हबीबउल्लाह।

वृषभान की आँखों में आंसू है : मैंने कहा था ना तुमसे कि उसके मन में मेरे लिए नफरत है। ओठों पर बद्दुआ। उसकी हाय ही लग गई है हमलोगों को।

हबीबउल्लाह : वृषभान तुम्हारे जैसे मॉडर्न इंसान को इस तरह की बात नहीं करनी चाहिए। सुभद्रा करे तो करे।

वृषभान : सुभद्रा भी नहीं करती थी। लेकिन हबीब इंसान कभी-कभी मजबूर हो जाता है ये सब मानने को। देखो ना, जय को पता नहीं कमजोरी की ये कैसी बीमारी लग गई है कि डाक्टर न उसकी वजह ढूंढ पा रहे हैं, न इलाज।

हबीबउल्लाह : देखो वृषभान तुम सबसे पहले अपने मन से ये ख्याल निकाल दो कि तुमने कोई नाइंसाफी की है। तुमने सतबीर को गोद लेने का और आधी जायदाद का वारिस बनाने का ऑफर दिया। इससे ज्यादा और क्या हो सकता है?

बृषभान : ऑफर दिया तो, मगर बहुत देर से।

हबीबउल्लाह : जब तुम्हें पता ही नहीं था कि वीरांवाली जिन्दा है और उसका तुमसे कोई बेटा है, तब तुम पहले कर ही क्या सकते थे?

वृषभान : कुंवारा तो रह ही सकता था।

हबीबउल्लाह : ये तो तुम हद करने हो वृषभान।

वृषभान : जब मेरी तबीयत सम्हली तब मैं बहुत खुश हुआ था हबीब, लेकिन अब लगता है भगवान ने मेरी तबीयत में सुधार किया ही इसलिए है कि मैं अपने एक बेटे की नफरत और दूसरे की बीमारी की सजा भुगतूं।

हबीबउल्लाह : इस तरह की बातें सोच के अपना जी छोटा मत करो वृषभान।

वृषभान : हबीब, किसी तरह इतना कर दो कि प्रिंस आराम से जिन्दगी बसर कर सके। खासकर अब, जबकि उसने जय के बेटे को पालने की जिम्मेदारी भी अपने ऊपर ले ली है।

हबीबउल्लाह : जय का बेटा?

वृषभान : हाँ। उसकी जो सेक्रेटरी थी उससे।

हबीबउल्लाह : तुम्हें किसने बताया?

वृषभान : वीरांवाली ने। प्लीज हबीब, कुछ करो प्रिंस की मदद के लिए।

हबीबउल्लाह : वहाँ इन लोगों के मुंशीजी मिले। उन्होंने एक आइडिया दिया। उसे आजमाता हूँ। सतबीर का एक भाई है रोशन। उसकी मार्फत सतबीर की मदद का इंतजाम करने की एक कोशिश करके देखता हूँ।

वृषभान : वो भाई है तो उसे सब कुछ बता देगा।

हबीबउल्लाह : मुझे बताया गया है कि वो लालची है और पैसों के लिए कुछ भी कर सकता है। और इस समय वो बहुत तंगी में है।

रोशन मूंगफली खाता हुआ जा रहा है और एक किशोरी भिखारन उसके पास आगे-पीछे दौड़ रही है।

भिखारन : लाला, लाला पैसा दे दे। तेरी जोड़ी बनी रहे लाला।

रोशन : हाल तो जोड़ी बनी ही नहीं। बनी रहने के सुआल ही नहीं पैदा होता।

भिखारन : तेरी बड़ी रईस घराने में शादी हो लाला। पैसा दे दे।

रोशन : ये तूने मेरे मन की बात कही। इस पर तो एक पैसा दिया जा सकता है।

रोशन अपनी तमाम जेबें ढूंढता है, खाली करता है, बाहर निकालता है लेकिन कहीं एक भी पैसा नहीं निकलता। वो फीके ढंग से मुस्कुराता है : आज तो आप लाला के पास पैसा नहीं है। कहाँ से दे तेरे को? वो हुआ इस तरह कि मैं अपने से भी बड़े एक लाले के पास पैसा लेने गया कि खैरातीमल जी कुछ खैरात करो। अगले ने दिखा दिया ठेंगा। खैर, मैंने तेरे को ठेंगा नहीं दिखाना है। ले ये मूंगफली। तू खा ले।

मूंगफली की पुड़िया उसे दे देता है और गुनगुनाता हुआ आगे बढ़ जाता है।

लभाया अपने कमरे में मुर्गी की टांग खा रहा है। रोशन आता है। आहट सुनके लभाया निगाह उठाता है : अरे आ भई रोशनलाल। रोटी-शोटी खा।

रोशन : मैंने कोई रोटी-शोटी नहीं खानी। मेरे को तेरे से एक बात पूछनी है। तू चाहता क्या है?

लभायाराम : इस समय तो मैं प्रेम के साथ मुर्गा खाना चाहता हूँ।

रोशन : देख लभाये, तूने निवेदिता के कहने पर मेरे को अपनी बिजनेस से अलग कर दिया तो चलो कोई नहीं। लेकिन इसका मतलब ये थोड़ी ना है कि तू हर कहीं मेरे वास्ते धंधे के रास्ते बंद करा दे?

लभायाराम : रास्ते तो तेरे निवेदिता जी ही बंद करा रहे हैं। वो तो तेरे को बिजनेस में खत्म कराने पर उतारू हैं।

रोशन : देख, मेरे को उल्लू मत बना।

लभायाराम : तू तो रेडीमेड है। बनाने की जरूरत ही नहीं।

रोशन : सुन लभाये, मैं खैरातीमल जी के यहाँ से आ रहा हूँ। उनका निवेदिता से कोई लेना-देना नहीं। उन्होंने मेरे को आज बिल्कुल घास नहीं डाली।

लभायाराम : उन्हें क्या पता था कि तू घास चरने वाला जानवर है?

रोशन : मसखरी छोड़, ये सीरियस मामला है।

लभायाराम : तेरे बरगे जोकर के मामले कब से सीरियस होने लग पड़े?

रोशन : तू ये बकवास बंद कर और मेरे को ये बता कि खैरातीमल जी से तूने क्या कहा मेरे बारे में?

लभायाराम : खैरातीमल जी तो तेरे से इतने खफा हैं कि मैंने उनके सामने तेरा नाम तक ना लने की कसम खा ली है। और खफा क्यों हैं, ये जाकर लाला धर्मचंद से पूछ।

धर्मचंद अपने कमरे में मसनद और गावतकिए लिये बैठा है और चरखे से सूत कात रहा है : *(गुनगुनाते हुए)* बैष्णो जन तो तेने कहिए जे पीर पराई जाणे रे। पर दुखे उपकार करे तोये, मन अभिमान न आणे रे।

रानो आती है : दादाजी। रोशनलालजी आए हैं।

धर्मचंद : वो फिर यहाँ किस तरह आ गया? भेज।

रानो : दादाजी जो अपने ऐसे निकम्मे बन्दों से अपना नाता नहीं ना तोड़ना है तो किसी दिन बहुत शर्मिन्दा होना पड़ना है।

धर्मचंद मुस्कुराता है : महात्मा जी का कहा याद आता है। एक बारी मैंने उनके ठहरने वास्ते बहुत लम्बा-चौड़ा इन्तजाम करा दिया। वो बोले, फकीर वास्ते शाही इंतजाम क्यों? मैंने अर्ज की कि महात्मा जी ये इंतजाम मैंने आपके भगतों को मद्देनजर रखते हुए किया है तो महात्मा जी बोले, ऐसे भगतों ने तो मेरी नाक कटा देनी है धर्मचंद।

रानो : मेरे को तो लगता है कि गांधीजी को किसी ने भी पूरी तरह सही समझा ही नहीं। सबने ढोंग ही किया।

धर्मचंद : इस ढोंग ने ही सत्यानास किया पुत्तर। चल बुला रोशन को।

रानो : आप इस ढोंगी और दोमुँहे रोशन से मिलते ही क्यों हो दाद जी?

रोशन अंदर आता है : इस करके रानो जी कि महात्माजी तक ने कहा है नफरत पाप से की जानी चाहिए, पापी से नहीं।

रानो : मैंने अभी आपसे क्या कहा था? उस दिन क्लब में जो कुछ भी हुआ उसके बाद मैं आपकी सूरत भी नहीं देखना चाहती।

रोशन : और मैंने आपसे क्या कहा? अपने को प्रिंसेस कहने वाली जनानी को लभाया भाड़े पर लाया था। वो हम लोगों का बुरा चाहता है। उसने हमारे सन्तों बरगे पिताजी से धोखाधड़ी की।

रानो : आप उन लोगों में से हो जो ना सिर्फ चोरी करते हो बल्कि ये भी कहते हैं कि सारी दुनिया चोर है।

रानो चली जाती है। उसके जाने के बाद रोशन धर्मचंद को नमस्ते करता है : नमस्ते धर्मचंदजी। मैं आपके चरणों में बैठ सकता हूँ?

धर्मचंद : कभी नहीं।

रोशन : क्या लभाया ठीक कह रहा है कि खैरातीमल जी का दरवाजा आपने मेरे वास्ते बंद कराया?

धर्मचंद : हाँ।

रोशन : जी क्यों भला?

धर्मचंद : क्योंकि तुम बकवास बहुत करते हो। तुमने खैरातीमल जी से कहा कि धर्मचंद जी का पेट जितना बड़ा होता जा रहा है, घूस की रकम उतनी ही बढ़ती जा रही है।

रोशन : जी वो बहुत कम पैसे दे रहे थे।

धर्मचंद : ओय लड़के! ज्यादा-कम का क्या मतलब है? मैंने पैसे कहाँ मागं? तेरे जैसे लोगों ने तो मेरे को बदनाम कर छोड़ना है।

रोशन : दुनिया जानती है कि आप मेरे बगरे बिचौलिए की मार्फत माल-पानी का इंतजाम कराते हो।

धर्मचंद : तेरे बरगा कोई मेरा नाम ले के घूस लेता हो तो मेरा यही फर्ज बनता है कि दुनिया से कह दूं कि आइन्दा इससे कोई मतलब मत रखो। तेरे बरगे लोगों की सोहबत में मेरे सियासती दामन पर दाग लगे, ये मेरे को मंजूर नहीं।

रोशन : लाला धर्मचंद, गुस्ताखी माफ। आपने इस तरह का ढोंग करना हो तो

पब्लिक में किया करो। खैरातीमल और रोशन लाल जैसे चेलों के बीच क्यों करते हो?

धर्मचंद : ढोंगी कौन है इसका फैसला जनता ने करना है, जमाने ने करना है। मगर तू आप बेईमानी करता है और दूसरों को बदनाम करता है। तूने खैरातीमल से पार्टी फंड वास्ते पहले से ज्यादा पैसे लिये, मगर दिए उतने ही। बाकी खा गया।

रोशन : खाये नहीं जी। लभाये ने ले लिये मेरे से। वो तो कहता था उसने लौटा दिए आपको।

धर्मचंद : लभाये के बारे में जो तू कह रहा है उसके बाद इसमें क्या शक रह जाता है पुत्तर कि तेरे को अपने लोगों की बदनामी करवाने का मर्ज है। पुत्तर मैं तेरे पिताजी का दोस्त हूँ। इस नाते एक गुर की बात बताता हूँ। सियासत में एक बारी ढोंगी बन्दा तो चल सकता है, लेकिन तेरा बरगा बेहया नहीं। तू काला मुँह कर यहाँ से, और नंगों की अपनी अलग पार्टी बना।

रोशन : मेरे वास्ते अपने दरवाजे बंद मत करो लाला धर्मचंद जी। दस जूते भले ही मार लो।

धर्मचंद : मैं चाहूँ तो भी तेरे वास्ते ये दरवाजे बंद नहीं हो सकते। तूने तो यहाँ बैंड-बाजे के साथ आना है।

रोशन गलत समझता है और खुश होता है

रोशन : जी? थैंक्यू जी!

धर्मचंद : हाँ, मैंने रानी की शादी लभाया से करने का फैसला किया है। लड़का बहुत सयाना है।

सुनकर रोशन भौचक्क रह जाता है।

लभायाराम अपने कमरे में ड्रेसअप हो रहा है आइने के सामने। आइने में रोशन का भी अक्स उभरता है। लभायाराम घूमता है : आओ लाला रोशनलाल। मिल आए धर्मचंद जी से?

रोशन : हाँ बधाइयां होवें कि रानो से तेरी कुड़माई होने वाली है।

लभायाराम : सब तेरे बरगे बुजुर्गों का आशीर्वाद है।

रोशन : मेरे बरगे बुजुर्ग तो तेरे जैसे कपूत को श्राप देने हैं।

लभायाराम : देख तू कोई गड़बड़ मत करना रोशन।

रोशन : मैं तेरे बरगा बनते खेल बिगाड़ने वाला नहीं हूँ।

लभायाराम पहले अपनी ओर फिर उसकी ओर इशारा करता है : और हो सकता

भी नहीं। कहाँ नागनाथ, कहाँ सांपनाथ! देखा मैंने बिठा दिया ना तेरे को सही जगह पर। अब तू दिल्ली में कहीं धन्धा नहीं कर सकता। और यहाँ रह भी सकता है तो नागनाथ की मेहरबानी पर।

रोशन एक अटैची में अपना सामान बांध रहा है : मैं तेरा ये बिल छोड़कर जा रहा हूँ सांपनाथ, लेकिन याद रख, अभी आखिरी फैसला नहीं हुआ है। मैंने एक दिन साबित कर देना है कि नागनाथ मैं हूँ।

लभायाराम : *(गाकर)* जब तुम ही चले इंग्लैंड, बजाकर बैंड, ओ प्रीतम प्यारा। दुनिया में कौन हमारा...?

रोशन अटैची बंद करता है और बाहर जाते हुए कहता है : एक धर्मचंद जी क्या कुछ कम हैं। ठीक है, चलता हूँ और लौट के नहीं मिलता हूँ।

लभाया बायस ओवर : कन्नी, चाबी पड़ोसियों के दे जा रहा हूँ। मेरा खाना आज धर्मचंद जी के यहाँ है। रोशन जालंधर के लिए निकल पड़ा है। अगर गलती से मुड़ के आए तो उसे यहाँ घुसने मत देना। मामा।

रोशन के निकल जाने के बाद लभाया कमरे में ताला मार रहा होता है कि हबीबउल्लाह पहुँच जाता है और पूछता है : माफ कीजिएगा साहब, एक रोशनलाल हैं मास्टर हवेलीराम के बेटे। वो यहीं तशरीफ रखते हैं क्या?

लभायाराम : रखते थे, अब नहीं।

हबीबउल्लाह : तो आजकल कहाँ हैं?

लभायाराम : जालंधर अपने पिताजी के पास।

हबीबउल्लाह : वहीं से तो मैं आ रहा हूँ।

लभायाराम : आप इधर पहुँचे, वो उधर चला। आपसे उसने कोई कर्ज लिया हो तो भूल जाइए। आप जैसे कई चक्कर खा रहे हैं।

जालंधर में मुंशीजी के बेटे के घर के बाहर तख्त और मंजी पड़ी है। मंजी पर बैठी लाजो बड़ियां डाल रही है और तख्त पर बैठे मुंशीजी अखबार पढ़ रहे हैं। हवेलीराम गीता उलट-पलट रहा है। मुंशीजी उर्दू अखबार खत्म करके जोर की अंगड़ाई लेते हैं : ले भई छोटे लाट! मैंने तो चाट लिया, अब तू चाट।

हवेलीराम : अब मन नहीं करता अखबार पढ़ने को। पढ़ता हूँ तो यही सोचता रह जाता हूँ कि ये हो क्या रहा है?

मुंशी : समाजवादी ढंग का समाज बन रहा है। क्यों? मत पूछो। डाण्ट आस्क व्हाई, गदहा घोड़ा भाई-भाई। अब तो रेजोलूशन भी पास कर दिया कांग्रेस ने।

हवेलीराम की आवाज में तंज की छाया भर है : हाँ, सोशलिस्टिक पैटर्न ऑफ सोसायटी बनाएंगे।

लाजो : मास्टरजी, आप तंज कर रहे हो समाजवाद पर? आप तो इन्कलाबी समाजवादियों के साथ रहे!

हवेलीराम : तंज मैंने नहीं, मुंशीजी ने किया।

लाजो : मुंशीजी ने तो थोड़ी देर में ये कह देना है कि घोर कलयुग आ रहा है। आपने वो भी मान लेना है।

हवेलीराम : मैं तो इतना जानता हूँ कि जो हो रहा है वो ठीक नहीं।

लाजो : मास्टरजी कुछ-न-कुछ तो हमेशा होता ही है। बदलना तो कुदरत का दस्तूर है। मामाजी कहा करते थे कि इन्कलाबी वही है जो ये यकीन करे कि बदलाव से अच्छा होगा। वो ये कोशिश करे कि बदलाव अच्छा हो। 'हाय ये क्या हो रहा है' कह के स्यापा डालने वाले तो तरक्की के दुश्मन होते हैं।

हवेलीराम : लाजोजी तुम भी तो पूछती हो कि वो इन्कलाब कहाँ गया जिसके हमने ख्वाब देखे थे?

लाजो : झुंझला के कह दिया होना है कभी मास्टरजी, मगर मैंने ऐसे ख्यालात को आपकी तरह मन में घर नहीं करने दिया है।

हबीबउल्लाह की आवाज सुनाई देती है : हाँ जी, आगे वाला ही है उनका घर।

हबीबउल्लाह के पीछे रोशन अपनी अटैची पकड़े हुए पहुंचता है। सबके पांव छूता है : पैरीपोना मुंशीजी, पैरीपोना पिताजी, पैरीपोना माताजी।

मुंशी : ओए जीता रह। छोटे लाट के बीच वाले टाट अब तूने करना है हमारी बहस का फैसला, क्योंकि नये जमाने को तूने जितनी अच्छी तरह समझा और किसी ने नहीं।

रोशन : मगर नया जमाना मेरे को तो कुछ नहीं ना समझ रहा है मुंशीजी। उसने तो दिल्ली के सारे दरवाजे बंद करा दिये मेरे वास्ते।

लाजो : क्या हुआ पुत्तर? और तू बगैर चिट्ठी दिये किस तरह आ गया?

रोशन : क्योंकि लभाया ने मेरा टिकट कटवा दिया। बल्कि ये भी गलत है। दिल्ली से जलंधर के टिकट के पैसे भी मेरे को अपनी जेब से देने पड़े!

हवेलीराम : लभाये से फिर कोई तेरा झगड़ा हो गया?

रोशन : पिताजी, उसने हम लोगों को चवन्नी पत्ती देने से पहले ही इंकार कर दिया था। अब उसने धर्मचंद हौरी से कह के ऐसी नाकेबंदी करा दी है कि मैं कहीं भी अपना धंधा ना कर सकूं।

मुंशी : धर्मचंद जी तेरे खिलाफ कैसे हो गये? तू तो उनका खास आदमी बना हुआ था।

रोशन : लभाया उनकी पोती रानो का खास आदमी बनने वाला है। उसके सामने मेरी किस तरह चलनी थी?

लाजो : तेरा मतलब है वो लभाये से रानो का रिश्ता करने लग पड़े हैं?

रोशन : आहो जी।

मुंशी : बधाइयां होवे छोटे लाट। तेरे भतीजे का बहुत ऊंची जगह रिश्ता तय हो गया है।

रोशन : बहुत ऊंची जगह? जहाँ नीच आदमी बैठा हुआ है? परले दर्जे का करप्ट आदमी दूध का धुला फरिश्ता बनना चाहता है? कहता है, रोशन तेरे बरगे चोरी और सीनाजोरी करनेवालों के वास्ते कोई जगह नहीं हो सकती।

हवेलीराम : ये तो धर्मचंद ठीक ही कहता है पुत्तर।

रोशन : क्या खाक ठीक कहते है? वो आप मेरे से गये-गुजरे हैं। और वो लभाया जिसे वो अपने सीने से लगाये घूम रहे हैं, उनसे भी गया-बीता है। पिताजी, लानत है आपकी भलमनसाहत को कि आपने सब कुछ जानते हुए भी लभाये को धोखाधड़ी करने की छूट दी।

हवेलीराम : किसे पता था कि ऐसा जमाना भी आएगा कि भलमनसाहत को लानत भेजी जाएगी? चलो मुंशीजी, सैर कर आएं।

हवेलीराम उठता है। उसके साथ मुंशीजी भी उठते हैं और जाते-जाते कहते हैं : अब ये कलयुग हुआ कि नहीं! बन्दे को इस करके लानत भेज रहे हैं कि वो नेक है। पाखण्डियों को पूजते हैं, महात्माओं को गोली मारते हैं। हुंह!

रोशन : सवाल ये है डियर माताजी कि मेरे पिता जी धर्मचंदजी जैसे क्यों नहीं हो सकते?

लाजो : नहीं पुत्तर, सवाल ये है कि वो मास्टरजी बनकर धर्मचन्दों के साथ लड़ते क्यों नहीं?

किसी गली या बगीचे से होकर सतबीर मुंशीजी के घर लौट रहा है। पोस्टमैन पैदल आता हुआ नजर आता है : मैंने कहा बादशाहो, आपके यहाँ रोशन नाम का कोई बन्दा आया है?

सतबीर : हाँ जी। मेरा प्रा है

पोस्टमैन चिट्ठी निकाल के देता है : उसके वास्ते रजिस्टर्ड चिट्ठी आई है।

रोशन चिट्ठी खोलता है : मेरे वास्ते इस पते पर, और हबीबउल्लाह साहब की चिट्ठी?

चिट्ठी पढ़ते हुए हबीबउल्लाह की आवाज रोशन के कानों में सुनायी देती है : अगर आप दिल्ली में सतबीर के साथ मिल के कोई धन्धा शुरू करेंगे तो लालाजी आपको जबरदस्त मुनाफा करवाएंगे। उनकी शर्त सिर्फ यह है कि मुनाफे का बड़ा हिस्सा सतबीर के पास जाए और उसे कभी ये पता न चले कि आपने लाला वृषभान से कोई सौदा किया है।

रोशन चिट्‌ठी को चूमता है। सतबीर को गले लगाता है : रब का शुक्रिया। मेरे भोले बादशाह का शुक्रिया। चेत गई किस्मत!

सतबीर : क्या हुआ?

रोशन : बस अब तू दिल्ली चल मेरे साथ फटाफट। दलपत ने लिखा है कि उसने करवा देना है मेरा तगड़ा बिजनेस। उसने शर्त ये लगा दी है कि मेहनती और ईमानदार प्रिंस को साथ रखना होगा।

सतबीर : मेरे को नहीं जाना दिल्ली।

रोशन : अपने पर नहीं तो मेरे पर तो रहम खा बिरादर। मैं तो तेरी तरह कलम घिस के दस-पन्द्रह रुपया भी नहीं कमा सकता। बिरादर, यहाँ भी तो लोग पूछ ही रहे हैं कि सत के पास ये बच्चा किसका है? जैसे तू यहाँ कह रहा है मेरा है, वैसे ही दिल्ली में कह देना। चल ना भोले बादशाह। दिल्ली में मैंने तेरे को और तूने मेरे को निहाल कर देना है।

दूसरी तरफ से लाजो, मुंशीजी और हवेली सैर करके लौट रहे होते हैं। रोशन चिरौरी करते हुए सतबीर के गाल पर हाथ फेरता है। सतबीर उसे धक्का देता है।

सतबीर : हट, परे हो। मेरे को नहीं जाना दिल्ली। मेरे को चिढ़ है दिल्ली वालों से।

रोशन को धक्का मारते सतबीर को देख लाजो पूछती है : क्या बात है पुत्तर?

रोशन : माताजी, मैं इससे कह रहा हूँ दिल्ली चल। हम दोनों भाई मिलकर बहुत अच्छा बिजनेस कर लेने हैं।

हवेलीराम : उसे जबरदस्ती क्यों दिल्ली ले जाना चाहता है रोशन?

लाजो : और आप इसे क्यों अपनी तरह भगोड़ा बनाना चाहते हो मास्टरजी? पहले आपने दिल्ली धर्मचन्दों वास्ते खुली छोड़ दी, अब इनसे कहते हो लभायों वास्ते छोड़ दे?

हवेलीराम : मैं धर्मचन्दों के मुकाबले में कभी था ही नहीं लाजोजी।

लाजो : मास्टरजी, ये किस तरह का मजाक है ये मेरे को जरा समझाओ। एक ओर आपको ये फख्र है कि आप हर मुकाबले से ऊपर उठे हुए हो और दूसरी ओर

ये गम कि समाज नीचे गिर रहा है? जब आपने मैदान बगैर लड़े नीचता वास्ते छोड़ देना हुआ तो समाज ने किस तरह ऊपर उठ जाना है? घर में, बाहर, कहीं भी आप ये कोशिश क्यों नहीं करना चाहते कि चीजें आपके मन मुताबिक ढलें? जवाब दो मास्टरजी।

हवेलीराम : मेरी थकान ने मुझे लाजवाब कर दिया है। कभी-कभी लगता है कि मैं तो बूढ़ा हूँ ही, ये कौम मुझसे भी ज्यादा बूढ़ी और थकी हुई है।

लाजो : कौम के दिल में जोश है और आँखों में जवान सपने। और आप कहते हो मास्टर जी कि वो बूढ़ी और थकी हुई है? कभी इस तरह तो नहीं कि आप चाहते हो कि वो बूढ़ी ही रहे? पुरानी लकीर पिटती रहे?

मुंशी : छोटी लाटनी, पुरानी लकीर ही सही, लकी है। ओल्ड इज गोल्ड।

रोशन : पिताजी मैं तो कहता हूँ आप धर्मचंद की तरह ओल्ड ही रहो, मगर साथ ही साथ गोल्ड भी बनाते रहो। जो ढोंग का ये आर्ट आपने भी सीख लेना है तो दिल्ली में हमारी किल्ली गड़ जानी है।

हवेलीराम : दिल्ली की ऐसी किल्लियां धर्मचंद को ही मुबारक हो।

लाजो : किल्ली वास्ते लड़ो मास्टरजी। समाज के समुन्द्र का मंथन हो रहा है। देवता हौरी की तरफ रहो।

मुंशी : अकेले छोटे लाट ने क्या कर देना है? सारा आंवा ही बिगड़ गया है।

रोशन : माताजी ये कलजुगी मंथन है। इसमें धर्मचंद बरगे हमारे बरगा से मथवा रहे हैं और जो मक्खन निकल रहा है उसे आप ये खा जा रहे हैं।

मुंशीजी रोशन की पीठ ठोकते हैं : क्वाइट करैक्ट, बिल्कुल सही है। वैल सैड, चंगी कही है।

लाजो : मास्टरजी क्या मैं ये मान लूं कि आप पुराने इन्कलाबी होते हुए उसी तरह सोचते हो जिस तरह रोशन और मुंशी?

हवेलीराम सोच में पड़ता है : नहीं...मगर...।

लाजो : इस अगर-मगर को दफा करो। समाज में खुशहाली और बराबरी लाने के वास्ते नेहरू जी ने जो मुहिम छेड़ रखी है उसमें हिस्सा लो। सियासी लड़ाई में कूदो। आप में नई जान पड़ जानी है।

रोशन : दिल्ली चलो पिताजी, दिल्ली।

हवेलीराम : अगर सबकी यही राय हो तो ठीक है।

* * *

लाजपतनगर का झोंपड़ेनुमा कुल एक कमरा तथा एक जाफरीवाला मकान। सतबीर कमरे के एक कोने में बैठा कुछ लिख रहा है। काके को गोद में लिये हवेलीराम एक कुर्सी पर बैठा है। लाजो कमरे के बीच में खड़ी कमरे को चारों तरफ से देख रही है। रोशन कहीं जाने को तैयार हो रहा है और गा रहा है: हाँ-आँ-इक बंगला बने न्यारा...। सोने का बंगला, सोने का जंगला...।

हवेलीराम : यह ईंट-गारे का मकान है पुत्तर। सोने का नहीं।

लाजो : चलो, सोने की जगह तो है हमारे वास्ते। तो यही बहुत कि दिल्ली में अपना मकान हुआ।

हवेलीराम भीतर जाता है। उसके साथ और लोग भी। रोशन बाहर जाने के इरादे से चीजें उठाना-पहनना शुरू करता है।

काका : यही है पापा का बड़ा मकान?

रोशन : नहीं काके, ये तो ग्रैण्डपा का छोटा मकान है। तेरे पापा के मकान में तो सफेदी हो रही है। मकान इतना बड़ा है कि डेढ़ साल हो गये मगर अभी सफेदी पूरी नहीं हो सकी।

काका : *(सतबीर से)* हाँ पापा?

सतबीर : तेरा ताया तो ऐसे ही बकता रहता है। इसकी बातों पर ध्यान नहीं ना दिया कर।

रोशन : काके के ताये की बातों पर तो आप तेरे को पूरा ध्यान देना चाहिए बिरादर। मैं अपने दोस्त के साथ सारा कुछ तय करने वास्ते जा रहा हूँ। तूने बिजनेस करनी है?

सतबीर : बिजनेस कर लेने हैं, हेरा-फेरी नहीं।

रोशन : मेरे दोस्त ने तो ठेकेदारी की लाइन में जमवा देना है हमको। साथ ही साथ अपना पुराना सप्लाई वाला काम करते रहने हैं।

सतबीर : ये सब हेरा-फेरी वाले धन्धे हैं। मैं इनमें साथ नहीं आना चाहता।

रोशन : हेरा-फेरी कहाँ है हसमें?

हवेलीराम : कोई छापाखाना डाल लो छोटा-मोटा।

लाजो : मास्टरजी ने आप इन्कलाबियों के छापेखाने में बहुत काम किया। ये भी तुम्हारी मदद कर देने हैं।

रोशन : छापाखाना भी डाल लेने हैं माताजी। मगर बिजनेस चलाने वास्ते थोड़ी बहुत लेन-देन, हेरा-फेरी करनी पड़नी है।

सतबीर : मैं इसी करके बिजनेस नहीं करना चाहता।

लाजो : तेरे बरगे ईमानदार लोग बिजनेस से परहेज करने लगने हैं तब तो

हेरा-फेरी ही होनी है। तू ईमानदार बन्दा है तो बेइमानी से लड़ना तेरा फर्ज है। अपने फर्ज से मुँह मोड़ लेना है तेरे को? इस गुनाह के लिए वीरांवाली को तो माफ करता नहीं तू, अपने को कर देना है?

सतबीर झेंपता और सकपकाता हुआ जाने को तैयार रोशन से कहता है : रोशन तू अपने दोस्त के साथ तय करके आ।

रोशन : ओ बल्ले-बल्ले! नया मकान, नई दुकान, नया धन्धा। चलता हूँ, लौट के मिलता हूँ। और माताजी वो नेमप्लेट कौन-सी लगानी थी? वो दो।

लाजो मास्टर हवेलीराम के बच्छोवाले मकान पर लगी नेम-प्लेट उठा कर देती है।

मकान की मेन एण्ट्रेंस। क्वार्टर नम्बर लिखा है एम-1/32। रोशन उसके नीचे तख्ती लगा रहा है : वाह-वाह हो गया ये काम! मास्टर हवेलीराम जी की कोठी।

काका को लाजो गोद में उठाये हुये है। बगल में खड़ा हवेलीराम कोठी शब्द पर अपनी प्रतिक्रिया देता है : कोठरी कहो।

रोशन : रब ने चाहा तो कोठी भी हो जानी है, बहुत जल्दी।

लाजो : इतनी जल्दबाजी में मत रहा कर पुत्तर।

रोशन : जल्दबाजी! माताजी इधर तो पोस्तीपने की हद होने आई। रोशन आपका तैंतीस साल का होने आया। हाल तक ना कोट्ठी, ना वोट्ठी।

लाजो : कोठी की तो मेरे को कोई जल्दी नहीं। हाँ वोट्ठी जरूर आनी चाहिए। मैंने कहा मास्टरजी, रोशन और सत दोनों इतने बड़े हो गये, इनके ब्याह की फिकर करो।

हवेलीराम मुस्कुराता है : मैं आप अपने ब्याह की फिकर नहीं कर सका था लाजोजी।

काका : दादाजी का ब्याह किसने कराया?

लाजो : मैंने।

लाजो काका को गोद में उठाकर चूमती है। हवेली जी खोलकर हंसता है : तो लाजो जी तुम इनकी भी कराओ।

लाजो : सतबीर तो करना ही नहीं चाहता और रोशन को होटलों वाली, महलों वाली ही चाहिए।

रोशन : होटल वाली को जब होटल मिला तब उसने मेरे को छोड़ दिया और महलों वाली का महल ही बेबुनियाद निकला। भाग ही खोटे हैं आपके रोशन के।

* * *

धन्नो मौसी कपड़े सुखा रही है और राजराजेश्वरी बाहर जाने की तैयारी में केश सँवार रही है। आँगन में कपड़े सुखाती धन्नो उसे कोस रही है : अरी निगोड़ी, भाग तो मेरे फूट गये जो तेरी जैसी करमजली को अपने गले बांध लिया। कान खोल के सुन ले रज्जो।

राजराजेश्वरी : मौसी एक मिनट। जरा मुझे कान तो खोलते दे।

धन्नो : मुझसे मजाक मत कर मुँहझौंसी! कल तक किराया नहीं दिया तो मैं तुझे यहाँ से निकाल दूंगी।

हँसती हुयी राजराजश्वेरी चुहल करती है : सगी ना हो भले, मगर असली मौसी तू ही है मेरी। जिस तरह मैं किराया देने के मामले में आज-कल, आज-कल करती हूँ वैसे ही तू मुझे निकालने के मामले में।

धन्नो राजराजेश्वरी का हाथ खींचती है : हंसती है बेशर्म! ले मैं आज ही निकाल देती हूँ तुझे।

राजराजेश्वरी : आज मत निकाल मौसी। आज तो मैं तुझे किराया देने वाली हूँ।

धन्नो : तो अब तक क्यों नाहक उल्लू बना रही थी? ला बेटी, निकाल किराया।

राजराजेश्वरी : उसी की रकम वसूल करने जा रही हूँ। शाम तक दे दूंगी।

धन्नो : देख रज्जो, जो तूने शाम तक किराया ना दिया ना, तो मैं कल सुबह-सुबह...।

राजराजेश्वरी : मुझे निकाल देगी, यही न? मगर मौसी, दिन के बारह बजे तक तो होटल वाले भी रहने देते हैं।

धन्नो : अरी तो मैं कौन तुझे निकालने को कह रही हूँ नासपीटी? मैं तो सुबह-सुबह उस बैंक वाले बाबू से तेरी शादी करा दूंगी जो पिछला किराया भी भर देगा और तुझे भी ले जाएगा!

राजराजेश्वरी जाते-जाते कहती है : मौसी, जो भी करियो सोच के करियो। कहीं ऐसा ना हो घर जंवाई गले पड़ जाये।

रोशन हबीबुउल्लाह के साथ क्लब में बैठा हुआ है। वेटर आर्डर ले रहा है

रोशन : मेरे वास्ते भी लैमन।

हबीबुल्लाह : मेरी देखा-देखी आपने भी लैमन मंगा लिया? कुछ और...शौक करते हों तो...।

रोशन दोनों कान छूता है : नहीं जी, तौबा। मैं मास्टर हवेलीराम जी का पुत्तर हूँ हबीबुल्लाह साहब।

हबीबउल्लाह : तो ठीक है, दो लैमन ले आओ। वैसे मेरे सुनने में तो ये आया था कि माशाल्लाह आप मास्टर हवेलीराम जितने रूखे नहीं हैं।

वेटर आर्डर लेके जाता है। उधर से राजराजेश्वरी किसी आदमी के साथ आती है और पास की टेबल पर बैठ जाती है।

राजराजेश्वरी : हैलो रोशन।

रोशन : हैलो प्रिंसेस।

राजराजेश्वरी : तुम्हें पूरे होशो-हवास में देख के बहुत खुशी हो रही है। कल जिमी की पार्टी में तुम बिल्कुल धुत्त हो गये थे।

रोशन : कल तो मैं जलंधर में था।

राजराजेश्वरी : यहाँ तुम्हारा जुड़वां भाई रहा होगा। डबल रोल मुबारक।

रोशन राजराजेश्वरी के बातों का कोई जवाब नहीं देता है और हबीबउल्लाह से मुखातिब होता है : देखा आपने? बिना बात के बदनाम करते हैं। परसों तो मैंने आपको जलंधर से फोन किया था।

हबीबउल्लाह मुस्कुराता है : प्लीज डोंट माइन्ड। हम वकीलों को तो ऐसे नुक्ते निकालने का मर्ज होता है। लीजिए लैमन आ गया। उठाइए जाम, नई बिजनेस के नाम। आपने ठेकेदारी और सप्लाई का काम करने का फैसला किया है तो उसमें हम आपकी काफी मदद कर सकेंगे। लाला वृषभान एण्ड सन तो खुद इस लाइन से पूरी तरह हट चुके हैं। लेकिन उनके अच्छे कॉन्टैक्ट्स हैं। चीयर्स!

रोशन : चीयर्स! जी कॉन्टैक्टों की बात तो बाद में आयेगी, सबसे पहली जरूरत तो है कैपिटल की। कुछ पैसा मिल जाता काम शुरू करने वास्ते।

हबीबउल्लाह : पैसा जरूर मिलेगा। लेकिन मुझे इंस्ट्रक्शंस हैं कि पहले आपकी और सतबीर की पार्टनरशिप की ऐसी डीड तैयार होनी चाहिए जिसमें कानूनी नजरिए से कोई खोट न हो।

रोशन : वो हम बनवा लेने हैं जी। हालांकि भाई-भाई में कानूनी लिखत-पढ़त की क्या जरूरत है?

हबीबउल्लाह : है साहब। और डीड में ये साफ लिखा होना चाहिए कि आप, यानी रोशन मुनाफे का सिर्फ बीस परसेन्ट लेंगे। बाकी सब सतबीर के हिस्से में जाएगा।

सुनकर रोशन गहरी सांस भरता है : चलो वो भी करा देने हैं। किसी चीज का लालच नहीं है मेरे को। हम भाइयों में बड़ा प्रेम है। ये तो आप जिद कर रहे हो वरना ये डीड-वीड बनवाना तो बेकार वकील का खर्चा उठाना है।

हबीबउल्लाह : मैं खुद आपके लिए बनवा के भेज दूं?

रोशन : हाँ जी, जरूर भेजो।

सतबीर रोशन को ढूंढता हुआ आता है। उसे हबीबउल्लाह के साथ बैठा हुआ देख के ठिठकता है। हबीबउल्लाह नोटबुक में लिख रहा है।

हबीबउल्लाह : आपने क्वार्टर नम्बर क्या बताया था? एम वन बाया...?

रोशन : थर्टी टू।

सतबीर : आदाब अर्ज है हबीबउल्लाह साहब।

हबीबल्लाह : अरे प्रिंस? आओ बैठो।

सतबीर : मैंने बैठना नहीं। बस एक बात पूछनी है रोशन से।

रोशन बैठने के लिए कुर्सी थपथपाता है : आराम से बैठ के पूछ।

मगर सतबीर बैठता नहीं : ये हबीबउल्लाह साहब ही वो दोस्त हैं जो तेरा नया धन्धा जमाने वालो हैं?

रोशन : तू किस तरह की बात करता है? हबीबउल्लाह साहब तो हमारे पिताजी के दोस्त हैं। मेरे तो बुजुर्ग हैं।

सतबीर : तू यहाँ से फ्री हो जाए तो मेरे से आल इण्डिया रेडियो के बाहर मिलना।

रोशन सतबीर को सुनाकर कहता है : चंगा। तो हबीबउल्लाह साहब, गोआ की आजादी की मुहिम पर वो आर्टिकल आप जरूर भेज देना पिताजी वास्ते।

हबीबउल्लाह पहले हैरान होता है, फिर सतबीर को जैसे सुनाता हुआ ही मुस्कुरा कर कहता है : जी हाँ जरूर। बल्कि मैं उनसे मिलने भी आऊंगा।

दोनों की बातें सुनकर सतबीर चला जाता है, रोशन हबीबउल्लाह को सलाह देता है : जब तक ये मामला जम न जाए तब तक आप बिल्कुल मत आओ। और वो डीड भी आप चपरासी के हाथ मत भेजना। मैंने आके आप ले लेनी है। और हाँ, सतबीर के मन का शक दूर करने वास्ते आप गोआ के बारे में वो आर्टिकल जरूर भिजवा देना।

हवेलीराम अपने कमरे में लेटा हुआ कुछ पढ़ रहा है। काका आता है : दादाजी झूटे?

हवेलीराम : मैं झूठा?

बच्चा हवेली के घुटनों पर हाथ मारता है : झूंटे। माहिया।

हवेलीराम मुस्कुराता है। बच्चे को अपनी टांगों पर बैठा लेता है और टांगों के सहारे उठाते-गिराते झुलाता है :

अच्छा झूंटे माहिया

झूंटे माहिया मच्छियां कटाइयां
मच्छी गई पानी
अग्गू मिली नानी
नानी दित्ता झूंटा
खीर चमेली दा बूटा।

हवेली टांगे बिल्कुल ऊपर उठा देता है : चढ़ गया चोटी ते।

सतबीर आता है। वो बाहर जाने के लिए तैयार है। रोशन, जो दीवार से चिपका खड़ा है सतबीर को सिर से पांव तक देखता है : सवारियां किधर को चलीं?

सतबीर : पिताजी मैं शनिवार समाज की गोष्ठी में जा रहा हूँ।

रोशन : शायरी से नाक में दम करने-कराने?

तभी बाहर से हवेलीराम का नाम लेकर पुकारे जाने की आवाज आती है। आगे-आगे सतबीर और पीछे से रोशन बाहर दरवाजे पर पहुँचते हैं जहाँ हाथ में एक लिफाफा लिये एक चपरासी नजर आता है। सतबीर पूछता है : हाँ, क्या बात है?

चपरासी : ये लिफाफा भेजा है जी हबीबउल्लाह साहब ने।

सतबीर लेने को होता है मगर उससे पहले रोशन ले लेता है : मेरे लिए भेजा होना है।

सतबीर : तू तो कह रहा था कि पिताजी वास्ते आर्टिकल भेजने वाले हैं?

हवेलीराम आता है : क्या बात है?

सतबीर : हबीबउल्लाह साहब ने गोवा की जंगे-आजादी पर कोई आर्टिकल लिखा है और आपकी राय मांगने वास्ते भेजा है।

हवेलीराम लिफाफा लेना चाहता है : अजब इत्तफाक है। मैं आप गोवा पर ही कुछ लिखने चला था।

रोशन लिफाफा लेकर भीतर जाते हुए मना करता है : तब तो आप फिलहाल इसे नहीं पढ़ो तो अच्छा। आपके अपने आइडियाज की ताजगी चली जानी है।

सतबीर को कुछ शक है। वह भी भीतर जाता है। उसे देखकर लाजो पूछती है : सत, तेरे को गोष्ठी वास्ते देरी हो जानी है पुत्तर।

सतबीर : अब मैंने वहाँ नहीं जाना।

रोशन : जा ना बिरादर। कविता सुनाने का मौका क्यों गंवाता है?

सतबीर : आज मेरा सुनाने का नहीं, सुनने का मन है। हबीब साहब का लेख सुन के ही मैंने यहाँ से निकलना है।

रोशन : मैं तो अनपढ़ हूँ बिरादर। वरना जरूर सुना देता।

सतबीर लिफाफा पकड़ना चाहता है : ला, मेरे को दे। मैंने आप पढ़ लेना है।

रोशन को नहीं देता देख हवेलीराम रोशन से कहता है : दे क्यों नहीं देता?

लाजो : रोशन पुत्तर बात क्या है?

रोशन : जी बात ये है कि शक की दवा तो हकीम लुकमान के पास भी नहीं है। इतना बड़ा कोई चैक होता है?

सतबीर : बातें बनाना छोड़। लिफाफा मेरे को दे।

सतबीर हाथ बढ़ाता है। अब रोशन जरा सोच-विचार करके लिफाफा हवेलीराम को देता है : मैंने तो पिताजी को देना है। ये आर्टिकल उनकी राय वास्ते ही भेजा है।

हवेलीराम लिफाफा खोलता है। सतबीर का ध्यान लिफाफे पर ही है। हवेलीराम बताता है : गोवा पर आर्टिकल ही है।

रोशन : तो अब क्या करना है? ये लेख सुनना है मेरे से कि कविता सुनानी है पब्लिक को?

सतबीर : अच्छा माताजी, मैं चलता हूँ।

काका : मैंने भी जाना है। पापा का बड़ा मकान।

रोशन काका को उठा लेता है : तेरे को मैंने दिखाना है पापा का बड़ा मकान। मगर वो क्या है कि पहले बनवाना है।

सतबीर अपना झोला सम्हाल के जाने लगता है तो रोशन उसके पास आता है और किसी दराज से पार्टनरशिप डीड का कागज लाता है : एक मिनट बिरादर, जाते-जाते बिजनेस के कागज पर अंगूठा टिकाता जा।

सतबीर : ये है क्या?

रोशन : जो है वो मैं पढ़ चुका हूँ। तू एक दस्तखत यहाँ कर और एक...।

सतबीर : पार्टनरशिप डीड? इसकी क्या जरूरत है?

रोशन : अरे जब तेरे को मेरे पे इतना शक है तो इसकी जरूरत किस तरह नहीं है?

सतबीर पढ़ने लगता है और साइन करने से इनकार करता है : नहीं, ये सब नहीं चाहिए। मुनाफा अस्सी फीसदी मेरे को और तेरे को सिर्फ बीस फीसदी मिलेगा?

रोशन : अरे तेरे को ज्यादे दे रहा हूँ; इस पर आँखें क्यों दिखा रहा है?

सतबीर : ज्यादा क्यों दे रहा है? किसी ने कहा तेरे से ज्यादा देने के वास्ते?

रोशन : हाँ। मेरे जमीर ने। जैसे ही मैंने दोस्त से बिजनेस के बारे में सारा कुछ तय किया, जमीर मेरे को एक कोने में ले गया और कान में बोला रोशनलाल तू तो है चोर और तेरा भाई है साधु। कानूनी लिखत-पढ़त करके उसे अस्सी परसेंट मुनाफे का हकदार नहीं ना बनवाया तो उस गरीब ने तो बीस परसेंट भी नहीं पाना है।

सतबीर : तेरी सोहबत कर सकने के बाद कौन रह सकना है साधु? अब मेरे को भी इतनी अक्ल है कि समझ सकूं कि ये क्या है?

रोशन : क्या है?

सतबीर : इसका जरूर लाला वृषभान से कनैक्शन होना है।

रोशन : इसका कनैक्शन मेरे जमीर से है और मेरा जमीर लाला वृषभान नहीं ना है। हर चीज में लाला वृषभान का हाथ देखता है। लाला वृषभान न हुआ भगवान हो गया।

सतबीर : तेरे लालच की नकेल वो लोग मेरे को नहीं डाल सकने। तेरे को मेरे साथ मिल के काम करना है तो बेशक कर। उसके वास्ते इस ढकोसले की कोई जरूरत नहीं।

सतबीर रोशन को कागज लौटाता है और गाने लगता है।

एक टेबल पर हबीबउल्लाह और रोशन बैठे हैं।

हबीबउल्लाह : मैं माफी चाहूँगा, मगर बगैर पार्टनरशिप डीड के तो हम आपको पैसे नहीं देंगे।

रोशन : आप मेरे पे भरोसा करो ना। जब सतबीर को मेरे पर पूरा भरोसा है तो आपको तो होना चाहिए।

हबीबउल्लाह : मैं नहीं चाहता था कि मुझे अपने मुँह से कहना पड़े लेकिन मजबूर कर रहे हैं। देखिए, इस मामले में आपकी साख बहुत बुरी है। डीड पर दस्तख्त करवा लें, फिर मिलें।

बिल साइन करता और टिप की रकम रखता हबीबउल्लाह उठ खड़ा होता है।

रोशन : आप एक मिनट बैठिए तो, हुजूर। मेरे दिमाग में एक आइडिया आया है।

हबीबउल्लाह जाते हुये कहता है : आइडियाज की नहीं, डीड की दरकार है।

रोशन गहरी साँस भरता है और उसकी नजर एक टेबल पर जाती है, राजराजेश्वरी जहाँ उदास बैठी है। रोशन उसका ध्यान खींचता है : हैलो प्रिंसेस राजराजेश्वरी जी ऑफ कंगलागढ़? आप इधर अकेले और उदास कैसे बैठे हो?

राजराजेश्वरी : आपके इंतजार में नहीं।

रोशन उसकी बगल में बैठता है : मेरा तो इंतजार करना भी मत वरना जिन्दगी भर इंतजार ही करना पड़ जाना है। और जी सुनाओ, आज आपका मुँह नार्मल से भी ज्यादा किस तरह लटका हुआ है? धंधा मंदा है क्या?

राजराजेश्वरी : जब से आप मेरी जिन्दगी में आए दिल की धड़कनें तक मन्दी हो चलीं।

रोशन : सैड, वैरी बैड। आपके चरण पड़ने से बंटाढार बन्दे का भी हुआ है। आप मेरी जिन्दगी में ना आई होतीं तो मैं इस समय बड़े होटल का मालिक होता।

राजराजेश्वरी : और मैं एक बहुत बड़े महल की।

दोनों अपनी-अपनी जगह से उठकर अलग-अलग विदा होने को होते हैं।

रोशन : महल मिलते ही मेरे को कान्टेक्ट करना, बाकी सारियां प्राब्लमां आपकी मैंने सॉल्व कर देनी हैं।

प्रिंसंस : मैं भले ही भीख मांग लूंगी मगर आपकी मदद नहीं लूंगी।

रोशन : तो मिलेंगे जब भीख मांगने लगोगी।

लाजो, हवेलीराम, रोशन, हवेलीराम के एक कमरे वाले क्वार्टर में। रोशन के हाथ में डीड के कागजात हैं। हवेलीराम से वह कहता है : पिताजी इस डीड पर सतबीर के दस्तखत कराओ। वरना मेरा सपनों का महल ढह जानी है।

हवेलीराम : तेरे सपनों के महल की बुनियाद डालने के वास्ते मैं झूठ तो बोल नहीं सकता पुत्तर।

लाजो : मान जाओ मास्टरजी। ऐसी कौन-सी बड़ी झूठ बोलने वास्ते कह रहा है?

हवेलीराम : लाजोजी झूठ बड़ा या छोटा नहीं होता।

लाजो : इस झूठ से लाला वृषभान को मन की शांति मिलनी है। जालंधर में हबीब भाई ने बताया था ना कि जय की बीमारी की वजह से वो परेशान हुए पड़े हैं।

हवेलीराम : इस झूठ से बाद में सतबीर को तकलीफ पहुँचेगी लाजोजी।

रोशन : पैसे ने किसे तकलीफ दी आज तक?

लाजो : अब इन्हें परेशान मत कर रोशन। सत को मैंने राजी कर लेना है। पार्क में बैठा है।

रोशन : हाँ, फव्वारे के पास।

लाजो कागजात अपने हाथ में लेकर उठती है।

फव्वारे के पास सतबीर कोई किताब पढ़ रहा है और काका पास में गेंद से खेल रहा है।

काका : पापा मेरे साथ गेंद नहीं खेलनी?

सतबीर किताब से निगाह उठाता है : तू और बच्चों के साथ खेल काके।

काका : आप भी तो बच्चे हो। दादी कहती है।

सतबीर : क्या कहती हैं?

काका : कहती है तेरा पापा आप बच्चा है।

लाजो कागजात लेकर आती है : दादी झूठ थोड़ी ना कहती है। पापा जिद्दी बच्चा है। साझेदारी के कागजात पर दस्तख्त क्यों नहीं किये?

सतबीर : मेरे को जो कहना था मैंने रोशन से कह दिया कल शाम। और अभी थोड़ी देर पहले भी।

लाजो पास में बैठ जाती है : पुत्तर तू अपने मन से ये खयाल निकाल दे कि रोशनलाल वृषभान से मिला हुआ है।

सतबीर : तो क्या उसने जो आज कहा है उसे सही मान लूं? ये समझ लूं कि आप लोगों ने उसे डीड बनवाने पर मजबूर किया है? उसने तो रोज नई-नई कहानियां गढ़नी हैं मेरे को बेवकूफ बनाने वास्ते।

लाजो हिचकते हुये ही सही, झूठ बोलने के लिए अपने को अब तैयार कर चुकी है। थोड़ी हिचक से शुरू होकर पूरे आत्मविश्वास तक पहुँचती है : सत पुत्तर, ये कहानी नहीं, सच्चाई है। हमने ही उससे साझेदारी के कागजात बनाने वास्ते कहा। ताकि... ताकि वो तेरी सिधाई का नाजायज फायदा ना उठा सके।

सतबीर : और इसी करके आपने इस करार में मेरे को नाजायज फायदा दिलवा दिया है। अस्सी फीसदी मुनाफा मेरा। माताजी रोशन झूठ बोले, उसे बोलने दो। आप मत बोलो।

लाजो : ना पुत्तर। मैं सच बोल रही हूँ। ये करार हमने बनवाया है। और तेरे हिस्सा इतना ज्यादा इस करके रखा है कि बुढ़ापे में हमें तेरे से ही उम्मीद है। मैं शुरू से ही कहती आई हूँ कि सत तू हमारे वास्ते पुत्तरों से भी बढ़कर है। कर दे दस्तख्त।

कागजात बढ़ाती है। सतबीर लाजो को देखता है। फिर कागजात को। फिर लाजो को। और अंत में दस्तख्त कर देता है।

हवेलीराम अपने क्वार्टर की जाफरी में बैठा है। राजराजेश्वरी हाथ में चन्दा भरने का डिब्बा और रसीद बुक लिये आती है : नमस्ते जी, घर में कोई लेडीज हैं?

हवेलीराम उठता है और जाफरी के दरवाजे पर खड़ा होता है : मेरी पत्नी जरा बाहर गई हुई हैं।

राजराजेश्वरी : जी वो ऐसा है कि दंगों में जो औरतें भगाई गई थीं हम उन्हें फिर से बसाने का काम कर रहे हैं।

हवेलीराम की ओर एक टाइप की हुई अपील बढ़ाती है। हवेलीराम उसे मन की मन पढ़ने लगता है : ये तो बहुत अच्छा काम है जी। मेरी बहन है प्रज्ञावती, वो भी इसमें जुटी हुई है। आप तो उन्हें जानती होंगी?

राजराजेश्वरी : प्रज्ञावती दो हैं हमारे यहाँ। आप किनका जिक्र कर रहे हैं?

हवेलीराम : वो जो सन्यासिनी हैं।

राजराजेश्वरी : वो आपकी बहन हैं। अ ग्रेट वूमन इनडीड। उन्होंने तो मेरी जिन्दगी ही बदल दी।

हवेलीराम : जी किस तरह?

राजराजेश्वरी : मैं एक राजकुमारी हूँ। प्रज्ञावती जी की बातों का मुझ पर इतना असर हुआ कि मैंने प्रीवी पर्स को, राजसी ठाट-बाट को, लात मार दी।

लाजो आती है। वो खुश नजर आ रही है। हवेलीराम उसकी तरफ इशारा करते हुये राजेश्वरी को बताता है : ये मेरी पत्नी आ गईं। लाजोजी ये...क्या नाम है जी आपका?

राजराजेश्वरी : राजराजेश्वरी। मगर आपके लिए बिटिया राज।

हवेलीराम : लाजो जी, ये है बिटिया राज। बहन प्रज्ञावती की चेली।

लाजो : उत्तरकाशी से आई हो?

राजराजेश्वरी : नहीं जी। मैं उनकी ओर से यहाँ काम करती हूँ।

लाजो : अच्छा, उन्होंने कभी बताया नहीं।

राजराजेश्वरी : दिल्ली में नई आई हूँ। पहले अमृतसर में थी।

हवेलीराम : प्रज्ञावती के प्रभाव में आकर बिटिया ने राज वैभव ठुकरा दिया है। ये राजकुमारी हैं।

लाजो : अच्छा!!

हबीबउल्लाह आ जाता है : आदाब अर्ज है मास्टर हवेलीराम।

हवेलीराम : आदाब हबीब भाई।

हबीबउल्लाह : और लाजवन्ती बहन आप कैसी हैं?

लाजो : ठीक हूँ आपकी दुआ से।

हबीबउल्लाह राजराजेश्वरी से मुखातिब होता है : और आप...की तारीफ? सूरत तो पहचानी-सी लग रही है।

हवेलीराम : ये राजकुमारी राजराजेश्वरी हैं। मुसीबतजदा औरतों की मदद के लिए काम करती हैं।

राजराजेश्वरी : तो आप लोगों से क्या उम्मीद करूं?

हवेलीराम : हम तो अपनी सेवाएं ही दे सकते हैं। आप जहाँ भी बताएंगी मैं और लाजोजी वहीं काम करने आ जाएंगे।

राजराजेश्वरी : आप क्यों तकलीफ करते हैं इस उम्र में? हमारे पास ढ़ेरों नौजवान वौलेन्टीयर्स हैं। थोड़ा डोनेशन...।

लाजो : हमारी हैसियत के लोग जो दे सकते हैं उससे क्या बनना है बेटी? डोनेशंस तो तुम्हें हबीब भाई दिलवा देने हैं सेठ-साहूकारों से।

हबीबउल्लाह कार्ड निकाल के दे देता है : आप कभी मेरे चैम्बर में तशरीफ लाइए। जो बन सकेगा करवा देंगे।

कार्ड रख लेती है मगर जरा भी उत्साह नहीं दिखाती : थैंक्यू। वैसे माताजी अगर हमें अमीरों से ही डोनेशन लेना होता तो इस तरह दर-दर नहीं भटकतीं। हमारा काम धर्म का काम है। हम उनका पैसा नहीं लेना चाहतीं जिनकी कमाई अधर्म की हो।

हवेलीराम अपनी जेब में देखता है : मेरे पास तो बस थोड़ी से रेजगारी है। आप भीतर से लाओ लाजोजी।

लाजो भीतर कमरे जाती है। पीछे से रोशन नहाकर आ रहा है और गाता हुआ बाल बना रहा है : लारे लप्पा, लारे लप्पा...।

लाजो : इतनी देर लगाता है नहाने में?

रोशन : माताजी शहर में पाप इतना है कि जब तक रगड़-रगड़ के ना नहा लो तब तक आप अपने से घिन आती है। तो सत को किया राजी?

लाजो कागजात आगे बढ़ाती है : हाँ, उसने कर दिया दस्तख्त।

रोशन खुश होता है। कागज को आँखों से लगाता है। चूमता है। लाजो कहती है : बाहर हबीब भाई आए हैं। उन्हें दे दे फटाफट।

रोशन बाहर को लपकता है। लाजो पीछे-पीछे आती है : और सुन, कोई मांगने वाली आई है उसे रुपया दे दे।

रोशन : इस खुशी में तो पौने पंज दे देने हैं।

राजराजेश्वरी और रोशन का आमना-सामना होता है। राजराजेश्वरी सकपकाती है, लेकिन रोशन नहीं : कहिए राजकुमारीजी। आप निकल ही पड़ीं भीख मांगने। मेरा मतलब है चंदा उगहाने।

हवेलीराम : तू इसे जानता है?

रोशन : जी इन्हें कौन जान सका है?

डब्बे में रुपये के चार सिक्के, एक अठन्नी एक चवन्नी डाल देता है : लो जी मेरे माताजी-पिताजी की तरफ से पौने पंज रुपये।

कागजात हबीबउल्लाह की ओर बढ़ाता है : और हबीबउल्लाह साहब ये लीजिए पार्टनर डीड मेरे और मेरे भाई के दस्तखत के साथ।

राजराजेश्वरी का डब्बा लेता है और खनखनाता है : तो मैं कब हाजिर हो जाऊं आपके पास डब्बा लेके?

हबीबउल्लाह : कल सुबह। दफ्तर खुलने पर। मैं बयान नहीं कर सकता कि

इससे लाला वृषभान को कितनी खुशी होगी। जब से मैंने डीड बनाई है बराबर यही कह रहे हैं कि ये काम हो जाएगा तो जय की तबीयत सम्हल जाएगी।

* * *

वृषभान के घर का डायनिंग रूम। सुभद्रा, मंगला, जय नाश्ते की टेबल-कुर्सियों पर हैं। वृषभान व्हील-चेयर पर। सुभद्रा परोस रही है।

वृषभान : जय को थोड़ी दलिया और दो।

परोसती हुए सुभद्रा : अरे ढेर सारा ले।

वृषभान : गुड। इसकी भूख खुलने लगी है।

सुभद्रा : नजर मत लगाओ जी। खूब खा जय, खूब ताकतवर बन।

जे॰बी॰ : बस-बस-बस! इस तरह तो अम्मा तू मुझे मोटे लालाजी बना देगी।

सुभद्रा : कुछियो बन जा। बस बीमार और कमजोर मत बनियो।

वृषभान : अब इसकी तबीयत दिन-ब-दिन सम्हलती ही जाएगी।

सुभद्रा : आपके मुँह में घी-शक्कर। क्यों जी, डाक्टर से आपकी फिर कोई बात हुई क्या?

वृषभान : नहीं, हबीब से। उसने वो काम कर दिया है।

सुभद्रा : मैं तो कहती हूँ जी कि आप उस प्रिंस की माँ को भी कुछ दे-दिया दो। और उससे कहो कि जय को दिया श्राप वापस ले ले।

जे॰बी॰ : क्यों गंवारों जैसी बातें करती हो अम्मा? मुझे किसी का श्राप नहीं लगा है।

मंगला : उन्हें श्राप देना होता, मुझे देतीं। मैंने ही उनसे जाने को कहा। संन्यासिनी होकर उनका यहाँ रहना ठीक नहीं था।

वृषभान : सुभद्रा तुम एक बात समझ लो। वो कभी मेरा या मेरे परिवार का बुरा नहीं चाह सकती। वो तो खुद बीमार चल रही है।

सुभद्रा : आपसे किसने कही?

वृषभान : हबीब ने। मैंने उसे उत्तरकाशी भेजा था।

सुभद्रा : क्यों?

वृषभान : क्योंकि तुम रात-दिन ये श्राप वाली बात कर रही थी। जय की ओर से उससे माफी मंगवाना चाह रही थी।

सुभद्रा : वो क्या बोली हबीब भाई से?

वृषभान : बोली, मेरा अशीर्वाद है। जय सौ साल जिए।

जे॰बी॰ : श्राप तो ये हुआ। इतना लम्बा बुढ़ापा कौन भोगना चाहता है?

जय वृषभान से मुखातिब होता है : पापा, मैं दफ्तर से आपको सिलाई मशीन के प्रोजेक्ट की रिपोर्ट भेज दूंगा। आप दिन में स्टडी कर लेना। डिनर पर डिस्कस कर लेंगे।

सुभद्रा : कमजोरी की इस हालत में तू रोज-रोज दफ्तर जाय क्यों है बेटे ? यहीं मंगवा लिया कर सारे कागजात। तेरे वास्ते आराम करना जरूरी है।

जे॰बी॰ : डॉक्टर कहता है कि तुम्हें कुछ नहीं हुआ है। इमली के पत्ते पर प्रेम से व्यायाम किया करो, और तू कहती है दिन में चौबीस घण्टे आराम किया कर।

सुभद्रा : तेरी डॉक्टर से कब बात हुई?

जे॰बी॰ : तीन दिन पहले।

सुभद्रा : उसने क्या कही?

जे॰बी॰ : उसने कही, जा मौज कर। मस्ती मार।

मंगला : तुम तो कह रहे थे उसने कुछ टैस्ट भी करवाये?

जे॰बी॰ : वो कह रहे थे रूटीन टैस्ट हैं।

सुभद्रा : मरे पता नहीं कब तक टैस्ट किए जाएंगे सुई चुभा-चुभा के।

जे॰बी॰ : जब तक उनका सुई चुभाने का शौक खत्म नहीं हो जाएगा तब तक।

सुभद्रा : मालूम कुछ कर पाते ना है मरे।

जे॰बी॰ : अरे कोई बीमारी नहीं निकलती तो इसमें परेशान होने की क्या बात है अम्मा? तू क्या चाहती है, वो मुझे बीमार बना दे जबरदस्ती?

सुभद्रा : छीः, कैसी बात करता है।

मंगला : तुम्हें कोई बीमारी नहीं है जय मगर कमजोरी तो है। क्यों प्रॉजेक्ट पर प्रॉजेक्ट उठाए चले जा रहे हो? या दफ्तर में होते हो या दफ्तर वालों से फोन पर बात करते रहते हो। काम बेशक करो, मगर इतना ज्यादा क्यों?

जय : इसलिए कि नेहरू जी ने मुल्क को नया नारा दिया है—आराम हराम है।

वृषभान : मगर जय बेटे आल वर्क एण्ड नो प्ले मेक्स जैक अ डल बॉय। थोड़ा रिलैक्स किया करो। तुम खुद कह रहे हो कि डॉक्टर ने मौज-मस्ती करने को कहा।

सुभद्रा : या तो दिनभर इधर-उधर डोलता रहता था, या अब घर और दफ्तर के कामों में ही उलझा रहे है। पाल्टी-वाल्टी सब बंद हो गई इसकी।

जे॰बी॰ : तो इसी बात पर आज शाम हो जाए पार्टी!

वृषभान : किस बात की?

जे॰बी॰ : इस बात की कि मेरी वाइफ भी दफ्तर के नाम से उतना ही चिढ़ने लगी है पापा, जितना कि आपकी वाइफ।

सुभद्रा : आपकी वाइफ? अम्मा ना कह सके?

सभी हँसते हैं। जे॰बी॰ : मेरी अम्मा है, पापा की तो वाइफ है।

वृषभान : क्या खिलाओगे पार्टी में?

मंगला : कुल्फी पार्टी रखो। कुल्फी बहुत पसंद है पापा को।

सुभद्रा : हाँ, वैसे पूरे विलायती हैं लेकिन आइसक्रीम के मामले में कुल्फी ही ज्यादा पसंद करे हैं।

जे॰बी॰ उठता है : ठीक है, आज शाम कुल्फी खाने चलेंगे हम लोग।

सुभद्रा॰ : पापा को बाहर क्यों ले जाए है? यहींयो बुला लइयो कुल्फी वाले को।

जे॰बी॰ जाने लगता है : अच्छा अम्मा तो मैं चलता हूँ दफ्तर को।

मंगला : नए टैस्ट की रिपोर्ट ले आना जय।

जे॰बी॰ : मुझे दिन में फुर्सत मिलेगी नहीं, तुम ले आना।

डॉ॰ माथुर अपनी केबिन में गम्भीर बैठा हुआ है। उसके सामने पैथोलाजिकल रिपोर्ट का कागज है। आहट होने पर निगाह उठाता है और कागज को उठाकर दराज में डाल देता है : अरे आओ मंगला बेटी। मैंने तुम्हारे फोन पर बता तो दिया था सब। फिर यहाँ आने की क्यों तकलीफ की?

मंगला : फोन पर आपकी बात मुझे बहुत अजीब-सी लगी। फिर आपने फोन काट ही दिया।

डॉ॰ माथुर : नहीं तो।

मंगला : मैंने मिलाने की कोशिश की तो एंगेज ही आता गया।

डॉ॰ माथुर : तुम जानो, डॉक्टर का फोन हैगा। काल्स आती रहे हैं।

मंगला : डॉ॰ साहब, आपने ये क्या कहा कि रिपोर्ट के बारे में किसी को कंसल्ट करेंगे?

डॉ॰ माथुर : अरे तो उसमें घबराने की क्या बात है? डॉक्टर एक-दूसरे को कंसल्ट करते ही हैं।

मंगला : मगर आप ये तो बता सकते हैं कि किस बारे में दूसरे डॉक्टर की राय ले रहे हैं? आपको किस चीज का शक है?

डॉ॰ माथुर : अरे शक-वक कुछ नहीं हैं। तुम बेफिकर रहो मंगला।

डॉक्टर बात बदलना चाहता है : और तुम्हारी कविता देखी थी किसी रिसाले में। बड़ी अच्छी थी। 'आशंका' या ऐसा ही कुछ नाम था उसका। मुझ मूरख को बाकी

तो सारी समझ में आ गई बस यही समझ में ना आया कि 'आशंका' के क्या मतलब होते हैं।

मंगला : डर। होप आशा, फियर आशंका।

डॉक्टर बगल की बैल प्रेस करता है : निडर बनो मंगला निडर। और बहादुर।

नर्स झांकती है तो डाक्टर कहता है : मरीजों को भेजना शुरू करो सिस्टर।

मंगला अपने कमरे में फोन पर है : मैं मंगला बोल रही हूँ। जे.बी. साहब से बात कराइए।

मंगला काफी परेशान है और उसकी आँखें छलकी हुई हैं : कहाँ गये? साइट पर? अच्छा, वहाँ से लौटें तो कहना कि घर फोन कर लें।...वहाँ से सीधे घर लौटने वाले हैं?

फोन रखकर मंगला सोच में पड़ जाती है। आँखों में आँसू भर आते हैं। दूसरी तरफ से सुभद्रा बच्ची को गोद में लिए आती है और पूछती है : कब आई डॉक्टर के यहाँ से? मुझे तो पता ही नहीं चली। और ये तू रो क्यों रही है? क्या कही डॉक्टर ने?

मंगला आंसू पोछती है : कुछ बताते ही नहीं। कहते हैं किसी बड़े डाक्टर की सलाह लेंगे।

सुभद्रा : तूने पूछी ना कि किस बारे में सलाह लेंगे?

मंगला : पूछा, मगर टाल गये।

सुभद्रा आँचल से मंगला की आंखें पोंछती है और उसे ढाढ़स बंधाती है : जी छोटा ना किया करे मंगला। घर के डॉक्टर हैं। अरे कोई बात होती तो पहले इन्हें बताते, मुझे बताते।

मंगला : कह तो वो भी रहे थे कि घबराने की बात नहीं है।

सुभद्रा : मैं हबीब भाई से कहती हूँ वो समझ के आएंगे सारी बात। जरा मिला फोन उन्हों को।

डॉ० माथुर की केबिन में हबीबउल्लाह भी मौजूद है। माथुर पूछता है : और सुनाओ भाईजान, आज कैसे तकलीफ की? बल्कि मैं तो डॉक्टर हूँ, मुझे तो पूछना चाहिए तकलीफ कहाँ है?

हबीबउल्लाह : तुम डाक्टर हो, मैं वकील हूँ। खुदा करे हमें एक दूसरे की जरूरत ना पड़े। मेरा आने का सबब तो ये था कि मंगला को तुमने जय की रिपोर्टों के बारे

में कोई माकूल-सा जवाब नहीं दिया। वो, सुभद्रा, वृषभान सभी बहुत परेशान हो रहे हैं।

डॉ॰ माथुर : दरअसल भाईजान मेरी समझ में ही नही आता कि उस बच्ची से क्या कहूँ।

हबीबउल्लाह : क्यों? खैरियत?

डॉ॰ माथुर : आप ही देख लीजिए रिपोर्ट। तुम्हें मेरी लाचारी समझ में आ जाएगी।

हबीबउल्लाह : *(बुदबुदाकर)* या उल्लाह...।

डॉ॰ माथुर : किसी दिन किसी को तो बताना ही होगा। आप ही राय दीजिए क्या करूं?

हबीबउल्लाह : अभी तो ये बात अपने तक ही रखो। आज तो मैं जाके कह दूंगा कि तुमने एक्सपर्ट ओपिनियन ले ली है, घबराने की कोई बात नहीं, मगर एहतियातन एक बार और टैस्ट ले के देखेंगे।

जे॰बी॰ गाता-गुनगुनाता अपने कमरे की दहलीज की ओर बढ़ रहा है : के सैरा-सैरा...।

दूसरी ओर से मंगला दौड़ती हुई आती है और दहलीज पर आकर जय से लिपट जाती है : ओ जय, तुम आ गये। मैंने तुम्हें इतनी बार फोन किया।

जे॰बी॰ : *(गाकर)* मैं साइट पर था गया, तुमने याद था क्यों किया...।

मंगला : मैं डॉक्टर के पास गई थी।

जे॰बी॰ : *(गाकर)* तो डॉक्टर ने क्या कहा?

मंगला : उन्होंने कुछ नहीं बताया।

जे॰बी॰ : *(गाकर)* उसकी बोलती हो गई बंद?

मंगला बहुत विह्वल होकर जे॰बी॰ का चेहरा अपने हाथों में ले लेती है : जय मजाक की बात नहीं है। तुम्हें क्या बताऊं मुझे कितनी घबराहट हुई डॉक्टर साहब से ये सुनकर कि तुम्हारी रिपोर्ट के बारे में वो एक्सपर्ट ओपिनियन लेंगे।

अब जे॰बी॰ भी थोड़ा सीरियस हो जाता है। लेकिन फिर भी गाता है : अच्छा, तो ये कहा?

मंगला : अम्मा ने हबीब भाई को भेजा उनके पास।

जे॰बी॰ : *(गाकर)* उनसे क्या कहा?

मंगला : उनसे कहा कि घबराने की कोई बात नहीं है, लेकिन दुबारा टैस्ट करेंगे।

जे॰बी॰ : जब घबराने की कोई बात नहीं है तो घबरा क्यों रही हो? और कुल्फी वाले को बुलाया?

मंगला : इस परेशानी में किसे होश था? मैं तो भूल ही गई।

मंगला के आंसू पोंछता हुआ जे॰बी॰ : कैसे भूल गई? किसी भी परेशानी को ये हक मत दो कि वो चार दिन की जिन्दगानी की चांदनी में कटौती करे। बात में तुक बहुत है मेरी, बाकी कविता तुम बनाती रहना। चलो बुलाने का इंतजाम करता हूँ।

मंगला : तुम कुल्फी पार्टी जरूर करना जय, मगर इससे पहले मेरे साथ मंदिर चलो।

जे॰बी॰ हाथ जोड़ता है : हाथ जोड़कर यही कहने कि भली करियो भगवान? जरूर चलूंगा। मगर कहा है—*(गाकर)* के सैरा सैरा...। वॉट एवर विल बी विल बी, द फ्यूचर इज नॉट आवर्स टू सी, के सैरा-सैरा...।

मंगला के स्वर में विह्वल उदासी है : *(गाकर)* के सैरा-सैरा-जो होगा होनी, वो किसने देखा, के सैरा-सैरा...।

जे॰बी॰ : वण्डरफुल मैडम। सुबह गुडमार्निंग का ट्रांसलेशन नहीं किया, अब गुड इवनिंग का तो कर दो।

मंगला तर्जनी उठाकर कहती है : पहले मंदिर।

जय भी तर्जनी उठाकर कहता है : फिर पार्टी। फिर...।

मंगला : ट्रांसलेशन।

लॉन के एक कोने में कुल्फी पार्टी हो रही है। व्हील-चेयर पर बैठा वृषभान, गार्डन चेयर्स पर बैठे सुभद्रा और हबीब तथा झूले पर बैठे मंगला और जे॰बी॰ कुल्फी खा रहे हैं।

वृषभान : एक कुल्फी हबीब को और दो।

हबीबउल्लाह : नहीं साहब, अब पेट जवाब दे रहा है।

सुभद्रा : वकील को तो जवाब देना ही पड़े है।

वृषभान : खैर मनाओ हबीब कि मैं सारा मटका अपने पास नहीं रख ले रहा हूँ।

कुल्फी खाते हुए हबीबउल्लाह : पहले वृषभान का ये था कि कोई बढ़िया चीज हो सारी-की-सारी अपने पास रख लेता और फिर दूसरों को तब देता जब वो चिरौरी करते।

सुभद्रा : बचपन में तो हमारे जय की भी यही आदत थी। कहा करे था कि अम्मा ने कही है सब तेरा है। जैसा बाप, वैसा बेटा।

हबीबउल्लाह : हर मामले में। वृषभान, मैं हमेशा कहता आया हूँ इण्डस्ट्री के फील्ड में तुम बेजोड़ हो।

वृषभान : और तुम वकालत के फील्ड में।

हबीबउल्लाह : शुक्रिया। मगर दोस्त अब इण्डस्ट्री के फील्ड में ये जे.बी. तुम्हें बहुत तेजी से पीछे छोड़ता जा रहा है।

सुभद्रा : ये तो हमेशा से होती आई है कि गुरु गुड़ और चेला चीनी।

जे॰बी॰ : मैं अगर कुछ आगे बढ़ा हूँ तो पापा की अंगुली पकड़कर ही।

वृषभान : ये बेकार की मोडेस्टी है। आई एम वैरी प्राउड ऑफ माई सन। मैंने तब काम शुरू किया था जब इस गुलाम देश में नेशनल एन्टरप्राइज का बीज बोया जा रहा था। अब एक आजाद देश में राष्ट्रीय उद्यम के फलने-फूलने के दिन आए हैं। स्काई इज लिमिट फॉर यू।

हबीबउल्लाह : दूसरे प्लॉन में सुना इण्डस्ट्री को खास अहमियत दी जाएगी। भारत एक दिन इण्डस्ट्रियल जायन्ट बनेगा।

वृषभान : काश वो दिन देखने के लिए मैं जिन्दा रहूं। जय तो खैर उसे देखेगा ही।

हबीबउल्लाह : वे...शक।

सुभद्रा : दुबारा टैस्ट कराने के लिए जय को कब जाना होगा हबीब भाई?

जे॰बी॰ : अम्मा मैंने पहले ही कह दी थी कि पार्टी में बीमारी की कोई बात ना होगी।

सुभद्रा : मुझसे गलती हो गई। अब पार्टी में वही होगा जो तू कहेगा। बोल, क्या करें?

जे॰बी॰ : गाना गा अम्मा।

सुभद्रा : सुनो मरे की बात! मैं कोई गाने वाली हूँ?

जे॰बी॰ : गाना तो सभी गा लेते हैं। *(गाकर)* छोटी-मोटी सुइयाँ रे, जाली को मेरे काढ़नो...। सुना न अम्मा।

वृषभान : सुना दो।

जे॰बी॰ : प्लीज अम्मा। और अब पेशे-खिदमत है सुभद्रा की सुरीली आवाज में एक लोकगीत—छोटी-मोटी सुइयाँ रे...।

सुभद्रा : मेरे से ना हो सके।

जे॰बी॰ : अम्मा प्लीज। नो नखरेबाजी।

हबीबउल्लाह : बच्चे का मन रख लो सुभद्रा।

सुभद्रा : छोटी-मोटी सुइयाँ रे, जाली को मेरे काढ़नो। छोटी-मोटी सुइयाँ...।

डॉ॰ माथुर : तो जय, दर्द तो नहीं हुआ ना सुई चुभोने में?

जे॰बी॰ : मैं बच्चा नहीं हूँ डॉक्टर साहब, हालांकि आप ऐसा माने बैठे हैं। तो इस टैस्ट के बाद अपना अंतिम टैस्ट कराने कब आऊं?

डॉ॰ माथुर : नहीं, और टैस्ट कराने की शायद जरूरत नहीं पड़े।

जे॰बी॰ : इतने टैस्ट कराने की भी क्या जरूरत पड़ गई? देखिय डॉ॰ साहब, मुझे एक अरसे से कमजोरी है, हल्का बुखार है। खांसी-बलगम कतई नहीं हैं, जिसे तपेदिक समझा जा सके।

डॉ॰ माथुर लाजवाब हो जाता है : तपेदिक तुम्हें किसने बताया?

जे॰बी॰ : तो फिर ये क्या बीमारी है जिसका नाम आप जबान तक पर लाना नहीं चाहते?

डॉ॰ माथुर : मैं अभी किसी नतीजे पर नहीं पहुँचा।

जे॰बी॰ : मुझे चलाने की कोशिश मत कीजिए। हबीब चाचा के लिए तो किसी नतीजे पर पहुँच चुके हैं। उनके चेहरे पर साफ लिखा हुआ है कि आपने उन्हें कुछ बताया है। मुझे नहीं बताएंगे? मैं मरीज हूँ। ये मर्ज मेरा जातीय मामला है। मुझे नहीं बताएंगे तो किसे बताएंगे? पापा को? जो खुद बीमार हैं। अम्मा को? जो सुनकर रोती ही रहेंगी और अपने साथ-साथ मुझे भी डिप्रेस करेंगी? बर्दाश्त करने की ताकत सिर्फ मुझमें है डॉक्टर साहब। मुझे बताइए।

डॉ॰ माथुर : जय बेटे, जानने की जिद मत करो।

जे॰बी॰ : आप छिपाने की जिद मत कीजिए डॉक्टर साहब। मुझे जो भी बीमारी है मैं उसका बहादुरी से सामना करना चाहता हूँ। जितने दिन भी जीना है, जिन्दादिली के साथ जीना चाहता हूँ। बताइए ना, प्लीज...।

डॉ॰ माथुर कारनर हो चला है। वो अटक-अटक कर अपनी बात कहता है और मुँह फेर लेता है : जय...तुम्हें ल्यूकीम्-इअ है। खून का कैंसर।

सुनकर जे॰बी॰ पहले स्तब्ध रह जाता है। फिर संयत होता है और अंत में मुस्कुराता है : *(बुदबुदाकर)* नहीं। थैंक्स फॉर टेलिंग मी। और किसी को मत बताइएगा। प्रॉमिस?

डॉ॰ माथुर : प्रॉमिस।

* * *

वृषभान : गुड़िया! आफत की पुड़िया! अरी इस तरह दांत क्यों दिखाती है? जब पुकारें तो 'आई जी' कहते हुए दौड़ा कर।

वृषभान का कमरा। वृषभान लेटा है। मंगला कोई फल काट रही है। सुभद्रा उसकी बगल में गुड़िया को लेकर बैठी है। गुड़िया का मुँह वृषभान की ओर है। सुभद्रा

बच्ची को अपने हाथ में पकड़े हुए ही वृषभान के पास आती है : लो जी आ गई।

वृषभान : गुड़िया, आफत की पुड़िया...।

सुभद्रा : और ये गुड़िया का बाप भी आ गया दीखै। जा बुला के ला उसे मंगला।

मंगला दरवाजे पर जाती है और बाहर एक ओर को झांककर बुलाती है : बुला रहे हैं जी।

जे०बी० : कौन बुला रहे हैं जी?

मंगला : अम्मा-पापा।

पहले जे०बी०, फिर मंगला कमरे में प्रवेश करते हैं।

वृषभान : और जय! सिलाई मशीन प्राजेक्ट में कोई प्रॉग्रेस?

जे०बी० : पापा हम सोच रहे हैं कि उसके साथ ही साथ पंखों का भी कारोबार शुरू कर दें।

सुभद्रा : मगर घर आते ही दफ्तर की बातें करने का आइडिया अच्छा नहीं। मंगला इसके वास्ते चाय-नाश्ता मंगवा।

जे०बी० : नहीं मंगला, नाश्ता मैं डॉ० माथुर के साथ करी आया।

सुभद्रा : क्या...कही...उन्होंने?

जे०बी० : कहना क्या था? टैस्ट के लिए खून लिया।

मंगला : रोज-रोज टैस्ट लेने की कोई वजह भी तो बताई होगी?

जे०बी० : मंगला, मैंने उस दिन तुमसे कहा था ना कि ये रूटीन टैस्ट हैं।

मंगला : जय, पहले रूटीन टैस्ट में ऐसा क्या निकला था जो एक्सपर्ट ओपिनियन लेनी पड़ी? कुछ बताया डॉ० माथुर ने।

जे०बी० : असल में जांच में ही कुछ गड़बड़ी हो गई थी। तो एक्सपर्ट ने एक और तरह से टैस्ट लेने को कहा। आज वो टैस्ट हो गया और फटाफट नतीजा भी आ गया।

वृषभान : क्या?

जे०बी० : कुछ नहीं, ब्लड में इनफैक्शन है।

सुभद्रा : ब्लड में क्या है?

जे०बी० : खून साफ ना है अम्मा।

सुभद्रा : खून साफ करने के लिए तो चिरांयता अच्छा बतावें।

जे०बी० : डॉ० साहब भी यही कह रहे थे। चिरांयता, करेला, नीम, जितनी कड़वी चीजें हैं सभी खिला दे मुझे।

वृषभान : उन्होंने अपनी कोई दवाई नहीं दी?

जे०बी० : दी है पापा। बड़ा लम्बा-चौड़ा नुस्खा लिखा है लेकिन वो कह रहे थे कि इस बीमारी का तो जुकाम की तरह है कि दवा करो तो सात दिन में ठीक हो जाए, और ना करो तो हफ्ते भर में।

सुभद्रा : क्या बताई? हफ्ते भर में ठीक हो जाएगी तेरी बीमारी।

जे॰बी॰ : हफ्ते भर में तो जुकाम ठीक होता है। ये बीमारी जुकाम से बड़ी है।

मंगला : ये कमजोरी कब तक चलेगी?

जे॰बी॰ : जब तक चलेगी तब तक चलेगी। और एक दिन हाथ जोड़ के बैठ जाएगी कि अम्मा री अब और ना चला जाए मुझसे।

जे॰बी॰ सुभद्रा के आगे हाथ जोड़कर बैठ जाता है।

सुभद्रा : तू तो हमेशाई मजाक करे है।

जे॰बी॰ : और तुम लोग हमेशाई मुँह लटकाए बैठे रहो हो। एक बार मुस्करा दो।

सुभद्रा : इस तरह की बातें मंगला से किया कर।

जे॰बी॰ : अम्मा मैं सोच रहा हूँ कि बीमारी का पता चलने की खुशी में कल कहीं पिकनिक मनाने चल पड़ें, या यहीं पार्टी दें।

मंगला : जय, तुम किस तरह की बात करते हो?

जे॰बी॰ : अरे जब तक बीमारी का पता नहीं चल रहा था तब परेशान थे। अब पता चल गया है कि खास बात नहीं है तब भी परेशान हैं। चलो कल की पिकनिक में चिरांयता ही पिलाना सबों को।

सुभद्रा : पागल है। इतना बड़ा हो गया, रहा बच्चा का बच्चा ही।

जे॰बी॰ : दावत करना पागलपन की निशानी है?

वृषभान : कोई मौका तो हो।

जे॰बी॰ : पापा मेरी तो ये समझ में नहीं आता कि दावत और त्योहार के खास ही दिन क्यों हैं? हर रोज दीवाली क्यों नहीं हो सकती?

मंगला : तुम चाहते हो हर रोज अमावस हो?

जे॰बी॰ : रात भले ही अंधेरी हो, दीये जोरदार रहें और पटाखे धमाकेदार। मेरा बस चले अम्मा तो मैं साल में तीन सौ पैंसठ दिन त्योहार रखूं।

वृषभान : तीन सौ पैंसठ त्यौहार कौन सोच सकता है?

जे॰बी॰ : उससे कम में ही सौदा कर लूंगा। तो अम्मा, कल कैसा करें? पार्टी या पिकनिक?

सुभद्रा : कल तो कोई सालगिरह भी ना है।

जे॰बी॰ : अम्मा मेरी शादी की सालगिरह तो है।

मंगला : कल कहां। वो तो...।

जे॰बी॰ : जून में है। और ये मई है। हम लोग कैलेण्डर एक महीना आगे खिसका लेते हैं।

सुभद्रा : तुम्हारी शादी की सालगिरह पूरी धूम-धाम से मनाएंगे। मैं मंगला की अम्मा-पापा से भी बात करूंगी।

जे॰बी॰ : और कल का प्रोग्राम?

मंगला : कल तो अम्मा-बाऊजी से मिलने जाना है।

जे॰बी॰ : मिस्टर बरफवाला और मिसेज बरफीवाली से?

सुभद्रा आँखें तरेरती हुई हँसती है। वृषभान भी हँसता है।

मायके में मंगला के जलसाघर में राजरानी के अलावा हरशरणदास बरफवाले, मंगला, गुड़िया और जे॰बी॰ हैं। राजरानी बरफी का प्लेट लेकर आती है : आ गई जी, बरफीवाली!

हरशरण दास : जय ने तो तुम्हारा ये नाम इस मारे रखा दीखै कि तू बरफी ही खिलाये है इसको। कभी रसगुल्ला, चमचम वगैरह भी खिला दिया करो।

राजरानी : क्यों जय, बंगाली मिठाई मंगवाऊं?

जे॰बी॰ : अब तो हाजमे का चूरन मंगवाओ!

राजरानी : ये नये फैशन वाले तो वो पसन्द करे हैं क्या कहें, आइसक्रीम। आईसक्रीम मंगवा दूं?

जे॰बी॰ : आइसक्रीम आप क्यों मंगवाएंगी? ससुरजी मंगवाएंगे।

राजरानी : क्यूं भला?

मंगला : आइसक्रीम क्यों मंगवाएंगे आप? सादा बरफ दे दो चूसने को।

जे॰बी॰ : नहीं, रन्धे से छील के और शरबत छिड़क के।

छिड़के-छिड़काने का जैस्चर करता हुआ उठता है : तो मंगला, अब चलना नहीं है?

मंगला : जमे हुए तुम हो, पूछ मुझसे रहे हो।

राजरानी॰ : अरी बैठा रहने दे अभी थोड़ी देर। बड़ी रौनक हो जाए है इसके आने से।

जे॰बी॰ : आप ऐसा करो जी, मंगला को वहाँ भेजने की एवज में मुझे यहाँ रख लो। जरा मैं हाथ धो लूं।

जे॰बी॰ वाशबेसिन पर हाथ धो रहा है और शीशे में अपने को देखता है। उसके एक कान से खून आ रहा है। वो पोंछता है। खून फिर आता है। अब कान को अंगुली से बंद किए वो वाशबेसिन के ऊपर मेडिसिन चैस्ट में रूई खोजता है। राजरानी पहुँचती है : क्या ढूंढ रहे हो जय?

जे॰बी॰ : रूई! मिल गई।

रूई वह कान में डालता है।

राजरानी : अरे तेरे कान से तो खून निकल रहा है?

जे॰बी॰ : कुछ नहीं। एक फुन्सी थी, नाखून लगने से फूट गई।

मंगला और हरशरणदास आ जाते हैं : क्या हुआ जय?

राजरानी : कान में इसके कोई फुन्सी थी वो फूट गई।

मंगला : फुन्सी? तुमने तो कभी बताया नहीं?

जे॰बी॰ : कल ही हुई और कल हम मैरिज ऐनिवर्सरी का प्लान बनाते रहे। हमारी शादी की सालगिरह की पार्टी पर आप दोनों जरूर आना। बल्कि दिन भर वहीं रहना।

हरशरणदास : मिस्टर बरफवाला और मिसेज बरफीवाली दोनों आएंगे। ये तुम्हें मिठाई की दुकान देगी और मैं बरफ का कारखाना।

राजरानी : दुकानों-कारखानों की जय को क्या कमी है?

जे॰बी॰ : जो देना हो उसी दिन दे देना क्योंकि अगले दिन तो हम कश्मीर जा रहे हैं।

राजरानी : अच्छा?

मंगला : कल रात ये कहने लगे कि शादी के बाद तो हम गये ही नहीं। अब चलें।

जे॰बी॰ : सारी कसर पूरी कर लें।

राजरानी : कसर तुमने कोई ना की बेटे।

हरशरणदास : मंगला तुम्हारा जैसा पति पाके धन्य हुई है और हम तुम्हारा जैसा जंवाई। आज सारी बिरादरी में इस बात की चर्चा है कि तुमने अपनी पुश्तैनी कारोबार को बुलन्दियों पर पहुँचा रखा है।

जे॰बी॰ : कांटों में घसीटा जाने लगा। अब चलो फौरन।

मंगला : क्या हुआ?

जे॰बी॰ लपक के बढ़ता है तभी उसे चक्कर-सा आता है। वो दरवाजे का सहारा लेता है। मंगला पूछती है : क्या हुआ? जे॰बी॰ एक गहरा सांस भरता है : घड़ी-घड़ी ये मत पूछा करो कि क्या हुआ? चलो अब।

ये लोग जाते हैं और राजरानी चिन्तित होकर इनकी ओर देखती है।

वृषभान की स्टडी में फोन बज रहा हैं। सुभद्रा आकर उठाती है : हैलो, हाँ राजरानी बहन? बताओ। ना अभी तो ना पहुँचे। कहींयो को निकल गये होंगे घूमने-फिरने। आजकल तो रोज सैर-सपाटे हो रहे हैं उन्होंने के। हाँ बताओ...अच्छा। अरे! नहीं कमजोरी तो बहुत दिनों की है मगर खून तो ना निकला। ...डाक्टर ने जी बस यही कही है कि खून में थोड़ी खराबी है। ...मैं जरूर कर लूंगी डाक्टर से बात।

सुभद्रा कुछ सोचते हुए फोन रखती है और डॉक्टर का नम्बर घूमाती है : डॉ॰ माथुर बोल रहे हो ना आप? मैं सुभद्रा हूँ जी। जय की अम्मा। मैं ये पूछ रही थी कि जय को हुआ क्या है? अजी मैं तो इसलिए पूछ रही थी कि उसकी कमजोरी जा ना रही है और आज उसके कान में किसी फुन्सी से खूब खून निकला बतावें। अच्छा आपने हबीब भाई को सब बता दिया है? कोई फिकर वाली बात तो ना है? अच्छा। अच्छा जी।

जे॰बी॰ अपने ऑफिस में चलते-फिरते हुए स्टेनेग्राफर को डिक्टेशन दे रहा है : बियरिंग यौर एप्रिहेशंस इन माइंड वी हैव डिसाइडेड टू...

स्टेनोग्राफर : रिएग्जामिन?

जे॰बी॰ की नाक से खून निकलता है। वो स्टेनोग्राफर की ओर पीठ दे देता है और रूमाल से खून रोकता है : नहीं, इसे अभी रहने दो। एण्ड गैट मी डॉ॰ माथुर ऑन द लाइन।

स्टेनोग्राफर उठकर जाती है। बजर बजता है। जे॰बी॰ उठाता है : जे॰बी॰। ठीक है, बात कराओ। ...हाँ डॉक्टर साहब। ऐसा था जी कि इधर मेरे नाक-कान से दो-एक बार खून आया। ...अच्छा, अम्मा ने फोन किया आपको? आपने कुछ बताया तो नहीं? ...थैंक गॉड। खून का निकलना क्या जताता है? एडवांज्ड स्टेज? ...ठीक है।

फोन रखता हुआ जैसे खुद को बताता है : तो ये है अंत की शुरूआत।

मंगला आइने में देखकर अपनी मांग भर रही है। जे॰बी॰ का अक्स उभरता है। उसका चेहरा उतरा हुआ है लेकिन गुनगुनाता हुआ वो खुश नजर आने की कोशिश कर रहा है : जमाना खराब है, दगा नहीं देना...।

जे॰बी॰ गाता हुआ मंगला की कमर में हाथ डालता है : भूला नहीं देना जी, भूला नहीं देना...।

मंगला : आज जल्दी कैसे आ गये?

जे॰बी॰ : तुम्हारे साथ डुएट गाने—भूला नहीं देना जी, भूला नहीं देना...।

मंगला : तुम्हें आजकल हो क्या गया है जय?

जे॰बी॰ : जिन्दगी से प्यार। और तुम मेरी जिन्दगी हो।

मंगला : मैं कल बाऊजी से कह रही थी कि मैंने तुम्हें पहले कभी इतना हंसते-गाते नहीं देखा।

जे॰बी॰ : आज ये कह रही हो पहले हंसते-गाते नहीं देखा। कल मैं तुम्हारी कविता 'आशंका' सुनकर मूव हो गया तो बोली कि जय, पहले तो तुम्हारी आँखों में आंसू नहीं देखे कभी?

मंगला : तो क्या गलत कहा? तुम पहले इतने सैन्टीमेन्टल नहीं थे जय।

जे॰बी॰ : पहले तुम्हें शिकायत होती थी कि सैन्टीमेन्टल नहीं हूँ। बेदर्दी बलमा ब्रिगेड का बताती थीं मुझे तुम। फिर उसी में शामिल हो जाऊं?

पीने-लड़खड़ाने की एक्टिंग करता है।

मंगला : ना बाबा ना, ऐसे ही रहो।

सहसा मंगला नोटिस करती है कि जे॰बी॰ के नथुने में खून का खांटा है : ये तुम्हारे खून निकला था क्या?

जे॰बी॰ : अरे नहीं, दफ्तर के बाथरूम में फिसल गया। नाक में थोड़ी चोट आ गई।

मंगला : तुम दफ्तर जाते ही क्यों हो?

जे॰बी॰ : तुम इसी तरह न जाने की जिद करती रही तो मैं यहीं पड़ा रहूँगा। इस खटिया पर।

मंगला : खटिया पकड़ें तुम्हारे दुश्मन।

जे॰बी॰ : खटिया पकड़ें दुश्मन और हम करें सैर-सपाटा। मैं तुम्हें महरौली ले जाने आया हूँ।

मंगला : महरौली का प्रोग्राम तो कल का था?

जे॰बी॰ : मैंने सोचा कल करे सो आज कर, आज करे सो अब...।

मंगला : मेरे को तो पल्ली तरफ वाली के साथ कश्मीरी गेट जाना है। उन्हें मना कर आऊं?

जे॰बी॰ : पल्ली तरफ वालों से कहो मैं जय के पल्ले बंधी हूँ, आपके नहीं।

पालने में सोई हुई गुड़िया रोने लगती है। मंगला जाती-जाती ठिठकती है : लो अब ये गुड़िया महारानी जग गईं।

जे॰बी॰ : इन्हें मैं सम्हाल लूंगा। तुम जाओ।

जे॰बी॰ गुड़िया को कन्धे से चिपकाये, हिलते-डुलाते थपथपाते चहलकदमी करता गा-गुनगुना रहा है : धीरे से आ जा अंखियन में, ओ निदिंया आ जा री आ जा, धीरे से...।

सुभद्रा कमरे में झांकती है। सुभद्रा की ओर जे॰बी॰ की पीठ है। वो आती है। सिर झटककर गुड़िया को पुकारती और पकड़ती है : गुड़िया सो थोड़ी रही है बदमाश। लोरी सुन रही है मरी-मजे से।

जे॰बी॰ की गाल पर बहते आंसू नोटिस करती है : जय, तू रो रहा है? क्या बात हुई बेटे?

जे॰बी॰ : कुछ ना अम्मा।

सुभद्रा : फिर क्यों रो रहा है? बता, तेरे को मेरे सर की कसम।

जे॰बी॰ : अम्मा, गुड़िया को नचाते-नचाते मैं ये सोचने लगा कि माँ-बाप कितने लाड़ से, कितने जतन से बच्चे को पालते हैं और बच्चा...।

सुभद्रा : बच्चे भी तो प्यार और इज़्ज़त देते हैं माँ-बाप को।

जे॰बी॰ : मैंने जैसे बच्चे तो सताते हैं अम्मा।

सुभद्रा : ना बेटे, तूने कुछ ना सताया हमारे को। बल्कि अब तो बिरादरी में सगरे ही ये कह रहे हैं कि पूत हो तो जय का जैसा।

जे॰बी॰ : तेरे जय का कुछ भरोसा ना है अम्मा। कभी फिर धोखा कर जाए।

उदास-परेशान चेहरे पर सुभद्रा दमकती मुस्कान पोत लेती है और जे॰बी॰ के कान खींचती है : अजी हाँ! मैं कान ना खींच लूंगी मरे के!

हबीबउल्लाह अपनी केबिन में बैठा एक कानूनी किताब उलट-पलट रहा है। सुभद्रा आती है। हबीबउल्लाह किताब से निगाह उठाता है और खड़ा हो जाता है : अरे आपने यहाँ आने की जहमत क्यों की? मुझे जो भी मालूमात थी मैंने फोन पर बता तो दी थी।

सुभद्रा : डॉक्टर कहे है हबीब भाई से पूछ लो। हबीब भाई कहते हैं कि मैं कोई डॉक्टर थोड़ी हूँ? मगर आज तो मैं मालूम करके ही जाऊंगी।

हबीबउल्लाह : बैठिए ना।

सुभद्रा बैठती है : आप ये मत भूलो कि मैं जय की अम्मा हूँ। बच्चे को कुछ होता हो तो कोई बताये न बताये माँ को पता चल जाता है। इतने दिन हो गये, न जय का बुखार उतरा और न कमजोरी खत्म हुई। अभी उस दिन ससुराल में कान से खून निकला, आज दफ्तर में नाक से। आखिर उसे हुआ क्या है हबीब भाई?

हबीबउल्लाह : अब मैं क्या कहूँ? जे॰बी॰ तो खुद डाक्टर से पूछ आया था।

सुभद्रा : डॉक्टर ने तो उससे ये कही थी कि खून में कोई खराबी है। खून सफा हो जाएगा तो ठीक हो जाएगी।

हबीबउल्लाह : तो फिर यकीन कीजिए इस बात पर।

सुभद्रा : यकीन ही करना चाहती हूँ, पर दिन-पर-दिन बच्चे की हालत बिगड़ती ही जा रही है।

हबीबउल्लाह : अल्लाह पर भरोसा करो।

अपने आंसू पोंछती हुयी सुभद्रा चुनौती भरे स्वर में कहती है : तुम्हें उसी अल्लाह

की कसम हबीब भाई जो अब और ज्यादा मुझसे छिपाया। बताओ मेरे बच्चे को क्या हुआ है?

हबीबउल्लाह अपनी जगह से उठ के सुभद्रा के पास आता है : मैंने सोचा था अभी कुछ समय तक ना बताऊं। पर बताना तो पड़ता ही। और तुम्हें ही बताता मैं, वृषभान को नहीं। जे॰बी॰ को...खून का कैंसर है।...फिलहाल एक... लाइलाज मर्ज।

सुभद्रा : उसे भी बता दिया दीखै?

हबीबउल्लाह : नहीं, उसे नहीं बताया।

अपने भीतर के तूफान से लड़ती, होंठ काटती सुभद्रा उठती है : ठीक है जी, मैं चलती हूँ।

हबीबउल्लाह अपनी जेब से रुमाल निकाल के बढ़ाता है : थोड़ी देर यहीं बैठिए। घर जाकर रोइएगा तो बच्चों की खुशियों पर उदासी का साया पड़ जाएगा।

सुभद्रा बैठ जाती है और रुमाल में मुँह छिपाकर जोर से रोती है। तब तक हबीबउल्लाह केबिन का दरवाजा बंद करके बाहर चला जाता है।

जे॰बी॰ की मैरिज ऐनिवर्सरी पार्टी लॉन में हो रही है। पार्टी में जे॰बी॰ और मंगला आस-पास खड़े हैं और हंस रहे हैं। जे॰बी॰ पार्टी में शामिल हुओं को सम्बोधित करता है : तो भाइयो और बहनो! ये मेरी पत्नीजी, पापा-अम्मा की बहूजी, बरफवाले जी और बरफीवाली जी की बेटीजी और गुड़िया की माताजी मंगला जी, कबूतरी यानी पोएटैस हैं। तो आज के प्रोग्राम में अब ये अपनी गुटरगूं, यानी कविता, सुनाएंगी।

मंगला : गुटरगूं-गुटरगूं।

राजरानी : अच्छी तरह सुना दे ना।

मंगला : अम्मा तुम सुनाओ वो गुजराती गाना जो साबरमती के आश्रम से सीख के आई।

राजरानी : चल मरी। लड़की की ससुराल में गा सकूं मैं भला?

वृषभान : तो लड़के की ससुराल में चलें हम आपका गाना सुनने?

सभी हँसते हैं। हबीबउल्लाह : आप नहीं गा सकतीं तो मंगला तो गा सकती है? सुनाओ वो क्या है गुजराती गीत।

सुभद्रा : सुना दे।

हरशरण : सुना दे बेटी।

मंगला गुजराती किसी रोमांटिक लोकगीत की कुछ ही पंक्ति गाती है और हंसते हुए छोड़ देती है : मुझसे अकेले नहीं गाया जाता।

हबीबउल्लाह : जे.बी. के साथ मिल के गाओ। वही डुवेट, जो उस दिन पिकनिक में सुनाया था।

जे.बी. : नहीं, उसे पहले आपसे सुनेंगे। उस दिन पिकनिक में भी आप बचे रहे।

वृषभान : सुनाओ हबीब। मियां तुम तो बड़े शोरो-शायरी वाले हुआ करते थे।

हबीबउल्लाह : यूं तो साहब किसी जमाने में खलील खां फाख्ता भी उड़ाते थे।

हरशरणदास : अब आप खुद ही थोड़ा पर-वर मार लीजिए।

हबीबउल्लाह : *गम गरचे जांगुसिल है, पे कहाँ बचे कि दिल है। गमे-इश्क गर न होता, गमे-रोजगार होता।* तो गमे-रोजगार में इस कदर मुब्तिला हो गया हूँ लाला वृषभान की मेहरबानी से कि शेरो-शायरी से कोई नाता ही नहीं रहा।

सुभद्रा : जय-मंगला तुम्हारी शादी की सालगिरह है। तुम्हें कुछ करना चाहिए नाच-गाना।

जे.बी. : ओ.के. डुएट—*तू मेरा चांद, मैं तेरी चांदनी...।*

मंगला : ओ.नो.।

जे.बी. : ओ. यस।

मंगला और जे.बी. 'तू मेरा चांद, मैं तेरी चांदनी' की ज्यों-की-त्यों नकल उतारते हैं और बहुत कॉमिकल इफैक्ट पैदा होता है : तू मेरा चांद, मैं तेरी चांदनी...। नहीं दिल का लगाना कोई दिल्लगी...कोई दिल्लगी...।

वृषभान की कोठी के पोर्टिको में 'जस्ट मैरिड' की पर्ची के साथ सजी-सजायी एक गाड़ी में सवार होते जे.बी. तथा मंगला वृषभान एवं सुभद्रा से विदा ले रहे है। मंगला दोनों के पाँव छूती है। सुभद्रा मंगला से कहती है : जय का पूरा ध्यान रखियो।

जे.बी. : अब मुझसे कह दे कि मंगला का पूरा ध्यान रखियो। अम्मा, हमारा ध्यान पूरी तरह एक-दूसरे पर ही रहना है। तू बेफिकर रह।

वृषभान-सुभद्रा समेत विदा देने को खड़े लोग हँसते-मुस्कुराते है। जे.बी. तथा मंगला गाड़ी में बैठते हैं और गाड़ी स्टार्ट होती है। वो अन्दर से झांकते हाथ हिलाते हैं। वृषभान के मुँह से निकलता है : कितनी प्यारी जोड़ी है दोनों की। सदा हंसी-खुशी रहें। सदा बनी रहे ये जोड़ी।

सुनकर सुभद्रा की आँखों में आंसू आ जाते हैं और मुँह में आंचल ठूंसकर वह कमरे में चली जाती है। वृषभान देखता रह जाता है।

* * *

हवेलीराम के क्वार्टर की जाफरी के एक कोने में रजिस्टर-बाउचर फैलाये सतबीर हिसाब-किताब कर रहा है और शीशा टांगे रोशन अपनी दाढ़ी बनाता गा रहा है : पल भर जो उधर मुँह फेरे, वो चन्दा आ-आ-आ। मैंने इधर भी हजामत बना लेनी।

काका आता है : तायाजी हजामत बनानी।

रोशन : बेशक बना नानी के चरखे। हजामत बनाना सीखकर ही तरक्की करनी है तूने, बच्चा जमूरे।

काका : नानी के चरखे।

सतबीर : माताजी इस रोशन ने तो काके को अपनी तरह बोलना सिखा देना है।

रोशन : जो इसने मेरी तरह बोलना सीख लेना है तो दुनिया की बोलती बंद कर देनी है।

सतबीर : बोलती तो दुनिया ने तेरी बंद कर छोड़ी है। माताजी, लाला धर्मचंद और निवेदिता जी ने हर कहीं रास्ता बंद कर छोड़ा है।

रोशन : फिर भी निकाल ही रहे हैं रास्ता। बना ही रहे हैं नामा।

सतबीर : वही मेरी समझ में नहीं आता। जरूर कोई हेरा-फेरी कर रहा होना है।

रोशन : काके अपने पापा को बता दे कि मैं मुकद्दर का क्या हूँ?

काका : सिकन्दर।

रोशन : करैक्ट टू दि थर्ड डैसिमल पाइन्ट। और सत देख, मेरे कोट की जेब में एक चैक पड़ा है इसे डैपोजिट करता आ।

लाजो : रोशन तू आप तो कहीं जाता नहीं, हर काम के लिए इसे ही दौड़ाता है।

रोशन : वो इस करके माताजी कि सत की लातें मेरी लातों से ज्यादा लम्बी हैं। ये तेज दौड़ता है।

लाजो : नहीं, ये कोई ठीक बात नहीं ना हैं। आधा बिजनेस तेरा है तो आधा काम तेरे को करना चाहिए।

रोशन : माताजी, काम बराबर-बराबर बांट छोड़ा है। दौड़ने का सत का, बैठ के सोचने का रोशन का। *(सतबीर से)* ओए, तू खड़ा सोच क्या रहा है?

सतबीर : तुम्हारे कोट की जेब में पड़ा ये चैक बन्दूक वालों का है और बन्दूक वाले उन्हीं नियाज अहमद के भांजे हैं।

रोशन : हरेक का हरेक से किसी-न-किसी तरह कोई-न-कोई रिश्ता होता है। रब ने ये दुनिया बनाई ही कुछ ऐसे आइडिये से है। खैर, इन ऊंची फिलासफियां पर बातां बाद में कर लेने हैं। तू अभी तो चैक जमा करा के आ।

लाजो की नजर रजिस्टर समेटते सतबीर पर जाती है : ये बैंक जायेगा तो अकाउण्ट किसने बनाने हैं?

रोशन : अकाउण्ट आ के बना लेगा। इसमें जल्दी क्या है?

लाजो : और तेरे को क्या करना है?

रोशन : माताजी मेरे को जाना है क्लब। एक मोटी मुर्गी से बातें करनी हैं।

सतबीर : माताजी बाहर का कोई काम हो तो बता दो।

लाजो : सामान की फेहरिस्त तो मास्टरजी ले गये हैं। पता नहीं आज उन्हें देर कैसे हो रही है लौटने में।

रोशन : लभाये ने घेर लिया होना है। कल मेरे से भी बड़ी चिकनी-चुपड़ी बातें कर रहा था क्लब में।

सतबीर : पिताजी के दोस्त लाला धर्मचन्द की पोती से शादी हो रही है ना इस करके वो हमसे सुलह करना चाहता है।

रोशन : लाला धर्मचंद तो आप हमारे दुश्मन हैं। लभाया तो इस मारे ये सब कर रहा है कि रानो पिताजी का बहुत मान करती है।

लाला धर्मचंद की बैठक में रानो, हवेलीराम, धर्मचंद और लभाया मौजूद हैं। लभाया हवेलीराम के पांव पकड़े बैठा है।

रानो : हवेलीराम जी, अगर ये सच है कि आपके भतीजे ने आपके साथ धोखा किया तो मैं ये शादी हरगिज नहीं करूंगी।

हवेलीराम : ये तुम क्या कह रही हो बेटी?

रानो : तो फिर आप इस शादी में शरीक क्यों नहीं होना चाहते?

धर्मचंद : तेरे से किसने कह दिया कि शरीक नहीं होने? इन्हें तो दोतरफा शिरकत करनी है। लभाये के चाचे हैं और रानो के दादा के दोस्त।

रानो : मगर रोशनलाल जी तो कह रहे थे...।

धर्मचंद बात काट देता है : वो तो जलता है लभाये से। माफ करना हवेली, तेरे रोशन में तो तेरी वाली कोई बात ही नहीं है।

रानो : वो अपने संग खानदान के पुराने मुंशी जी को भी लाए थे। उन्होंने भी यही कहा, कागजात दिखाए।

लभायाराम : चाचाजी आप ही इन्हें बताओ। मुंशीजी ने भूषण प्राजी से मेरा जो समझौता कराया था वो आपको नामंजूर हुआ था?

हवेलीराम : ये ठीक कह रहा है। इसने हमारा कुछ भी नहीं छीना है।

लभायाराम : मैं तो अब भी यही कहता हूँ कि रोशन मेरे साथ काम करे और अपने हिस्से का मुनाफा ले।

हवेलीराम : इसकी भी कोई जरूरत नहीं है। उसका अपना अलग बिजनेस है।

धर्मचंद : लभाये-रोशन में तो सारा हिसाब मैंने आप साफ करा देना है हवेली। लेकिन इन बच्चों के झगड़े के मारे तेरा आशीर्वाद रानो को नहीं मिला तो ये बहुत नाइन्साफी बाली बात है। तू मेरा पुराना साथी है। मैं और तू एक पार्टी में काम करते रहे हैं। मैं अपनी पोती तेरे भतीजे से ब्याह रहा हूँ। और इस मौके पर तू न बरातियों में दिखाई देगा, न घरातियों में, ऐसा किस तरह हो सकता है?

लभाया हवेली के पांव में सिर रख देता है : चाचाजी, मैंने अपने जानते कोई गलती नहीं की है। फिर भी कोई चूक मेरे से हुई हो तो माफ करो।

हवेलीराम : ठीक है धर्मचंद, मैं शादी में शामिल हो जाऊंगा।

लाजो की नजर लभाया तथा रानी की शादी के कार्ड पर है। हवेलीराम एक कोने में बैठा गीता पढ़ रहा है। रोशन और सतबीर काके के साथ सांप-सीढ़ी खेल रहे हैं।

लाजो : मास्टरजी ये किस तरह का मजाक है?

हवेलीराम : *(गीता पढ़ते हुए)* जो पुरुष न किसी से द्वेष करता है और न किसी चीज की आकांक्षा करता है वही संन्यासी है। वही हर द्वन्द्व से छूटा हुआ है। वही बन्धनों से मुक्त है।

काका : एक, दो, तीन, चार, पंज। ताये की गुट्टी सांप के मुँह में।

रोशन : ये सांपनाथ बड़ा कबाड़ा कर रहा है मेरा। धन्धे में भी, खेल में भी।

लाजो शादीवाला कार्ड रोशन के हाथ में देती है : और फिर भी हमें बुजुर्ग मानने का स्वांग कर रहा है। ले पढ़।

रोशन : *(पढ़ते हुए)* मिसेज लाजवन्ती खन्ना एंड मिस्टर एच॰आर॰ खन्ना कारडियली इनवाइट यू टु ग्रेस द आस्पीशियस आकेसन ऑफ द वैडिंग ऑफ देयर नेफ्यू लभाया...। सांपनाथ, बताओ। एक तो जबरदस्ती नाम लिख दिया पिताजी का और बना के एच॰आर॰ खन्ना।

गीता पाठ पूरा करके हवेली पुस्तक को आँखों से लगा कर अलग रखता है : ये कार्ड आपने देखा मास्टरजी?

हवेलीराम : ये मैं ही लाया लाजो जी।

लाजो : लभाये ने अपनी शादी का न्यौता हमारी ओर से दिया है?

हवेलीराम : शादी के न्योते तो बुजुर्गों की ओर से ही भेजे जाते हैं।

लाजो : जब वो हमें अपना बुजुर्ग मानता ही नहीं तब कार्ड में हमारा नाम किस तरह दे दिया?

हवेलीराम : उसने वो मुझसे पूछकर किया।

लाजो : आपने इजाजत दी कैसे?

हवेलीराम : क्योंकि वो मेरे पांव पड़ गया और लाला धर्मचंद ने भी बहुत इसरार किया। और लाजो जी कम-से-कम खुशी और गमी के मौकों पर तो टब्बर के लोगों को इकट्ठा ही रहना चाहिए।

लाजो : मैं तो रोज ही इकट्ठा रहने को तैयार हूँ लेकिन जो धक्के दे के निकाल देते हों, दगाबाजी करते हों, उन्हें मैं सगे वाला मानने से इंकार करती हूँ।

हवेलीराम : खून के रिश्ते से इंकार नहीं किया जा सकता लाजोजी।

लाजो : कार्ड में लभाये ने कुछ भी छपाया हो मास्टर जी, मगर हमने इस शादी में शामिल नहीं होना है।

हवेलीराम : मैं वचन दे चुका हूँ लाजोजी। और कोई शरीक हो या ना हो, मैं जरूर होऊंगा।

कुलभूषण क्वार्टर के सामने वाले पेड़ के नीचे सुलोचना के साथ। लभायाराम कुर्सी पर बैठा है। सुलोचना के हाथ में कार्ड तथा लिफाफा है। लभाया बता रहा है : शादी में चाचाजी जरूर आएंगे। उन्होंने वादा किया है।

सुलोचना : मेरे को तो इन लोगों की बातें ही समझ में नहीं आतीं। अभी कल ही रोशन यहाँ तुम्हें गन्दी-गन्दी गालियां निकाल के गया है। वो तो कह रहा था कि कोई भी शादी में शरीक नहीं होगा।

लभाया : चाचाजी आप धर्मचंद जी के पास आये। और फिर पॉलिटिक्स में कूद पड़े हैं ना। अगले सन् सत्तावन के होने वाले चुनाव में टिकट लेने की नीयत है।

सुलोचना : मैंने भी सुना।

लभायाराम : बोले, मेरा तो लभाये से कोई झगड़ा ही नहीं है। बच्चों का है। तो धर्मचंद जी बोले, बच्चे जो भी चाहते होने हैं लभाये की ओर से मैंने कर देना है।

सुलोचना : तब तो मैं भूषण से धर्मचंद जी के साथ बात करने को कहूँगी।

लभायाराम : वैसे भरजाई जी, चाचाजी हौरी भूषण प्राजी वास्ते नहीं कह रहे थे। वो तो रोशन की ओर से शिकायत कर रहे थे।

सुलोचना : मैं जानती हूँ, भूषण को तो वो लोग कुछ लगाते ही नहीं। कुछ लगाते होते तो अव्वल तो लाला गेंदामल भूषण वास्ते जो कुछ छोड़ गये थे उसकी देखरेख आप करते और जब उसकी मुख्तारी तेरे बाऊजी के नाम लिख दी थी तो फिर उनके साथ झगड़ा नही करते। तेरे को तो पता ही है मेरे डैडीजी और तेरे बाऊजी दोस्त थे। उन्होंने तो तेरे बाऊजी को भूषण का हिस्सा देने वास्ते राजी करा ही लिया था। तेरे बाऊजी की सिर्फ शर्त थी कि भूषण के पिताजी उनसे माफी मांगें।

लभायाराम : मेरे को सब पता है भरजाईजी। मैंने तो पहले ही दिन आकर समझौता कर लिया था। ये रोशन हौरी ने मेरा दिमाग उल्टा कर दिया।

सुलोचना : हमारे से झगड़ा करा दिया और अपने साथ ले गए।

लभायाराम : मेरे से ही पैसा लूट-खसोट के अपना अलग बिजनेस कर रहे हैं और मेरे को ही गालियां निकाल रहे हैं। भरजाईजी, मैंने लाला धर्मचंद जी से कह दिया है कि इनको और कुछ नहीं देना। हिस्सा भूषण प्राजी का था। जो हमने देना है उन्हीं को देना है।

सुलोचना : हमें कोई कुछ नहीं देता।

लभायाराम अपनी जेब से नोटों का एक लिफाफा निकाल के बढ़ाता है : फिलहाल तो आप ये रखो भरजाईजी, और आकर आशीर्वाद दो। यकीन मानो मैंने भूषण प्राजी के हिस्से का मुनाफा बराबर आपको देते रहना है। सगे वाले एक-दूसरे के काम नहीं आने हैं तो कौन आने हैं?

सुलोचना : अब तूने की लाला रलियाराम वाले पुत्तर की बात। काफी पीनी?

लभायारा : नहीं, आप आपको पिलानी है क्लब जाके।

धर्मचंद के लॉन में शादी का रिसैप्शन। एक ऊंचे तख्त पर दो सिंहासननुमां कुर्सियों पर दुल्हा-दुल्हन की पोशाक में लभाया और रानो बैठे हैं। धर्मचंद, हवेलीराम, लाजो उनके पीछे खड़े हैं। फोटो खींची जा रही है। लाउडस्पीकर पर गाना बज रहा है : ...ये जिन्दगी उसी की है, जो किसी का हो गया...

हवेलीराम : धर्मचंद तू कब से सिनेमा के गानों का शौकीन हो चला है?

धर्मचंद : अरे भई, बंद कराओ। ये किसने लगा दिया? हमारे समधी जी की पसंद की कोई शहनाई-वहनाई लगाओ।

थोड़ी देर बाद गाना बजना रुकता है और शहनाई बजने लगती है। तभी सुभद्रा ओर हबीबउल्लाह पहुँचते हैं। उनके हाथ में प्रेजेन्ट्स हैं।

भूषण तथा सुलोचना आते हैं। भूषण थोड़ा अनमना-सा है। सुलोचना शादी की बधाई देती है : बधाइयां होवें लाला धर्मचंद जी।

धर्मचंद : तेरे को भी होवें लोचन पुत्तर। अरे वाह, आज तो भूषण को भी ले आई। उस दिन बारात में नहीं आया, मेरे को बहुत बुरा लगा।

कुलभूषण : कल मेरी तबीयत ठीक नहीं ना थी।

धर्मचंद : तबीयत को ठीक रख। और मन में लभाये से गुस्सा निकाल। ओए

लभाये, माफी मांग। मेरे को खबर नहीं है कि तूने अपने प्राजी से क्या गुस्ताखी की है। चल फटाफट मांग माफी।

लभाया कुर्सी छोड़ कर दौड़कर आता है और भूषण के पांव पकड़ने लगता है। भूषण उसको गले लगा लेता है। सुलोचना : घर में लभाये का किसी से मेल है तो बस हमीं से।

कन्नी आती है और लाला धर्मचंद को बताती है : जी, लाला वृषभान के घर से आये हैं हम।

पीछे से सुभद्रा और हबीबउल्लाह पहुँचते हैं। धर्मचंद खुश होता है : आज तो लालाजी को ले आई होती जी।

सुभद्रा : असल में इस समय रोजाना जय फोन करता है नैनीताल से।

कन्नी : कैसे हैं जे.बी. साहब?

सुभद्रा : बता तो यही रहे हैं कि नैनीताल में तबीयत सम्हल भी गई है। मगर माँ का मन है, फिकर तो रहे ही है।

कन्नी : माँ को तो फिकर होनी ही हुई।

हबीबउल्लाह : मैं एक मिनट के लिए इजाजत चाहता हूँ।

लोचन और भूषण पास-पास खड़े हैं। कुलभूषण : मेरा तो दम घुट रहा है यहाँ। लाला धर्मचंद ढोंगी, उनका जवांई ढोंगी।

लोचन : और तुम्हारे तमाम घरवाले ढोंगी। कहते फिरते हैं कि सतबीर वास्ते लाला वृषभान हौरी से एक पैसा नहीं लिया। देखो, तुम्हारी माताजी सुभद्रा से और तुम्हारा भाई हबीबउल्लाह से बातें कर रहे हैं।

एक तरफ सुभद्रा, लाजो, हवेलीराम खड़े हैं। दूसरी तरफ हबीबउल्लाह और रोशन खड़े हैं।

रोशन : रिटर्न्स ना होने की वजह से बड़ी दिक्कत हो गई।

हबीबउल्लाह : उसकी कोई बात नहीं है। लेकिन देवीप्रसाद के यहाँ तुम्हीं जाना, क्योंकि उन्हें प्रिंस बहुत अच्छी तरह पहचानता है।

रोशन : कुछ पैसे और...।

हबीबउल्लाह हाथ के इशारे से बात खत्म करता है और आगे बढ़ता है : जरूर आना भाई सलाह लेने। हम तो तुम्हारे वालिद के दोस्त हैं।

सामने से सतबीर काका की अंगुली पकड़े आ रहा है। हबीबउल्लाह पूछता है : और सुनाओ प्रिंस, क्या हाल हैं तुम्हारे?

सतबीर : सब आपकी दुआ है।

हबीबउल्लाह बच्चे को लाड़ लड़ाता है : और साहबजादे, आपके क्या हाल हैं?

काके : साहबजादे कहते हैं।

हबीबउल्लाह : साहब के बेटे हो, इसलिए कहते हैं।

काके : पापा का बेटा हूँ।

हबीबउल्लाह बच्चे को गोद में लेता है : पापा ही तो साहब है प्रिंस।

काका : कुछ खाना।

हबीबउल्लाह : बहुत कुछ खाओ बर्खुरदार। तुम तो बाराती हो।

हबीबउल्लाह चला जाता है और सतबीर रोशन से भिड़ता है : रोशन, बात सुन। ये हबीबउल्लाह साहब से तेरे को इतना क्या काम पड़ने लग गया है?

रोशन : मेरे शकी बिरादर, ये हबीबउल्लाह साहब लाला वृषभान का दोस्त और वकील जरूर है मगर मैं इसे अपने पिताजी के दोस्त के तौर पे जानता हूँ। अच्छा, अब तेरी इजाजत हो तो मैं जरा प्रिंसेस राजराजेश्वरी से मिल लूं?

सतबीर : तू बेशक उससे मिलने जा, मगर पहले मेरे से इतना सुन ले साफ़-साफ़ कि मैंने तो तेरे साथ कोई धन्धा करना ही नहीं था लेकिन माताजी ने काके का वास्ता दिया तो मैं राजी हुआ।

रोशन : मेरे को पता है बिरादर। तू तो काके के वास्ते करता है बाकी तेरी तो जैसे अपनी कोई जरूरत ही नहीं है।

सतबीर : हाँ, मेरी जरूरतें बहुत थोड़ी हैं। मैं तेरी तरह महलों में रहने के ख्वाब नहीं देखता।

रोशन : तेरे को तो जरूरत ही नहीं है ख्वाब देखने की। तू तो चाहे कल से रह सकता है और चाहे तो हमें भी साथ रख सकता है।

सतबीर : मेरे को वहाँ से कुछ नहीं लेना, सुना? और तेरी मार्फत भी।

काका गुलाबजामुनों के डोंगे पर क़ब्जा किए हुए है। वह मेज पर बैठा हुआ है। डोंगे के दोनों ओर उसने अपने हाथों से दीवार बना रखी है। हबीबउल्लाह उसके पास खड़ा हुआ है। लाजो भी खड़ी है। काका हबीबउल्लाह से शर्तें रख रहा है : जरूर दोगे न। खट्टी-मिट्ठी गोली?

हबीबउल्लाह : हाँ साहबजादे।

काका : पहले गोली, फिर गुलाबजामुन।

लाजो : काके इस तरह नहीं करते हैं। दे एक गुलाब जामुन। बल्कि तू एक ले और डोंगा छोड़ दे।

काके : मैंने सारे लेने हैं।

लाजो बच्चे को झिड़कती है और बच्चे को तख्त से उतार देती है : छोड़। उतर।

सुभद्रा बीच में आ जाती है : करने दो बहन जी, बच्चा है। प्यार से मांगोगे तो देगा। मुझे देगा ना भैया एक? बड़ी भूख लगी है।

काके : बस एक।

सुभद्रा : हाँ।

काका एक गुलाबजामुन सुभद्रा के खुले मुँह में डालता है और सुभद्रा उसे गोदी में उठा लेती है : मेरा जय भी बचपन में ऐसा ही किया करे था।

काके को गुलाबजामुन की चिंता है इसलिए वो गोदी से उतरने के लिए छटपटा रहा है : गुलाबजामुन।

सुभद्रा : ले भैया, तू बैठ जा अपने गुलाबजामुनों की रखवाली में। बहुत प्यारा बच्चा है। किसका है बहन जी?

लाजो सकपकाती है। हबीबउल्लाह जवाब देता है : ये प्रिंस के साथ रहता है।

सुभदा : प्रिंस के? प्रिंस की तो...अभी शादी नहीं हुई ना?

सतबीर आता है और बच्चे को गोद में उठा लेता है : आपको तो पता होना है कि बच्चे शादी के बगैर भी होते हैं।

लाजो : सत इस तरह तेज होके ना बोला कर।

तनाव बढ़ सकता था लेकिन तभी कन्नी आती है : ग्रुप फोटो वास्ते आओ जी।

ग्रुप फोटो खींचा जा रहा है। रोशन की बगल में राजराजेश्वरी खड़ी है। कन्नी लाजो के कान में कहती है : नानीजी ये फैमली वालों का फोटो है। इसमें प्रिंसेस क्यों खड़ी हो गई? इसे आप हटवा दो।

लाजो : अब आ गई तो रहने दे।

* * *

लाजो-हवेली का कमरा। एक मेज पर मिठाई-नमकीन की तकरीबन खाली प्लेटें और लस्सी के जूठे ग्लास पड़े हैं। रोशन गाते हुए बची हुई नमकीन टूंग रहा है : (*गाकर*) बोला राधा बोल, संगम होगा कि नहीं...?

हवेलीराम के साथ आती हुयी लाजो रोशन को टोकती है : इस तरह तो कभी नहीं होना पुत्तर! तेरे को क्या पड़ी थी लाला करमचन्द के सामने मसखरों बरगा बात करने की?

हवेलीराम : इतना अच्छा रिश्ता खोजकर लाये हम। लड़की हम दोनों को बहुत पसन्द थी। और तू बदतमीजी करता रहा करमचन्द के सामने?

लाजो : उनको बस पकड़वाने वास्ते भी आप नहीं ना गया। हमें भेज दिया।

रोशन : माताजी आपको मेरी शादी कराने की इतनी जल्दी क्यों मची है?

लाजो : जल्दी! दुनिया के बच्चों की शादी हो गई। और तो और लभाये तक ने कर ली। कल शहर आया, सर पर माँ-बाप तक नहीं, घर बसा के बैठ गया। एक तू है कि छड़ा का छड़ा घूम रहा है।

हवेलीराम : तू मुझे समझा पुत्तर, क्या कमी है करमचन्द की बेटी में?

रोशन : जी कमी तो आप लाला करमचन्द में है। तीन टैक्सियों का मालिक है अगला और बेटियां है पंज।

हवेलीराम : लाहौर से यहाँ आने पर करमचन्द को मिस्त्री की हैसियत से जिन्दगी शुरू करनी पड़ी थी। अपनी मेहनत से आगे बढ़ा है वो, और अभी बहुत और बढ़ेगा।

लाजो : इस तरह के पुरुषार्थी का जंवाई बनकर तूने भी तरक्की का सही रास्ता पकड़ लेना है।

रोशन : सही रास्ता बड़ा लम्बा होता है माता जी। और भीड़ उस पर इतनी कि पूछो मत। गलत में ये है कि निकले, पहुँचे। निकले, पहुँचे।

लाजो के स्वर में खीज और क्रोध दोनों है : किधर? जेल में?

रोशन : जेल जाने हैं बेबकूफ। कानून से बच सकने वाले सयानों का वहाँ क्या काम है?

हवेलीराम : पुत्तर, तू शायद इस तरह के सयानेपन कि दाद चाहता है मेरे से। लेकिन रोशन, हम जो हिन्दुस्तानी लोग हैं ना, लिखा हुआ कोई कानून हमें पाप से नहीं रोकता आया है। शर्म का माद्दा ही हमारा अकुंश रहा है। अगर हम बेशर्म हो गये ना तो हमारा जितना भ्रष्ट समाज दुनिया में ढूंढे नहीं मिलेगा।

रोशन : पिताजी, जो लड़की पसन्द नहीं ना हो उससे शादी वास्ते मना करने में कौन-सी बेशर्मी है?

लाजो : तो जो तेरे को पसन्द हो उससे कर। मगर जल्दी कर।

बाहर निकलने के लिए तैयार राजराजेश्वरी धन्नो मौसी के साथ आंगन में खड़ी है। धन्नो जैसे गुस्से में है।

धन्नो : मैं कुछ नहीं जानती। या तो अपने प्रिंस से मिलवा या बैंक वाले बाबू से शादी कर।

राजराजेश्वरी : मौसी मैं इतनी देर ये यही तो कह रही हूँ कि तू उससे मिलने चल। बढ़िया वे कपड़े पहन और बटुए में सौ-दो सौ रुपया रख चाय-पानी के लिए।

धन्नो : सौ रुपये में तो मौसी सारी बिरादरी जिमवा सकती है। कहती है चाय-पानी के लिए ले चल। अरे अगर वो राजकुमार है तो वो खुद करायेगा चाय-पानी।

राजराजेश्वरी : जब वो हमारा मेहमान होगा मौसी, तो वो क्यों करायेगा?

धन्नो : अजी क्यों नहीं करायेगा? हमें तो जिन्दगी भर उसका मेहमान बने रहना है।

राजराजेश्वरी : जिन्दगी भर की मुफ्त दावत की खातिर एक दिन थोड़ा खर्च नहीं कर सकती मौसी?

धन्नो : नहीं। बहुत कर लिया पैसा खर्चा।

राजराजेश्वरी : तो फिर तू प्रिंस से कैसे मिलेगी मौसी?

धन्नो : उसे यहीं ले आ।

राजराजेश्वरी : यहाँ? इस घर में? वो अन्धा तो नहीं जो इसे महल समझ ले।

धन्नो : अरी जब उसका अपना महल है तो उसे तेरे महल से क्या करना है? तू तो कहती है उसे मुझसे प्यार है। प्यार में तो आदमी अन्धा हो ही जाता है।

राजराजेश्वरी : मगर मौसी, कहीं उसने मेरे को ठुकरा दिया तो?

धन्नो : तो वो बैंक बाबू क्या बुरा है? तेरे बारे में सब कुछ जानता है। ये भी कि तेरा मुझ पर कितना उधार है। फिर भी तेरे से शादी करना चाहता है। उसका प्यार सच्चा है।

राजराजेश्वरी : मौसी उसे मुझसे नहीं, मेरे उधार से प्यार है। मेरा उधार उसे दे दे। मैं तो चली प्रिंस के पास।

क्लब के एक कोने में राजराजेश्वरी और रोशन चाय पी रहे हैं।

रोशन : सवाल ये है कि हमारे-आपके जैसे अक्लमंद लोग गरीब घरों में ही क्यों पैदा होते हैं?

राजराजेश्वरी : इसलिए कि अमीरों के वास्ते अक्ल बहुत जरूरी शै नहीं होती।

रोशन : करेक्ट टु द थर्ड डैसीमल पाइन्ट। खैर तो मैं समझ गया कि आप एक गरीब परिवार की हैं और बहुत गन्दे-से मकान में रहती हैं।

राजराजेश्वरी : मेरा गन्दा-सा-मकान देख के आप गश तो नहीं खा जाएंगे?

रोशन : गरीबी से गश खाने लगूं तो बेहोश ही रहूँ परमानेण्टली।

राजराजेश्वरी : आप कितने महान हो प्रिंस! आपके लिए प्यार पैसे से बड़ा है।

रोशन : नहीं जी, वो इस तरह है कि मैं पैसे से प्यार खरीदने के खिलाफ हूँ और प्यार से पैसा पैदा करने के हक में हूँ।

राजराजेश्वरी : ब्यूटीफुल। तो मेरे प्रिंसेस होने न होने से आपको कोई फर्क नहीं पड़ना?

रोशन : फर्क आपको पड़ना है, मेरे को नहीं।

राजराजेश्वरी : क्या आप मुझे प्यार नहीं करते प्रिंस?

रोशन : हर इंसान सिर्फ अपने से प्यार करता है।

राजराजेश्वरी : बाय द वे, मैं भी इंसान ही हूँ। आपकी तरह।

रोशन : ये जान के मेरे को उतनी ही खुशी हुई है जितना ये जानकर कभी रंज हुआ था कि आप प्रिंसेस नहीं हो। मेरी ही तरह खुशहाली के सपने देखने वाली कंगाल हो।

राजराजेश्वरी चाय का प्याला नीचे रखती है : चलो। दुनिया के कंगालो एक हो।

वो उठती है और रोशन भी प्याला खत्म करके उठता है : ये क्या, ये क्या, मैंने मदद करने की बात कही है, एक होने की नहीं।

कमरे में सजी-संवरी धन्नो आइने में अपने को देख रही है। पीछे से राजराजेश्वरी आती है : मौसी अब कितना शृंगार करेगी? पन्द्रह मिनट के लिए तो बड़ी मुश्किल से मैं बुला के लाई प्रिंस को और सवा ग्यारह मिनट तो सजने में ही लगा दिए।

धन्नो : मुझे क्या सजना है इस उम्र में? मुझे तो बस यही चिन्ता है कि कहीं मेरी फटेहाली देखकर तेरे को वो नापास न कर दे।

राजराजेश्वरी : जब इस घर को देख के नहीं किया तब इस घर की मालकिन को देखकर क्यों करेंगे बिचारे?

राजराजेश्वरी धन्नो का हाथ पकड़कर खींच ले जाती है। रोशन आंगन में टहलता हुआ गुनगुना रहा है : बोल राधा बोल...।

राजराजेश्वरी धन्नो के साथ आती है : प्रिंस रिपुदमन सिंह जी।

रोशन : जी?

राजराजेश्वरी : ये मेरी धन्नो मौसी।

रोशन : वही जिनकी आप दिन-रात तारीफ करते हो?

रोशन पांव छूने के लिए झुकता है : जरा अपने पांवों की धूल लेने दो।

धन्नो रोशन को रोकती है : अरे ये आप क्या कर रहे हैं?

राजराजेश्वरी : हमारी मौसी हमेशा चप्पल पहन के चलती है। उसके पांव में कभी धूल नहीं होती।

धन्नो पास पड़ी खटिया की तरफ इशारा करती है : आप बैठिए ना राजकुमार जी। खड़े क्यों हैं?

रोशन : आप बैठो। मैंने आपके चरणों में बैठ जाना है।

धन्नो : नहीं, आपको बैठना होगा।

रोशन : मैं आपका बच्चा हूँ मौसी जी। मेरे को 'आप' कह के मत बुलाओ।

धन्नो : हम गरीब हैं। किसी राजकुमार को 'तू' कहने की हिम्मत नहीं कर सकते।

रोशन अब जबरदस्ती धन्नो को चारपाई पर बिठा देता है और खुद उसके चरणों में बैठने को होता है : 'तू' कहने की हिम्मत गरीब लोग ही कर सकते हैं मौसी जी। रब ने दिल और जिगर उन्हें ही दिए होने हैं।

धन्नो रोशन को नीचे न बैठने देकर अपने पास बिठाती है : हाँ, क्योंकि उन्हें ही तमाम दर्द सहने पड़ते हैं।

चारपाई चरमरा के टूट जाती है। रोशन खुद उठता है और मौसी को उठाता है : बुजुर्गो की बगल में बैठने की बेअदबी की। तो जी चलता हूँ और लौट के मिलता हूँ।

धन्नो : अभी बैठो बेटा। रज्जो, जा कुर्सी ला।

राजराजेश्वरी : तीन टांग वाली कि साढ़े तीन टांग वाली?

धन्नो : ऐसे मौकों पर मजाक नहीं की जाती, सुना? जा कुर्सी ला। रज्जो मरी दिल्लगी जरूर करती है मगर दिल की बहुत अच्छी है।

रोशन : हर तरह से चंगी है मौसी।

धन्नो : हमारा घर जरूर मामूली है मगर ये लड़की लाखों में एक है।

रोशन : आपका घर तो मौसीजी मेरे को इतना अच्छा लगा कि तबीयत होती है कि मैं आप भी यहीं रहने लग पडूं।

राजराजेश्वरी कुर्सी लेकर आती है। मगर रोशन उस पर बैठता नहीं। उसको हिलाता ही रहता है।

धन्नो : महलों को छोड़ के यहाँ रहोगे बेटा?

रोशन : आप महलों में रहने लग पड़ना।

धन्नो : बड़े महल में मैं क्या रहूंगी?

राजराजेश्वरी : तू छोटे महल में रह लेना मौसी। उसमें सिर्फ सवा सौ कमरे हैं।

मुँह खोले धन्नो हक्का-बक्का रह जाती है : सवा सौ...?

रोशन : बल्कि एक सौ तीस! तीन कमरे कुत्तों के लिए, दो कमरे बिल्लियों के लिए।

धन्नो : कुत्तों के लिए तीन, बिल्लियों के लिए दो?

राजराजेश्वरी : बिल्लियां ज्यादातर इनकी माताजी के पास रहती हैं ना, इसलिए उन्हें एक कमरा कम दिया है।

धन्नो : बेटा इतने बड़े प्रिंस होते हुए भी तुम इस गरीब लड़की से शादी कर तो लोगे ना?

रोशन जाने लगता है : इतना बड़ा प्रिंस होने के बाद तो मैं और कुछ कर ही नहीं सकता मौसीजी। तो चलूं?

हबीबउल्लाह का केबिन। वो बैठा हुआ कोई मसौदा पढ़ रहा है और साथ ही एक कानूनी किताब कन्सल्ट कर रहा है। रोशन कमरे में झांकता है : मे आई कम इन सर?

हबीबउल्लाह कागजात से निगाह उठाता है : अरे आओ रोशन। लगता है मैसेज मिलते ही यहाँ के लिए चल चड़े।

रोशन : मैंने कहा कि परसों ही सारे खाते वकील साहब को दिखाये थे। जरूर कोई नया मुद्‌दा उठा होना है जो बुलाया।

रोशन लैजर टेबल पर रखता है : मैं सारे लैजर फिर ले आया साथ।

हबीबउल्लाह : नहीं। इनकी जरूरत नहीं। दो छोटी-छोटी बातें कहनी हैं तुमसे।

रोशन : जी, हुक्म करो।

हबीबउल्लाह : देखो, ऐसा है कि वो मैंने बताया था ना बम्बई से रसिक भाई आनेवाले हैं? वो आ पहुँचे हैं। ये इनका पता रख लो। उनसे मिल आना। शायद तुम्हारा काम बन जाए।

रोशन : चंगा जी। दूसरी बात क्या थी?

हबीबउल्लाह : वो जो बच्चा है ना प्रिंस के पास, लाला वृषभान उससे मिलना चाहते हैं।

रोशन : सतबीर ने तो इस वास्ते राजी नहीं होना।

हबीबुउल्लाह : वो हमें पता है। तो कुछ इस तरह करो जिससे उसे पता ना चले।

रोशन : जी मैंने कोशिश जरूर करनी है, मगर...।

हबीबउल्लाह नोटों का एक लिफाफा निकाल के बढ़ाता है : हमें पूरी उम्मीद है कि तुम अपनी कोशिश में ज़रूर कामयाब होगे।

रोशन लिफाफा जेब में रखता है : मैंने इस तरह करना है कि रसिक भाई से

मिलने जाने वक्त काके को यहीं छोड़ देना है। आप उसे लालाजी से मिलवा के यहीं ले आना।

काके को रोशन तैयार कर रहा है : बोल राधा बोल...।

जेब से एक स्वीट निकाल के देता है : राधा नहीं ताया। बोल ताया बोल स्वीटी देगा कि नहीं...?

काका : चिंगम देगा कि नहीं...?

रोशन काके को एक चिंगम देता है, काके को गोद में उठाता है और जाने लगता है। उधर से लाजो आती है : इसे कहाँ ले जा रहा है साथ?

रोशन : माताजी आप रोजाना कहते हो अपने लिए लड़की पसन्द कर। तो मैंने लड़की इसी काके से पसन्द करवानी है क्योंकि दिन भर इसे ही रहना है उसके साथ घर में।

लाजो : नहीं, इसे कहीं मत ले जा। सत नाराज होता है।

रोशन : सत को मत बताना कि मैं इसको ले गया। आप तो यही कहना कि पिताजी ले गये।

लाजो : और पिताजी तब तक लौट के आ गये तो?

रोशन : तो आप बाहर चले जाना। हम अभी आये।

हबीबउल्लाह का केबिन। काका टेबल पर बैठा है और रोशन पास में खड़ा है।

हबीबउल्लाह : हाँ काका, हम तुम्हें तुम्हारे पापा का बड़ा मकान दिखायेंगे।

काका : जरूर?

हबीबुउल्लाह : हाँ, जरूर।

काका : तायाजी भी साथ जाने हैं?

रोशन : तायाजी बाद में आ जाने हैं।

काका : नहीं, तायाजी साथ में चलेंगे।

हबीबउल्लाह : कार में जगह कम है बच्चे। पहले हम तुम चले जाने हैं फिर इनके वास्ते कार वापस भेज देने हैं।

काका : पहले मैं और ताया।

रोशन : जिद नहीं ना कर। मैंने तेरे को टाफी देनी है।

काका : बोल ताया बोल...।

रोशन : टाफी देगा कि नहीं? जरूर देगा।

जेब से निकाल कर मुट्ठी भर टाफियां काका के हाथ में थमाता है : अब तू जा जमूरे।

काका को हबीबउल्लाह की गोद में दे देता है। हबीबउल्लाह गाता है : बोल काका बोल, मेरा संगम होगा कि नहीं...?

काका : नहीं।

रोशन माथा पीटता है : दुर, फटे मुँह।

चपरासीनुमां एक आदमी किसी फाटक से पर्दा उठा के बाहर झांकता है : मिस्टर रोशनलाल?

सामने बेंच पर अकेला बैठा रोशन तपाक से उठता है। अपना ब्रीफकेस संभालता है : रसिक भाई, हो गये फ्री?

चपरासी : नहीं। उन्होंने कहलाया है कि जब वो अगली बार आएंगे तब मिल लेना।

रोशन : गली बार पता नहीं कब आएं। थोड़ा सा वक्त निकलवा दो हमारे लिए राय साहब। बड़ी मेहरबानी।

बंद मुट्ठी से एक नोट निकाल के इधर से उधर करता है। चपरासी रख लेता है : देखिए, मैं कुछ प्रॉमिस नहीं कर सकता। आप शाम को आके चांस ले लीजिए।

रोशन : शाम में क्या देर है? मैं बाहर लॉन में बैठ जाता हूँ।

लॉन के एक कोने में बैठी राजराजेश्वरी रोशनलाल को सामने से गुजरता हुआ फव्वारे के पास जाकर बैठता देखती है और उसकी ओर बढ़ती है : मिस्टर रोशनलाल।

रोशन घूम के देखता है : अच्छा, तो आप.हैं मिस गुरू घंटाल? यहाँ भी पहुँच गईं मेरे पीछे-पीछे?

राजराजेश्वरी : जिस तरह बहुत बेआबरू होकर आप रसिक भाई के दरवाजे से। जिस तरह उनके चपरासी ने मुझे भगाया था बिल्कुल उसी तरह आपको भगाया। फर्क सिर्फ इतना है कि आप को उसे एक नोट थमाना पड़ा, मुझे सिर्फ बत्तीसी दिखानी पड़ी।

रोशन : तो आपकी मौजूदगी से हुआ मेरा बंटाढार? आप वाकई मेरे लिए बड़ी मनहूस हो।

राजराजेश्वरी : आप तो मेरे लिए और भी ज्यादा मनहूस हैं। आप तो अभी यहाँ पहुँचे भी नहीं थे कि आपकी सख्शियत की मनहूसियत यहाँ असर कर गई और मेरा काम बिगाड़ गई।

रोशन : तो क्या, मिल के डालें अर्जी मालिक के नाम? तेरी दुनिया में दिल लगता नहीं, ये मालिक बुला ले....।

राजराजेश्वरी : अगर इस हौज में डूब के मरने का इरादा है तो इसमें मालिक को एतराज हो सकता है। और जो मालिक को एतराज नहीं भी हो तो मैं भला आपको डूबने दे सकती हूँ मिस्टर रोशनलाल?

रोशन : अगर मेरे डूब मरने से आपके पार लगने की गुंजाइश बढ़ती हो तो आपने जरूर मेरे को डूबने देना है।

राजराजेश्वरी : छोड़िए ये डूबने-डुबाने वाली बात। पार लगने-लगाने वाली सोचें।

रोशन : पहले नाव का तो इंतजाम हो।

राजराजेश्वरी : मिल के करने हैं।

रोशन : जरूर करने हैं। बहुत तगड़ा बिजनेस मिलना है अगले से। और वैसे बाय द वे, आप यहाँ किस चक्कर में घूम रही हैं?

राजराजेश्वरी : मुसीबतजदा औरतों की मदद के लिए।

रोशन : एक मुसीबतजदा औरत की मदद के वास्ते।

राजराजेश्वरी : इसमें आपको कोई रूहानी परेशानी है?

रोशन : मेरी रूह बहुत सयानी है मिस गुरू घंटाल।

राजराजेश्वरी : फिर चलाएं चक्कर मिलकर?

रोशन एक क्षण सोचता है और राजराजेश्वरी के बढ़े हुए हाथ को पकड़ के हैंड शेक कर लेता है : चंगा जी।

काका जे॰बी॰-मंगला के कमरे के दरवाजे का पर्दा पकड़ के भीतर झांकता है। जे॰बी॰ बिस्तर पर तकियों के सहारे अधलेटा है और मंगला पलंग के एक किनारे बैठी जे॰बी॰ के होंठों के ऊपर अंगूर का गुच्छा लटकाए हुए है। जे॰बी॰ : थोड़ा और नीचे करो मंगला। अंगूर तभी तो मीठे होंगे।

मंगला अंगूर झुकाती है और जे॰बी॰ अंगूर खाने की बजाय मंगला की हथेली पकड़ के उसकी अंगुलियां होंठो में ले लेता है। मंगला नखरे के साथ कहती है : क्या करते हो? कोई देख लेगा।

जे॰बी॰ अब मंगला का आलिंगन करता है : कौन देख लेगा?

तभी नजर पर्दे से झांकते काका पर पड़ती है। दोनों चौंकते हैं। छिटककर अलग होते हैं और जे॰बी॰ पूछता है : आपकी तारीफ?

काका : अंगूर।

मंगला : खाओगे?

काका सिर हिला के कहता है कि 'नहीं' और टाफी खाता है।

तभी हबीबउल्लाह आता है और काका को उठा लेता है : वो गाना क्या है? हाँ, बोल काका बोल टाफी देगा कि नहीं...?

काका एक टाफी देता है : दूंगा।

काका को जे॰बी॰ के पास ले जाता है। काका पूछता है : ये कौन है?

हबीबउल्लाह : ये...चचा जान हैं तुम्हारे। इन्हें भी टाफी खिलाओ।

काका : चचा जान! गा के मांगो।

जे॰बी॰ : बोल काका बोल टाफी देगा कि नहीं...?

काका : दूंगा।

काका की बातों पर अब तक मुस्कुराती मंगला काका के बारे में पूछती है : ये कौन है?

हबीबउल्लाह : ये...?

हबीबउल्लाह बात पूरी नहीं कर पाता कि काका बोल जाता है : मैं बच्चा जमूरा।

जे॰बी॰ : कहाँ से पकड़ लाये आप इस नमूने को?

हबीबउल्लाह : ये मेरे मुवक्किल का पोता है। तुम्हारी अम्मा को धर्मचन्द जी की पोती की शादी में मिला था। तब से इसे जिद थी यहाँ आने की।

काका : ये मेरे पापा का बड़ा मकान है?

मंगला : किसने कहा कि तुम्हारे पापा का है?

काका : आंटी ने।

जे॰बी॰ बच्चे को चूम लेता है : अपनी आंटी की ट्रेनिंग में रहे बेटा तो दुनिया में हर चीज अपने बाप की समझने लगोगे।

मंगला : आंटी का नाम क्या है?

काका : आंटी।

मंगला : आंटी कहाँ है तुम्हारी?

काका : कलकत्ते में।

मंगला : और पापा?

काका : दिल्ली में।

हबीबउल्लाह मंगला का सवाल सुनते ही अंगुली हिलाकर इशारा करता है कि ये सब मत पूछो और मंगला के कान में बताता है : इस बदनसीब के माँ-बाप दोनों खो गये हैं। इस बारे में इससे कुछ ना पूछो।

जे॰बी॰ की गोद में से काका को उठा लेता है : अब चलिए साहबजादे।

जे॰बी॰ : ऐसे कैसे ले जा सकते हो इसे? इसने मुझे टाफी खिलाई। मुझे तो इसे कुछ खिलाने दीजिए। अंगूर के लिए मना कर दिया। अब क्या खाओगे?

काका : अंगूर।

जे॰बी॰ : कभी अंगूर के लिए हाँ, कभी अंगूर के लिए ना। ठीक से बता। बोल काका बोल अंगूर लेगा कि नहीं?

काका : लूंगा।

जे॰बी॰ : काका को अंगूर दो मंगला।

मंगला अंगूर के दो-चार दाने काका की ओर बढ़ाती है। काका ना में सिर हिलाता है : सारे लेने हैं?

जे॰बी॰ पूरा बड़ा गुच्छा काका के सामने रख देता है : अरे वाह बेटे।

रसिकभाई के ऑफिस के दरवाजे से रोशन और राजराजेश्वरी बाहर निकल रहे हैं। रोशन राजराजेश्वरी से हैंडशेक कर रहा है : मान गये गुरू घंटाल।

राजराजेश्वरी : मानियेगा तो मजे करियेगा रोशनलाल! तो बधाई धन्धा होने पर।

रोशन : आपको भी चन्दा मिलने पर। तो मेरे ख्याल से आइन्दा इसी तरह मिलकर काम किया जाए।

राजराजेश्वरी : जरूर। क्योंकि चार सौ बीस दुनी...

राज और रोशन दोनों : आठ सौ चालीस।

रोशन : और मौसीजी के बैंक बाबू के क्या हाल हैं?

राजराजेश्वरी : जब से तुम्हें देखा है मौसी बैंक बाबू को भूल गई है। कहती है, रज्जो अब ज्यादे भटकने की जरूरत नहीं है। ये तेरा प्रिंस मुझे बहुत नेकदिल लगा। इसी से कर ले शादी।

मास्टर हवेलीराम का क्वार्टर। कमरे में लाजो, हवेलीराम और रोशन हैं।

लाजो : लड़की ने टेलरिंग का कोर्स किया हुआ है।

रोशन : मैंने घर में दर्जी की दुकान नहीं खुलवानी माताजी।

हवेलीराम : खाना भी बहुत अच्छा बनाती है।

रोशन : माताजी से अच्छा कोई नहीं बना सकता।

हवेलीराम : पढ़ी-लिखी है।

रोशन : मैं आप तो अनपढ़ हूँ।

लाजो : राजकुमारीजी ने एक और भी मुसीबतजदा लड़की दिखाई। शन्नो।

रोशन : शन्नो, धन्नो सब के वास्ते 'नो' है मेरी तरफ से।

हवेलीराम : वो राजकुमारी एक भला काम कर रही है। हमें इसमें साझेदारी करनी चाहिए।

रोशन : जी किस तरह?

हवेलीराम : उसकी बताई हुई किसी मुसीबतजदा लड़की से तेरी शादी करा के।

रोशन : मैं आप राजकुमारी जी से शादी क्यों न कर लूं? ताकि उनकी मुसीबत दूर हो। ठीक है माताजी, तो करो तैयारी राजकुमारी जी से मेरी शादी की।

लाजो : पागल है? वो महलों में रहने वाली ने इधर घर की बहू बनके आना है?

रोशन : उसको आना पड़ना है, क्योंकि मैंने तो इस घर को छोड़कर महलों का जंवाई बनने जाना नहीं है।

* * *

जे॰बी॰ का बेडरूम। सुभद्रा अपनी पोती गुड़िया को कंधे से चिपकाए उसे थपथपाती हुई गुनगुना रही है। जे॰बी॰ कमरे में कदम रखता है और माँ की आँखों से बहते आंसुओं को देख के ठिठकता है : क्या हुआ अम्मा?

सुभद्रा 'कुछ नहीं' वाले अंदाज में सिर हिला देती है। गुड़िया को चारपाई में लिटा के थपथपाती है और आंचल से आंसू पोछती हुई बाहर निकल जाती है। जे॰बी॰ उसके पीछे-पीछे आता है : *(फुसफुसाकर)* रो क्यों रही थी अम्मा?

सुभद्रा : गुड़िया को लोरी सुनाते-सुनाते रुलाई आ गई।

जे॰बी॰ : लोरी सुनाते-सुनाते सो जाने की बात तो समझ में आती है। रो क्यों पड़ी?

सुभद्रा : मुझे तेरे बचपन की याद आ गई।

जे॰बी॰ : मैंने बचपन में परेशान जरूर किया होगा, मगर तू याद करके अब क्यों रोती है?

सुभद्रा : तूने कभी परेशान नहीं किया रे!

जे॰बी॰ : अम्मा तू परसों पार्टी में डाक्टर साहब को अलग अकेले में ले जाकर क्या बात कर रही थी?

सुभद्रा आंसू पोंछती है : तेरी तबीयत के बारे में पूछ रही थी।

जे॰बी॰ : डॉक्टर ने क्या कही तेरे से?

सुभद्रा : उसने कही कि तेरी हालत में काफी सुधार हुआ है।

सुनकर जे॰बी॰ रिलैक्स्ड होता है मगर फिर सोच में पड़ता है : अम्मा सच बता क्यों रो रही थी?

सुभद्रा : कभी-कभी ऐसे भी तो रुलाई आ जाये। तू ना रो पड़ा था उस दिन गुड़िया को लोरी सुनाते-सुनाते?

जे॰बी॰ : अम्मा मैं तो ये सोच के रो पड़ा था कि माँ-बाप बच्चों को कितने प्यार और मेहनत से पालते हैं और वो बड़े होकर सब भूल जाते हैं। तू क्यों रोई?

सुभद्रा : मैं ये सोच के रोई कि हर इंसान एक माने में हमेशा ही बच्चा रहता है। माँ-बाप के साये की उसे हमेशा ही जरूरत रहती है। लेकिन वो मिलता कहाँ है?

जे॰बी॰ : मुझे तो मिला है अम्मा, और हमेशा मिलेगा।

सुभद्रा की आँखों से फिर आंसू बह निकलते हैं क्योंकि जे॰बी॰ के कहे का एक अर्थ ये भी है कि मैं तुम लोगों से पहले मर जाऊंगा। जे॰बी॰ पूछता है : क्यों, अब क्या हुआ?

सुभद्रा कोई जवाब नहीं देती और सिर हिला के चली जाती है। सोच में डूबा जे॰बी॰ अपने कमरे में घुसता है। सोई हुई गुड़िया को देखता है। थपथपाता है और उसकी आँखें डबडबा उठती हैं।

जे॰बी॰ गहरा सांस भरता तकियों का सहारा लेकर अधलेटा हो जाता है। आँखें बंद करता है और आँखों की कोर से आंसू ढुलक जाते हैं। तभी मंगला आती है। उसकी पुकार सुनते ही जे॰बी॰ उठ बैठता है और आंसू पोंछने लगता है। मंगला पूछती है : जय! ये क्या? तुम्हें अम्मा को लेने भेजा और तुम यहाँ आ कर लेट गए। क्या बात है? तबीयत नासाज है क्या?

जे॰बी॰ : नहीं तो।

मंगला जे॰बी॰ को हाथ पकड़ के उठाती है। उठाने पर उसे बिस्तर पर पड़ा हुआ चाबी का गुच्छा दिखाई देता है जिसे वह कमर में खोंसती हुई बताती है : उठो ना। पापा ताश खेलने के लिए बेताब हो रहे हैं।

जे॰बी॰ : कभी तुम्हीं इस चाबी के गुच्छे से बड़ी चिढ़ करती थी और अब हमेशा ही इसे खोंसे घूमती हो मंगला।

मंगला : मैं इस घर की बहू हूँ और ये इस घर के चाबियों का गुच्छा है।

जे॰बी॰ : लेकिन जैसा तुमने ही कभी कहा था मंगला कि मेरी पत्नी होने की वजह से ही इस घर की बहू हो।

मंगला : मैंने जो कहा वो अपनी जगह सही था। और अब ये गुच्छे लिये घूमती हूँ तो वो भी अपनी जगह सही है।

जे॰बी॰ : लेकिन प्लीज मंगला ये कभी मत भूलना कि तुम्हारी शादी जे॰बी॰ से हुई, चाबी के इस गुच्छे से नहीं। इससे कोई बंधन मत महसूस करना कभी।

मंगला : ये क्यों कह रहे हो?

मंगला सवालिया निगाह उठा के जे०बी० के चेहरे की ओर देखती है। जे०बी० पहले निगाह मिलाता है फिर झुका लेता है और फिर मुस्कुराकर मंगला के कंधे पर हाथ रख देता है : चलो, पापा परेशान हो रहे होंगे।

मंगला के ताश फेंटते हुए हाथ। बरामदे में एक गोल टेबल के चारों ओर सुभद्रा, वृषभान, मंगला, और जे०बी० बैठे हैं : क्यों री ये किस तरह बांट रही है? पहले तुरूप बोलने के लिए पांच-पांच दे।

मंगला : अम्मा, ब्रिज खेल रहे हैं।

सुभद्रा : बिरिज-विरिज मेरी समझ में ना आता। कोटपीस खेलो।

जे०बी० : कोटपीस से पापा बोर होते हैं।

सुभद्रा : वो जो तीन जनों वाली बिरिज होवे वो खेल लो तुम। मेरा वैसे ही बहुत काम पड़ा है।

मंगला : बैठो ना अम्मा। कोटपीस ही खेल लेंगे।

सुभद्रा चली जाती है। जे०बी० उसकी ओर सवालिया निगाह से देखता रहता है : नहीं, मेरा मन ना कर रहा इस टैम।

मंगला : तो कट थ्रोट के लिए बांटू, जय?

मंगला के पुकारने पर जे०बी० चौंकता है : हाँ।

क्लब के कार्डरूम में राजराजेश्वरी पर्स में पैसा संभालते हुए टेबल से जाने को है। उसके साथ रोशन है। खेलने बैठे हुए लोगों में श्यामलाल भी है। श्यामलाल के मुँह से निकलता है : हारने वाले मैदान छोड़ के जायें तो बात समझ में आती है, लेकिन जीतने वाले भाग खड़े हों ये कुछ जंचता नहीं प्रिंसेस।

राजराजेश्वरी : माफी चाहूँगी श्यामलाल जी। मेरा बहुत ही जरूरी एपाइन्टमेन्ट है।

रोशन : और जो आपकी ये जिद हो श्यामलाल जी कि हार के ही यहाँ से जायें तो वो तो कभी पूरी होनी नहीं हैं। हार के पीठ दिखाना इनके खून में ही नहीं हैं।

श्यामलाल : वही देख रिया हूँ बड़े दिनों से।

राजराजेश्वरी : देखिए, आपके कहने पर मैंने चार बाजियां और खेलीं लेकिन नहीं हारी ना।

श्यामलाल : अजी जाती-जाती ये तो बताती जाओ कि आपकी जीत का राज क्या है?

राजराजेश्वरी : मिस्टर रोशनलाल मेरे लिए बहुत लकी हैं।

श्यामलाल : वो भी मैं देख रिया हूँ बड़े दिनों से।

राजराजेश्वरी : देखते रहिए।

श्यामलाल अपने पत्ते उठाता है और उन्हें बगैर देखे ऊपर-नीचे करता है। उसकी निगाह कमरे से बाहर जाते हुए रोशन और राजराजेश्वरी पर है। वह जैसे फिकरा कसता है : अजी हम तो दिखा भी देंगे।

सुभद्रा अपनी कोठी के बाहर किसी झाड़ी के पीछे खड़ी शून्य में ताक रही है और उसकी आँखें छलछलाई हुई हैं। काका की आवाज सुनाई देने पर वो चौंकती है और आंचल से आंसू पोंछ फूल चुनने का नाटक करने लगती है।

काका : बड़ा मकान!

हबीबउल्लाह : हाँ पापा का बड़ा मकान।

काका : पापा इसमें क्यों नहीं रहते?

हबीबउल्लाह : पापा को अपने पापा के पास रहना अच्छा लगता है।

तभी हबीबउल्लाह की नजर सुभद्रा पर जाती है। वह जैसे चौंकता है : अरे, आप यहाँ छिपी क्या कर रही हैं?

सुभद्रा : फूल चुन रही थी।

हबीबउल्लाह : माली से कह दिया होता।

काका : फूल लेने।

सुभद्रा : सारे के सारे?

बच्चे को चपतियाती है। बच्चा सिर हिला के फूल मांगता है। सुभद्रा फूल दे देती है और कहती है : बहुत प्यारा बच्चा है। इनका बहुत मन लगा रहे है इससे खेलने में। जे.बी.-मंगला का भी।

हबीबउल्लाह : और सबसे ज्यादा आपका! इसी मारे में ले आता हूँ इसे। हालांकि...।

सुभद्रा : हालांकि...?

हबीबउल्लाह : नहीं, कोई खास बात नहीं है।

सुभद्रा : बताओ ना।

हबीबउल्लाह : प्रिंस की निगाह बचा के इसे यहाँ लाना होता है।

सुभद्रा : क्यों?

हबीबउल्लाह : जो खुद यहाँ नहीं आना चाहता, वो इसे यहाँ क्यों आने देगा भला?

सुभद्रा : एक बात पूछूं आपसे? आपने जय-मंगला से ये क्यूँ कही कि ये आपके किसी मुवक्किल का पोता है?

हबीबउल्लाह : ऐसे ही... और वृषभान क्या सो रहे हैं?

सुभद्रा : नहीं, ताश पार्टी जमी हुई है।

पहले वाली जगह पर ही कटथ्रोट चल रहा है। मंगला जे॰बी॰ और वृषभान खेल रहे हैं। फर्क इतना है कि नाश्ते की कुछ चीजें रखी हुई हैं ओर गुड़िया का पालना भी इधर ही आ गया है। हबीबउल्लाह, काका तथा सुभद्रा को आता देख वृषभान ताश के पत्ते रखता जैसे उल्लसित होता है : अरे आओ हबीब।

हबीब से काका पूछता है : हबीब कौन है?

मंगला : अच्छा, ये भी आये हैं?

वृषभान काके को देख के बहुत खुश होता है और गोद में बिठा लेता है : अरे आओ जमूरे।

काका : कहो उस्ताद।

सुभद्रा : उस्ताद नहीं, लालाजी कहते हैं।

काका : लालाजी कौन होता है?

वृषभान : हम।

जे॰बी॰ : जमूरे।

काका : हाँ उस्ताद।

जे॰बी॰ : गायेगा?

काका : गाऊंगा।

वृषभान : गा।

काका : गा।

जे॰बी॰ : तू गा बेवकूफ।

काका : आप बेवकूफ।

सुभद्रा : नहीं, ऐसा नहीं कहते।

काका : मैं नानी के चरखे भी कहता हूँ और सौरी दा पुत्तर भी।

मंगला जीभ काटती है और तर्जनी हिलाती है : बहुत बुरी बात। चलो गाना सुनाओ।

काका : कुछ खिलाओ।

जे॰बी॰ काका को नाश्ते की चीजों के बीच में बिठा देता है : कुछ से काम कहाँ बनेगा तेरा। सब कुछ तेरे अर्पण करना होगा।

काका : सब मेरा?

जे॰बी॰ : सब तेरा। अब गाना सुना।

काका : बोल वाला?

मंगला : नहीं, बोल वाला सुनते-सुनते हम बोल हो गए हैं।

वृषभान : कोई अच्छी चीज सुनाओ।

श्यामलाल आ जाता है। उसके हाथ में झोला है : लालाजी की पसन्द की तो बस मैं सुना सकूँ हूँ जी। आदाब अर्ज है वकील साहब। लगता है तीरथ जाकर मेरी किस्मत जरूर चमकी होगी जभी दो विभूतियों के यहाँ इकट्ठे दर्शन हो गए।

हबीबउल्लाह : आजकल तीरथ यात्रा बहुत करने लगे हो?

श्यामलाल झोले में से कुछ भभूत निकालकर जे॰बी॰ के माथे में मलता है : अजी जब अगली एक तीरथ में बैठे-बैठे इस घर के लाडले पर टोने-वोने कर रही है तब हमें भी तोड़ की खोज में इधर-उधर भटकना पड़ रहा है।

जे॰बी॰ अपने माथे पर लगी भभूत पोंछ देता है : आपसे कितनी बार कहूँ श्यामलाल जी कि इस तरह की वाहियात बातें मेरे सामने मत किया करो।

श्यामलाल : वाहियात? अजी लच्छमन में एक सिद्ध बाबा जी के पास जय के बारे में पूछने गया। मैं सवाल करूँ उससे पहले ही उन्होंने बता दी कि ऐसी-ऐसी कोई आके रही होगी तुम्हारे यहाँ। उसी का किया हुआ है ये सब कुछ। बाबा जी ने ये गण्डा दिया पहनाने को। मुझसे तो पहनेगा ना। लल्ली तुम पहना दो।

जे॰बी॰ बीच में ही गण्डा छीन के फेंक देता है।

वृषभान : आपसे किसने कहा था जय वास्ते ये सब करने को?

श्यामलाल : ये जय आपका बच्चा है लालाजी। दुश्मन नहीं। इसकी रक्षा के लिए कुछ करने में आपको बुरा क्यों लगे है?

मंगला : टोने-टोटके वाली बात मत कहा कीजिए। सुना प्रज्ञावती तो खुद बहुत बीमार हैं।

श्यामलाल : मुझे पता है। उत्तरकाशी जाकर देखी आया। अजी उल्टा चक्कर चलवाया है, जभी बीमार पड़ी है। उधर बिगड़ेगी तो इधर सम्हलेगी हालत।

काका : बीमार कौन है?

श्यामलाल काके का गाल थपथपाता है : आपकी तारीफ?

हबीबउल्लाह : ये मेरे मुवक्किल का पोता है।

श्यामलाल : आपके मुवक्किल कब से गुमनाम होने लगे वकील साहब?

हबीबउल्लाह : एक...रामलाल करके हैं। आप उन्हें नहीं जानते।

श्यामलाल : बेटे, क्या नाम है तुम्हारा?

काका : काका।

श्यामलाल : अच्छा? पंजाबी है?

श्यामलाल सोच में पड़ता है : बेटे कहाँ रहते हो तुम?

काका : लाजपतनगर।

श्यामलाल : अच्छा! क्वार्टर का नम्बर क्या है?

वृषभान : आप यहाँ इस बच्चे से बात करने आए थे?

श्यामलाल कान पकड़ता है : अजी तौबा! मुझे कोई सौक ना है पराये बच्चे से प्यार करने का। मैं तो जय को भभूत देने आया था।

वृषभान : वो तो दे ली। और कुछ कहना है?

श्यामलाल : फिलहाल तो नहीं।

रोशन और राजराजेश्वरी क्लब के एक कोने में बैठे साफ्ट ड्रिंक्स ले रहे हैं। रोशन नोट की एक गड्डी देता है : फिलहाल तो ये रख लो गुरू घंटाल।

राजराजेश्वरी नोट गिनती है और हथेली में तोलती है : पता नहीं तुम इतनी हल्की बात कैसे कर जाते हो रोशनलाल? तुमने खुद ये माना कि आज मेरा काम पहले से बेहतर रहा। फीस भी तो बेहतर होनी चाहिए? निकालो दो और नोट।

रोशन दो नोट और देता है : अब कुछ ऐसा करना पड़ेगा कि नोट घर से निकले नहीं।

राजराजेश्वरी : यानी मैं प्यार को पैसे से बड़ा मानती हुई आइन्दा तुम्हारा काम मुफ्त में करूँ?

रोशन : वो ऐसा है राजकुमारी जी कि धन्धा के सिलसिले में इधर दिन में दो-चार बार आपको-हमें मिलना ही पड़ता है। तो क्यों ना हम इकट्ठे ही रह लें? शामिलात का धन्धा, शामिलात की रिहाइश।

राजराजेश्वरी : व्हाट? ये तुम कोई प्यार-व्यार का इजहार तो नहीं कर रहे हो मिस्टर रोशनलाल?

रोशन : एक छोटा-सा सवाल पूछ रहा हूँ मिस गुरू घंटाल कि जिन्दगी भर साथ रोते रहने के बारे में क्या ख्याल है तुम्हारा?

राजराजेश्वरी : आई सी। तो तुम मेरे संग होना एण्ड रोना चाहते हो जिन्दगी भर?

रोशन : एक्जैटली।

राजराजेश्वरी : तो हम लोग साथ रहेंगे। लेकिन कहाँ? तुम्हारे महल में कि मेरे?

रोशन : आफ कोर्स मेरे।

राजराजेश्वरी : मगर हम साथ रहकर करेंगे क्या मिस्टर रोशनलाल? हमें दुनिया को बेवकूफ बनाने के धन्धे से इतनी फुर्सत कहाँ मिलेगी कि एक-दूसरे को बेवकूफ बना सकें?

रोशन : जी मेरे को यही डर है कि कहीं इस गमे-रोजगार के मारे हम दोनों कुंवारे ही ना रह जाएं।

राजराजेश्वरी : बिचारे! लेकिन मिस्टर रोशनलाल, ऐसी भी क्या मजबूरी है कि हम एक-दूसरे से शादी करें और दुनिया के तमाम राजाओं-रईसों को भूल जाएं? मैं कंगाल, तुम फटेहाल।

रोशन : वो इस तरह है जी कि परवरदिगार अन्धे और कोढ़ी की ही जोड़ी बनाता है।

राजराजेश्वरी : तो मैं परवरदिगार से माफी मांगती हूँ।

रोशन : ऐसा गजब मत करो वरना माताजी ने मेरी शादी किसी धन्नो-शन्नो से कर देनी हैं।

राजराजेश्वरी : बड़ी खुशी की बात है। वो सब मुसीबतजदा औरतें हैं।

रोशन : मगर तुमसे ज्यादा मुसीबत में नहीं।

राजराजेश्वरी : मैं तो मजे में हूँ। जब से मौसी को बाकायदा किराया देने लगी हूँ, बैंक बाबू वाला खतरा भी टल गया है।

रोशन : किराया मेरी वजह से दे रही हो। तुम्हें मेरी मदद करनी चाहिए। मैंने माताजी-पिताजी से कह छोड़ा है कि मैं तुमसे शादी कर रहा हूँ।

राजराजेश्वरी : मुझसे पूछे बगैर?

रोशन : शादी के बारे में तो माँ-बाप से पूछा जाता है। मैंने माताजी-पिताजी से पूछ लिया है।

राजराजेश्वरी : मेरे माँ-बाप नहीं हैं। तुम्हें मुझसे पूछना चाहिए था।

दोनों हाथ जोड़ता है : लो अब पूछ लेता हूँ। देवीजी इस मुसीबतजदा मर्द की इमदाद करनी कि नहीं? मैं दो महीने का उन्हें टाल रहा हूँ कि मैंने शादी तो राजकुमारीजी से ही करनी है। उन्हें यकीन ही नहीं हो रहा। जरा घर चल के उनसे कह दो।

राजराजेश्वरी : जब खुद मुझे यकीन होगा तब कहूँगी ना।

रोशन : अब किस तरह यकीन दिलवाऊं? हाथ तो जोड़ रहा हूँ। पांव भी पड़ूं?

राजराजेश्वरी : न हाथ जोड़ने की जरूरत है, न पांव पड़ने की। जरूरत है मुट्ठी गरम करने की। **रोशनलाला के बटुए की ओर इशारा करती है :** मिस्टर रोशनलाल मेरी मुट्ठी में रख दो सारा माल।

रोशन : ये तो ज्यादती है।

राजराजेश्वरी : जब तुम्हारे ही घर जाने हैं तब मेरे बटुये में जायें या तुम्हारें में, एक ही बात है। अगर आपस में इतना भी विश्वास नहीं है तो हम लोगों का कुंवारा रह जाना क्या बुरा है?

सुनकर रोशन थोड़ा हिचकता है मगर आखिर में बटुआ दे देता है : यकीन तो मेरे को तुम पर इतना है कि कहो तो कपड़े भी उतार के दे दूँ?

राजराजेश्वरी : मैं पुराने कपड़े बेचने के धन्धे में नहीं हूँ। अच्छा तो चलती हूँ, लौट के मिलती हूँ।

रोशन : नहीं, तुम यहीं बैठी रहो। मैं काका को हबीबउल्लाह साहेब के यहाँ से ले आऊं, फिर साथ ही चले चलने हैं रोशन महल में।

हबीबउल्लाह अपने केबिन में। मेज पर नोटों की एक गड्डी रखी है। काका उससे खेल रहा है। रोशन आता है : मे आई कम इन सर?

हबीबल्लाह : आओ रोशन, अपनी अमानत सम्हालो।

रोशन : थैंक्यू सर।

रोशन गड्डी जेब में रखता है और काका को गोद में उठाता है : चल काके।

काका : खुदा हाफिज।

हबीबउल्लाह : खुदा हाफिज।

हबीबउल्लाह के कमरे में प्रवेश करने से पहले श्यामलाल रोशन और काका की ओर ध्यान से देखता है और अन्दर प्रवेश कर हबीबउल्लाह को आदाब करता है : इनकी खुदा हाफिज के बाद मेरी आदाब अर्ज सुनो वकील साहेब।

लाजो और हवेलीराम अपने कमरे में हैं। हवेलीराम हल्का चिन्तित है : कुलभूषण घण्टे भर इंतजार करके चला गया। पता नहीं कहाँ रह गया रोशन?

लाजो : मेरे को तो इन बच्चों की कोई बात ही समझ में नहीं आती। मेरे को तो अब ये लगने लग पड़ा है कि राजकुमारी वाली बात भी रोशन के मसखरेपन की निशानी है।

रोशन और राजराजेश्वरी आते है : नहीं माताजी, राजकुमारी वाली बात रोशन की संजीदगी की निशानी है। क्यों भई काके?

काका : हाँ भई ताये?

रोशन : पिताजी-माताजी अपनी होने वाली बीबी रानी से मिलो। राजकुमारी राजराजेश्वरी।

राजराजेश्वरी सिर पर पल्लू रखती है और हवेलीराम तथा लाजो के पांव छूती।

लाओ : तुम्हें अपनी बहू बनाते हुए हमें बहुत खुशी होगी। लेकिन कहीं तुम हमें सास-ससुर बनाकर मुसीबत में ना पड़ जाओ बेटी। थोड़ा सोच लो।

रोशन : जी सोचना क्या है? राज ने तो आप अपनी मरजी से गरीबी की जिन्दगी चुनी है।

हवेलीराम : बहुत बड़ी बात है। इससे तुझे भी कुछ सीख लेनी चाहिए।

रोशन : बस अब एक-दूसरे की ट्रेनिंग में ही रहने हैं पिताजी।

लाजो : रोशन पुत्तर, शादी की तारीख इतवार से पहले की रखना। भूषण हौरी इतवार को छुट्टी चले जाने हैं।

रोशन : तो हमने शनिवार को कर लेने है। शनिदान और कन्यादान इकट्ठे हो जाने हैं।

हवेलीराम : बारात किधर जानी है?

रोशन : बारात ले किसने जानी है? छब्बीस घण्टे का रास्ता है यहाँ से इसकी रियासत का। और फिर इसके माताजी-पिताजी तो गुजर चुके हैं। वहाँ जाकर क्या करना है?

लाजो : तो ब्याह यहाँ इसकी कोठी में होना है?

रोशन : जी उसमें तो इन्होंने आश्रम खोल रखा है।

हवेलीराम : तो रिहाइश किधर है? कार्ड में पता देना होना।

रोशन : फिलहाल शनिचर तक इधर होटल में और फिर इधर रोशन महल में।

लाजो : तो ब्याह होटल से ही होनी है?

राजराजेश्वरी : गरीब मुल्क में तड़क-भड़क देखकर मुझे बहुत तकलीफ होती है। और फिर मैंने सुना है कि आप लोग भी फिजूलखर्ची के बहुत खिलाफ हैं।

रोशन : करैक्ट। आर्यसमाज मन्दिर में सिम्पल-सी सेरेमनी करनी है। क्यों भई काके?

काका : हाँ भई ताये।

सतबीर आता है और काका को रोशन की गोदी में देख के ठिठकता है : काका यहाँ है? तेरे पास?

रोशन : हाथ कंगन को आरसी क्या? और पढ़े-लिखे को फारसी क्या?

सतबीर : मैं पूछ रहा हूँ, तेरे पास कैसे है?

रोशन : क्योंकि मेरे पास है।

सतबीर : माताजी आप तो कह रहे थे कि काके को कन्नी ले गई है?

रोशन : कन्नी के पास से मैं ले आया। ले अब फटाफट मिल अपनी होने वाली भरजाईजी से। राज, सत को तो तुम जानती ही हो।

राजराजेश्वरी : जानती हूँ और कभी भूल नहीं सकती। मेरे लिए ये बहुत लकी साबित हुए। इनकी वजह से ही तुम मुझे मिले।

सतबीर आधे-अधूरे ढंग से नमस्ते करना है : नमस्ते जी।

फिर लाजो से मुखातिब होता है : माताजी मैं पूछ सकता हूँ कि मेरे से हमेशा झूठ क्यों बोला जाता है?

रोशन : राजकुमारीजी से मेरी शादी होने की बात सच्ची है बिरादर।

सतबीर : माताजी मैं कन्नी के पास से होकर आ रहा हूँ। वो काके को लेकर नहीं गई। रोशन, सच बोल कहाँ ले गया था काके को?

काका : मैं पापा के बड़े मकान में गया। मेरे को टॉफी दी। आप भी लो पापा।

बच्चा टॉफी आगे बढ़ाता है। सतबीर उसका हाथ झटक देता है : नहीं लेनी मेरे को!

लाजो बच्चे को उठाकर भीतर जाने लगती है : बच्चे से क्यों गुस्सा करता है?

सतबीर : मैं तेरे से कह रहा हूँ। बताता क्यों नहीं है काके को कहाँ ले गया था?

श्यामलाल आता है और लाजो को भीतर जाता देखता है : काका की बड़ी धूम है हर कहीं! नमस्ते हवेलीराम जी! अरे वाह राजकुमारी जी भी यहीं हैं? नमस्ते जी।

रोशन : श्यामलालजी। राजकुमारी राजराजेश्वरी से मेरी शनिवार को शादी हो रही है।

श्यामलाल : जब तो उत्तरकाशी से अपनी बुआजी को भी बुलवाओगे? लालाजी को सुनकर बहुत खुशी होगी।

हवेलीराम : बाहर वालों के सामने क्यों झगड़ते हो पुत्तर?

श्यामलाल : अजी बाहर वाला क्यों कहो हो मुझे? आपकी बहन वीरांवाली की मार्फत हम तो आपस में जुड़े हुए हैं। बल्कि मैं तो उनके समाचार देने ही यहाँ हाजिर हुआ था। उत्तरकाशी में बीमार पड़ी हुई हैं। रोशन की शादी पर उन्हें जरूर बुलवाएं, यहाँ अच्छा इलाज हो जाएगा।

सतबीर : हमने इस बारे में सलाह करने आपको यहाँ बुलाया है?

श्यामलाल : नहीं जी, मैं खुद चला आया हूँ।

सतबीर : पूछ सकता हूँ क्यों?

श्यामलाल : दो-एक छोटी-मोटी बातें बताने। एक तो बता ही दी कि मास्टर हवेलीराम की बहन वीरांवाली उत्तरकाशी में बहुत बीमार हैं। दूसरी ये भैया कि तुम नाक यूं ना पकड़ के यूं पकड़ने में कमाल ही कर गये।

सतबीर : मतलब?

श्यामलाल : मतलब लाला वृषभान से पैसे सीधे नहीं लिये। अपने भाई रोशनलाल की मार्फत ले लिये।

सतबीर : ये झूठ है।

श्यामलाल : अपने भाई से पूछो कि आज जब हबीबउल्लाह साहब के यहाँ से काका को लेने गया था तब कुल कितने की प्राप्ति हुई वहाँ से?

सतबीर : काका को? हबीबउल्लाह साहेब के यहाँ के?

श्यामलाल : और तीसरी बात ये कहनी थी कि लाला वृषभान को काका से बहुत प्यार है। ले बेटे, लाला वृषभान ने तेरे वास्ते खिलौना भेजा है।

खिलौना निकाल के काका को दिखाता है। सतबीर खिलौना छीन लेता है और श्यामलाल को वापस करता है : नहीं...।

* * *

हवेलीराम के क्वार्टर का मुख्य कमरा। पंजाबी दुल्हन की पोशाक पहनी राजराजेश्वरी और उसका मुँह देखती मोहिनी। राजराजेश्वरी समझ नहीं पाती कि क्या कहे। कमरे में कुछ और औरतें, रोशन तथा काके को गोद में लिये लाजो भी है। मोहिनी राजराजेश्वरी से पूछती है : जरा अपने बाप का नाम बता पुत्तर?

राजराजेश्वरी : पिताजी का नाम?

रोशन : पिताजी का नाम महाराजाधिराज महाबली सिंह जी!

मोहिनी : आई...! महाबली महाशयां की बेटी...?

रोशन : महाशयां की नहीं, निक्के की नानी, महाराजे की।

मोहिनी : आई...महाबली महाराजे की बेटी हमारी लस्सी गई पी, हमारा मक्खन गई खा, आई बछड़ों की माँ।

काका : बछड़े किधर हैं?

लाजो : बछड़े आ जाने हैं, सबर कर!

मोहिनी : लो जी कुशल्या बहन। अब आप देखो मुँह रोशन की बीबी का।

कौशल्या : मुँह तो लड़की का देखा हुआ है। चूल्हे पीछे घड़ा है, वास्ता पहले भी पड़ा है। मुसीबतजदा औरतां वास्ते चन्दा करती आई थी ये राजकुमारी यहाँ पहली बारी।

मोहिनी : अब इसने किसके वास्ते चन्दा करना है? रोशन के ...?

रोशन : आहो जी निक्के की नानी जी। साथ में आपको भी ले जाना है इसने। क्योंकि आप तो वसूली का हर हथकण्डा जानते हो।

अब एक बुढ़िया मुँहदिखाई कर रही है : तेरी माँ ने बनाया चूरमा, तेरा बाप ले आया मिठाई, तूने लप्प-गड़प्प खाई, अरे वाह, जरा नहीं शर्माई? मैंने कहा लाजो, तेरी बीबीरानी को तो बड़ी हंसी आती है।

लाजो : बीवीरानियों की हंसी से ही रौनकें होती हैं आंगनों की।

मोहिनी : बहुत सर मत चढ़ाओ समधन। जो तुमने बिठाया परछत्ती, इसने ले लेनी अपनी पत्ती।

लाजो : बेशक ले। सारा कुछ ही इसका है।

बुढ़िया : वाह जी, लाजो की बीवीरानी तो बहुत ही सोणी आई है। सूरत ऐसी कि देखते आँखें नहीं थकतीं।

रोशन : माताजी, आप मेरे वाले डायलॉग क्यों बोलने लग पड़े?

बुढ़िया : क्या कहा पुत्तर ने, मेरे को भी समझाओ।

लाजो : ऐसे ही मसखरी करता है रोशन।

बुढ़िया : मसखरी तो सारी ही निकल जानी है अब इसकी। दूल्हे पल्ले बांध बादाम, दुल्हनि[illegible] आई तेरी जवान।

मोहिनी : दुल्हनिया की जवानी से आप क्यों परेशान होने लग पड़े बन्तो बहनजी?

सब लोग हंसते हैं : मेरे ख्याल अब बीवीरानी को आराम करने दो।

औरतें उठने लगती हैं। मोहिनी उठते-उठते कहती है : वैसे इस महलों वाली को यहाँ किधर से आराम मिलना है? मैं तो कहती हूँ कि इसे और रोशन को थोड़े दिन वास्ते हमारे यहाँ भेज दो।

रोशन : निक्के की नानीजी, आपका दिल सचमुच उतना ही बड़ा है जितनी मेरी बीवी की रियासत। आपको बहुत-बहुत शुक्रिया। लेकिन हम तो यहीं रहेंगे।

हाथ में एक पर्दा लिये सतबीर क्वार्टर के मुख्य कमरे और उसके पीछे रसोई के तौर पर इस्तेमाल की जाने वाली जगह के बीच वाले दरवाजे पर लटका रहा है। कमरे की दूसरी तरफ से पहले रोशन की आवाज सुनाई देती है : *(गाकर)* दम भर जो उधर मुँह फेरे, ओ काके ए-ए-ए, मैं इनसे प्यार कर लूंगा, बातें हजार कर लूंगा।

रोशन राजराजेश्वरी तथा सतबीर को पर्दा लटकाते देख शाबाशी देता है : वाह! क्या परदा पड़ा प्यारा, एक बेडरूम न्यारा...। सत, तूने सचमुच मेरी बड़ी सेवा की है। बोल बिरादर तेरे को क्या इनाम दूँ?

सतबीर : मैंने तेरे से कोई इनाम नहीं लेना, सिर्फ सफाई लेनी है। अभी तेरे को फुर्सत हुई कि नहीं उस बारे में बात करने की?

रोशन : मैंने तो तेरे से उसी दिन कह दिया था कि श्यामलाल झूठ बोलता है।

काका : के मैं झूठ बोल्या?

रोशन : कोई ना, जी कोई ना...।

काका नाचता है : ओ आं-अहुँ, ओ आं-अहुँ। तायाजी नाचो।

रोशन भी नाचता है : हाँ जी नाचो, सारे ही।

हवेलीराम और लाजो आते हैं : बीवीरानी ने तो आते ही सबको नचवाना शुरू कर दिया।

हवेलीराम हँसता है। और लोग भी।

लाजो : चलो मास्टरजी, आज की तारीख में भी आखिर हँस ही लिये।

सतबीर के तेवर से हँसी-खुशी गायब हो जाती है। वह लाजो से मुखातिब होता है : माताजी, रोशन से कहो मेरे से उस बारे में बात करे।

लाजो : पुत्तर मैंने कहा था ना कि ब्याह में रंग में भंग ना कर। अगर तेरे को रोशन की सफाई पसन्द नहीं ना आई है तो बाद में बात कर लेना।

हवेलीराम : नयी नवेली बीवीरानी के सामने इस तरह का किस्सा-कहानी लेकर बैठ जाना तो ठीक नहीं।

सतबीर : ठीक है तो कल रिसैप्शन के बाद।

सतबीर भीतर चला जाता है। काका उबासी भरता है।

लाजो : काके को नींद आने लग पड़ी?

हवेलीराम : क्यों काके, आज किधर सोना है? पापा जी के साथ कि दादा जी के साथ?

काका : ताईजी के साथ।

लाजो : दुर फिटे मुँह।

राजराजेश्वरी काके को गोद में उठा लेती है और उसे प्यार करती है।

काके : मेरे को साथ सुलाओगे ना?

राजराजेश्वरी : जरूर।

राजराजेश्वरी एक आइने के सामने खड़ी होकर तैयार हो रही है। काका उसकी शृंगार की चीजों से खेल रहा होता है।

राजराजेश्वरी : काका शीशी गिरा मत देना।

काका : मैंने खुशबू लगानी।

राजराजेश्वरी : ठहर, अभी दूंगी।

काका : आप गंगा की मौज हो क्या?

राजराजेश्वरी : किसने कहा?

काका : रात में तायाजी आपसे कह रहे थे।

राजराजेश्वरी मुस्कुराती है और काका को चपत लगाती है : मगर तू किसी को बताना मत।

कफ के बटन लगाता रोशन पर्दे से इधर आता है : ये काका तो तुम्हारे वास्ते परमानेन्ट चिपके हसन बन गया। बाहर जा। तेरा पापा लड्डू बांट रहा है।

काका : मैंने ताईजी के साथ जाना।

रोशन : ओए नानी के चरखे। इस तरह ताईजी के साथ जाया करेगा तो लोग यही समझने हैं कि ताईजी साथ ले के आई है।

काका : मेरे को ताईजी का नाम भी पता चल गया।

राजराजेश्वरी : क्या नाम है?

काका : सोणियो, मलाई के दोणियो। क्यों तायाजी? आप ऐसे ही तो बुलाते रहे थे रात में।

रोशन तथा राजराजेश्वरी हँसते हैं। रोशन काके को गोद में उठा लेता है : इस तरह हम बुला सकते हैं, तू नहीं।

राजराजेश्वरी : साड़ी का फाल ठीक नहीं आया। जरा नीचे से खींचना प्लीज।

रोशन बैठकर साड़ी खींचता है : आपकी सारी दासियां कहाँ चली गई प्रिंसेस?

राजराजेश्वरी : आपके दासों के साथ भाग गईं प्रिंस।

काका : कौन भाग गई?

रोशन : चरखे की नानी भाग गई।

काका : किसके साथ?

रोशन : नानी के चरखे के साथ।

काका : मेरे साथ तो भागीं भी नहीं।

राजराजेश्वरी बुन्दे पहनती हुई आती है और रोशन को नये ड्रेस में सजा-धजा देख नाराज-सी होती है : तुम ड्रेस वाले से फिर ये पोशाक भाड़े पर ले आए रोशन? प्लीज़ इसे उतारो।

रोशन : तो रिसैप्शन में कच्छे-बनियान में जाऊं?

राजराजेश्वरी : तुम्हारे पास अपने कपड़े भी तो हैं। उन्हें पहनो।

रोशन : मैं तो समझता था कि तुम्हें इस पोशाक से खास प्यार होगा क्योंकि इसे पहनकर ही मैं तुम्हें रिझाने पहुँचा था।

राजराजेश्वरी : धोखा देने पहुँचे थे तुम। और मैं भी धोखा देने आई थी। रोशन, उस धोखाधड़ी को अब खत्म करो।

रोशन : खत्म ही है।

राजराजेश्वरी : अपने माता-पिता जी को बता दो। मैं तुमसे शादी से पहले से कह रही हूँ।

रोशन : उन्हें बता दिया तो उन्होंने दुनिया को बता देना है। और फिलहाल मेरा फायदा इसी में है कि दुनिया समझे कि मेरी शादी एक राजकुमारी से हो गई है।

लाजो आती है : अरे जल्दी तैयार हो तो! लोग आने भी लग पड़े हैं। और ये क्या तू बहुरूपिया क्यों बना हुआ है रोशन? चल बदल कपड़े और फटाफट आ बाहर।

राजराजेश्वरी : माताजी! मैं आपको एक बात बताना चाहती थी।

लाजो : क्या बात है बीवीरानी?

राजराजेश्वरी : माताजी असल में मैं एक मामूली लड़की हूँ।

लाजो : ना बीवीरानी, ना। तू तो लाखों में एक है।

बोलती हुई लाजो काका को गोद में उठा लेनी है और जाने लगती है। राजराजेश्वरी रोशन के आँखों से इशारा करने के बावजूद लाजो की ओर बढ़ती है : माताजी...।

तभी बाहर से हवेलीराम आता है : लाजोजी, पकौड़ों के लिए बेसन की मांग हो रही है।

लाजो : बेसन तो वहीं रखा है। चलो।

हवेलीराम : ये बीवीरानी कुछ कहना चाह रही है शायद।

लाजो : बीवीरानी तो कहती है मैं बहुत मामूली लड़की हूँ।

हवेलीराम : इसका ऐसा कहना ही बताता है कि ये मामूली नहीं है।

हवेलीराम के क्वार्टर के बाहर कनात लगा के बहुत सादा-सा रिसैप्शन दिया जा रहा है। ज्यादा लोग नहीं हैं। मुंशीजी आते हैं और एक सोफे पर बैठे रोशन-राजराजेश्वरी की ओर बढ़ते हैं : ले भई, आ गये मुंशी खजानचंद।

रोशन उठता है और उसको देखकर राजराजेश्वरी भी। राजराजेश्वरी पांव छूने झूकती है तो रोशन बताता है : राज, ये हमारे दादाजी के मुंशीजी।

सुनकर मुंशी मूव होता है : राजकुमारियों से पांव छुआना, ये तो चंगी बात नहीं है।

रोशन : अब तो ये इस घर की बीवीरानी है।

मुंशी : साईं जीवी रखे पुत्तर। सदा सुहागन रहो। मैंने कहा छोटे लाट...?

हवेलीराम तथा लाजो को इधर आता देख रोशन पुकारता है : पिताजी, मुंशीजी बुला रहे हैं।

हवेलीराम : कहो जी मुंशीजी।

मुंशी : मैंने कहा, हमारा रोशन देर से लाया मगर दुरुस्त लाया। लेट, बट, रब तुम्हारा भला करे, फर्स्ट रेट।

हवेलीराम : और मुंशीजी आपकी अंग्रेजी, सिम्पली ग्रेट!

मुंशी : आखिर मास्टर हवेलीराम के साथ बैठकर सीखी है। तो छोटी लाटनी, कब खिलवाने पराठे नई बेटी के हाथ के?

लाजो : आप जब कहो मुंशीजी।

मुंशीजी : और वो सतबीर किधर?

हवेलीराम : उधर सेवा में जुटा है।

सतबीर सर्विंग ट्रे पर शर्बत के ग्लास रख रहा है, लेकिन उसका ध्यान ट्रे पर नहीं, हबीबउल्लाह पर है जो हाथ में एक गिफ्ट पैकेट ले के रोशन-राजराजेश्वरी की ओर बढ़ रहा है। तभी मुंशीजी उसके कन्धे पर हाथ रखता है : और सुना भई सतबीर!

सतबीर : पैरीपोना मुंशीजी।

मुंशी : जीता रह पुत्तर। लिव लौंग सन। मगर तू इतना सुस्त कैसे पड़ा है? अब तो तेरे वास्ते लाइन क्लियर हो गई। तेरा भी हो जाना है ब्याह।

सतबीर : जी, मैंने करना ही नहीं।

मुंशी : जरूर करना है। और सुना, इस तरह का फीका-फीका ब्याह नहीं, धूम-धड़ाके वाला।

सतबीर इसका कोई जवाब नहीं देता। ट्रे लेके एक बार मुंशीजी की ओर बढ़ाता है : मुंशी जी, शर्बत।

राजराजेश्वरी एक मखमली डिब्बा खोल के देख रही है जिसमें हार है। रोशन और हबीबउल्लाह उसके पास खड़े हैं : ये तो बहुत ही प्यारा तोहफा है। हम लोग लाला वृषभान का शुक्रिया अदा करने जल्दी ही आएंगे।

हबीबउल्लाह : वो तो आज खुद आना चाहते थे लेकिन इधर जो कुछ हुआ है उसकी वजह से मैंने ही उन्हें मना कर दिया।

रोशन : नहीं, चंगा किया। वरना सतबीर ने जरूर कोई बखेड़ा खड़ा कर देना था।

हबीबउल्लाह : बच्चे को किसी तरह भिजवा सकते हो? जे.बी. की तबीयत इधर नासाज है और वो उसे मिस कर रहा है।

रोशन : मैं क्या बताऊं? श्यामलालजी ने सारा काम बिगाड़ दिया। खैर, फिर भी करता हूँ कोशिश।

मोहिनी को रोशन की तरफ आता देख हबीबउल्लाह खिसक लेता है। रोशन के पास पहुँचकर मोहिनी पूछती है : ये तो लाला वृषभान हौरी का वकील है शायद?

रोशन : आपसे क्या छिपा है निक्के की नानीजी?

मोहिनी : उन लोगों की ओर से बीवीरानी वास्ते कोई जेवर-शेवर लाया होना है?

रोशन : आप तो सब समझते हो निक्के की नानी जी।

मोहिनी : दिखा तो जरा।

राजराजेश्वरी डिब्बा बढ़ाने को होती है लेकिन रोशन झपट लेता है : देखो मत निक्के की नानीजी। गश आ जाना है। आपकी बेटी-जवाई तो यहाँ हैं नहीं। मुसीबत हमारी हो जानी है।

मोहिनी फिर भी डिब्बा ले लेती है और हार खोल के देखती है : मैंने आप पहना हुआ है एक-से-एक हार। इस तरह का भी था मेरे पास।

रोशन : लाला वृषभान को आपने ही बेचा होना है।

मोहिनी की खिंचाई खत्म करने की नीयत से राजराजेश्वरी बोलती है : वो लोग गये शिमले?

मोहिनी : हाँ।

रोशन : शादी मेरी हुई, हनीमून मनाने प्राजी गये।

मोहिनी : तेरे को क्या कमी है? तू भी तो जा रहा होना है हनीमून मानने वास्ते।

रोशन : निक्के की नानीजी, मेरा मन तो इसी उलझन में है कि हनीमून गाजियाबाद में मनाऊं कि गुड़गांव में?

मोहिनी : मजाक करता है। तुम तो कहीं फौरिन कन्ट्री जा रहे होने हो।

रोशन : फौरिन में ये उलझन है कि लंदन जाएं कि वाशिंगटन।

मोहिनी : दोनों ही जगह चले जाना। पास में पैसा हो तो दो क्या चार-चार जगह हनीमून मनाओ।

हबीबउल्लाह, काका, हवेलीराम और लाजो एक कोने में खड़े हैं। हबीबउल्लाह की हथेली में चार टॉफियां हैं, काका जिन्हें गिन के उठा रहा है : एक-दो-तीन-चार, बस!

लाजो : और ज्यादा का क्या करना है तेरे को?

हबीबउल्लाह दूसरी जेब से चार और टॉफियां निकाल के देता है।

काका : खायेगा खाने वाला।

हबीबउल्लाह : खायेगा, खायेगा...।

हवेलीराम : इस गीत की खबर आप तक कैसे पहुँच गई?

हबीबउल्लाह : ये बच्चा अक्सर आता है ना मेरे यहाँ।

हवेलीराम : गोया श्यामलाल जी सही कह रहे थे कि काका को उन्होंने आपके और लाला वृषभान के पास देखा। सत से पूछे बगैर बच्चे को वहाँ भेज के रोशन ने ठीक नहीं किया।

हबीबउल्लाह : इसके लिए मैं ही गुनहगार हूँ। मैंने ही रोशन पर जोर दिया। दरअसल आपकी बहन वीरांवाली इस बच्चे के बारे में वृषभान को सब कुछ बता गई। फिर जब लभायाराम की शादी के रिसेप्शन के बाद उसने सुभद्रा से सुना कि बहुत ही प्यारा बच्चा है, तो जिद करने लगा कि उसे यहाँ लाओ।

लाजो : सुभद्रा बहन को पता है कि ये...।

हबीबउल्लाह : नहीं, वो समझती हैं कि सतबीर का है।

सतबीर हबीबउल्लाह वगैरह की ओर ट्रे ले के बढ़ रहा है। जब वह पास पहुँचता है तब काका कह रहा होता है : बस टॉफी ही लाए? और कुछ नहीं?

हबीबउल्लाह अपनी जेब में हाथ डालता है : कुछ ती और जरूर लाए होंगे साहब।

और जेब से एक खिलौना निकाल के देता है।

सतबीर : हबीबउल्लाह साहब, मेरे को ये तो पता था कि लाला वृषभान एण्ड कम्पनी घूस देने में यकीन करती है। मगर मैंने ये नहीं सोचा था कि छोटे बच्चों तक को घूस देकर गुमराह करती होगी। हबीबउल्लाह साहब, इन हरकतों से बाज आइए। वरना...।

लाजो : होश कर सत! ये क्या तरीका हुआ मेहमानों के साथ बात करने का?

सतबीर : ये मेहमान-मेजबान जो भी हैं सब रोशन के हैं, मेरे नहीं। रोशन को लालच है, आप रोशन को खरीद सकते हो। हबीबउल्लाह साहब मेरे को नहीं।

हवेलीराम : सत्यवीर! ये कोई मौका है लड़ने का?

मोहिनी और मुंशीजी साथ खड़े हैं। मुंशीजी मोहिनी का ध्यान खीचते हैं : ये गरमागरमी क्या होने लग पड़ी?

मोहिनी : जी कुछ नहीं। एक नाटक है ये भी। सतबीर मुँह से कहता जाता है कि मेरे को लाला वृषभान के पैसे से घिन आती है और रोशन की मार्फत पैसा लेता भी चला जाता है।

मुंशी : रोशन कोई हेरा-फेरी कर रहा होना है। सत तो सन्तों बरगा बन्दा है। ना झूठ बोलता, ना लालच करता।

मोहिनी : हमें सब पता है कौन कैसा है। सन्त कोई है तो बिचारा भूषण। बाकी

तो ये सब बड़े सयाने हैं। देखो रोशन भी राजकुमारी ब्याह लाया। साथ खूब लाई होनी है मालमत्ता, जमीन-जायदाद रोशन वास्ते।

मुंशी : मैंने तो सुना इसने अपना सब कुछ देकर गरीबी अपना ली है।

मोहिनी : तो रोशन ने इसका सब कुछ लेकर अमीरी अपना लेनी है। बस एक हमारा भूषण ही छूट गया है पीछे। बेवकूफ। जब कि शुरू से उस पर ही सारी जिमेदारियां हैं।

लभायाराम और श्यामलाल आते हुए सतबीर की ओर बढ़ते हैं। उनकी ओर सतबीर की पीठ है।

श्यामलाल : अरे भाई प्रिंस ऑफ पुराना किला, लार्ड ऑफ लाजपतनगर। हम लेटलतीफों के लिए भी कुछ बचा है कि सब खत्म करा दिया?

सतबीर : आप...आप यहाँ फिर कैसे?

लभायाराम सतबीर की ट्रे में से कुछ उठा के श्यामलाल को देता है और खुद लेता है। श्यामलाल ग्लास से एक घूंट लेता है और निगाह घुमा के हबीबउल्लाह की तरफ देखता है जो रोशन से कुछ बात कर रहा है।

श्यामलाल : वाह! शादी की रिसैप्शन पर भी रोशन लाला वृषभान एण्ड सन से सौदेबाजी में जुटा है।

लभायाराम : आओ, जरा हम भी देखें क्या सौदा हो रहा है।

ये लोग जाते हैं। इनके पीछे-पीछे सतबीर भी जाता है।

हबीबउल्लाह रोशन से विदा ले रहा है। हवेलीराम, लाजो, मोहिनी, मुंशीजी और राजराजेश्वरी भी वहीं खड़े हैं। लभाया श्यामलाल और उनके पीछे-पीछे सतबीर वहाँ पहुँचता है। हबीबउल्लाह : अब इजाजत चाहूँगा हवेलीराम जी। कल रीजनल कमेटी के बाद कुछ न कर रहे हों तो आप और लाजवन्ती बहन मेरे साथ घर चलें।

हवेलीराम : जरूर चलेंगे।

हबीबउल्लाह : अच्छा रोशन, तुम फोन करना। कुछ तय कर लेंगे।

श्यामलाल : क्या तय करवा रहे हो वकील साहब?

सतबीर : आपने जो भी तय करना हो मेरे साथ करें। और लाला वृषभान से कह दें कि भले ही रोशन को झोली फैलाने की आदत हो, वो मेरा नाम ले के उसमें भीख नहीं डाल सकते।

हवेलीराम : सत्यवीर, मैंने तुझसे पहले भी कहा कि इस बारे में जो भी बहस करनी हो शादी के बाद करना।

सतबीर : शादी हो चुकी। अब मेरे से ज्यादा बर्दाश्त नहीं हो पाती ये धोखाधड़ी।

हबीबउल्लाह : यकीन मानो प्रिंस, तुम्हारे साथ किसी किस्म की धोखाधड़ी नहीं की जा रही है।

श्यामलाल : अजी, इस गरीब के साथ तो पैदाइश से भी पहले से धोखाधड़ी हो रही है।

रोशन : सत, इन श्यामलालजी की बातों में तू मत आ। तू जानता है कि ये कितने बड़े धोखेबाज हैं।

श्यामलाल अपना दोनों कान छूता है : तुमसे बड़ा नहीं रोशनलाल! तुम तो भैया अपने माँ-बाप से भी धोखा कर सको हो।

रोशन : जबान सम्हाल के बात करो श्यामलालजी। एक तो बिना बुलाए यहाँ आ गये और आते ही बकवास करने लगे पड़े।

श्यामलाल : ये लभायाराम लाया मुझे तो।

रोशन : मुझ पर ये झूठा इल्जाम लगवाने कि मैंने अपने माँ-बाप से धोखा किया है?

श्यामलाल : झूठा इल्जाम? भैया लभायाराम ये तुम्हारा घरेलू मामला है। तुम्हीं बता दो।

लाजो : क्या बात है लभाये?

लभायाराम : चाचीजी ऐसी कोई खास बात नहीं है। आप तो जानती हो कि रोशन को मसखरापन बहुत पसन्द है, इसी करके इसने आप लोगों से कह छोड़ा है कि ये भरजाई जी राजकुमारी हैं।

रोशन तथा राजराजेश्वरी की तरफ देखता हुआ हवेलीराम सन्न रहा जाता है : तो क्या, नहीं है?

लभायाराम : जी मेरे को निवेदिताजी के यहाँ से मालूम पड़ा कि ये राजकुमारी तो नहीं हैं। अलबत्ता किसी राजकुमारी की नौकरानी जरूर रह चुकी हैं।

रोशन : उन्होंने तो इस तरह का झूठ बोलना ही हुआ।

लभायाराम : बाहर श्यामलालजी की गाड़ी में भरजाईजी की मौसी बैठी हैं। वो भी झूठ बोल रही हैं? जाओ श्यामलालजी, बुला के लाओ उन्हें।

राजराजेश्वरी : उन्हें बुलाने की जरूरत नहीं है। ये लोग सच कह रहे हैं। मैं तो खुद आप लोगों को सच बता देना चाहती थी लेकिन इन्होंने रोक दिया।

सतबीर : इनसे यही उम्मीद थी।

मोहिनी : बड़े भाई को कभी बड़ा भाई नहीं माना, चलो कोई नहीं। मगर ये तो हद से भी हद है कि माँ-बाप को भी कुछ नहीं समझा? उनसे भी धोखा किया?

रोशन : मैंने कोई धोखा नहीं किया। हम लोग तो थोड़ी देर पहले ही माताजी को सब कुछ बताने लगे थे। इन्होंने सुना ही नहीं।

राजराजेश्वरी : मैंने कहा था ना माताजी, कि मैं एक मामूली लड़की हूँ।

हवेलीराम के चेहरे पर बेहद तकलीफ है।

लाजो : यही कोई नहीं समझता कि हम मामूली इंसान हैं। हमें भी बुरा लग सकता है।

सतबीर : रोशन तू मेरे को भी कुछ अपने आप बताने वाला हो तो बता दे। बाद में मत कहना कि मैं तो खुद कहने वाला था।

रोशन : क्या जानना चाहता है?

सतबीर : तू हबीबउल्लाह साहब से क्यों मिलता है?

रोशन : क्योंकि वो धन्धे में कभी-कभी मदद करते हैं।

सतबीर : लाला वृषभान के पैसों से?

रोशन : मेरे को पता नहीं किसके पैसों से। और उसके भी हों तो क्या?

सतबीर : मेरे को नफरत है उनके पैसों से।

रोशन : उनके पैसों से नफरत है तो आप अपने से भी होनी चाहिए। तू भी तो उनका ही है।

सतबीर : मेरे को है नफरत अपने से, सुना? और तू उस नफरत को बढ़ा मत रोशन वरना मैंने अपने भीतर लगी हुई आग से बेचैन होकर अपने बाहर भी आग लगा लेनी है।

लाजो : शुभ-शुभ बोल पुत्तर।

मुंशी : ये क्या हो गया है? क्यों इस तरह लड़ते हो? रोशन, जो बात सत नहीं चाहता वो मत कर।

रोशन : चंगा जी। मैंने ना हबीबउल्लाह साहब से मिलना, ना इसके काके को उनके पास भेजना। और अगर तू इसे गुस्ताखी ना समझे सत तो तेरे को याद दिला दूँ कि मेरी कल ही शादी हुई है।

मोहिनी : वो भी राजकुमारी से नहीं, नौकरानी से।

श्यामलाल अपने केबिन में फोन सुन रहा है। सामने लभायाराम बैठा है।
श्यामलाल फोन पर : अच्छा तो हबीबउल्लाह साहब ने ये कही कि वो बच्चा शहर से चला गया है? ठीक है। और जे.बी. साहब का पूरा ख्याल रखा करो भाई। हम तो उधर ज्यादा आ नही पाते।

फोन रखकर श्यामलाल रहस्यमयी मुस्कान मुस्कराता है। लभाया पूछता है : जी क्या खबर है?

श्यामलाल : खबर ये है जी कि जे॰बी॰ साहब काके के लिए तड़प रहे हैं और हबीबउल्लाह साहब ने कही है कि काका शहर से चला गया। इस काका को कभी अपने घर ला के मुझे खबर कर सकते हो?

लभायाराम : जरूर। जो हबीबउल्लाह साहब रोशन को देते रहे हों, आप मेरे को दिला देना।

* * *

लाजो-हवेलीराम अपने कमरे में हैं। थका हुआ-सा सतबीर बाहर से आता है। उसके हाथ में गैली प्रूफ है। उसके आते ही हवेलीराम अपने कागजात से निगाह उठाता हुआ जेब घड़ी निकालता है।

सतबीर : पिताजी ये आपकी किताब के पहले चैप्टर के गैली प्रूफ। एक नजर तो मैंने मार ली है, आप भी देख लो।

हवेलीराम : प्रूफ तू अच्छा पढ़ता है पुत्तर। लेकिन तेरे मन में हमेशा अंदेशा रहता है कि काम गलत होगा।

लाजो भीतर से तौलिया, साबुन और पानी लेकर आती है : आज तो तूने कल से भी ज्यादा देर कर दी?

सतबीर : जब मैंने अपनी मेहनत से आगे बढ़ने का फैसला किया है तब मेहनत से घबराना क्यों?

लाजो : सेहत का भी तो ख्याल रख। सबेरे छह बजे चला जाता है और रात को देर से लौटता है।

सतबीर : मेरी सेहत बिल्कुल ठीक है।

लाजो : चल, जल्दी हाथ-मुंह धो और खाना खा।

सतबीर तौलिया, साबुन और पानी लेकर बाहर आता है। अब लाजो छपनेवाली किताब की प्रूफ उठाकर देखती है और हवेलीराम से मुखातिब होती है : बधाइयां होवे मास्टरजी। प्रूफ आने लग पड़े आपकी किताब के। और क्या होंगे अभी? लेखक मास्टर हवेलीराम। वाह!

हवेलीराम : छाप तो रहा है सतबीर लेकिन पता नहीं आज के माहौल में कोई इन बातों को पढ़ना चाहेगा भी कि नहीं। कहीं अपने पहले ही पब्लिकेशन में मार ना खा जाये।

लाजो : नहीं मास्टरजी, आपकी ये किताब तो बहुत बिकनी है।

हवेलीराम : वैसे ही जैसे खादी बिकती है।

सतबीर आता है : काका किधर? भीतर सोया पड़ा है क्या?

लाजो : वो अपने ताया-ताई के साथ सैर वास्ते गया है।

सतबीर : रोशन को किस तरह ले जाने दिया आपने माताजी? मैंने मना किया था।

लाजो : काका जिद कर रहा था इस करके मैंने जाने दिया। और वैसे भी रोशन तेरा भाई है, दुश्मन नहीं।

रोशन कमरे में आता है। उसके पीछे-पीछे राजराजेश्वरी काका को गोद में लिये हुए आती है : माताजी मैं कई दिनों का इस कूढ़मगज को यही समझाने की कोशिश कर रहा हूँ। लेकिन ये मेरे को भाई मानने से इंकार करता है।

सतबीर : तू किसी का कुछ नहीं है। तू तो सिर्फ पैसों का सगा है।

रोशन : ये झूठ है। मैं बुरा हूँ मगर उतना नहीं जितना तू समझ रहा है।

सतबीर : मैं कुछ नहीं समझ रहा हूँ, दुनिया समझ रही है। तूने तो माताजी-पिताजी तक को धोखा दिया।

रोशन : उसके मेरे को कोई पैसे मिले? और मैंने माताजी-पिताजी से माफी मांग ली है।

हवेलीराम : रोशन ने आइन्दा सही रास्ते पर चलने का कहा है।

सतबीर : इसमें भी कोई पेंच होना है।

रोशन : पहले तेरे को हर चीज सीधी-सपाट दिखाई देती थी भोले बादशाह। अब हर कहीं पेंच ही नजर आने लगा है?

सतबीर : तेरे जैसे बरगे लोगों की वजह से।

काका : पापा-ताया लड़ते क्यों हैं?

इस दौरान राजराजेश्वरी भीतर जाती है और सतबीर का खाना लेकर आती है : काका ठीक कहता है। लड़ाई खत्म करो और खाना शुरू करो।

लाजो : जब दोनों ने धन्धा अलग-अलग कर ही लिया तब लड़ने की बात क्या हुई सतबीर?

सतबीर : आप मेरे से ही क्यों पूछते हो? इसने मेरे से धोखाधड़ी की लाला वृषभान के पैसे ले के। काके को उनके घर भेज के।

काका : लाला वृषभान के यहाँ जाना है।

सतबीर : वहाँ कभी मत जाना। खबरदार।

बेचारा काका घबरा के रोने लगता है। लाजो उसे अपनी गोद में उठा लेती है : काके को क्यों डांटता है? इसने कोई अपने-आप जाना है वहाँ?

सतबीर : रोशन के साथ तो चले जाना है।

रोशन : मैं जबान दे चुका हूँ कि मैंने इसे वहाँ कभी नहीं ले जाना।

सतबीर : तेरी जबान की कोई कीमत नहीं।

हवेलीराम : ये सही है सत कि रोशन काके को तुझसे पूछे बगैर लाला वृषभान के यहाँ ले गया, मगर इसके वास्ते हमने इसे डांट दिया है और इसने माफी मांग ली है। इसके बाद भी तू यही रट क्यों लगाए है?

लाजो : लाला वृषभान के यहाँ वो ले गया तो ऐसा कौन-सा गुनाह कर दिया?

सतबीर : मैं तो भूला जा रहा था माताजी कि आप भी उनके खैरखाह हो। आपने ही तो मेरे से उस पार्टनरशिप डीड पर दस्तख्त कराए, जिसे दिखाकर रोशन लाला वृषभान से पैसा लेता रहा।

लाजो : तू क्या चाहता है सत कि मैं भी तेरे से इस बात की माफी मागूं?

राजराजेश्वरी : लल्लाजी, आप खाना खाइए और बिना बात कड़वाहट मत बढ़ाइए। आप बेफिकर रहिए, हम काका को कभी लाला वृषभान के यहाँ नहीं ले जाएंगे।

सतबीर : ले गए तो मुझसे बुरा कोई नहीं होगा।

हवेलीराम : सत्यवीर समझौते, की बोली बोलो। चुनौती की नहीं।

जे॰बी॰, मंगला, वृषभान, सुभद्रा नाश्ते की टेबल पर बैठे हैं। सुभद्रा जे॰बी॰ से पूछती है : अंगूर लेगा जय?

जे॰बी॰ सुभद्रा के हाथ से अंगूर की पूरी प्लेट ले लेता है : सारे के सारे।

मंगला : तुम तो बिल्कुल काके की तरह करते हो।

वृषभान : उल्टी बात की मंगला तुमने। वो काका जय की तरह करता है। जय की बचपन में यहीं आदत थी।

जे॰बी॰ : पता नहीं हबीबउल्लाह साहब का मुवक्किल कब तक बाहर रहने वाला है? बच्चे के आने से सब का मन लगा रहता था। बहुत प्यारा बच्चा है।

श्यामलाल आता है : नमस्ते लालाजी, नमस्ते लल्ली। मैं भीतर आ सकूँ?

सुभद्रा : आओ भाईसाहब, नाश्ता करो।

श्यामलाल : नहीं, नाश्ता तो मैं करी आया।

वृषभान : तो फिर नाश्ते के वक्त कैसे पहुँच गये सबेरे-सबेरे।

श्यामलाल : मैंने कही कि जे.बी॰ साहब की मिजाजपुर्सी करी आऊं। कल दफ्तर से जल्दी चले गये थे।

मंगला : जल्दी? घर तो रोज के ही टाइम पर पहुँचे थे।

श्यामलाल : दफ्तर से तो डॉक्टर के यहाँ गये बतावें।

वृषभान : मुझे तो तुमसे कुछ नहीं बताया जय?

जे॰बी॰ : पापा, ऐसी कोई खास बात नहीं थी। चेकअप के लिए जाना ही होता है। ...तो आप सबेरे-सबेरे मुझे जबरदस्ती बीमार बनाने आए हैं श्यामलालजी?

श्यामलाल : जरूर मेरे समझने में कोई गलती हुई होगी। मैंने तो यही सुनी कि दफ्तर में तबीयत खराब हुई।

मंगला : जय, सच बताओ ना। रात तुम कराह भी बहुत रहे थे। और दो बार उठ के बाथरूम भी गये।

जे॰बी॰ : तुम्हें उसी समय बता दिया था मंगला कि बाहर का खाना खाने से बदहजमी हो गई है।

मंगला : रोज ही कुछ-न-कुछ हो जाता है तुम्हें। मुझे तो बहुत फिकर हो रही है।

वृषभान : मुझे भी। यू लुक वैरी पुल्ड डाउन।

जे॰बी॰ : आई नैवर फैल्ट बैटर इन माई लाइफ। मैं आपको हंसता-गाता नजर आता हूँ कि बीमारों की तरह रोता-कराहता?

वृषभान : तुम्हारी ये हंसी-खुशी दिन-ब-दिन बढ़ती जाती कमजोरी को ढँक नहीं पा रही जय। कल क्या कहा तुझे डाक्टर ने?

जे॰बी॰ : मुझसे तो वही कहा जो हमेशा कहते हैं कि हालत सुधर रही है।

वृषभान : कहता तो मुझसे भी यही है।

जे॰बी॰ : तो आप अपने को उनसे बड़ा डॉक्टर मानना छोड़ दें पापा।

श्यामलाल : अजी कैसे छोड़ दें? साफ नजर आ रहा है कि कमजोरी बढ़ रही है। असर कर रहा है उसका तंतर-मंतर। मैं तो गण्डा भी लाया। तुमने उठा के फेंक दिया।

श्यामलाल सुभद्रा को एक पुड़िया देता है : लल्ली, इस पुड़िया की भभूत दूध में मिला कर पिला दिया करो रोजाना।

जे॰बी॰ : आप यहाँ नीम-हकीमी करने आये हैं श्यामलालजी?

श्यामलाल : मैंने अर्ज किया ना कि मैं मिजाजपुर्सी के वास्ते आया हूँ। और सो भी मैं आज दफ्तर में कर लेता। इस समय आने की वजह तो एक और थी।

जे॰बी॰ : क्या?

श्यामलाल : वो जो काका करके है ना बच्चा? अभी कालका मन्दिर जाते हुए वो मुझे रास्ते में दिखाई पड़ा।

प्रतिक्रिया के लिये श्यामलाल सबके चेहरे देखता है। वृषभान-सुभद्रा परेशान हैं और जे॰बी॰-मंगला हैरान : हबीबउल्लाह साहब तो कह रहे थे कि वो शहर से बाहर चला गया है।

श्यामलाल : मैंने भी जे.बी. साहब और हबीबउल्लाह साहब की इस बारे में बातचीत सुनी थी। जे.बी. साहब बच्चे से मिलने की कह रहे थे। वो मुझे दिखाई दे गया तो...।

जे.बी. : आप उसे लाए?

श्यामलाल : अजी मैं कैसे उसे उठा लाता? मैं तो सिर्फ ये बताने आया हूँ कि बच्चा शहर में ही है। कालका मन्दिर से पहले लाजपतनगर बना है ना, वहीं दिखाई दिया। आप इन्क्वायरी करा लो।

जे.बी. : तो क्या हबीब चाचा झूठ बोल रहे थे?

सुभद्रा : हो सकता है वो लोग शहर में लौट आए हों।

वृषभान : या इन्होंने कोई और बच्चा देखा हो।

श्यामलाल : आप कहो तो मैं वहाँ जाके इन्क्वायरी करूँ?

वृषभान : आपको तकलीफ करने की कोई जरूरत नहीं है।

श्यामलाल. : आप तो मेरे लिए कुछ ज्यादा ही आराम कराने लगे हो लालाजी।

वृषभान : ानीमत समझिए पूरा ही नहीं करा दिया।

हवेलीराम बैठा हुआ किताब के गैली प्रूफ पढ़ रहा है। रोशन और राजराजेश्वरी कहीं बाहर जाने के लिए तैयार हो चुके हैं। राजराजेश्वरी के मुँह से निकलता है : पिताजी, अब हम चलें? दाल-सब्जी बना के रख दी है। आटा गूंथ दिया है।

हवेलीराम : तुम्हारे आने से बहुत सहारा हो गया है बीवीरानी। एक तरह से ये अच्छा ही हुआ कि तुम राजकुमारी नहीं निकली।

रोशन : सचमुच की राजकुमारी होती तो भी माताजी को काम नहीं करना पड़ता। नौकर-चाकर रहते ढेर सारे।

हवेलीराम : इसकी हमें कोई तमन्ना नहीं। हम तो ऐसे ही अच्छे हैं।

राजराजेश्वरी : चलो, कहीं काका आ गया तो वो भी जिद करेगा।

रोशन : मेरा बिल्कुल मन नहीं कर रहा लभाये के घर जाने वास्ते। पिताजी, आप और माताजी चले जाओ। उसने सबको बुलाया है लंच वास्ते।

हवेलीराम : लंच-डिनर तुम नौजवानों को मुबारक। वहाँ तुम लोगों में आपस में बदमगजी हो गई तो हम लोगों को दुख पहुँचेगा।

रोशन : मैं इसी करके तो कह रहा हूँ कि आप और माताजी चले जाओ।

हवेलीराम : लंच उसने तुम्हारी शादी की खुशी में दिया है और तुम नहीं जाओगे?

रोशन : चंगा जी, तो चलो।

बहुत अनमने ढंग से रोशन चलता है। राजराजेश्वरी किसी चीज को जगह पर

रखती हुई उसके पीछे आती है। दूसरी तरफ से आती लाजो उससे मिलती है। काका उसकी गोद में है : तुम लोग गये नहीं?

काका मचल के गोद से उतर जाता है : घूमने वास्ते मेरे को भी जाना।

लाजो : अभी आया घूम के। अब कहीं नहीं जाना।

काका : नहीं, जरूर जाना।

लाजो : तो हो गई ना मुसीबत। मैं तो समझी थी तुम्हें गये हुए आधा घण्टा हो चुका होगा।

रोशन : राज दाल-सब्जी बनाने लग पड़ी।

लाजो : मैं तो मना कर गई थी।

काका अपने को लाजो की गिरफ्त से छुड़ा लेता है और राजराजेश्वरी से लिपट जाता है : मैंने ताईजी साथ जाना।

लाजो : नहीं, तेरे पापा नाराज हो जाने हैं।

हवेलीराम : जाने दो। सत कुछ कहेगा तो मैं उसे समझा दूंगा।

काका : थैंक्यू दादाजी।

लाजो : काका का ध्यान रखना।

श्यामलाल अपनी केबिन में बैठा हुआ है। फोन की घण्टी बजती है। वो उठाता है : हैलो।...हाँ जी मैं श्यामलाल बोलता हूँ। ...अच्छा। ...फरमाओ। ...ठीक। ...बहुत ठीक। ...बस आधे घण्टे में हाजिर होता हूँ काका के दर्शन करने के लिए।

श्यामलाल फोन रखकर मुस्कुराता है। फिर उठाता है और नम्बर घुमाता है : परेसनाथ! मैं श्यामलाल। गाड़ी लेके आ जाओ। उस काम के लिए चलना है।

लाभायाराम, रोशन और काका एक स्टडीनुमां कमरे में हैं। रोशन अब जाने के मूड में है। उसके सामने लभाया ने सौंफ-इलायची की प्लेट रखी है।

काका : लायची लेनी। मेरे को भी दो एक।

लभायाराम : दो ले पुत्तर।

काका : थैंक्यू चाचे।

लभायाराम खिड़की की ओर जाता है और रंगीन रुमाल से मुँह पोंछता है। बाहर डुगडुगी बजने लगती है। डुगडुगी के साथ बाँसुरी भी।

लभाया : मेन्शन नॉट भतीजे।

काका बाहर निकलने को होता है : बाँसुरी कौन बजाता है?

रोशन रोकता है : जो भी बजाए बाँसुरिया उसे बजाने दे। बाहर नहीं ना जाना। अभी ताईजी आ रहे हैं फिर हमें घर चलना है।

काका : नहीं, मैंने देखना है।

रोशन : जिद मत कर।

लभायाराम : बच्चे को क्यों डांट रहा है? काके, तू बाहर मत जा। खिड़की पर बैठ के देख।

लभाया काके को उठा के खिड़की पर बैठा देता है। उसकी ओर पीठ कर लेता है और रोशन तथा काके के बीच आड़-सी बना लेता है।

रोशन : पता नहीं राज और रानो किधर अटक गये? रानो तो एक मिनट के लिए उसे ले गई थी।

लभायाराम : सूट का कपड़ा पसंद करवाने में एक मिनट से ज्यादा लगता है।

रोशन : सूट का कपड़ा?

लभायाराम : हाँ, रानो से कहा कि पहली बार अपने घर आ रहे हैं भरजाईजी। कुछ तोहफा तो देना चाहिए।

काका खिड़की से बाहर झांक रहा है, तभी एक हाथ आता है और उसका मुँह बंद कर देता है। फिर दो हाथ आते हैं और काके को उठा ले जाते हैं।

एक गाड़ी लाला वृषभान के घर के आगे रुकती है। उसमें से मदारी बना हुआ श्यामलाल उतरता है जो पहचान में नहीं आ रहा है। उसकी गोद में काका है, जो घबराया हुआ तथा रुंआसा है। वह रोने लग पड़ा है : तायाजी...!

श्यामलाल : अभी मिल जाने हैं तायाजी, पापाजी, सब। ये देख, सामने जो मकान है उसमें चला जा।

काका : अरे ये तो मेरे पापा का बड़ा मकान है।

श्यामलाल : अब समझा तू। मैंने कहा था ना तुझे पापा के पास ले जा रहा हूँ।

काका : पापा यहाँ है?

श्यामलाल : हाँ, तू जाके देख तो।

बच्चा दरवाजा खटखटाता पुकार रहा है : पापा...! पापा...!

पीछे से दरवाजा खुलता है और मंगला बाहर आती है : कौन?

काका उसे देखता है : मेरे पापा हैं इधर?

मंगला : नहीं काका, तुम्हारे पापा तो इधर नहीं हैं।

काका : मदारी जी तो कह रहे थे कि इधर ही हैं।

मंगला : कौन मदारी जी?

काका : बन्दर वाले, जो मेरे को यहाँ ले के आये।

पीछे से जे॰बी॰ आता है। वो पैजामे-कुर्ते में है और साफ लग रहा है कि वो बिस्तर से उठ के उनींदा-सा आया है।

काका पर नजर जाती है तो गोद में उठा लेता है : कहो जमूरे।

मंगला : तुम बिस्तर छोड़ के क्यों आए?

जे॰बी॰ : देखो मंगला, तुम्हें खुश करने के वास्ते मैं लंच के बाद दफ्तर नहीं गया। लेकिन मुझे अब ज्यादा बीमार मत बनाओ।

मंगला : तुम्हें बुखार है।

काका माथा छू के देखता है : बुखार है?

जे॰बी॰ : बहुत मामूली-सा है जमूरे। तू सुना, कब लौटा दिल्ली?

काका : मैं तो यहीं था।

जे॰बी॰ : यहीं था? मंगला, हबीबउल्लाह साहब कहाँ हैं?

मंगला : ये तो अकेला ही आया है। कहता है कि मदारी छोड़ के गया।

जे॰बी॰ : हबीबउल्लाह साहब को ये मदारी कहने लगा? अपने को तो बच्चा जमूरा कहता ही है।

मंगला : मगर हबीबउल्लाह साहब इसे यहाँ कैसे छोड़ सकते थे? वो तो इस समय पटौदी में होंगे। मैंने सबेरे फोन किया था तब बता रहे थे कि पटौदी के लिए रवाना हो रहा हूँ।

जे॰बी॰ : तुमने उन्हें फोन क्यों किया?

मंगला : तुम्हारी बीमारी के बारे में पता करने वास्ते।

जे॰बी॰ : वो डॉक्टर नहीं, वकील हैं।

मंगला : मैंने सोचा डॉक्टर ने शायद उन्हें बताया हो। शायद उनसे ही पता चल जाए।

जे॰बी॰ : क्या पता चल जाए? मुझे कुछ नहीं हुआ है मंगला।

मंगला : कुछ नहीं हुआ है तो सुबह वाशबेसीन पर खून के धब्बे कैसे थे?

जे॰बी॰ : मैंने बताया ना, दाढ़ी बनाते समय कट गया था।

मंगला जे॰बी॰ के चेहरे की ओर देखती है : कहाँ कटा?

जे॰बी॰ : अब भूल भी जाओ ना उस बात को।

काका : मैंने पापा पास जाना।

मंगला : एक मुसीबत ये आ गई।

जे॰बी॰ : काका को मुसीबत क्यों कहती हो? इसका तो हमें बहुत दिनों से इंतजार था।

मंगला : इसे कौन यहाँ लाके छोड़ गया है? हबीब चाचा तो आज सबेरे भी यही कह रहे थे कि काका इस शहर में नहीं है।

जे॰बी॰ : मुझे लगता है कि श्यामलालजी सही कह रहे हैं। काका शहर से कहीं गया ही नहीं था। तू कहीं नहीं गया था ना जमूरे? यहीं था दिल्ली में?

काका : हाँ, मेरे को पापा पास जाना।

मंगला : हबीब चाचा को झूठ बोलने की क्या जरूरत हो सकती थी? मैं उनके घर फोन करके पूछती हूँ।

जे॰बी॰ : तेरे पापा का पता कर रहे हैं जमूरे। तब तक यहीं रह ठाट से। कुछ खा-पी, खेल-कूद।

कमरे में हवेली, राजराजेश्वरी तथा सतबीर हैं। लाजो थाली लाकर सतबीर के सामने रखती हुई कहती है : पुत्तर तू खाना तो खा ले।

सतबीर : मेरे को कुछ नहीं खाना। मेरे को तो आप ये बताओ कि आपने काके को इस लोगों के साथ भेजा ही क्यों?

राजराजेश्वरी : काका मुझे छोड़ता ही नहीं है। माताजी क्या करें?

सतबीर : काका आपको नहीं छोड़ता मगर आपने काका को छोड़ दिया?

हवेलीराम : ये बिचारी तो बाजार गई हुई थी। तू अपनी भरजाईजी पर नाराज मत हो पुत्तर। कसूर मेरा था। मैंने ही कहा, ले जाओ।

सतबीर : क्यूँ कहा पिताजी? रोशन को अच्छी तरह जानते-समझते हुए भी क्यों कहा? वो तो पैसे वास्ते कुछ भी कर सकता है।

हवेलीराम : पुत्तर, क्या तू समझता है कि रोशन ने किसी से पैसे लेके काका को गायब कर दिया?

सतबीर : हाँ।

राजराजेश्वरी : तुम्हें शर्म नहीं आती अपने भाई पर ऐसा इल्जाम लगाते हुए?

सतबीर : ये बेशर्मी मैंने अपने भाई से ही सीखी है।

राजराजेश्वरी की आँखें छलछला जाती हैं। रुंआसी आवाज में वह अपना वाक्य पूरा करती है : वो बिचारे तब से लभायाराम के साथ काके की खोज में भटक रहे हैं और ये उन पर इतना गंदा इल्जाम लगा रहे हैं।

सतबीर : वो भटकने का नाटक कर रहे हैं। ये रोने का।

हवेलीराम : सत्यवीर! तेरा रोशन को कोई इतना गिरा हुआ समझना तो यही दर्शाता है पुत्तर कि तूने गिरों को उठाने की बजाये उनसे भी नीचे गिर जाने का फैसला किया है।

सतबीर : आप तो मेरे में ही खोट निकालते हो। चंगा जी। गिरोह से निपटने वास्ते मैंने और भी ज्यादे गिर जाना है। थाने जा के रपट लिखवा देनी है।

लाजो : किसके खिलाफ?

सतबीर : लभाया, रोशन, वृषभान, सबके।

सुभद्रा, जे॰बी॰, मंगला, काका सब जे॰बी॰-मंगला के कमरे में बैठे हैं।

सुभद्रा : मैं कहूँ थाने जा के क्या होगा? बच्चा खुश है, हम भी खुश हैं।

मंगला : मगर अम्मा इसके घरवाले तो परेशान हो रहे होंगे।

सुभद्रा : पटौदी भेजा है आदमी, हबीब भाई को बुलवाने। वो आके पहुँचा देंगे इसके घर।

जे॰बी॰ : लेकिन अम्मा, वो इसे पहुँचाएंगे कहाँ? वो तो कहते थे कि काका इस शहर में ही नहीं है और काका कहता है कि मैं कहीं गया नहीं था।

मंगला : अम्मा, हबीब चाचा के घरवाले तो नादान ना हैं। फिर उन्होंने कैसे कह दी कि उनके किसी पंजाबी मुवक्किल का पोता घर आता-जाता नहीं है।

जे॰बी॰ : तो यहीं क्यों लाते होंगे? अम्मा ये बच्चा किसका है?

सुभद्रा कोई जवाब नहीं दे पाती।

जे॰बी॰ : बताओ ना अम्मा।

सुभद्रा : मेरे को तो वही मालूम है जो हबीब भाई ने बताई।

फोन का बजना सुनकर जे॰बी॰ उठाता है : क्या...? हाँ वो बच्चा यहाँ है। जी नहीं, हमने उसे किडनैप नहीं किया है, बल्कि वो खुद आया है। ठीक है मैं आता हूँ।

मंगला : क्या हुआ?

जे॰बी॰ : प्रिंस ने थाने में हमारे खिलाफ रिपार्ट दर्ज कराई है कि मैंने उसका बेटा उड़ा लिया है।

श्यामलाल पहुँचता है : जब बन जाएगा तमाशा तब समझोगे जे॰बी॰ साहब।

सुभद्रा : भाई साहब, आपने कुछ सुनी इस बारे में?

श्यामलाल : सुनी लल्ली, जभी आ रहा हूँ। इस प्रिंस का एक भाई है रोशन। वो मेरे दफ्तर में पहुँचा और बोला कि काका को वापस करो। के जी प्रिंस पुलिस में मामला दे देगा। सुनकर मेरा माथा ठनका। दौड़ा-दौड़ा यहाँ चला आ रहा हूँ। ये बच्चा पहुँचा कैसे?

मंगला : कहता है कोई मदारी इसे यहाँ छोड़ गया।

श्यामलाल : ये मदारी तो डुगडुगी-बाँसुरी बजा के नाच नचवा देगा आप लोगों को।

जे॰बी॰ : ये तो बताओ कि ये बच्चा है कौन? और इसका प्रिंस से क्या मतलब है?

थानेदार के कमरे में सतबीर, जे॰बी॰, मंगला, सुभद्रा, लभायाराम, काका और थानेदार बैठे हैं। सतबीर के मुँह से नफरत तथा हिकारत निकलती है : मतलब होना तो नहीं चाहिए था, मगर आप लोगों की मेहरबानी से हो गया।

जे॰बी॰ : मैं समझा नहीं।

सतबीर : अब आप समझकर करेंगे भी क्या?

मंगला : तुमने ये कैसे मान लिया प्रिंस कि जय इस बच्चे का अपहरण करा सकता है?

सतबीर : क्योंकि मैं आप जैसे अमीरों के बारे में कुछ भी मान सकता हूँ। मैं तो ये भी मानने को तैयार हूँ कि इधर अमीरी के पीछे भागने वाले मेरे भाई रोशन ने ये बच्चा आप तक पहुँचाया।

श्यामलाल : हाँ, उसी ने पहुँचाया। मदारी बन के। और तुम्हारे कहने पर पहुँचाया। ताकि तुम लाला वृषभान के खानदान को कुछ और परेशान कर सको।

सतबीर : थानेदार साहब, मैं यहाँ शिकायत दर्ज कराने आया हूँ। बहस करने नहीं। आप एक्शन लो।

मंगला : प्रिंस, अगर तुम ये कहते हो कि जे॰बी॰ ने बच्चे का अपहरण कराया तो उसकी कोई वजह भी तुम्हारे दिमाग में होगी। बताओ?

सतबीर : सफाई जे॰बी॰ साहब को देनी है, मेरे को नहीं। काका उनके पास ही मिला है।

सुभद्रा : प्रिंस, जय तुम्हारा दोस्त है। बीमार है। इस पर इस तरह का इल्जाम लगाते हुए तुम्हें बुरा नहीं लगता?

सतबीर : बच्चे को गायब कराते हुए इन्हें बुरा लगा?

सुभद्रा : थानेदार साहब, हमारे वकील आपसे थोड़ा देर में आके बात करेंगे ही लेकिन तब तक मैं एक बात आपसे कह सकूं हूँ? ये बच्चा उस समय गायब हुआ जब ये प्रिंस के भाई-भ्रावज के साथ प्रिंस के ही भाई लभायाराम के घर गया हुआ था। गायब होने से ठीक पहले लभायाराम ने बच्चे को बन्दर का नाच देखने खिड़की पर बैठाया। सबसे पहले आप लभायाराम और रोशन से पूछिए। शिकायत इनके खिलाफ भी दर्ज है।

लभायाराम : जी मेरा तो इसमें कोई हाथ नहीं है।

सुभद्रा : आप को जो कुछ कहना हो पुलिस से कहो और कहती टाइम ये याद रखो कि लाला वृषभान से बैर करके आप इस शहर में व्यापार ना कर सको हो।

लभायाराम थोड़ी देर सोचता है, फिर बोलता है : मैं मानता हूँ कि इस मामले में मेरा थोड़ा हाथ रहा माताजी, लेकिन मैंने जो कुछ भी किया ये समझ के किया कि आप और लाला वृषभान ऐसा चाहते हैं।

* * *

अपने स्टडीरूम में बैठे वृषभान के चेहरे पर गुस्सा है। हबीबउल्लाह किसी सोच में डूबा है और सुभद्रा सर झुकाये बैठी है। वह नजर उठाती है : मैं तो कभी सोच भी ना सकूं थी कि श्यामलाल भाईसाहब मेरा बुरा चाह सके हैं।

वृषभान : तुम उसके बारे में बुरा सोच भी नहीं सकती थी सुभद्रा इसीलिए वो इतने इत्मीनान से तुम्हारा बुरा करता चला गया।

हबीबउल्लाह : बिजनेस में तो शुरू से ही बहुत घोटाला किया है श्यामलाल ने।

सुभद्रा : इधर तो मैंने सबसे यही सुनी थी कि भाईसाहब दफ्तर मैं अच्छा काम कर रहे हैं।

वृषभान : वहाँ अच्छा काम ना करता तो जय के सामने पोल खुल जाने के बाद फर्म में रह कैसे पाता? तुम्हारा बुरा करते रह सकने का मौका कैसे मिलता उसे?

सुभद्रा : मुझसे क्या दुश्मनी हो सके थी उन्हों को?

हबीबउल्लाह : तुम्हारी व्हील-चेयर का ब्रेक जब कटा था, मैं तो तभी कह रहा था कि श्यामलाल को पुलिस में दे दो।

वृषभान : सुभद्रा ने मना कर दिया। दरअसल हमलोग तो श्यामलाल के सौ खून ये सोच के माफ करते रहे कि मालकिन के मायके का आदमी है। व्हील-चेयर वाले मामले में, और तो और सुभद्रा मुझ पर भी शक कर सकती थी, मगर श्यामलाल भाई साहब पर नहीं।

हबीबउल्लाह : तो अब क्या करना है?

वृषभान : श्यामलाल के खिलाफ सभी मामलों में पूरी इन्क्वायरी कराओ। जितने केस चल सकें, चलवाओ। क्यों सुभद्रा?

सुभद्रा : जो जरूरी हो खुशी से करो हबीब भाई। मेरी तो कुछ भी समझ में ना आ रहा कि भाईसाहब ने ऐसा किया क्यों?

श्यामलाल सुभद्रा को फोन करता है : हाँ जी, हैलो लल्ली? मैं श्यामलाल बोलता हूँ। जमानत होने के बाद से बराबर तुमसे मिलने की कोशिश कर रिया हूँ, लेकिन दरबान आने ना दे है भीतर। लल्ली सुन रही हो ना? मुझे तुमसे बहुत जरूरी बातें करनी हैं।

सुभद्रा : अब आप और क्या कहना चाहो भाईसाहब? इससे ज्यादा बर्दाश्त नहीं है मुझमें।

श्यामलाल : मैं तो सिर्फ तुझे इन लोगों की साजिश समझाना चाहूँ हूँ लल्ली।

सुभद्रा रुंआसी हो उठती है : मेरी कुछ समझ में ना आता अब।

श्यामलाल : समझाने का मौका दोगी तभी तो आएगी समझ में? तो कब आऊं? किधर आऊं? हैलो लल्ली? फोन रख दिया दीखै। अजी तो मैं भी ना छोड़ने का इत्ती आसानी से।

श्यामलाल दुबारा फोन घुमाता है। सुभद्रा इधर स्टडी में बैठी है। फोन बज रहा है। वो उठा नहीं रही। व्हील-चेयर में वृषभान पहुँचता है। फोन उठाने को होता है कि सुभद्रा रोकती है : रहने दो, बार-बार फोन करके परेशान कर रहे हैं।

वृषभान : कौन?

सुभद्रा : श्यामलाल भाई साहब।

वृषभान : क्या कहते हैं?

सुभद्रा : सफाई देने के लिए मिलना चाहते हैं।

वृषभान फोन उठाता है। क्षण भर सकपकाता है फिर कहता है : हैलो!

श्यामलाल : जयरामजी की लालाजी। मैं आपका सेवक श्यामलाल बोलता हूँ।

वृषभान तथा श्यामलाल की यह पूरी बातचीत फोन पर ही होती है।

वृषभान : फरमाइए।

श्यामलाल : कुछ नहीं जी, आपकी सेहत के बारे में पूछ रहा था।

वृषभान : मेरी सेहत ठीक है जी।

श्यामलाल : ये तो बड़ी खुशी कि बात है लालाजी कि आपकी सेहत ठीक है। मगर ये बड़ी बुरी बात है कि आप मेरी सेहत साफ चाहो हो। मैं इसी बारे में लल्ली से शिकायत करना चाहता था।

वृषभान : श्यामलालजी, अगर आपने मेरी वाइफ को परेशान किया तो मैं...

श्यामलाल : एक बार मैं लल्ली से बात कर लूं फिर आप सौक से शिकायत करना जी। जरा पूछ कर बता दो कब आ जाऊं?

वृषभान : आप न इस घर में आ सकते हैं, ना इस घर की मालकिन से बात कर सकते हैं।

श्यामलाल : घर से बाहर तो कर सकूं हूँ जी? कहीं तो मिलेगी, कभी तो मिलेगी, जब दे लेंगे जी सफाई। कर लेंगे जी शिकायत। जय रामजी की।

वृषभान कुछ सोचता हुआ फोन रखता है। सुभद्रा पूछती है : क्या कही जी?

वृषभान : बेहूदा आदमी है। सुभद्रा, तुम अकेली कभी बाहर मत जाना अब से।

दरबान वृषभान के मकान की ड्योढ़ी पर खड़ा हुआ है। कार आकर रुकती है। उसमें पीछे वृषभान और हबीबउल्लाह बैठे है। दरबान दरवाजा खोलने को होता है।

वृषभान : नहीं, हमें उतरना नहीं है। बीवीजी को भेजो।

दरबान : बीजी तो मन्दिर गई हैं साहब।

वृषभान : किसके साथ?

दरबान : ड्राइवर है जी।

वृषभान : तुम क्यों नहीं गये इडियट? जब तुमसे कहा था कि उन्हें अकेला नहीं जाने देना।

हबीबउल्लाह : इससे बहस मत करो। मन्दिर चलो।

सुभद्रा मन्दिर में घण्टी बजाती है। भगवान के आगे हाथ जोड़ती है और फिर लौटती है। श्यामलाल खड़ा हुआ मुस्कुरा रहा है और सुभद्रा का रास्ते रोक खड़ा हो जाता है

सुभद्रा : मुझे जाने दो। कोई देखेगा तो यही समझेगा कि मैं आपसे मिलने आई हूँ।

श्यामलाल : सो तो आई ही हो लल्ली। मेरे मन में तो पूरा विश्वास था शुरू से कि एक-न-एक दिन जरूर किसी बहाने से अकेली निकलोगी घर से।

सुभद्रा : मैं तुमसे मिलने ना आई भाई साहब। मेरे को अब तुमसे मिलना भी नहीं है।

श्यामलाल : वो तो शुरू में ही तय हो गया था लल्ली कि तुमको मेरे से ना मिलना है। लेकिन इसका मतलब ये तो ना है कि आँखों के सामने भी ना रहो। बातचीत भी ना करो।

सुभद्रा रूआंसी हो उठती है : अब क्या बातचीत करूं भाई साहब? आपने तो मेरे साथ ऐसी की, जैसी दुश्मन भी ना करे। आपने तो मेरे पति का बुरा चाहा।

श्यामलाल : कब? कैसे?

सुभद्रा : उनकी व्हील-चेयर का ब्रेक आपने ही काटा बतावें।

श्यामलाल : मैंने तेरे को जभी बता दिया था कि वो तेरी सौतन ने काटा था।

सुभद्रा : और तो और अपने मेरे बेटे का भी बुरा चाहा। मैं तो आपको उसका ही भला करने के लिए यहाँ लाई थी।

श्यामलाल : कोई कह के तो देखे मेरे सामने कि मैंने कभी जय का बुरा चाहा। ये अब जो हुआ है सारा तेरी सौतन के मायके वालो को करवाया हुआ है। उन्होंने ही थाने में खबर की और उन्होंने ही बिना बात तुम्हारे भाई पर इल्जाम लगाया। तुम कुछ समझा करो लल्ली।

सुभद्रा : ना जी। अब कुछ समझने की जरूरत ना रही।

सुभद्रा जाने लगती है मगर श्यामलाल उसे जबरदस्ती रोक लेता है : जरूरत है लल्ली। तुम्हें पता है, वो तुम्हारे लाला वृषभान मुझे तरह-तरह के मामलों में फंसवाने की कोशिश कर रहे हैं। उनके दोस्त वकील हबीबउल्लाह मुझे कड़ी-से-कड़ी सजा दिलवाने की फिराक में है।

सुभद्रा : तो मैं क्या करूँ? आपका जुल्म साबित होगा तो अदालत सजा देगी ही भाईसाहब। अब मुझे जाने दो। मुझे इन्हों के साथ कहीं पार्टी में जाना है।

श्यामलाल ने पहले जो कुछ किया अब उससे कुछ ज्यादा ही करके जाती हुई सुभद्रा को रोकता है : लल्ली! जो तुमने अब मेरे को दूध की मक्खी समझ लिया हो तो मेरी इतनी और सुन लो कि इस मक्खी को तो निगलना ही पड़ेगा।

सुभद्रा : भाईसाहब, मुझे छोड़िए।

श्यामलाल : छोड़ ही तो ना सकूं हूँ मैं तुम्हें लल्ली। इसी की तो सजा भुगतता रहा हूँ सारी जिन्दगी।

सुभद्रा : कैसी सजा?

श्यामलाल : कुंवारेपन की। मन को तो बामशक्कत सजा पहले ही दिन से दी है तुमने। अब क्या जेल की चक्की पिसवा के मेरी काया को भी कष्ट दोगी?

सुभद्रा : मैं आपकी बात समझी नहीं भाईसाहब।

श्यामलाल : इसी नासमझी ने तबाह कर दी मेरी जिन्दगी।

सुभद्रा : भाईसाहब आपको शर्म आनी चाहिए इस तरह की बात करते हुए।

श्यामलाल : इसी बेशर्मी में सारी जिन्दगी काट दी। अब आखरी वक्त क्या हयादार बनूं लल्ली? अजी बेशर्म ना होता तो जब तुमसे शादी की मनै हुई थी जभी सारे रिश्ते-नाते तोड़ लेता। बेशर्म ही रहा हूँगा जभी तुम्हारे कहने पर तुम्हारी ससुराल में भी आके पड़ा रहा।

सुभद्रा : भाईसाहब, नानाजी बिचारों ने मेरी शादी न होती देख तुम्हारा नाम जरूर तज्वीज किया था, मगर मैंने जभी कह दी थी कि जिसे एक बार भाई कह दिया उससे शादी की बात मैं सोच भी ना सकूं।

श्यामलाल : सोच ना सको थी जभी शादी के बाद भी बराबर चिट्ठी-पत्री करती रही। आ के वहाँ मिलती रही। और जब उससे भी मन ना भरा तब जय के बहाने बुला लिया। हमारा असली रिश्ता दुनिया से छुपा हो सकता है, मगर तुमसे मेरे से नहीं।

सुभद्रा श्यामलाल को एक झापड़ मारती है। श्यामलाल उसी हाथ को पकड़ लेता है : और जो तुमने यही तेवर दिखाए लल्ली तो अब दुनिया से भी ना छुपी रह सकेगी। मैं भरी अदालत में पहले तो लाला वृषभान का कच्चा-चिट्ठा पेश करूंगा और फिर ये बताऊंगा कि वो मुझसे इस मारे खार खाये हैं कि उनकी बीवी के साथ मेरा भी कच्चा-चिट्ठा था। सोच लो, मैं तो मर्द हूँ। मुझे तो कोई फर्क पड़ना नहीं।

सुभद्रा सोचने लगती है। उसकी आँख में क्रोध और अपमान के आंसू हैं। वृषभान और हबीबउल्लाह आगे आते हैं। वृषभान बैसाखी उठाता है : श्यामलाल! सुभद्रा का हाथ छोड़ो।

श्यामलाल : जो बैसाखी से लड़ोगे तो धूल चाटनी पड़ेगी लालाजी।

वृषभान के पीछे आता हुआ हबीबउल्लाह उसे मार-पीट करने से रोकता है : श्यामलालजी, इन्हें छोड़ दीजिए वरना हमें पुलिस बुलानी पड़ेगी।

श्यामलाल : लो जी, छोड़ दिया। लेकिन याद रखना जो मेरा खिलाफ केस वापस ना लिया गया तो मैं...।

श्यामलाल के हाथ छोड़ने पर सुभद्रा वृषभान के पास जाती है। गुस्से में वृषभान श्यामलाल को आगाह करता है : तुम्हारी धमकियां मैंने इधर आते हुए सुन ली हैं। मैं तुम्हें सजा जरूर दिलवाऊंगा, भले ही तुम सुभद्रा और मुझे बदनाम कराने के लिए कुछ भी कह दो।

सुभद्रा राहत महसूस करते हुए रोती है और वृषभान के सीने में मुँह छिपाती है : इन्होंने मेरे बारे में जो कुछ भी कहा है, झूठ है।

ढंढस बंधाने के लिए वृषभान अपनी ठोढ़ी उसकी पीठ पर टिका देता है : मैं जानता हूँ सुभद्रा। मैं जानता हूँ कि तुम नादान हो और ये बदमाश खुशफहमियों का मारा हुआ। हबीब इस हैरेसमेन्ट के बारे में भी थाने में रिपोर्ट लिखवाओ।

हबीबउल्लाह : मैं कुछ ऐसा करूंगा कि ये धमकियां ही इनके हथकड़ियां लगवाएंगी।

जे॰बी॰ अपने कमरे में गुड़िया को बिस्तर पर लिटाता है ओर पास बैठकर उससे बातें करता है : तीतर के दो आगे तीतर, तीतर के दो पीछे तीरत, आगे तीतर पीछे तीतर बोलो कितने तीतर?

गुड़िया बच्चे जैसी बुदबुदाती है : बाबा, पापा।

जे॰बी॰ : अरी बेवकूफ, तेरे पापा किस गिनती में हैं?

मंगला बाहर से आती है : हर गिनती में। सबसे पहले तेरे पापा ही हैं।

जे॰बी॰ : यानी सिफर हैं, जीरो हैं।

मंगला पास आ के बैठ जाती है और वो भी बच्ची से खेलती है : नहीं जी, हीरो है नम्बर एक।

जे॰बी॰ : और तुम अदालत से जल्दी कैसे चली आई?

मंगला : अम्मा-पापा भी आ गये।

जे॰बी॰ : अरे क्यों?

मंगला : एक तो सभी को तुम्हारी फिकर थी। कल रात तुम बहुत बेचैन रह रहे थे।

जे॰बी॰ : अब मेरी फिकर करना तो तुम लोग छोड़ दो।

मंगला : तुम भी कैसी बात करते हो जय?

जे॰बी॰ : वो तो तुम्हारे से बातें करने का मन कर रहा था इसीलिए मैं जागता रहा।

मंगला : तुम्हें हो क्या रहा है जय? डॉक्टर भी कुछ नहीं बताते।

जे॰बी॰ : जब डॉक्टर कुछ नहीं बताते तो मैं कैसे बता दूं? अच्छा अब छोड़ो इस बात को। तुमने तो अदालत से जल्दी आने की एक ही वजह बताई। दूसरी क्या थी?

मंगला : दूसरी बात...असल में श्यामलालजी अम्मा के बारे में बहुत गन्दी-गन्दी बातें कर रहे हैं।

जे॰बी॰ : अच्छा, तो माने नहीं? ये कह के उन्होंने अपनी जबान गंदी की।

मंगला : फिर भी बुरा तो लगता है।

जे॰बी॰ : उनको कड़ी-से-कड़ी सजा होनी चाहिए।

मंगला : वो तो सारे ही वकील कह रहे थे कि सजा से बच नहीं सकते। सजा जरूर होगी श्यामलालजी को।

बच्ची रोने लगती है। जे॰बी॰ उसे थपकी लगाता है : मेरी तरह गुड़िया भी श्यामलालजी का नाम सुनना पसन्द नहीं करती। कबूतरी जी, शुरू करो अपनी गुटरगूं।

मंगला : बिल्ली ने खोला स्कूल, बैठ गई लेकर एक रूल, माफ करी जब फीस, चूहे आए बीस-पच्चीस। उल्टा-सीधा पाठ पढ़ाया...

जे॰बी॰ : उल्टा-सीधा पाठ पढ़ाया, चुपके-से एक चूहा आया, जाने किसने खोली पोल...

जे॰बी॰ वाक्य पूरा नहीं कर पाता। मुँह पर हाथ लगाता है और बाथरूम में घुस जाता है। मंगला पीछे से लपक पड़ती है : क्या हुआ जय?

जे॰बी॰ वाशबेसिन में खून थूकता है : कुछ नहीं। कफ आ गया था।

मंगला पीछे से आ रही है इसलिए जे॰बी॰ नल खोल के खून को बहा देना चाहता है, लेकिन नल में पानी नहीं आ रहा। वो पास में भरी हुई बाल्टी के पानी से खून धोने लगता है। तब तक मंगला आ जाती है। उसकी नजर बेसिन पर पड़ती है तो डरी-डरी सी वह चौकती है : ये क्या है?

जे॰बी॰ कोई जवाब नहीं देता और लोटे से खून को धोने लगता है। खून को धोने का काम पूरा करके बेडरूम में जाता है। मंगला उसके पीछे-पीछे आती है : जय, आज भी यही कहोगे कि दाढ़ी बनाने में कट गया? जय, बताओ ना क्या हुआ?

जे॰बी॰ : मैं बीमारी के बारे में बात नहीं करना चाहता मंगला।

मंगला : अपनी पत्नी से भी नहीं?

जे॰बी॰ : अपने से भी नहीं। मुझसे तो जिन्दगी की बात करो। सिर्फ जिन्दगी की।

मंगला : तुम्हें हुआ क्या है जय?

जे॰बी॰ : मुझे नहीं पता और मैं जानना भी नहीं चाहता। जानना और इलाज करना ये सब डॉक्टर का काम है। चलो कोई कविता सुनाओ।

कविता सुनते-सुनते जे॰बी॰ के बंद होठों के कोने से खून की धारा निकलती है। कविता पढ़ना बंद कर आँचल के छोर से मंगला खून पोंछती है और कहती है : मैं डॉक्टर को बुला रही हूँ।

वृषभान की स्टडी में सुभद्रा और वृषभान ताश खेल रहे हैं तभी अपना बैग सम्भाले डॉक्टर पहुँचता है। उसके पीछे आते हबीबउल्लाह के मुँह से निकलता है : खाली दो जनों में ताश जमता नहीं। शायद इसीलिए तुमने वकील के साथ-साथ डॉक्टर को भी बुलवा भेजा।

वृषभान : मगर डॉक्टर माथुर को मैंने तो नहीं बुलवाया? क्यों डॉक्टर?

डॉ॰ माथुर : क्लीनिक में और घर में मेरे लिए बड़ा अरजेन्ट मैसेज था।

सुभद्रा : कहीं मंगला ने तो ना किया फोन डॉ॰ साहब को?

तभी घबराई जैसी मंगला स्टडी में पहुँचती है : हाँ डॉक्टर साहब, जल्दी चलिए और जय को देखिए। उसके मुँह से खून निकल रहा है।

वृषभान : डॉक्टर आप लोग एक्सपर्ट है लेकिन जिस तरह से दिन-ब-दिन जय

की हालत बिगड़ रही है उससे लगता है कहीं डायग्नोजिज में चूक तो नहीं हो रही?

डॉ॰ माथुर : जी नहीं।

मंगला : तो फिर कोई इलाज क्यों नहीं हो पाता? जय ने तो आपसे मिलने के बाद यही बताया कि आपने खून में कोई खराबी पाई है।

डॉ॰ माथुर : जे.बी॰ के खून में क्या खराबी है ये मैंने हबीबउल्लाह को, आपकी वाइफ को और खुद जे.बी॰ को बता दिया था।

वृषभान : सिर्फ मुझसे ही छिपा कर रखा गया? हबीब, क्या हुआ मेरे जय को?

हबीबउल्लाह : खून का कैंसर...।

सुनकर मंगला दौड़ पड़ती है : नहीं...।

जे॰बी॰ अपने बैडरूम में गुड़िया के साथ लेटा गाकर उसे सुना रहा है : वो ना आयेंगे पलट के उन्हें लाख हम बुलाएं...।

गाते हुए जय की नजर मंगला पर जाती है। वह दरवाजे के चौखट पर हाथ टिकाए खड़ी है। उसकी आँखें नम हैं। जे॰बी॰ : डॉक्टर ही थे कि कोई और?

भर्रायी आवाज में मंगला : वही थे। पापा के पास हैं। आ रहे हैं।

जे॰बी॰ : इधर आओ मंगला।

जे॰बी॰ समझ गया है कि डॉक्टर ने मंगला को बता दिया है। फिर भी वो बात को उड़ा देना चाहता है। मंगला के मुँह से जय का नाम भर निकलता है। मंगला के इस एक शब्द में उसका दर्द और शिकायत छिपी है। जे॰बी॰ द्वारा हाथ के इशारे से बुलाने पर वो पास आकर खड़ी हो जाती है। उसकी आँखों से आंसू गिरने लगते हैं। जय के इशारे पर बैठ जाती है। जय उसी के आँचल से उसके आंसू पोंछता है। मंगला हल्के से सिर हिलाकर कहती है कि नहीं।

जय : तुम्हारी आँखों में आंसू अच्छे नहीं लगते मंगला। जरा मुस्कुराओ तो...! स्माइल प्लीज।

मंगला : नहीं जय। नहीं...नहीं...।

जे॰बी॰ मुस्कुराने की कोशिश करता है : क्यों नहीं? जब मैं मुस्कुरा सकता हूँ तो तुम क्यों नहीं? तुमने तो किसी कविता में अपने को मेरे हर क्षण को दर्पण बताया था। मुस्कुराओ मंगला।

मंगला : रुलाते हो और मुस्कुराने को कहते हो? अपनी मुस्कुराहट की आड़ में बिना कुछ बताए चुपचाप चले जाना चाहते हो मुझे अकेली छोड़कर?

जे॰बी॰ : तुम्हें छोड़ने की बात तो मैं सोच ही नहीं सकता।

मंगला : सोच रहे हो और बता नहीं रहे हो जय। मैं एक दिन इस घर से जाने

लगी थी तब तुमने कहा था कि मुझे छोड़ के तुम जा नहीं सकती। अब तुम मुझे छोड़कर कैसे जा सकते हो जय?

जे॰बी॰ : जब तक मेरा बस चलेगा मंगला...तब तक कोई मुझे तुमसे जुदा नहीं कर सकेगा।

मंगला : इससे तो तभी लड़-झगड़ के निकाल दिया होता। अच्छा होता मेरे वास्ते कि बुरे ही बने रहते। वैसी ही दगा करते जैसी तब करते थे। मगर अब ये दगा तुम नहीं कर सकते जय! नहीं जय, नहीं...!

जे॰बी॰ : जब तक मेरे दम में दम है तब तक तो मैं तुम्हारा दामन छोड़ूगा नहीं।

उसका पल्ला पकड़ लेता है कि उसके आंसू पोंछ दे। मंगला टूट जाती है और जे॰बी॰ के सीने में चेहरा छुपा के फफक उठती है। उसकी आवाज में हिस्टीरिया है। और चेहरे को सीने से चिपका होने के बावजूद वो गर्दन वहशियाना ढंग से हिलाती जा रही है : नहीं जय, नहीं...।

कमरे में आगे-आगे डॉक्टर माथुर, उसके पीछे हबीबउल्लाह आता है। बच्ची रोती है : मंगला बेटी, जरा पेशेन्ट को एग्जामिन करने दो।

मंगला जय के सीने से चेहरा उठाती है। वो अब भी रो रही है। हबीबउल्लाह रोती बच्ची को गोद में उठा लेता है।

जे॰बी॰ : मेरे लिए तो आप कुछ नहीं कर सकते। लेकिन डॉक्टर, मंगला को एक सीडेटिव जरूर दे दीजिए।

डॉ॰ माथुर : श्योर।

बैग में से गोली निकालता है। हबीबउल्लाह पानी का ग्लास उठाता है : दवा खा लो मंगला। सुकून मिलेगा।

मंगला : सुकून तो अब कभी नहीं मिल सकेगा चचा जान। लाइए ये गुड़िया मुझे दीजिए। डॉक्टर साहब आपके लिए कॉफी बनवाऊं?

वृषभान अपने बैडरूम में उदास लेटा हुआ है। सुभद्रा उसके लिए जूस लेकर आती है : जूस।

वृषभान : रख दो। अभी मन नहीं है। तुमने कुछ खाया?

सुभद्रा : ना।

वृषभान : लो इस तरह तो तुम भी बीमार पड़ जाओगी।

सुभद्रा : *(लगभग रोते हुए)* पड़ जाऊं तो अच्छा।

वृषभान : मंगला ने कुछ खाया?

सुभद्रा : थोड़ा-सा। आप भी जूस तो ले लो।

वृषभान उठता है और जूस को एक सांस में आधा करके सुभद्रा को पकड़ाता है : आधा-आधा पी लेनो हैं। लो, अब तुम पी लो। जय आराम कर रहा है?

सुभद्रा ग्लास ले लेती है मगर पीती नहीं : अब तो आराम ही करता रहे है। उठने-बैठने की भी ताकत ना रही। जरा भी इंसाफ ना है।

वृषभान : कहाँ?

सुभद्रा : भगवान के राज में। किसी को लेकर जाना ही है इस घर से तो मुझे ले जाये। मेरी तो किसी को भी कोई जरूरत ना है अब।

वृषभान : मुझे उठा ले। मैं तो बूढ़ा और लाचार हो चला हूँ। मैं हबीब से कह रहा था कि...इस उम्र में तो...।

सुभद्रा : क्या?

वृषभान : इस उम्र में तो मुझे जय के कन्धे पर जाना चाहिए। ये तो...उल्टी-सी ही बात...।

सुभद्रा आँचल से आपने आंसू पोंछती है : बंस ही खत्म हो जायेगा। कुल एक ही बेटा हुआ और वो भी बिना बेटा दिये जा रहा है।

वृषभान : सुभद्रा...

सुभद्रा : बोलो जी।

वृषभान : हमारे जय के एक बेटा तो है।

इस सूचना पर सुभद्रा चौंकती है : जय के बेटा? कौन?

वृषभान : काका।

सुभद्रा : और उसकी माँ?

वृषभान : वो जो उसकी सेक्रेटरी थी। बबली।

सुभद्रा : जय को पता है इसका?

वृषभान : नहीं। पहले मैंने सोचा था कि उसे बता दूं। फिर सोचा, नहीं। इससे तो मंगला को बुरा लगेगा।

सुभद्रा : बिल्कुल जय पर गया है वो बच्चा। अगर जय उसे गोद ले लेता है तो अच्छा होगा।

वृषभान : मंगला की भी तो सोचो।

पुराने ढंग की ट्रेडिल मशीन चल रही है। एक पुरानी टूटी मेज पर सतबीर प्रूफ पढ़ रहा है। मंगला आती है। सतबीर उठ खड़ा होता है : मंगला जी, आप यहाँ? मेरे प्रेस में?

मंगला : मेरे यहाँ आने पर पाबन्दी है?

सतबीर : नहीं जी, बैठो जी।

मंगला के बैठने के बाद सतबीर भी बैठता है : आपके वास्ते चा मंगवाऊं कि ठण्डा?

मंगला : कुछ नहीं। मैं एक काम से आई हूँ।

सतबीर : कुछ छपवाना है?

मंगला : नहीं। कुछ छिपा है उसे सामने लाना है और इसमें आपकी मदद चाहिये।

सतबीर : हुक्म करो जी।

मंगला : प्रिंस, काका किसका बच्चा है?

सतबीर : जी मेरा है।

मंगला : आपके पिताजी ने आपका नाम सत्यवीर रखा है। झूठ बोलना आपको शोभा नहीं देता।

सतबीर : आप मेरे बारे में कुछ भी सोचते रहें। मैं काका के बारे में आपसे बात नहीं करना चाहता।

मंगला : आपको मेरे श्वसुर जी से जो नाराजी है सो भी गलत है। उनसे कोई अन्याय आपके लिए हुआ तो अनजाने में हुआ।

सतबीर : आप इस बारे में कुछ नहीं जानती हैं। आपको पता नहीं है कि वो मेरे...

मंगला : पिता हैं? मुझे सब पता है प्रिंस। सब पता है इसीलिए कहती हूँ कि जो कुछ आप कर रहे हैं गलत है। आप खुद उनके पास न जाते हों तो न जायें, लेकिन उनके पोते को वहाँ जाने से क्यों रोकते हैं?

सतबीर हैरान होता है : आपको...पता है?

मंगला : अभी-अभी पता चला।

सतबीर : जिसने भी आपको बताया गलत किया। मैंने तो...काके की जिम्मेदारी अपने ऊपर इसलिए ली थी कि आपकी जिन्दगी में कोई कड़वाहट ना आये मंगलाजी। मैं तो इसी मारे बबली से शादी करने को भी तैयार था, लेकिन उसने कोई और ही रास्ता पकड़ लिया।

मंगला : आपका लिखा हुआ ही आपको सुना रही हूँ। अपना-अपना नसीब और अपना-अपना सलीब है। कोई किसी दूसरे का ढो नहीं सकता। काका को मुझे दे दो।

सतबीर : ये नहीं हो सकता मंगला जी। मैं आपके श्वसुर जी से समझौता नहीं कर सकता।

मंगला : जिसकी पंक्तियां मैंने अभी पढ़ीं, क्या वो कवि बेरहम होकर लड़ सकता है अपने मरते हुए बाप से? अपने मरते हुए दोस्त से?

सतबीर : मैंने शुरू में ही कहा मंगला जी, मैं इस बारे में बात नहीं करना चाहता।

मंगला : लेकिन मुझसे तुम्हें बातें करनी होंगी प्रिंस। मैंने कभी तुम्हारा कुछ नहीं बिगाड़ा। जाने-अनजाने कभी कोई बुरा नहीं किया। बल्कि मैंने तो...

सतबीर : जी आपने...?

मंगला : मैंने तो शादी के लिए 'हाँ' की ही तब जब श्यामलाल जी ने कहा कि ऐसा करने पर आपके खिलाफ केस वापस ले लिया जाएगा।

सुनकर सतबीर सन्न जाता है : जी, आपको ये कुर्बानी...।

मंगला : अगर उसे कुर्बानी समझते हो तो उसके बदले तुमसे एक कुर्बानी चाहती हूँ। वो बच्चा जय का है, जय को दे दो।

सतबीर : जे॰बी॰ साहब को मालूम है?

मंगला : नहीं। आप ही बच्चा देंगे और आप ही बताएंगे।

सतबीर : कब?

मंगला : आज और अभी। *(रुआंसी होती हुई)* ये बहुत तेजी से सिंक कर रहे हैं।

जे॰बी॰ अपने कमरे में शाल लपेटे बैठा है। दरवाजे के दूसरी तरफ से कोई पर्दा हटाता है। बाहर से आती रोशनी कमरे में पड़ती है। जे॰बी॰ के चेहरे पर आधी-अधूरी। वह पूछता है : कौन?

मंगला कमरे के भीतर आकर स्विच ऑन करती बताती है : प्रिंस आए हैं, तुम्हारा बेटा तुम्हें सौंपने।

सतबीर और जे॰बी॰ की नजरें मिलती हैं। काका जे॰बी॰ की ओर दौड़ पड़ता है।

* * *

जे॰बी॰ बैडरूम में लेटा हुआ है। काका उसके पास बैठा है। सतबीर खड़ा है। काका उससे कहता है : पापा आप भी इधर बैठ जाओ ना।

जे॰बी॰ : बैठो ना प्रिंस।

काका : पापा को प्रिंस कहते हो?

जे॰बी॰ : इनसे पूछो, प्रिंस हैं कि नहीं?

काका : पापा, आप प्रिंस हो?

सतबीर कोई जवाब नहीं देता। जे॰बी॰ पूछता है : नाराज हो दोस्त?

सतबीर : नहीं जे.बी॰ साहब।

काका : वो दोस्त बुलाते हैं, पापा साहब बुलाते हैं।

जे॰बी॰ : तुम्हारे पापा नाराज हैं इसीलिए दोस्त को साहब कहते हैं।

सतबीर : मैं नाराज नहीं, उल्टा शर्मिदा हूँ जे.बी॰ साहब।

जे॰बी॰ : साहब नहीं, दोस्त, भाई, और तुम्हारे लिए शर्मिन्दा होने की कोई वजह नहीं। शर्मिन्दा तो मुझे होना चाहिए।

सतबीर : मैं आपसे....।

जे॰बी॰ : तुमसे।

सतबीर : मैं तुमसे माफी चाहता हूँ।

जे॰बी॰ : छोटों से माफी नहीं माँगते प्रिंस।

सतबीर : बड़े-छोटे की कोई बात नहीं। गलती करने वाला माफी मांगता है। मैंने नफरत में अन्धा होकर आपके...तुम्हारे वास्ते बुरा सोचा और किया। बीमार दोस्त को तकलीफ पहुँचाई...माफी चाहता हूँ।

जे॰बी॰ सतबीर का हाथ पकड़ लेता है। उसकी आँखों में आंसू आ जाते हैं : मैं भी...मैंने तो इतने गुनाह किये हैं कि गिना नहीं सकता दोस्त। मैंने तुम्हारी जिन्दगी तबाह कर दी। शायद इसी की सजा मिली है मुझे।

सतबीर भी रुंआसा हो उठता है : तुमने आप कुछ नहीं किया। तुमसे श्यामलाल जी से करवाया। मैंने तो आप किया। बुजुर्गों के टोकने के बावजूद किया। दोस्त और भाई मानते हो तो माफ कर देना। और इस काका का ख्याल रखना।

जे॰बी॰ : ख्याल तो आइन्दा तुम्हें रखना है सब लोगों का।

काका : आप लोग रोते क्यों हो?

ये लोग हाथ से ही आँखें पोंछते हैं : बहुत दिनों बाद मिल रहे हैं इसलिए।

काका : अब तो अलग नहीं होगे ना?

सतबीर : नहीं।

काका : हम सब यहीं रहेंगे ना, पापा के बड़े मकान में?

बोलते हुए जे॰बी॰ की आँखें फिर से भर आयी है : हाँ। *(बुदबुदाकर)* जब तक मुझे यहाँ रहने दिया जायेगा।

मंगला कहती हुई आती है : जय, हबीब चाचा तुम लोगों का इंतजार कर रहे हैं।

जे॰बी॰ की आँखों में आंसू देखती है : क्या हुआ जय? तकलीफ ज्यादा है?

काका : ये लोग तो रोते ही जाते हैं। मेरे को तो दादी रोने पे बहुत डांटती है। भोंदू बच्चा मत बनो उस्ताद।

काका जे॰बी॰ की बांह पकड़ के खींचता है और अपना रुमाल निकालकर देता है। आँख पोंछ के रुमाल काका को लौटा देता है : थैंक्यू बच्चा जमूरे।

काका दुबारा रुमाल देता है : नाक भी सिनक लो उस्ताद।

सतबीर काका को गोद में उठा लेता है : चलो, वकील साहब के पास जाना है।

मंगला : जय, तुम भी जाओ।

जे॰बी॰ उठ बैठता है लेकिन जाता नहीं : तुम काका को ले जाओ प्रिंस। मैं अभी आता हूँ।

सतबीर काका को ले के जाता है। दरवाजे से काका कहता है : जल्दी आना उस्ताद।

जे॰बी॰ मंगला के पास आता है : मंगला।

मंगला : बोलो।

जे॰बी॰ : ये गोद लेने वाली बात...मुझे तो कुछ...अच्छी लग नहीं रही है।

मंगला : अपने बेटे को गोद लेने में बुरा क्या है जय? बुरा तो ये है कि तुम अपनी जिम्मेदारी किसी दूसरे पर डाले रहो।

जे॰बी॰ : मुझे तुमसे शादी करने का कोई हक नहीं था। मैंने बहुत ज्यादती की तुमसे।

मंगला : ज्यादती तुमने बबली से की। काका को गोद न लेना ज्यादती पर ज्यादती होगी।

जे॰बी॰ : नहीं मंगला, ये तो एक तरह से...जाते-जाते भी तुम्हारा अपमान कर जाना हुआ।

मंगला : अपमान होना था, बहुत पहले हो चुका। जाओ जय। गोद लेने की कार्रवाई पूरी करो। अम्मा-पापा को इससे खुशी होगी।

जे॰बी॰ : तुम्हारे अम्मा-बाऊजी को तो नहीं होगी।

मंगला : उनकी फिकर तुम मत करो।

जे॰बी॰ : उनकी न भी करूँ, तुम्हारी फिकर तो करनी ही चाहिए। तुम्हें कैसा लगेगा मंगला? सच बताओ।

मंगला : मुझसे क्यों पूछते हो तुम? मैं तो खुद प्रिंस को इसके लिए राजी करके लाई।

जे॰बी॰ : वो तो अम्मा-पापा की वजह से।

मंगला : अब जाओ भी जय। ये उहापोह में पड़ने का वक्त नहीं है।

जे॰बी॰ जाने लगता है मगर जाते-जाते रुकता है। मंगला का कंधा थपथापकर कहता है : मंगला, मैं माफी चाहता हूँ।

मंगला : किस बात के लिए?

जे॰बी॰ : हर बात के लिए।

जे॰बी॰ चला जाता है। उसके जाने के बाद मंगला थोड़ी देर खड़ी सोचती रहती है और फिर आंसू पोंछते हुए गुड़िया के पालने की ओर बढ़ती है। गुड़िया जगी हुई है। मंगला उसे उठाती है। उसका नैपी बदलती है। उधर से बदहवास राजरानी आती है और उसके पीछे-पीछे हरशरण बरफवाले।

राजरानी : मंगला बेटी, जय तो जा रहा है कानूनी कार्रवाई के लिए। अरी मेरा मुँह क्या देख रही है? जा के फौरन रोक उसे।

मंगला : मैंने तो खुद जोर देकर इन्हें भेजा है। रोकूं कैसे?

राजरानी : जब वो मनै कर रहा था तब जोर क्यों दिया? बावली हो गई क्या? तेरे कोई आल-औलाद ना होती तब तो ठीक था। यूं तो गुड़िया का हक मारा जायेगा।

मंगला : अम्मा, इस बारे में बात मत करो।

हरशरण : बेटी हम तेरे मन की हालत समझ सकते हैं। लेकिन आगे की तो सोचनी ही पड़ेगी।

मंगला : मेरे लिए आगे कुछ नहीं है सोचने को।

हरशरण : सारी जिन्दगी पड़ी है।

मंगला हरशरण के सीने में सर छिपाकर फफक उठती है।

हरशरण मंगला के सिर पर हाथ फेरता है।

राजरानी : पोते के सामने ये लोग पोती को कुछ मानेंगे नहीं।

हरशरण : बेटी तुझे अपने ही नहीं, गुड़िया के बारे में भी सोचना है। इसकी जिम्मेदारी है तुझ पर।

मंगला : अपने और गुड़िया की गुजर-बसर के लिए तो मैं खुद ही कमा लूंगी।

हरशरण : हमारा मतलब वो नहीं था बेटी। तेरा और गुड़िया के भरण-पोषण के लिए हमारे पास ही भौत है।

मंगला : तो फिर बंद कीजिए इस बहस को।

राजरानी : हम बहस ना कर रहे बेटी। समझा रहे हैं। सुन।

मंगला : कुछ मत सुनना अम्मा।

राजरानी : हम तो सिर्फ इतना चाहे हैं कि जमीन और जायदाद पर तेरा और तेरी बच्ची का हक बना रहे।

मंगला : जमीन-जायदाद का मैं क्या करूंगी जब वो ही नहीं रहेंगे? मेरा हक बनाये रखकर क्या निहाल करेगी अम्मा? मेरा सुहाग बनाये रख सकती हो तो बनाये रख।

राजरानी : मंगला बिटिया, मैं तो सिर्फ इतना कहना चाह रही थी कि...।

हरशरण : नहीं, अब उससे कुछ मत कहो।

काका वृषभान की कोठी के लॉन में गमले को विकेट बनाकर उसके आगे बल्ला लिये खड़ा है। सामने आराम कुर्सी पर अधलेटा हुआ जे॰बी॰ केनवस की बॉल से बॉलिंग कर रहा है।

काका : इस तरह की बोल मत दो।

जे॰बी॰ : किस तरह की बोल न दें?

काका : जो मेरे को आउट कर देती है।

जे॰बी॰ : तो किस तरह की दें?

काका : जिस पर चौका लगे।

जे॰बी॰ : (कमेंट्री) जे.बी॰ बॉल्ड टु काका अ फुल टॉस एण्ड ही इज आउट क्लीन बोर्ड...।

काका : जाओ मैंने आपसे नहीं खेलना। बार-बार आउट कर देते हो।

जे॰बी॰ : अच्छा, अब नहीं करेंगे। बॉल दो।

काका गेंद देता है। भीतर से सुभद्रा और मंगला आते हैं। मंगला कहती है : जय, ये क्या? तुमने तो धूप में आराम करने को कहा है। खेलने लग गये?

जे॰बी॰ : फिल्डिंग वो बिचारा खुद कर रहा है। बैठे-बैठे बॉलिंग करने में क्या है?

सुभद्रा : डॉक्टर ने तुझसे आराम करने की कही है जय।

जे॰बी॰ : अब आराम की बात मत करो अम्मा। क्योंकि आराम तो अब...इकट्ठा ही होगा। तुम तो यही कहो कि मैं जब तक रहूँ, एक्टिव रहूँ। हाथ-पांव चलते रहें।

काका : आप कहाँ जा रहे हो,

जे॰बी॰ : बहुत दूर।

काका : मेरे को भी जाना है आपके साथ।

जे॰बी॰ : नहीं, तुम अभी नहीं। चलो बैटिंग करो।

काका गेंद को उछाल देता है। जे॰बी॰ कैच ले लेता है : एण्ड ही इज कॉट बाय द बोलर।

भीतर से हबीब, वृषभान, सतबीर, राजरानी और हरशरण आते हैं। हबीबउल्लाह जे॰बी॰ को शाबाशी देता है : अ फाइन कैच इनडीड।

राजरानी : अच्छा सुभद्रा, अब हम तो चलें।

सुभद्रा॰ : बहनजी बैठो ना। मेरी तुम्हारी तो कोई बात ही नहीं हो पाई।

राजरानी : नहीं सुभद्रा, इन्हों की मीटिंग है।

हबीब अपनी घड़ी देखता है : हाँ, उसके मीटिंग में तो मुझे भी जाना है।

वृषभान : अगले साल के शुरू में ही चुनाव है। इसलिए मीटिंगों की अहमियत बढ़ गई होगी।

हरशरण : सो तो है। पार्टी के उम्मीदवारों के बारे में अभी से सोचना होगा। अच्छा तो अब चलें।

जे॰बी॰ से मुखातिब होता है : बेटा, अपना हर तरह के ध्यान रखियो।

जे॰बी॰ उठता है। नमस्ते करता है और कुछ संकोच के साथ पूछता है : जी वो. ..गुड़िया के वास्ते हम लोगों ने जो अलग रखवा दिया है वो ठीक है? कुछ कमी-बेशी हो गई हो तो बता देना।

हरशरण : बेटा किस तरह की बात करता है? बाप की तरफ से बेटी के लिए कभी कमी हुई है आज तलक? **बेशी** भले ही हो जाये।

ये लोग विदा लेने लगते हैं। जे॰बी॰ पूछता है : तो क्या मंगला को नहीं बुलाया आज की मीटिंग में?

मंगला : नहीं, मैं नहीं जाऊंगी।

जे॰बी॰ : क्यों? पिछले हफ्ते तो गई थीं।

मंगला : तब मुझे...मेरा तुम्हारे पास रहना जरूरी है जय।

जे॰बी॰ : नहीं मंगला, तुम मेरी वजह से अपनी पार्टी का काम नहीं छोड़ सकती। चचा जान, इसे भी साथ लेते जाइए।

हबीबउल्लाह : आज जिद मत करो, वो सही कह रही है। उसकी यहाँ जरूरत है। अच्छा वृषभान अब हमें इजाजत दो।

सतबीर भी सुभद्रा से जाने की हजाजत चाहता है : अच्छा तो माताजी, मैंने भी अब जाना है।

काका : आप किधर चल पड़े पापा?

सतबीर : अब हम घर जाएंगे बेटे, अपने मम्मी-पापा के पास।

काका : दादा-दादी के?

सतबीर सिर हिला के हामी भरता है और काका के गाल थपथपाता है। फिर उसको गोद में उठा के उसका माथ चूमता है और उसे जे॰बी॰ की गोद में रख देता है : तुम इनके साथ रहो।

काका : नहीं, मेरे को भी दादा-दादी के पास जाना है।

सुभद्रा : ये इस तरह वहाँ जाता रहा तो इसे यहाँ रहने की कभी आदत ही नहीं पड़ेगी।

काका : चलो पापा।

सतबीर : नहीं काके, तेरे को तो अब यहीं रहना है।

काका : आपके इस बड़े मकान में?

सतबीर : हाँ।

काका : यहाँ तो बड़े मजे आने हैं मेरे को। आपने भी तो यहीं रहना है ना?

सतबीर : नहीं, मैंने तेरे दादा-दादी के पास रहना है। वो अकेले हो जायेंगे। अच्छा तू अब इनके साथ खेल, मैं कल आऊंगा तेरे से मिलने।

सतबीर जाने लगता है। काका पीछे से आकर लिपटता है : नहीं, मेरे को आपके साथ दादा-दादी पास।

सतबीर : नहीं, तू यहाँ रह इन दादा-दादी के पास।

काका : आप भी रहो।

सतबीर : नहीं जी, ऐसा किस तरह हो सकता है? मैं जहाँ हूँ वहीं ठीक हूँ।

सुभद्रा : क्या अब भी इन्हों से खफा हो?

सतबीर : मैं किसी से खफा नहीं हूँ माताजी। मैं तो सिर्फ इतना ही चाहता हूँ कि जिन्होंने मेरे को पाल-पोस कर बड़ा किया। उन्हीं का बेटा बना रह सकूँ।

वृषभान : उन्हें भी यहीं ले आओ।

सतबीर : जी ये किस तरह हो सकता है?

काका : मुझे उस दादी के पास जाना है।

वृषभान : ठीक है काका, वहीं जाओ। देखो प्रिंस, या तो काका के साथ ही यहाँ रहो। या फिर इसे अभी कुछ दिनों तक अपने साथ ही रखो। बच्चे का दिल दुखाना ठीक नहीं है।

सतबीर : अभी से पालोगे तभी आपका हो सकेगा, नहीं तो बच्चे का दिल जिन्दगी भर दुखना है। उसने कभी भी आपके घर को अपना घर नहीं मानना है। अच्छा जी मैं चला। नमस्ते।

सतबीर की आँखें भर आती हैं। वह जाने लगता है। काका रोता है : पापा, पापा! पापा मेरे को आप के साथ जाना छोटे घर में।

सुभद्रा काका को लेकर सतबीर के पास आती है : इस वक्त जाने को मचल रहा है तो ले जाओ साथ। रोता रहा तो जय को और बुरा लगेगा।

सतबीर काका को गोद में लेता है और समझाता-बुझाता हुआ जे॰बी॰ के पास ले

जाता है : काके देख, ये जो हैं ना तेरे उस्ताद, इनकी तबीयत ठीक नहीं ना है। देख इनका माथा गर्म है।

काका : उस्ताद को डॉक्टर ने भी देखा था।

सतबीर : हाँ तो ये उस्ताद कह रहे हैं कि बच्चा जमूरे को मेरे पास छोड़ जाओ। इसके साथ खेलने से मेरी तबीयत ठीक हो जानी है। तो तू इनके साथ खेल, हँस-बोल। तूने रोना है तो इनकी तबीयत और बिगड़ जानी है।

काका को सतबीर जे०बी० की गोद में बिठा देता है।

काका : शाम को इधर ही आ जाना प्रेस से।

सतबीर : जरूर।

काका का हाथ पकड़कर जे०बी० अपने बेडरूम पहुँचता है। उधर गुसलखाने का दरवाजा खोल के मंगला भीतर आती है : बिस्तर से क्यों उठे?

जे०बी० : काका को लेने गया।

मंगला : लेटे रहो प्लीज।

जे०बी० : लेटा रहा तो नींद आ जायेगी। मैं अभी से सोना नहीं चाहता।

काका : अच्छे बच्चे कहना मानते हैं। लेट जाओ, आप बीमार हो न?

जे०बी० : हाँ।

काका : चलो कोई नहीं। मैंने डॉक्टर बन जाना है।

उसकी नब्ज पकड़कर बैठ जाता है : नब्ज दिखाओ....। जीभ दिखाओ...।

जे०बी० जीभ दिखाता है। काका को उसमें खून नजर आता है। पूछता है : जीभ पर लाल-लाल क्या है?

जे०बी० कुछ नहीं कहता। मुँह बंद किये-किये ही उठता है और बाथरूम में जाता है। उधर से सुभद्रा गुड़िया को गोद में लेकर आती है। मंगला के परेशान चेहरे की ओर सवालिया निगाह उठाती है। मंगला गुसलखाने की ओर देखती है। सुभद्रा पुकारती हुई उधर जाती है : जय...।

इस एक शब्द में सारी आशंका भरी पड़ी है। जे०बी० वाशबेसिन को धोता है। सुभद्रा खून देखती है : मंगला, डॉक्टर को बुला। इसके तो फिर खून गिरा है।

जे०बी० मुँह पोंछता हुआ इधर आता है : जब तक है, गिरेगा ही।

आकर बिस्तर पर निढाल पड़ जाता है : मंगला डॉक्टर बुलाने की जरूरत नहीं है। पापा को बुलाओ।

सुभद्रा : इन्हें बुलाती लइयो और डॉक्टर के लिए गाड़ी भिजवा दीयो।

मंगला वृषभान के कमरे में प्रवेश करती है। वृषभान खिड़की से बाहर देखते हुए कुछ पढ़ते-पढ़ते ऊंघ रहा है। उसकी पीठ मंगला की ओर है। गोद में घड़ी है और गर्दन झुकी है। उसको ऐसा देख के एक क्षण को मंगला ठिठकती है। उसे लगता है कि कुछ हो मत गया हो। पुकारती है : पापा...

वृषभान जाग जाता है : क्या?

मंगला का रुंआसा सूजा चेहरा देखता है और गहरा सांस भरता है। मंगला के मुँह से किसी तरह निकलता है : ये बुला रहे हैं आपको।

वृषभान : चलो।

जे॰बी॰ लेटा हुआ है। गुड़िया पालने में है। उसे काका झुला रहा है। सुभद्रा जे॰बी॰ का माथा दबा रही है। उसकी आँखों में आंसू है।

जे॰बी॰ : मैंने तेरे से उस दिन गलत थोड़ी कही थी अम्मा। मैं तो तेरे को सताने के लिए ही पैदा हुआ। कभी कोई सुख ना दिया। और इतना बड़ा दुख दे के चला जाऊंगा। मेरा ज्यादा दुख मत मनइयो अम्मा। तेरे वास्ते तो प्रिंस है, काका है, इनका ध्यान रखियो।

सुभद्रा : मेरे वास्ते तो सबसे पहले तू ही है और सबसे आखिर भी। मेरा तो अपना कभी कोई रहा ही नहीं इस घर में।

व्हील-चेयर चलाता वृषभान आता है। वृषभान ने सुभद्रा की बात सुन ली है और सुभद्रा की तकलीफ को महसूस किया है। सुभद्रा और उसकी निगाहें मिलती हैं। सुभद्रा निगाहें झुकाती है और आँखें मूंदे हुए जे॰बी॰ से कहती है : जय, आँख खोल। देख पापा आए हैं।

जे॰बी॰ : पापा...।

वृषभान : हाँ बेटे।

जे॰बी॰ : मैं आपसे माफी मांगना चाहता हूँ, आखिर तक धोखेबाज साबित होने के लिए ।

सुभद्रा : धोखा तो ऊपर वाला कर रहा है तेरे से और हमारे से।

वृषभान : बेटे इस तरह जी छोटा नहीं करते। अभी डाक्टर आके दवा देगा।

जे॰बी॰ : नहीं, अब और ज्यादा टल नहीं सकती वो घड़ी। जब से काका को गोद लिया है तब से मेरे भीतर से कोई कह रहा है—अब आने ही वाला हुआ है बुलावा। सिर्फ इसी भूल सुधार के लिए रुके हुए थे।

काका उठकर इधर आ जाता है : मेरे बात कर रहे हो?

जे॰बी॰ : हाँ बेटे।

काका : कुछ खाने की चीज आई? *(गाकर)* खायेगा, खाने वाला....।

जे०बी० पहले जेब में देखता है और फिर तकिये के नीचे।

सुभद्रा : क्या ढूंढे है?

जे०बी० : कहीं टाफी थी।

सुभद्रा अपने आँचल में बंधी हुई कोई टाफी निकाल के काका को देती है। काका गाने लगता है : खायेगा, खाने वाला...।

जे०बी० : हाँ और जायेगा जाने वाला...।

काका : कौन जायेगा?

वृषभान : बेटे तू बाहर जा के रामदीन के साथ खेल। मुझे कोई बात करनी है।

काका : रामदीन को घोड़ा बना लूं?

जे०बी० : हाँ, मगर चाबुक मत मारियो। पापा मैंने ढेर सारे काम शुरू करवा दिये कम्पनी से। उन्हें पूरा करने को मैं ना रहूंगा। आप भी बीमार हैं।

काका चला जाता है। वृषभान : प्रौजेक्ट्स की फिकर मत कर बेटा।

जे०बी० : नहीं, मैं कह रहा था कि आप प्रिंस से मदद ले सकते हैं। और फिर मंगला भी पढ़ी-लिखी है। वो भी बहुत-सा काम संभाल सकती है। और आप तो हो ही सुझाने-समझाने के लिये।

वृषभान : आराम कर बेटा। इतना ज्यादा सोचेगा-बोलेगा तो कमजोरी बढ़ेगी ही।

जे०बी० : पापा मुझे जो भी कहना इकट्ठा कहने दो।

वृषभान : कह बेटे।

जे०बी० : मंगला को जीते जी मैं बहुत दुख देता आया हूँ। मैं नहीं चाहता कि मरकर भी देता रहूँ। उससे आप विधवा जीवन बिताने को मत कहना। बल्कि आप तो उसकी शादी कर देना प्रिंस...।

बात पूरी नहीं कर पाता। थककर आँख मूंद लेता है और गर्दन और आँखें फेर लेता है। सुभद्रा चिन्तित होती है : जय...।

जे०बी० : हाँ।

जे०बी० आँखें नहीं खोलता और उसकी 'हाँ' एक कराह की शक्ल में सामने आती है। सुभद्रा उठती है और जाने लगती है : कहीं देरी न हो जाए डॉक्टर के आने में।

राजरानी, हरशरण बरफवाले, हबीबउल्लाह आदि स्टडी में बैठे हैं। बहुत संजीदा लग रहे हैं। वृषभान व्हील-चेयर में आता है।

हबीबउल्लाह : तो क्या कह रहे हैं डॉक्टर?

वृषभान : हालत वैसी ही बताता है।

हबीबउल्लाह : कुछ बेहतरी की उम्मीद?

वृषभान : उसका तो सवाल ही नहीं उठता। हरशणदास जी, आप लोग तो जाइए। कब तक बैठे रहेंगे? डॉक्टर कहता है कि ऐसे में दस-पन्द्रह दिन भी काट सकता है। न कटे तो आज की रात भी नहीं कट सकती।

राजरानी : एक बार घर में झांकी आते हैं।

जे॰बी॰ के बैडरूम में हल्की रोशनी है। फल, दवा, थर्मस वगैरह के बीच टिकटिकाती अलार्म पीस में रात के पौने चार बजे हैं। पास की कुर्सी पर आँखों ही आँखों में रात काटती मंगला आधी-अधूरी उबासी भरती हुयी। जे॰बी॰ की ओर देखती है। वो बेड पर लेटा है। उसका हाथ दिल पर है और वो नींद में अस्पष्ट-सा कुछ बड़बड़ा रहा है : कौन हो तुम? हटो यहाँ से! जाओ!

मंगला जे॰बी॰ की छाती से हाथ हल्के से हटाना चाहती है और अपनी ही आवाज कानों में गूँजती हुई महसूस करती है : छाती पर हाथ पड़ा है। शायद गन्दा सपना देख रहे हैं।

मंगला की लाख सावधानी के बावजूद जे॰बी॰ की आँख खुल जाती है। उनींदी आवाज में वह पूछता है : कौन हो? मंगला? सोई नहीं? कि जाग गई?

मंगला : दूध लोगे थोड़ा?

जे॰बी॰ : ना।

मंगला : पानी?

जे॰बी॰ : ना। टाइम क्या हुआ है?

मंगला : अभी तो चार भी नहीं बजे हैं। सो जाओ।

जे॰बी॰ : भले लोग तो चार बजे को उठने का समय मानते हैं।

वह उठना चाहता है मगर उठ नहीं पाता। मंगला पकड़ती हुई पूछती है : उठते क्यों हो?

जे॰बी॰ : मैं तुमसे बात करना चाहता हूँ।

मंगला : बात कल कर लेना।

जे॰बी॰ : सोते समय भी तुमने यही कहा था। अब तो अंग्रेजी तारीख और हिन्दुस्तानी तिथि दोनों ही बदल चुकी है।

मंगला तकियों का सहारा देकर बैठा देती है। जे॰बी॰ के मुँह से निकलता है : थैंक्यू। तुम बहुत अच्छी हो मंगला। उतनी ही उठी हुई जितना मैं गिरा हुआ हूँ। मैं तुम्हारे लायक नहीं था।

मंगला हथेली से जे॰बी॰ का मुँह बंद कर देती है : ऐसा न कहो जय। शुरू से हर किसी ने यही माना है कि हम एक दूसरे के लिए बने हैं। हमारी जोड़ी मिलती है।

जे॰बी॰ : सबने माना हो मगर हम तो जानते थे कि जे.बी. मंगला के लायक नहीं है।

मंगला : मगर मैंने तो ऐसा कभी नहीं समझा जय।

जे॰बी॰ : ऐसा नहीं समझा तो ये भी तुम्हारी महानता है। मंगला ये मत भूलना कि शादी से पहले और शादी के तुरंत बाद मैंने तुमसे कितना बुरा बर्ताव किया। तुम्हें तो श्यामलालजी ने इस शादी के लिए धोखे से राजी किया।

मंगला : मैं भूल चुकी हूँ और तुम्हें याद दिलाने से मना करती हूँ।

जे॰बी॰ : मैं इस लायक नहीं कि मेरे लिए शोक मनाओ। अपनी जिन्दगी की मांग सूनी कर दो। तुम मुझसे बंधी हुई नहीं हो मंगला।

मंगला : हूँ जय, और तुम उस बंधन को झुठला नहीं सकते।

जे॰बी॰ : मुझसे बंधे होने का मतलब इस घर से बंधा होना नहीं। इधर आओ।

मंगला जय के पास आती है। जय उसकी आँखों में गहरे झाँकता हुआ कहता है : तुम नये सिरे से जिन्दगी शुरू कर सको इसके लिए मैं तुम्हें आजाद करता हूँ।

उसकी कमर में खुसा हुआ चाबी का गुच्छा निकालता है और फेंक देता है और इसके साथ ही निढाल हो जाता है। रोती हुई मंगला उसे बुलाती है : नहीं जय, नहीं...।

सबसे पहले हरशरणदास और उसके पीछे-पीछे राजरानी, सुभद्रा, वृषभान और हबीबउल्लाह भीतर आते हैं। हरशरण नाड़ी टटोलता है। सांस चल रही है या नहीं, ये देखता है। और फिर जे॰बी॰ की पलकें बंद कर देता है।

लपटें जिनमें हवन सामग्री पड़ रही है। लगता है कि शायद ये चिता है। मगर दरअसल घर में तेहरवीं पर हवन हो रहा है।

वृषभान सुभद्रा के माथे पर तिलक लगाया जा रहा है। राजरानी और हरशरण आते हैं। राजरानी के हाथ में एक थैली है जिसमें हल्की नीले रंग की एक साड़ी और चार सोने की चूड़ियां। थैली वह सुभद्रा की ओर बढ़ाती है : तेहरवीं का हवन तो हो गया। अब ये पहना दो।

वृषभान : क्या है?

हरशरण : आपने कही थी ना कि जय नहीं चाहता था कि मंगला विधवा के वेश में रहे।

सुभद्रा : *(रुआंसी)* चलो बहन जी। कांच की चूड़ियां मैंने भी मंगा रखी हैं।

मंगला विधवा वेश में, यानी सीधे पल्ले की सफेद धोती पहने, बिना किसी मेकअप के बैठी है। बाल खुले हुए हैं। उसके सामने नीली साड़ी, चार सोने की चूड़ियां और चार हल्के नीले कांच की चूड़िया रखी हैं। वो रो रही है। राजरानी समझा रही है : पहन ले बेटी। हमसे ये ना देखा जा सकेगा कि हम तो इतनी बड़ी उम्र में भी बन-ठन के रहें और तू सफेद कपड़ों में।

सुभद्रा : पहन ले मंगला। तू अब हमारी बहू ना रही, बेटी हो गई। बेटी को विधवा वेश में ना देख सके हैं हम। जय तो सबसे कह के गया कि मेरा शोक ना कराना।

मंगला साड़ी उठाती है और उसी साड़ी में मुँह छिपा के रोने लगती है : रंगीन कपड़े पहनने भर से मेरा शोक दूर ना हो सके अम्मा...।

* * *

हवेलीराम के क्वार्टर का पिछले वाले कमरे में, जिसमें रसोई है, आटा गूंथा रखा है। सिगड़ी जली हुई है। लाजो लौकी काट रही है। हवेलीराम अपनी घड़ी निकालता-देखता भीतर आता है : बहुत देर तक काम करने लगे हैं रोशन और सतबीर। इस तरह तो सेहत खराब हो जायेगी।

लाजो : मेहनत से किसी की सेहत खराब नहीं होती मास्टरजी।

हवेलीराम : सतबीर तो खैर शुरू से ही बहुत मेहनती लड़का रहा है, लेकिन अब रोशन भी सोलह-सोलह घण्टे काम करने लग पड़ा है।

लाजो : बीवी रानी के आने के बाद बहुत सयाना हो गया है हमारा रोशन।

हवेलीराम : पहले तो मैं समझता था कि बीवीरानी भी रोशन की तरह मक्कार है। लेकिन उसने राय बदलने पर मजबूर किया है लाजोजी।

लाजो : हर बात में वो मेरे उल्टी है, लेकिन फिर भी मेरे को बहुत पसन्द आने लग पड़ी है।

राजराजेश्वरी के हाथ में टिफिन है और रोशन के साथ वह भीतर आती है। रोशन लाजो से पूछता है : माताजी, कौन पसन्द है आपको? लायक पुत्तर रोशनलाल?

लाजो : नहीं, ये बीवीरानी।

रोशन : ये मिस गुरू घंटाल?

लाजो : अब भी मिस कहता है?

रोशन : चलो, मिसेज गुरू घंटाल कह लेने हैं।

हवेली हँसता है : यानी गुरू घंटाल की बीवी।

राजराजेश्वरी : पिताजी आपने ठीक कहा। ये पूरे गुरू घंटाल हैं।

टिफिन लाजो को देती है : माताजी ये रख लो। मैं ढाबे से ले आई।

लाजो : रोज-रोज क्यों ले आती है?

हवेलीराम : भई घर के लोगों को ही खिलाते रहोगे तो घाटा हो जायेगा।

लाजो : मुनाफा तो चंगा कमा रहे हैं ये मास्टर जी। मगर घर का खाना, घर का खाना ही होता है।

राजराजेश्वरी : माताजी ये भी इनकी देखरेख में और इनकी पसन्द का बना है। आप खा लीजिए ना। सच, मुझे ये बहुत बुरा लगता है कि मैं घर में खाना नहीं बना पाती। सारा काम आप को करना पड़ता है।

लाजो : जब दिन भर ढावे में काम करती है बीवीरानी तो घर में चूल्हा-चौकी किस तरह कर सकती है?

रोशन : कर सकती भी नहीं। इस तरह के काम तो इसे आते ही नहीं माताजी।

राजराजेश्वरी लाजो के पास आकर बैठ जाती है और कड़ाही उठाकर सिगड़ी पर रखती है : आप हटिए माताजी। मुझे बनाने दीजिए।

लाजो : इस समय तो तू बहुत थकी होनी है बीवीरानी। फिर कभी बना लेना।

रोशन : माताजी डायलॉग वो बोलो जो दिल में हो। इससे कहो कि बना तो तूने जरूर देनी है सब्जी, मगर फिर किसी ने खानी नहीं है बीवीरानी।

लाजो : नहीं, घर का तो सारा ही काम चंगी तरह जानती है।

हवेलीराम : और बाहर का भी।

रोशन : जादू का डण्डा घुमाना भी जानती है। मैं चौंतीस साल से आपकी सेवा में हूँ लेकिन आपने कभी तारीफ में एक लफ्ज नहीं बोला और इसे आये साल नहीं हुआ कि सर्टिफिकेट पर सर्टिफिकेट काटते चले जा रहे हो?

राजराजेश्वरी : जादू का डण्डा फेरना नहीं आता तो ढाबे में सिर्फ चाय पीने आया हुआ ग्राहक साथ में टोस्ट-आमलेट खाने को मजबूर नहीं होता, और सिर्फ दाल-रोटी मंगवाने वाला बिरयानी और गोश्त भी नहीं मंगवाने लगता।

हवेलीराम : ढाबे में बीवीरानी वेटर का काम करती है क्या?

लाजो : हाँ, वेटर मैनेजर, कैशियर, सब यही है। बहुत फुर्त्ती के साथ करती है अपना काम।

रोशन : और मैं जो चीफ कुक लगा हुआ हूँ, मेरे को कौन तनख्वाह दे रहा है? अभी तो जो कमा रहे हैं, बैंक में डाल रहे हैं।

हवेलीराम : सुना, ढाबा अच्छा चल निकला है?

राजराजेश्वरी : हाँ पिताजी, मेरी वजह से। मैं ही लोगों को ज्यादा खाने और खर्चने के वास्ते राजी करती हूँ।

रोशन : जो भी हो रहा है तुम्हारी वजह से ही हो रहा है। ये ढाबा खोलने की बेवकूफी भी तुम्हीं ने करवाई। मैंने कहा था इस धंधे में ज्यादा कमाई हो ही नहीं सकती।

राजराजेश्वरी : ढाबा मैंने इसलिए खुलवाया कि उसे खोलने और चलाने लायक पैसे ही हमारे पास थे। रोशन, तुम्हारे मन में तो शुरू से ही किसी बड़े होटल के मालिक बनने का अरमान है। न सही बड़ा होटल, छोटा ढाबा ही सही।

हवेलीराम : कोशिश करता रहा रोशन तो एक दिन होटल का मालिक भी बन जायेगा। अपने साथ आए हुए शरणार्थियों को देख, कहाँ-से-कहाँ पहुँच गये।

रोशन : मेरा क्या है पिताजी, मैं सीधा वहाँ पहुँचना चाहता हूँ। कहाँ-से-कहाँ पहुँचने में कैसी-कैसी मुसीबतें झेलनी पड़ती हैं, ये तो आपको पता ही होना है।

लाजो : मंसखरी करके कहीं नहीं पहुँचना है तेरे को।

रोशन : आप बद्दुआ मत दो माताजी। और पिताजी आप बाकायदा सिर पर हाथ रख के फिर से कहो कि एक दिन होटल का मालिक बन जाना है।

रोशन हवेलीराम का हाथ पकड़ के अपने सिर पर रखता है।

हवेलीराम : मेरा आशीर्वाद है कि तू होटल का मालिक बनेगा।

राजराजेश्वरी : पिताजी जितनी बड़ी बात तो मैं नहीं कह सकती मगर ये आशीर्वाद जरूर दे सकती हूँ कि तुम जल्दी ही एक रेस्टोरेंट के मालिक बनोगे।

सुनकर रोशन बहुत खुश होता है : जगह ही नहीं है तो रेस्टोरेंट किस तरह खुल जाना है? उस कश्मीरी गेट वाली जगह का काम बन गया क्या? बताओ ना!

राजराजेश्वरी कुछ नहीं बताती, बस सब्जी चलाते हुए मन्द-मन्द मुस्कुराती रहती है : बूझो तो जानें।

रोशन : मेरे ख्याल में तुम दिन में मन्दिर का बहाना करके जैन साहब के पास गई होनी हो।

राजराजेश्वरी : मन्दिर में हाथ जोड़ के जैन साहब के पास गई, इसीलिए डील हो गई।

रोशन : ओ अुड! वैरी गुड! पैसा किधर से लाने हैं? बैंक में तो पहली किस्त देने लायक भी नहीं है। क्यों, क्या हो गया कोई इंतजाम?

राजराजेश्वरी मन्द-मन्द मुस्कुराती है और सिर ऊपर-नीचे हिलाती है कि 'हाँ'। रोशन ऊपर छत की ओर देखता है : छप्पर तो फटा हुआ नहीं दिख रहा है, तब फिर किसने किया इंतजाम?

राजराजेश्वरी : बूझो तो जानें।

रोशन काफी सोचता है : लाला वृषभान ने दिया?

राजराजेश्वरी : नहीं, लाला रोशनलाल ने।

रोशन : मैंने?

राजराजेश्वरी : सारा गल्ला मुझे दे रखा है कि नहीं? मैं रोजाना पचास रुपया उसमें से निकालती रही।

रोशन : वाह! हेरा-फेरी से गई, मगर चोरी से नहीं।

लाजो : चोरी किस तरह? पैसा तो ये तेरा ही मान रही है।

राजराजेश्वरी : माताजी मैं जानती थी कि ये फूंक देंगे। इसलिए मैं पैसा निकालकर एक अलग बैंक अकाउण्ट मैं डालती रही। पूरा साढ़े नौ हजार हो गया तो पहली किस्त दे आई।

रोशन : वल्ले-वल्ले। तो जी शाही ढाबे के बाद अब खुलना है रॉयल रैस्टोरेन्ट।

राजराजेश्वरी : रेस्तोरां रॉयाल।

रोशन : ये क्या? ये क्या?

हवेलीराम : रॉयल रेस्टोरेण्ट का फ्रांसीसी तर्जुमा। ये ही नाम रखो। होटलों में तो खाना भी फ्रांसीसी नाम से ही ज्यादा बिकता है।

राजराजेश्वरी : पिताजी, आप हमारे ढाबे में कभी नहीं आये। रेस्तोरां में जरूर आना।

हवेलीराम : असल में मेरा तो शुरू से ही बस घर में ही खाने का नियम रहा है। होटल-रेस्टोरेंट जाकर क्या करूं?

राजराजेश्वरी : हम अपने हाथ से बनाकर खिलायेंगे तो घर का ही तो माना जायेगा?

हवेलीराम : ठीक है, तो किसी दिन आ जाऊंगा।

राजराजेश्वरी : किसी दिन नहीं, पहले ही दिन। हम आपको शुद्ध हिन्दुस्तानी भोजन फ्रांसीसी में कराएंगे।

रोशन : हमारे वास्ते ये बहुत फख्र की बात होनी है कि आप छोटे लाट आके हमारी रेस्तरां का इनोग्रेशन करें।

लाजो : पहला ग्राहक ऐसा हो जो पहली बारी ढाबे-होटल में खा रहा हो। वाह जी वाह!

राजराजेश्वरी : तो अब सब तय हो गया। रेस्तोरां रोयॉल। पैटर्न-इन-चीफ मेस्तरो आवेली गाम। प्रॉपराइटर-प्रिंसेज राजराजेश्वरी एण्ड....।

रोशन : *(बात काट के)* बर्रा बावर्ची रोशनलाल।

रोशन चैफ की ड्रेस में। वो एक ट्रे में खाना रख रहा है। राजराजेश्वरी आती है : मिस्यू रो-सन-अलाल!

रोशन : मदाम प्रिंसेस।

राजराजेश्वरी : फूद फॉर ताब्ल नमर वन।

रोशन ट्रे देता है : फूद फॉर टेबील नं॰ वन मादाम।

राजराजेश्वरी ट्रे ले के टेबल नं॰ वन की ओर बढ़ती है जिसमें हवेलीराम और लाजो बैठे हैं। रेस्तोरां की और टेबलों में भी लोग नजर आ रहे हैं। राजराजेश्वरी हवेलीराम और लाजो के सामने मेज पर खाना रखती है : यौर फूद मेस्तरो।

हवेलीराम सूंघता है : सुगन्ध तो अच्छी आ रही है।

लाजो : स्वाद भी चंगा होना है। हमारे रोशन को बनाने-खाने का बड़ा शौक है।

राजराजेश्वरी : री पिलाफ इन्दियेन आवेक लेग्यूम आसोर्ते...।

लाजो : कोई ऐसी-वैसी चीज नहीं ना खिला देना बीवीरानी?

हवेलीराम : आँखों से ही देख रहे हैं कि क्या है। फ्रांसीसी में नाम बता कर डराओ मत अ नी सास को।

लभायाराम आ जाता है : पैरीपोना चाचाजी, पैरीपोना चाचीजी।

हवेलीराम : अरे आ भई लभाये, बैठ।

लभायाराम : आपने तो वही घास-घूस खानी हुई। मैंने अलग टेबल पर बैठ जाना है। मगर यहाँ से आपके साथ घर जरूर चलना है।

हवेलीराम : जरूर चलना।

लभायाराम : मैं आपके हलके से चुनाव लड़ने की सोच रहा हूँ। आपके आशीर्वाद चाहिए।

हवेलीराम : पार्टी का आशीर्वाद तुझे मिला तो मेरा तो मिलना ही मिलना है।

लभायाराम : ठीक है। तो मैं आपके साथ चलूंगा। आप उधर वर्कर्स के साथ मिलवा देना मेरे को।

लभाया चला जाता है। लाजो : आप लभाये की मदद करने चले हो मास्टरजी?

हवेलीराम : जिसे पार्टी खड़ा करेगी उसकी मदद करूंगा।

लाजो : जब काम आपने किया है उस हलके में तो पार्टी आपको टिकट क्यों न दे मास्टरजी?

हवेलीराम : टिकट पाने के लिए काम नहीं किया है लाजोजी। चलो खाना खाओ।

लभायाराम मीनू पढ़ रहा है : ये टंगड़ी कबाब लखनवी और टंगड़ी कबाब हैदराबादी। दो अलग-अगल डिशें किस तरह हैं?

राजराजेश्वरी : आप न हैदराबादी हो न लखनवी। आपको किस तरह समझाऊँ लल्लाजी?

लभायाराम : कोशिश तो करो भरजाईजी। क्या इनको बनाने का तरीका अलग-अलग होता है?

राजराजेश्वरी : थोड़ा-बहुत। मगर ज्यादा फर्क तो इस वजह से पड़ता है कि एक के लिए हम हैदराबादी मुर्गा इस्तेमाल करते हैं और दूसरे के लिए लखनवी।

लभायाराम : दोनों में फर्क किस तरह करते हो आप?

राजराजेश्वरी : उसकी उर्दू सुनकर।

लभायाराम : हैदराबादी हो या लखनवी, मुर्गे की टांग तो मुर्गे की टांग ही रहनी है भरजाईजी।

राजराजेश्वरी : आप तो हद करते है। जब जबान में उतना फर्क है तब टांग में कितना होगा?

वो सीरियस रहती है लेकिन लभायाराम और आस-पास के लोग हँसते हैं।

हरशरणदास बरफवाले आते हैं। राजराजेश्वरी उनकी ओर बढ़ती है : अ टेबल फॉर वन सर?

हरशरण : मैं मास्टर हवेलीराम से मिलने आया।

राजराजेश्वरी : जेण्टलमैन इज सीटेड एट टेबल न. वन सर।

लभायाराम : अच्छा तो ये भी पहुँच गये चाचाजी से मिलने?

हवेलीराम : बहुत वक्त से पहुँचे हैं। अरे बीवीरानी।

राजराजेश्वरी : यस पापा।

हवेलीराम : हरशरण जी के लिए भी लाओ कुछ।

राजराजेश्वरी मीनू हरशरण की ओर बढ़ाती है। वो नहीं लेता : मैं तो भोजन करके निकला हूँ। आपको खोजते-खोजते यहाँ आ गया।

लाजो : हमारे बेटे का रेस्टोरेंट खुला है। मुँह तो मीठा करना ही होगा। जा, कुछ मीठा ले आ बीवी रानी।

राजराजेश्वरी चली जाती है।

हरशरण : आपसे एक खास सलाह करने आया हूँ हवेलीरामजी।

हवेलीराम : आज्ञा कीजिए।

हरशरण : मेरी बेटी मंगला पर जो बीती है वो तो आपको पता ही है।

लाजो : वो बिचारी तो दुख में बिल्कुल पत्थर हो गई है। कुछ बोलती ही नहीं।

हरशरण : अब वो आपके सतबीर से थोड़ी-बहुत बात करने लगी है। वो बता रही थी कि पॉलिटिकल काम करना चाहती है। कहती है कि लिटरेचर और पॉलिटिक्स दो ही मेरे फील्ड हैं। अब लिखा तो जाता नहीं है।

हवेलीराम : कैसे लिखे? ताजा घाव है। ठीक है, तो पालिटिकल फील्ड में डालिये उसे।

हरशरण : मैं ऐसा सोच रहा था जी कि आपके हलके से उसे कॉरपोरेशन का इलैक्शन लड़वा दूँ। नये लोगों को वहीं से टिकट मिल सकता है। मगर मैं उसे वहाँ से चुनाव लड़ाने की बात सोच ही तब सकता हूँ जब आप अपनी तरफ के लोगों का वोट दिलाने का वादा करें।

हवेलीराम : वोट तो पार्टी का होता है हरशरणदास जी। पार्टी जिस भी उम्मीदवार को खड़ा करेगी, पार्टीवाले उसी को वोट देंगे। लेकिन अभी लभाया तो ये कह रहा था कि टिकट उसे मिलने वाला है।

हरशरण : मैं नहीं समझता कि धर्मचंद इतनी बड़ी बेवकूफी करेंगे।

धर्मचंद की बैठक में लभायाराम झुंझलाया हुआ है। वो खड़ा है और धर्मचंद गाव-तकियों के सहारे तख्त पर अधलेटे और अधबैठे हैं। खैरातीमल उसके चरणों में बैठा हुआ है। लभायाराम : मगर क्यूं? जब हरशरणदासजी अपनी बेटी वास्ते कोशिश करते नहीं ना डर रहे तब आप मेरे वास्ते कोशिश करते क्यों डरते हो? मैं तो चाचाजी के साथ सब कुछ तय कर आया।

धर्मचंद : तेरे चाचाजी पार्टी प्रेजिडेन्ट हैं? उन्होंने बनवाना है मेरे को सेन्टर में मिनिस्टर? मैंने नहीं मोल लेनी बदनामी।

लभायाराम : बदनामी आपकी होनी है। हरशरण की नहीं?

धर्मचंद : लभाये, अभी मेरी देखरेख में बिजनेस कर, सुना? अपनी देखरेख में मेरे से पालिटिक्स कराने के ख्वाब मत देख। हरशरण अपनी बेटी वास्ते नहीं, लाला वृषभान की बहू वास्ते टिकट मांग रहे हैं।

खैरातीमल : और लाला वृषभान तगड़ा फंड देने वाले आसामी हैं।

धर्मचंद : देखा लभाये! सियासत की तेरे से ज्यादा समझ तो खैरातीमल को है।

लभायाराम : लानत है जी ऐसी समझ को। रेफ्यूजियों के हलके में गैर रैफ्यूजी खड़ा कर रहे हो? पार्टी ने जरूर ये सीट हार जानी है।

खैरातीमल : हार जानी है तो हरशरण की ही नाक कटनी है। यहाँ से मिनिस्टरी के दो ही दावेदार हैं। एक लालाजी और दूजे हरशरण बरफवाले। पार्टी ये सीट हार जाए उसी में अपने लालाजी की जीत है।

धर्मचंद, जो अब तक आँखें बंद किये हुए था, खोलता है और बहुत खफा होकर खैरातीमल को देखता हुआ अपनी प्रतिक्रिया जताता है : मैं तो बेकार ही आपकी सियासी समझ की तारीफ कर बैठा। आपके बरगे दोस्त मिल जायें तो दुश्मनों की क्या जरूरत? खबरदार जो कभी कहीं कहा कि धर्मचंदजी ये सीट हरवाना चाहते हैं।

धर्मचंद जी तो उन तमाम हलकों में पार्टी को जितवाना चाहते हैं जिनमें उनके अपने रैफ्यूजी भाई बसे हुए हैं। तभी उन्हें रैफ्यूजियों का खास नेता मानकर मिनिस्टर बनाया जाना है।

लभायाराम : तो आप ये चाहते हो कि हम हरशरण बरफवाले की बेटी को जिताने की कोशिश करें?

धर्मचंद मुस्कुराता है फिर टोन बदल देता है : ये मैंने कब कहा पुत्तर?

लभायाराम : आपकी बातें तो मेरी समझ से परे हैं।

धर्मचंद सहसा उठ बैठता है और खैरातीमल के कंधे पर हाथ रखता है : इसी करके तो कहता हूँ कि अभी सियासती मामलों में बच्चा है। खैरातीमल जी, इस सीट से हमें सतपाल को जितवाना है।

खैरातीमल : ये आप क्या कह रहे हो धर्मचंदजी? वो तो बिल्कुल बेवकूफ है।

लभायाराम : बेवकूफ ही नहीं, बेईमान भी है।

धर्मचंद : दोनों ही तरह से अपने बहुत काम का है। और फिर अगले के पास पैसा भी अच्छा है। रैफ्यूजी भी है।

खैरातीमल : तो हमारे वास्ते क्या हुक्म है?

धर्मचंद : मीटिंग में मैंने हरशरण बरफवाले की बेटी के हक में बोलना है। और आप सब ने मेरी 'हाँ' में 'हाँ' मिलानी है।

लभायाराम : तो फिर सतपाल का क्या होना है?

धर्मचंद : उसका नाम आगे बढ़ाने वास्ते पापाजी को बुलवाया है क्योंकि लोग उसे मेरा दुश्मन समझते हैं।

पार्टी दफ्तर में मीटिंग। हरशरण बरफवाले, सतबीर, धर्मचंद, लभायाराम, खैरातीमल हवेलीराम और लाजो भी नजर आ रहे हैं। एक बुजुर्ग नेता अध्यक्ष बना बैठा है और अपनी सलाह दे रहा है : सबसे पहले धर्मचंद की राय ले लें। इस हलके में तो रेफ्यूजी वोट बहुत हैं।

धर्मचंद : जी मेरे ख्याल से तो अपने हरशरण बरफवालों की बेटी मंगला से बेहतर कोई उम्मीदवार हो ही नहीं सकता।

धर्मचंद वगैरह की बातों से हरशरण गुट को हैरानी होती है।

धर्मचंद : मंगलाजी ने रेफ्यूजी कैंपों में बहुत काम किया था। उनकी हमारे लोगों में बहुत अच्छी साख है।

खैरातीमल : पार्टी के एक पुराने लीडर की बेटी और एक पुराने खैरखाह की बहू, इससे बढ़िया उम्मीदवार किधर मिलना है?

धर्मचंद : मंगला आप भी लीडर है। बहुत काम किया है उसने पार्टी का।

बुजुर्ग नेता : हरशरणदासजी आप कुछ कहना चाहेंगे इस बारे में?

हरशरण : जी अपनी बेटी के बारे में खुद क्या कहूँ?

हवेलीराम : धर्मचंद जी का सुझाव बहुत अच्छा है। मंगला हर तरह से योग्य है।

बुजुर्ग : हरशरणदासजी, बिटिया का नाम आगे बढ़ाने में आपको कोई एतराज तो नहीं है?

हरशरण मूव हो गया है : जी एतराज कैसा? ये तो एहसान होगा आप लोगों का मुझ पर।

बुजुर्ग : इसमें एहसान की क्या बात है?

धर्मचंद : तो इस सीट के लिए हम सब एक राय से मंगला का नाम तज्वीज करते हैं। अगली सीट कौन-सी है?

धर्मचंद कागज-पत्तर उठाकर देखने लगता है। सलवार-कमीज और साफा वाली पंजाबी पोशाक पहना एक बुड्ढा, जो अब तक ऊंघ रहा था, सीधा होकर बैठता है और बोलना शुरू करता है : ठहरो। हाल इस सीट का मामला तय नहीं ना हुआ। मैं बड़ी देर का बैठा सुन रहा हूँ बुकवास।

लभायाराम : हम तो समझे थे कि आप ऊंघ रहे हो।

साफेवाला : हम नहीं ना ऊंघ रहे। तेरा सौरा धर्मचंद ऊंघ रहा है, हिन्दुस्तानी लालाओं का पैसा खा-खा के।

लभायाराम : जबान सम्हाल के बात करो।

साफेवाला : धर्मचंद ने करनी हो 'जी-हजूरी' तो करे। हमने नहीं करनी। पालिटिक्स है कि खालाजी का घर? बहू-बेटियों को टिकट दिलाते रहते हैं। लाला वृषभान ने क्या इस शर्त पर पार्टी फंड में पैसा दिया कि मेरी बहू को टिकट देना पड़ेगा?

धर्मचंद : पापाजी, आप बरगे बुजुर्ग ही पार्टी के खिलाफ बोलने लग पड़े तो काम किस तरह चलना है? आप अपनी बात कहो, दूसरों पर छींटें मत कसो।

साफेवाला : मेरी बात इतनी-सी है कि इस हलके से रैफ्यूजी उम्मीदवार खड़ा किया जाये क्योंकि यहाँ उनकी ही आबादी ज्यादा है।

हवेलीराम : अगर हम ये मानकर चलने लगें कि वोट डालने वाले वोट किसी आइडियोलाजी के लिहाज से नहीं, बस बिरादरी के लिहाज से ही डालेंगे, तब तो डेमोक्रेसी के नाम पर देश और समाज के टुकड़े ही होते चले जाएंगे पापाजी। जो एक बंटवारा हो चुका, वो काफी नहीं है क्या?

साफेवाला : तो क्या आपने आइडियोलाजी के नाम पर पॉलिटिक्स में ऊंचे लोगों

की बपौती बनाये रखनी है मास्टरजी? डेमोक्रेसी है तो सबको हिस्सा मिलना चाहिए। आपने हमें अपना हिस्सा नहीं ना दिलाया तो हमारा वोट किसी और की झोली में पड़ जाना है।

धर्मचंद : पापाजी, मेरे को सब खबर है आप किन लोगों की सोहबत करने लग पड़े हो आजकल।

साफेवाला : उनकी सोहबत आप करते हो। आप हो दोमुँहे।

लभायाराम : आपने अब एक भी लफ्ज बोला तो मैंने पगड़ी उछाल देनी है आपकी।

बुजुर्ग : इस तरह झगड़ा मत बढ़ाओ। देखिए, रैफ्यूजी वोट की अहमियत से कोई इंकार ही नहीं है। उम्मीदवार ऐसा होना चाहिए जो रैफ्यूजियों और दिल्ली वालों दोनों को ठीक लगता हो। मंगला बिटिया का नाम हमने इसी नजरिये से ठीक माना।

साफेवाले : तो इस नजरिए से लाला सतपाल का नाम कौन बुरा है? वो रैफ्यूजी हैं और उनके दिल्ली वालों से बड़े पुराने और अच्छे ताल्लुकात हैं।

धर्मचंद : पापाजी, ये क्या नाम सुझा रहे हैं आप?

बुजुर्ग : ठीक है, तो लाला सतपाल का नाम भी आगे बढ़ा दिया जायेगा।

हवेलीराम का कमरा। हवेलीराम, लाजो, और हरशरण बरफवाले बैठे हैं। लाजो बताती है : मीटिंग से लौट के मास्टरजी ने तो ये बताया था कि धर्मचंद ने आप मंगला बेटी का नाम सुझाया।

हरशरण : ये उसकी चाल थी। धर्मचंद ऊपर जाकर यही कह रहा है कि मंगला नातजुर्बेकार है। अपोजीशन वाले भाई मनजीत को खड़ा कर रहे हैं। उसके मुकाबले में वो टिक नहीं पायेगी। आप तो जानते ही हैं कि पार्टी के आपसी झगड़ों की वजह से दिल्ली की एसेम्बली छिन गई है।

लाजो : तो अब?

हरशरण : टिकट सतपाल को मिल जायेगा।

लाजो : जिसने कभी कोई कुर्बानी नहीं दी और जो धर्मचंद बरगा बेईमान है।

बरफवाले : इस सीट को धर्मचंद से छीनने का एक ही तरीका हो सकता है मास्टर हवेलीराम।

हवेलीराम : क्या?

बरफवाले : आप टिकट के लिए उम्मीदवार बन जायें।

हवेलीराम : मैं...?

* * *

वृषभान की स्टडी में वृषभान, मंगला, सतबीर, सुभद्रा बैठे हैं। हरशरण फोन पर हैं : इस तरह तो धर्मचंद की ताकत और मनमानी दोनों ही बढ़ती जायेगी। बावन के चुनाव के बाद जैसा झगड़ा तब हुआ था उससे कहीं बड़ा अब होगा। वो गये कहाँ मास्टर हवेलीराम?...अच्छा-अच्छा...।

मंगला : क्या हुआ? हबीब चाचा के समझाने पर भी ना माने?

हरशरण : नहीं। मुश्किल से दस मिनट वहाँ बैठे और उनके बेटे ने जो रेस्टोरेंट खोला है उसमें चले गये।

मंगला : गलती आपने की बाऊजी। आपको मेरा नाम सुझाना ही नहीं चाहिए था।

सतबीर : इसके लिए मैं जिम्मेदार हूँ। मैंने ही इनसे कहा आप पॉलिटिक्स में आना चाहती हो।

मंगला : चुनाव लड़ने के लिए नहीं। कितनी अजीब बात है कि जिस इलाके में मास्टर हवेलीराम जैसा पुराना नेता मौजूद था वहाँ से आपने उन्हें नहीं, मुझे टिकट दिलाने की कोशिश की?

वृषभान : टिकट दिलवाने के लिए मैंने कहा। मैंने सोचा कि शायद इसमें तुम्हारा दुख...।

मंगला : पापा, जय को खोने का दुख चुनाव का टिकट पा जाने से दूर नहीं होगा।

हरशरण से मुखातिब होती है : पिताजी, एक बार मैं मास्टर हवेलीराम से अनुरोध करके देखूं?

हरशरण : जरूर कोशिश कर।

मंगला सुभद्रा से मुखातिब होती है : तो मैं चलती हूँ अम्मा।

सुभद्रा : इस टैम रात में?

मंगला : कल तो आखिरी दिन है। प्रिंस होंगे ही मेरे साथ। रेस्टोरेंट तक ले चलोगे ना?

सकपकाती हुई सुभद्रा हरशरण से मुखातिब होती है : आप इन्हों के साथ चले जाते समधीजी।

वृषभान : प्रिंस जा ही रहा है तब इन्हें तकलीफ क्यों देती हो सुभद्रा?

सुभद्रा ये नहीं कहना चाहती कि विधवा मंगला का सतबीर के साथ जाना ठीक नहीं है। हरशरण उसका इशारा समझ लेता है और कहता है : गाड़ी में जाने में क्या तकलीफ है?

अपने रेस्तरां के कैश काउण्टर में राजराजेश्वरी बहुत तेजी से नोट गिन रही है और रेजगारी के ढेर बना रही है। रोशन गाता हुआ आता है : सैंया झूठों का बड़ा सरताज निकला...मैं तो भोली थी, वो चालबाज निकला...।

सारंगी बजाने का अभिनय करता है और उसकी आवाज भी निकालता है।

राजराजेश्वरी : ये तो मुझे गाना चाहिए। सैंया तो मेरा चालबाज निकला।

रोशन : मेरी तो सैंया तुम्हीं हो और चालबाज भी किसी से कम नहीं। चलो डुएट गा लेने है। रेडी...वन-टू-थ्री।

राजराजेश्चरी और रोशन : *(गाकर)* दिल तोड़ चला, *(सारंगी की आवाज)*...बड़ा धोखबाज निकला।

रोशन : वैसे ये अच्छा ही हुआ कि हम एक-दूसरे के पल्ले पड़े।

राजराजेश्वरी : और किसी के बस के थे नहीं।

राजराजेश्वरी नोटों की गड्डियों को बांधती है, लेजर में नोट करती है और तिजोरी में डालती है : कैश तो हो गया। अब चलें।

रोशन राजराजेश्वरी का पर्स उठाता है : पिताजी को भी तो आने दो। गिनते-गिनते कितने पार कर जाती हो? जब ढाबे में ही पचास लेती थी तब यहाँ तो कम-से-कम दो सौ लेती होनी हो रोज के।

रोशन पर्स खोल के जबरदस्ती देखता है।

राजराजेश्वरी मना करती है : लेडीज का पर्स खोल के नहीं देखा जाता।

रोशन : जब लेडी अपनी तब पर्स पराया क्यों मानूं? तुम इतना ज्यादा सच क्यों बोलने लगी हो राज? इसमें तो सचमुच कुछ नहीं है।

राजराजेश्वरी : ये तो टिप के हैं।

रोशन : वाह जी। टिप सारा तुम ले जाओ, हम टापते रहें।

राजराजेश्वरी : टिप के पैसे होटल अकाउण्ट में। आखिर हमें होटल खरीदना है कि नहीं?

रोशन : वो तो खरीदना ही हुआ और इसबार के इलैक्शन में पिताजी को भी खड़ा करवाना हुआ।

राजराजेश्वरी : पिताजी इलैक्शन में खड़े होने वास्ते राजी हो जायें तो मजा आये। जीतने वो जरूर हैं और जीतने हैं तो उन्हें कोई बड़ा ओहदा भी मिलना है। फिर देखो मैंने कैसे फटाफट रकम जुटा लेनी है होटल वास्ते। हैलो रब्बाजी, मेरे पिताजी को चुनाव लड़ने वास्ते राजी करा दो। मेरा होटल बनवा दो।

हवेलीराम और लाजो आते हैं : मेरे चुनाव लड़ने और तेरे होटल के खुलने का आपस में क्या रिश्ता है पुत्तर?

रोशन : वही जो मेरा और आपका है पिताजी।

हवेलीराम : मैं समझा नहीं।

रोशन : आप समझो भी मत पिताजी, बस चुनाव लड़ के कुछ बन जाओ। बाकी होटल वास्ते पैसा तो मैंने आप जुटा लेना है बड़े स्टाइल से।

हवेलीराम : मैंने क्या गलत कहा था लाजोजी कि अगर मैं सत्ता की राजनीति में जाऊंगा तो ताकत और पैसे का दीवाना रोशन मेरी बदनामी कराके रहेगा।

लाजो : ये तो मसखरा है। दीवाना नहीं। आपने इसे कभी देखा आज तक किसी को नुकसान पहुँचाते? लोगों से ज्यादा आप अपने बच्चों को बदनाम करते हो। और जो ये कमजोर है तो इसकी कमजोरी आपकी कमजोरी किस तरह बन जानी है?

हवेलीराम कोई जवाब नहीं देता और बात बदल देता है : रोशन, अब यहाँ बंद कर पुत्तर। देर हो गई।

ये लोग चीजें सम्हालने लगते हैं। रोशन लाइट ऑफ करने लगता है। अब ये लोग रेस्तरां बंद कर जाने को हैं। राजराजेश्वरी : पिताजी, आपने टिकट के लिए अर्जी दे देनी है?

हवेलीराम : तेरी सासूजी मुझे भगोड़ा कहती हैं। तो मैंने चुनाव के मैदान से भाग जाने का फैसला किया है।

लाजो : इन्हें तो दिनभर घर में बैठे-बैठे गीता पढ़नी है।

हवेलीराम : मैं रब का नाम लेता रहूँ इसमें तुम्हें क्यों बुरा लगता है लाजोजी?

लाजो : एक पुराना इन्कलाबी पड़ा-पड़ा रब का नाम लेता रहे तो बुरा लगना ही हुआ।

हवेलीराम : मैं चुनाव नहीं लड़ने जा रहा हूँ तो तुम्हें इतना बुरा क्यों लग रहा है लाजोजी?

लाजो : रब ने भी अर्जुन से लड़ने को कहा था।

हवेलीराम : चुनाव?

लाजो : चुनाव की लड़ाई होती तो उसमें भी लड़ने को कहते। ये नहीं ना कहते कि घर में बैठा-बैठा गीता पढ़ता रहे।

इधर से मंगला, सतबीर और हरशरण आते हैं। सतबीर हवेलीराम को बताता है : पिताजी, मंगलाजी और हरशरणदासजी मिलने आए हैं।

लाजो : आओजी, बैठोजी। हम तो घर जाने लगे थे। बीवीरानी, रोशनी कर।

फिर से रोशनी की जाती है : आज इस समय कैसे आना हुआ?

मंगला : मैं अपने बाऊजी की ओर से आपसे माफी मांगने आई हूँ।

हवेलीराम : किस बात की? इन्होंने मुझसे टिकट लेने को कहा तो कोई गुनाह नहीं किया।

मंगला : आपके रहते पहले मेरा नाम आगे बढ़ाना गुनाह ही तो था। फिर भी मेरा नाम मंजूर न होता देखकर आपका नाम आगे बढ़ा रहे हैं, ये तो एक तरह से आपकी बेइज़्ज़ती है।

हवेलीराम : मैंने तो ऐसा कभी नहीं माना। मैं चुनाव लड़ने के लिए मना कर रहा हूँ तो इसलिए कि सत्ता की राजनीति का रास्ता मुझे पसन्द नहीं है।

मंगला : मैं तो समझती हूँ कि आपके जैसे नेताओं के होते राजनीति में धर्मचंद जी या मेरे भाऊजी जैसे लोगों का विशेष स्थान होना ही नहीं चाहिए। ये कमजोर हैं। एक को अपने मुसाहिब का नाम सूझता है तो दूसरे को अपनी बेटी का।

हरशरण : मैं आपसे सचमुच माफी चाहता हूँ हवेलीराम जी।

हवेलीराम : नहीं भाई, ऐसी कोई बात ही नहीं है। मैं तो इसलिए चुनाव लड़ना नहीं चाहता कि...कि...।

रोशन उसकी बात काटता है और सामने खड़ा हो जाता है : कि आपका पुत्तर रोशन नालायक है। बेईमान है। मगर पिताजी जो आपने चुनाव नहीं ना लड़ना है तो सतपाल ने हमारा नुमाइन्दा बन जाना है। वो तो आप बेईमान है, और उसका सियासी बाप धर्मचंद पक्का चोर।

लाजो : मास्टरजी आप तो उन ईमानदारों में से हो जिनके रहते बेईमानी की जीत होनी रहनी है। कभी आपने सोचा कि कितनी खुदगर्ज है आपकी ईमानदारी।

हवेलीराम : खुदगर्ज?

लाजो : चुनाव ना लड़ के आपने अपनी वाह-वाही तो करा लेनी है लेकिन इससे आपके चुनाव क्षेत्र की जो तबाही होनी है उसकी आपको कोई फिकर नहीं है।

हवेलीराम : लाजोजी तुम जानती हो कि मैं हमेशा चुनावों से दूर रहता आया हूँ। सत्ता पाने की मुझे इच्छा नहीं। सेवा कर सकूँ, यही बहुत है।

लाजो : सत्ता और सेवा में आप बुनियादी बैर मानते हो मास्टरजी? क्या आप यह कहना चाहते हो कि सत्ता करने वालों ने सेवा नहीं करनी और सेवा करने वालों ने सत्ता नहीं पानी? अगर यही आपकी सीख है तो रोशन जैसे नौजवानों ने सेवा करने वालों को बेवकूफ ही मानना हुआ।

हवेलीराम : सत्ता में सभी धर्मचंद जैसे ही लोग नहीं हैं लाजोजी। हरशरणदास जैसे भी हैं।

लाजो : अच्छों की गिनती बढ़ाने में आपको कोई परहेज है मास्टरजी?

हवेलीराम : मैं तुम्हारे जोर देने पर फिर से राजनीति में आ तो गया हूँ लेकिन

अक्सर मुझे लगता है कि मैं कुछ कर नहीं सकूंगा। मैं तो बूढा और थका-हारा हूँ ही, ये कौम मुझसे भी ज्यादा बूढ़ी और थकी है।

लाजो : नहीं मास्टरजी, कौम के दिल में जोश है और आँखों में जवान हैं सपने। जो आपने उन सपनों से जुड़ जाना है तो आप में भी नई ताकत आ जानी है।

हवेलीराम कार्नर हो गया है मगर फिर भी बच निकलना चाहता है। असहाय होकर इधर-उधर देख रहा है और कोई माकूल-सा जवाब सोच रहा है। तभी मंगला उसके सामने आती है : आपने अभी खुद कहा कि धर्मचंद जी खराबी के नुमाइन्दे हैं और मेरे बाऊजी अच्छाई के। ये अच्छाई की प्रतिष्ठा का प्रश्न है। आप चुनाव में खड़े होने के लिए राजी हो जाइए। सारे मतदाताओं की ओर से आपसे हाथ जोड़कर विनती करती हूँ।

लाजो : मास्टरजी, मंगला ने आपसे कुछ कहा?

हवेलीराम पहले लाजो की ओर देखता है। फिर मंगला के सिर पर हाथ फेरता है : ठीक है बेटी, ठीक है।

हवेलीराम का कमरा। लाजो मशीन पर सिलाई कर रही है। हवेलीराम बैठा पढ़ रहा है। सुलोचना और कुलभूषण आते है। कुलभूषण : पैरीपोना पिताजी। पैरीपोना माताजी।

हवेलीराम : जीता रह पुत्तर।

सुलोचना : पैरीपोना माताजी! पैरीपोना पिताजी। बधाइयां होवें।

हवेलीराम : अभी तो टिकट भी नहीं मिला, बधाइयां किस बात की?

कुलभूषण : आपके सन्यास से फिर सियासत में लौटने की।

हवेलीराम : इसकी बधाई तो अपनी माताजी को दे। ये कुचक्र इनका ही चलाया हुआ है।

लाजो का हँसना और मशीन के चक्के को घुमाना।

सुलोचना : पिताजी आपके बरगे इंसानों से ग्रेटनेस वाले काम जनानियां ही करा पाती हैं। और पिताजी, कोई इनके लायक सेवा?

हवेलीराम : अभी टिकट तो मिलने दे बीवीरानी।

सुलोचना : आप मांगें और आपको टिकट ना मिले ऐसा कभी नहीं हो सकता है। इम्पासिबल! धर्मचंद और सतपाल हौरी तो अपने कपड़े फाड़ रहे हैं। धर्मचंद कहता है कि मान गये, हरशरणदास बरफवालों ने जबरदस्त चाल चली।

लाजो : तेरे से किसने कह दिया बीवीरानी?

सुलोचना : माताजी मेरे को पॉलिटिक्स की सारी खबर रहती है। मेरा तो आप पॉलिटिक्स में बहुत इन्टरेस्ट है। अगली बारी मैंने भी इलैक्शन लड़ना है।

भीतर से रोशन और राजराजेश्वरी आते है : मैं भीतर बैठा बड़ी देर का सोच रहा था कि कौन मेम आ गई? आप हैं भरजाईजी?

सुलोचना : भीतर अपनी जनानी के साथ तुम बैठे थे तब और कुछ सोचने की फुर्सत कहाँ रही होनी है? मैं कल कुक्की के डैडी से कह रही थी कि शादी किये कितने महीने हो गये, रोशन का हनीमून ही खत्म नहीं हो रहा। औरों को कहता था और खुद पक्का जोरू का गुलाम निकला।

राजराजेश्वरी : अजी जिठानी जी, हम दोनों तो अपने धन्धे के गुलाम हो गये हैं। सच पूछो तो न हमने हनी चखा न मून देखा। मैं तो सोच रही थी किसी दिन आपके पास आकर सारे गुर सीख लूं।

सुलोचना : मैं तो अब पिताजी के इलैक्शन कैम्पेन वास्ते यहाँ आती ही रहूँगी। तब सीख लेना।

रोशन : आप कैम्पैन करोगे भरजाईजी? तब तो रब ही मालिक है।

सुलोचना : भूषण के लिए कोई काम बता दीजिए पिताजी।

कुलभूषण : मैं तो गौरमेन्ट सर्वेण्ट हूँ लोचन।

सुलोचना : स्पीचें तो ड्राफ्ट कर सकते हो?

हवेलीराम : मेरे लिये स्पीच लिखने की जरूरत नहीं पड़ती।

लाजो : बोलना शुरू हुआ तो बोलते ही चले जाने हैं।

राजराजेश्वरी : कोई बात नहीं। जेठजी जिठानी जी के लिए स्पीच लिख देंगे।

रोशन : क्यों भरजाईजी, आप तकरीरें भी करते हो?

सुलोचना : ऑफ कोर्स। मैंने नाथागली कान्वेन्ट में कई बारी ए-लक्यूशन की प्राइजें जीती हुई हैं। फ्रेंडस, कन्ट्रीमेन, लैंड मी यौर इयर्स, आई कम टु...।

रोशन : भरजाईजी, बस करो। यहाँ आपको आडियंस शेक्सपीयर वाली नहीं, वारिस शाह वाली मिलनी है।

सुलोचना : आई कैन स्पीक इन पंजाबी आलसो।

रोशन : अच्छा जी सिस्टर इन ला जी!

हरशरण आते हैं। उनके साथ काका है।

लाजो : आओजी हरशरणदास जी, और क्या खबर हैं?

हरशरण : खबर थोड़ी-सी गड़बड़ है। वो धर्मचंद उधर कह रहा है कि मास्टर हवेलीराम कभी भी एक्टिव पॉलिटिक्स में नहीं रहे। मुदर्रिस-अखबारनवीस किस्म के इंसान हैं।

हवेलीराम : ये तो वो गलत नहीं कह रहे हैं।

हरशरण : मगर ये तो गलत कह रहे हैं कि आपको टिकट दिये जाने से वर्कर्स नाराज होंगे। उनका ये कहना भी झूठ है कि आप रैफ्यूजियों में कोई खास बात नहीं है और पुराने बाशिन्दों के लिए आप बिल्कुल अनजान हैं।

सुलोचना : मैंने सुना कि धर्मचंद हौरी लोगों को दस्तख्त करा-करा के भेजने लगे हैं।

हरशरण : मैंने भी सुना है इसीलिए मंगला और सतबीर को भेज के आया हूँ कि तुम भी लोगों से दस्तख्त कराओ।

लाजो : मंगला और सतबीर बहुत काम कर रहे हैं।

सुलोचना : माताजी, हम भी करने हैं। आप बताओ तो।

वृषभान की स्टडी में सुभद्रा और वृषभान बैठे है। सुभद्रा परेशान लग रही है और वृषभान उदास। वो घड़ी देख रहा है।

सुभद्रा : जब उनके अपने इतने सारे लोग हैं तो मंगला को क्यों दिनभर दौड़ाये रखें? और आप भी जाने देते हो।

वृषभान : उसका मन बहला रहता है।

सुभद्रा : आपका तो मन ना लगता। घड़ी-घड़ी टेम ही देख रहो हो, और उबासी लेते रहो हो। अकेले घर में मन लग भी कैसे सके हैं?

वृषभान : तुम तो हो मेरे साथ।

सुभद्रा : हम बुड्ढे-बुढ़िया तो साथ रहकर भी अपना अकेलापन ही महसूस कर सके हैं। एक बेटा था वो गुजर गया। बहू को आप दिनभर इधर-उधर डोलने दो हो।

थोड़े गुस्से में : तो क्या हो गया?

सुभद्रा : लोग...

ये बात वृषभान पहले भी सुन चुका है इसलिए जुमला पूरा नहीं करने देता : लोगों की मैं परवाह नहीं करता। विधवा हो गई इसका मतलब ये थोड़ी है कि मैं उसे घर में कैद कर दूं? और खुद जय कह गया था कि...।

सतबीर, हरशरण, हवेलीराम और मंगला आते हैं। मंगला पूछती है : क्या हुआ पापा?

वृषभान पकड़ा गया है इसलिए झूठ नहीं बोल सकता। पूछता है : तुम्हें आज भी आने में देरी हो गई?

हवेलीराम : तुमसे तो मैंने कहा भी था बेटी कि घर चली जाओ।

मंगला : औरों को काम करता छोड़कर मैं कैसे चली आती?

वृषभान : नहीं, वो तो बिल्कुल गलत होता। और क्या खबर है?

सतबीर : जी सुनने में आया है कि धर्मचंद जी पीछे-ही-पीछे भाई मनजीत को सपोर्ट कर रहे हैं।

हरशरण : हाँ। मनजीत के पास सहसा पैसा बहुत आ गया है। पानी की तरह बहा रहा है।

वृषभान : पैसे की तो मास्टर हवेलीराम के लिए भी कोई कमी नहीं होने दी जायेगी।

हरशरण : मगर इन्हें तो पैसे से परहेज है, क्या करें? कहते हैं उतना ही खर्च करूंगा जितने की कानून इजाजत देता है।

वृषभान : इस तरह तो मुश्किल हो जायेगी मास्टर हवेलीराम जी।

हवेलीराम : जिस दिन ये मान लिया गया कि उम्मीदवार को वोट पार्टी के नहीं, पैसे के बिनाह पर मिलेगा उस दिन हमारी राजनीति में बस पैसा ही पैसा बचेगा। कोई पार्टी नहीं।

हरशरण : आप बहुत ज्यादा आदर्शवादी हो।

हवेलीराम : आदर्शवादी आदर्शवादी होता है। ज्यादा या कम नहीं।

वृषभान : भाषण भी आप सुना, बहुत रूखे दे रहे हैं। मनजीत की तरह आपको भी वोटर्स से चिकनी-चुपड़ी बातें करनी चाहिए।

हरशरण : एक्टिव पॉलिटिक्स में आने के बाद थोड़ा प्रैक्टिकल बनना पड़ेगा मास्टर हवेलीराम।

* * *

मंगला कुछ लिखने बैठी है। उसके सामने एक कागज है जिसमें कुल एक पंक्ति लिखी है 'तुम नहीं हो, पर मुझे लगता यहीं हो'। पास के टेबल के नीचे बास्केट में कुछ कागज मुड़े हुए पड़े हैं। काका एक एल्बम ले के आता है और मंगला के सामने खोलता है : मंगलाजी!

मंगला : जी।

काका : ये वाला एल्बम दिखाओ।

मंगला : सुबह तो दिखाया था।

मंगला दुखी है। काका एल्बम खोलता है। एल्बम जे॰बी॰ और मंगला का है।

एल्बम के पृष्ठ पलटता काका तस्वीरों में मौजूद एक-एक नाम बोलता है : ये मंगला जी हैं, ये उस्ताद। है ना?

मंगला : हां।

एक तस्वीर की ओर इशारा करता है : ये तुम्हारी शादी की है?

मंगला : हां।

काका : तुम्हारी शादी उस्ताद से हुई?

मंगला : हां।

काका : पापा की शादी किससे हुई?

मंगला : उनसे ही पूछना।

काका : उस्ताद के साथ मेरा फोटो नहीं ना है?

मंगला : नहीं।

काका : उस्ताद किधर गये?

मंगला : बताकर नहीं गये।

काका : कब आयेंगे?

मंगला : यह भी बताकर नहीं गये।

काका : जब आयेंगे, मेरा फोटो खिंचा देना उनके साथ।

मंगला इसका कोई जवाब नहीं देती और एल्बम बंद कर देती है। वो नहीं चाहती कि बच्चे के सामने रोना आये। काका से कहती है : काका, तू अम्मा के पास जा। गुड़िया भी वहीं है।

काका : गुड़िया छोटी बच्ची है। मेरे को उसके साथ बात करने में मजे नहीं आते।

मंगला : अम्मा से बात करना। जा।

काका : मेरे को उस्ताद के बारे में बात करनी है। अम्मा तो रोने लगती हैं।

मंगला : आज तो तेरा पापा के साथ घूमने जाने का दिन है ना। जा अम्मा से कह, तैयार कर देगी।

काका : मैंने मंगला जी से बात करनी।

मंगला आलमारी से मुट्ठी भर टाफी निकालती है और काका को देती है : खायेगा खाने वाला......जायेगा जाने वाला.....।

काका : ठीक है।

काका टाफी खाता चला जाता है तो मंगला एल्बम पलटती है, मानो अपनी जिन्दगी को ही उलट-पलट के देख रही हो, और कलम उठा लेती है। लिखती चली जाती है। उसकी आंखों में आंसू भर आते हैं। वो एल्बम में अपनी और जय की तस्वीरें

देखती है। तस्वीरें धुंधलाने लगती हैं। वो अपने आंसू पोंछती है, उसके बाद कविता को देखती है। कलम बंद करके उसके ऊपर रखती है और बुदबुदाने वाले अंदाज में गुनगुनाती है : तुम नहीं हो, पर मुझे लगता यहीं हो/कहीं मेरे पास दिनभर/आड़ में मेरी ही छिपकर/हंसते-हंसते हो सताते...।

पीछे से सतबीर आता है : मंगलाजी, डिस्टर्ब कर सकता हूं?

मंगला हड़बड़ा के उठती है और आंखें पोंछती है : प्रिंस! आज आप जल्दी आ गये? काका तो अम्मा के पास है। लाती हूं।

सतबीर : असल में आपसे कुछ बात करना चाहता था, इसी करके जल्दी आ गया।

मंगला : बताइए।

सतबीर : मेरा छापाखाना अच्छा चल निकला है। मैं सोच रहा हूं कि एक साहित्यिक पत्रिका निकालूं। हिन्दी में स्तरीय कोई रह नहीं गयी है।

मंगला : जरूर निकालिए। मैं बाऊजी और पापा से विज्ञापन दिलवा दूंगी।

सतबीर : विज्ञापन तो मैंने आप जुटा लेने हैं। जरूरत तो ऐसे बन्दे की है जो उसका सम्पादन संभाले।

मंगला : आप सम्भालिए ना।

सतबीर : छापेखाने का काम बहुत बढ़ गया है और ऊपर से पिताजी का पॉलिटिकल वर्क भी करना पड़ता है। आप बन जाइए सम्पादिका।

मंगला : मैं?

सतबीर : अगर मेरे छापेख़ाने में आने में कोई एतराज हो तो मैंने सारा मैटर यहीं भिजवा देना है।

मंगला : नहीं, वो बात नहीं है। असल में साहित्य से मेरा नाता तो कट गया है बिल्कुल।

सतबीर की निगाह कलम के नीचे दबे कागज पर पड़ती है। मंगला कागज उठाती है और उसे मोड़ देती है। सतबीर पूछ बैठता है : जी, कुछ लिखा क्या आज?

मंगला : हां, एक कविता लिखी।

सतबीर : मेरे ख्याल से आपको दो साल हो गये कविता लिखे।

मंगला : ये भी जैसे मजबूरन, यानी कहिए कि अपने-आप लिख गई। पता नहीं कैसी है।

सतबीर : जिसे लिखने को इंसान मजबूर हो जाए वो रचना तो बहुत अच्छी होती है मंगलाजी। सुनाइए ना।

मंगला : नहीं, आप बाद में पढ़ लेना।

सतबीर : आपके मुंह से सुनने की कुछ और ही बात है।

मंगला का स्वर रुंआसा हो उठता है : बहुत ज्यादा पर्सनल है। कहीं मैं सुनाते हुए रो....।

सतबीर : बरसी के दिन तो आपने अपने पर बहुत जब्त रखा। सारे लोग रो रहे थे। आप जरा भी नहीं रोईं।

मंगला : न रोने के बारे में ही है ये कविता। अपने दर्द के बारे में उस दिन हमदर्दी के पिटे-पिटाए फिकरे सुनते-सुनते मुझे लगा कि ये लोग जो कुछ कह रहे हैं वो झूठ है। मैं....मैं जय की विधवा नहीं हूं। हां, जय सब कुछ था मेरे वास्ते। लेकिन....वो मेरा नहीं है। बस ऐसे ही मुझसे खिलवाड़ करने के लिए छिप गया है कहीं। मानो, उसका न होना भी उसके होते रहने की निशानी है। उसका अभाव भी उसकी उपस्थिति है। जैसे वो जाते-जाते अपने वियोग से मेरा विवाह करा गया है दुबारा। मानो मरते-मरते मुंह से निकले अपने खून से भर गया है मेरी मांग।

कहते-कहते मंगला रो पड़ती है। सतबीर को कुछ समझ में नहीं आता कि क्या कहे? क्या करे. फिर भी हिम्मत बांधकर किसी तरह कह पाता है : मंगलाजी.... आप तो.... कवयित्री हैं। आपका दर्द मामूली इंसान नहीं ना समझ सकते।

काका आता है और मंगला तथा सतबीर को आमने-सामने खड़ा हुआ देखता है। दोनों की आंखों में आंसू हैं। वो दौड़ के वापस चला जाता है।

मंगला : मैं खुद नहीं समझ पाती अपना दर्द।

वृषभान-सुभद्रा स्टडी में बैठे हैं। वृषभान कुछ कागजात देख रहा है और सुभद्रा फल काट रही है। काका दौड़ता हुआ आता है : अम्मा, अम्मा! पापा और मंगलाजी दोनों रो रहे हैं और दर्द-दर्द कर रहे हैं।

सुभद्रा गुस्सा होती है और वृषभान चिंतित। सुभद्रा से कहता है : जा के देखो।

सुभद्रा : क्या देखूं? जय के बाद हमको तो कभी कुछ बताती ना है। दुख-सुख सारे उसी से कहे है।

वृषभान : हमारे सामने तो वो इसलिए कुछ नहीं कहती कि सुनकर हमारा दुख बढ़ेगा। कल ही हबीब कह रहा था कि बहुत बहादुर लड़की है। जय के बाद हम तो बिल्कुल टूट गये हैं लेकिन वो बड़ी हिम्मत से घर का काम, कम्पनी का काम, सब सम्भाले हुए है।

सुभद्रा : लोग तो यही कहें कि पत्थर दिल है। कड़े-से-कड़े दिल की भी औरत हो, अपने मर्द की बरसी पर डेढ़ आंसू तो बहाये ही है।

वृभषान : तुम कहना क्या चाह रही हो?

सुभद्रा : मैं कुछ ना कह रही। लोग कह रहे हैं।

सतबीर और मंगला कमरे में बैठे हुए हैं। सतबीर के बोलने में जैसे चिंता है : लोग इस तरह की बात मान कैसे ले रहे हैं?

मंगला : जेल से छूटने के बाद श्यामलालजी उनसे ये बात मनवाने लगे हैं। लोग मान लेते हैं तो कोई ताज्जुब नहीं। ये तो किसी से छिपा नहीं है कि जय और मैं स्वभाव में बिल्कुल भिन्न थे। शादी से पहले हमारा झगड़ा हुआ, ये भी सारी बिरादरी को मालूम है। लेकिन उन्हें ये नहीं मालूम कि एक-दूसरे से बिल्कुल अलग किस्म के होने की वजह से ही हम एक-दूसरे की ओर खिंचे थे। जिन दिनों मेरा जय से बहुत झगड़ा हो गया था उन दिनों भी मुझे उस पर प्यार उमड़ता था। मेरा दिमाग कहता था कि मुझे उससे नफरत करनी चाहिए, मगर मेरा मन नहीं माना।

सतबीर : सच्चा प्यार वही होता है मंगला जी जिसके आगे हमारा अहम, विवेक, सब कुछ हार जाए।

मंगला : कभी-कभी ऐसा लगता है प्रिंस, मानो हारना ही प्यार करना हो। प्यार....**सुभद्रा को काका के साथ आता देखकर रुक जाती है फिर कहती है :** प्रिंस ये काका आ गया।

सुभद्रा : मंगला तूने प्रिंस को ना बताई कि काका मेरे पास है?

मंगला : बता दिया अम्मा। ये उधर ही जा रहे थे।

सुभद्रा : आज जल्दी कैसे आ गये प्रिंस?

सतबीर : जी, कुछ बात करनी थी मंगला जी से।

सुभद्रा : किस बारे में?

सतबीर : साहित्य के बारे में।

सुभद्रा : तुम लोगों का ये साहित्य मेरी तो समझ में आवे ना है। सच्ची बात।

सतबीर-मंगला सकपकाते हैं। मंगला काका से कहती है : जा काका, गुड़िया को बुला ला।

काका : आप भी चलो ना मंगला जी, वरना गुड़िया तंग करती है।

सुभद्रा : नाम मत लिया करे। अम्मा नहीं कह सकता?

काका : अम्मा तो आप हो। चलो ना मंगला जी।

सुभद्रा : ये ना जायेगी तुम्हारे साथ। इसे और गुड़िया को लेकर मैं राजरानी बहन से मिलने जाऊंगी।

काका : क्यों?

सुभद्रा : छोटे बच्चे कहना माना करे हैं। सवाल ना पूछा करें। अब जा।

सतबीर : अच्छा मंगला जी, तो आप उस बारे में सोचना।

मंगला सतबीर को पर्चा देती है : ठीक है। ये तो लेते जाइए।

सतबीर जेब में रखता हुआ पूछता है : तो मंगला जी काका को छोड़ने इधर आऊं कि हरशरण जी के यहां?

सुभद्रा : तुम यहीं छुड़वा देना।

सतबीर काका को लेकर चला जाता है तो सुभद्रा मंगला से पूछती है : क्यों री मंगला, ये चिट्ठी कैसी दी प्रिंस को?

मंगला : कविता थी अम्मा।

सुभद्रा : मैंने तो सुनी थी कि तूने लिखनी बंद कर दी है?

मंगला : आज लिखी बहुत दिनों बाद।

सुभद्रा : यहां ना पढ़ सके था?

मंगला : अम्मा इस तरह जिरह क्यों कर रही हैं? और आपने ये कैसे कह दिया कि हम बाऊजी के पास जा रहे हैं?

सुभद्रा : नहीं, मैं ले जा रही हूं तुझे। मेरी कही तो बुरी लगे है, तेरी अम्मा ही समझा देगी तुझे।

मंगला : क्या?

सुभद्रा : दुनिया की ऊँच-नीच।

मंगला : ऊँच-नीच तो अब आपको ही समझानी होगी।

सुभद्रा : घर में भलेइयो कितनी ही बात कर लिया करे। बाहर प्रिंस के साथ मत घूमा कर।

सुभद्रा, वृषभान और हबीब बैठे हुए हैं। हबीब के हाथ में कानूनी कागजात का पैकेट है।

हबीबउल्लाह : एक तो ये एजुकेशन ट्रस्ट बनवा दिया है।

सुभद्रा : बच्चों को वजीफे दोगे इससे?

हबीबउल्लाह : वो तो देंगे ही। जय की याद में एक हाईस्कूल भी खोल दिया है।

सुभद्रा : जय को तो पढ़ने-लिखने से ज्यादा नाचने-गाने का सौख था।

वृषभान : कुछ कल्चरल भी करना चाहिए हबीब।

सतबीर आता है और वृषभान का अभिवादन करता है : नमस्ते जी। माफ करना, आज काका को घुमाने वास्ते आने में देर हो गई।

वृषभान : आज तो मैं ही बच्चों को कुतुब घुमा लाया था। बहुत थक गये हैं।

सतबीर : मैं जरा मिल आऊं काका से? मंगला जी के साथ ही है ना?

सुभद्रा : ठहरो, मैं भी चलती हूं।

वृषभान : अरे हबीब से ट्रस्ट के बारे में नहीं समझना है?

सुभद्रा : मेरी समझ में ना आता ट्रस्ट-व्रस्ट।

हबीबउल्लाह : चलिए, हम भी उधर ही चले चलते हैं और मंगला की भी राय ले लेते हैं।

सुभद्रा उठने लगती है, तभी मंगला आ जाती है।

वृषभान : लो, मंगला खुद ही यहां आ गई। काका कहां है?

मंगला : बच्चे तो सो गये। थके हुए थे ना? सतवीर की तरफ पलटकर पूछती है—आपने बहुत देर कर दी आने में।

सतबीर : आपको तो पता है कि आज भीष्म के यहां कल्चरल फोरम की मीटिंग थी। आप आये क्यों नहीं? सबने आपको बड़ा मिस किया।

वृषभान : तुम क्यों नहीं गई मंगला?

मंगला कोई जवाब नहीं देती। सुभद्रा बात बदलती है : बताओ, हबीब भाई ट्रस्ट के बारे में क्या बता रहे थे?

हबीबउल्लाह : हां भई प्रिंस, तुम भी कुछ सलाह दो कि जय की याद में क्या कल्चरल एक्टीविटीज शुरु करें?

सतबीर : जी, मेरे ख्याल से तो शुरु में आप कोई अच्छी-सी मैगजीन निकलवायें। मैं तो आप निकालने को तैयार था और मंगला जी से कहा भी था कि उसको एडिट कर दें, क्योंकि मेरे पास तो टाइम नहीं है।

हबीबउल्लाह : ये अच्छा सुझाव है। मैगजीन से मन लगा रहेगा मंगला का।

सतबीर : लेकिन मंगला जी इस काम के लिए राजी नहीं होतीं।

वृषभान : क्यों? क्या बात है मंगला?

मंगला : कुछ नहीं पापा। ऐसे ही। बच्चे अकेले हैं, मैं जाती हूं।

मंगला के जाने के बाद वृषभान सुभद्रा से मुखातिब होता है : क्या बात है सुभद्रा?

सुभद्रा : किस बात के लिए पूछ रहे हो कि क्या बात है?

वृषभान : मंगला इस तरह चली क्यों गई?

सुभद्रा : बच्चों को अकेला छोड़ दे?

सतबीर : वैसे मंगला जी ने इधर बाहर आना-जाना बिल्कुल छोड़ दिया है। परसों उन्हें मेरे साथ कवि गोष्ठी में चलना था, मैं लेने आया तो उन्होंने मना कर दिया। हालांकि उन्हीं को कविता पढ़नी थी।

वृषभान : क्या बात है सुभद्रा ?

सुभद्रा : कोई बात ना है, और अगर है भी तो इस तरह सबके सामने नहीं की जा सके।

सुभद्रा उठकर जाने को होती है।

वृषभान : ठीक है, तो फिर कल बात करेंगे इस बारे में।

हबीबउल्लाह : मैं प्रिंस को साथ ले जाता हूं। हम मिलकर वहीं फाइनल कर लेंगे।

वृषभान और सुभद्रा अपने बेडरूम में।

वृषभान : आज तुमने हबीब भाई और प्रिंस के सामने बड़ी अजीब-सी बात कह दी। वो कोई गैर थोड़े ही है?

सुभद्रा : मैंने जो भी किया, अपनी समझ से ठीक ही किया।

वृषभान : क्या खाक ठीक किया? मंगला के बारे में ऐसी क्या बात हो सकती है जो तुम हबीब के सामने नहीं कह सकती हो?

सुभद्रा : आप कितना ही गुस्सा हो लो जी। मैं ना तो हबीब भाई के और ना प्रिंस के सामने ये कह सकूं हूं कि मैंने मंगला से प्रिंस के साथ बाहर जाने की मनाही की है।

वृषभान गुस्सा होता है : क्यों किया तुमने ऐसा?

सुभद्रा : लोगों की बातें मुझे सुननी पड़ती हैं। आपको नहीं।

वृषभान : लोग, लोग, लोग...मैं लोगों से नहीं डरता। खासकर श्यामलाल जैसे लोगों से। तुम्हें पता है, वो फैला रहा है ये सब? उसने तो तुम्हारे बारे में भी क्या नहीं कहा?

सुभद्रा सकपकाती है : राजरानी बहन जी भी कह रही थीं कि गैर-आदमियों के साथ घूमना अच्छा ना लगे।

वृषभान : तुम्हें उनसे कह देना चाहिए था कि प्रिंस गैर नहीं है। वो भले ही कानूनन मेरा बेटा और वारिस बनने को तैयार न हो, हम तो जानते हैं और मानते हैं कि वो हमारा बेटा है।

सुभद्रा को बुरा लग रहा है लेकिन वो विरोध नहीं करना चाहती। कहती है : जो मेरी समझ में आई वो मैंने की। अब आपको जो सही जँचता हो तो आप कर लो जी।

यहाँ संवाद की पहली पंक्ति कहने के बाद वृषभान मंगला को आवाज लगाता है।

और सुभद्रा को कहना है : सो तो करूंगा ही सुभद्रा। लेकिन तुम्हें भी मंगला पर

कोई रोकटोक नहीं लगानी चाहिए। कम-से-कम ये तो सोचो, उसने हमारी खातिर कितनी बड़ी कुर्बानी दी? जय का नाजायज बच्चा अपना लिया।

मंगला आती है : आपने बुलाया पापा?

वृषभान : हां मंगला, देखो तुम्हारी अम्मा को शायद कुछ गलतफहमी हो गई थी इस वजह से उन्होंने तुम्हारा बाहर आना-जाना बंद करा दिया है।

मंगला : नहीं पापा, मैंने आप ही बंद कर दिया है।

वृषभान : तुम्हें कुछ भी बंद नहीं करना है मंगला। जय तुमसे और हमसे कहकर गया है कि मंगला पर किसी तरह की रोक ना लगाना। तुम कल से प्रिंस के साथ काम करो, वो मैगजीन निकालो, और जय की मैमरी में कल्चरल ट्रस्ट बनाओ।

रोमांटिक संगीत तथा कैमरे की क्लिक-क्लिक के साथ यहाँ हम एक मोन्ताज देखते हैं, जिसमें मंगला और सतबीर 'जय मेमोरियल फाउंडेशन' के कार्यालय में, गोष्ठियों में, बाग-बगीचों में, कार में साथ-साथ दिखाई देते हैं। उनका पोजीशन जहां भी थोड़ी इन्टरफेश होती है, मिशाल के लिये वे दोनों किसी बात पर ठहाका लगा रहे होते हैं या प्रशंसाभरी कनखियों से सतबीर को देख रही होती है।

उधर उदास-उदास चेहरा लिये सुभद्रा अपने कमरे में श्रृंगारदान के सामने खड़ी होकर तैयार हो रही है। तभी नौकरानी आती है और एक बंद लिफाफा बढ़ाती हुए बताती है : बीबीजी, ये कोई लिफाफा दे गई आपके वास्ते।

सुभद्रा : कौन?

नौकरानी : नाम तो उनका मैं जानती नहीं बीबीजी। जब फूलवती यहाँ थी तब उनके पास आया करे थी।

सुभद्रा के चेहरे की प्रतिक्रिया से लगता है कि वह समझ रही है कि लिफाफा श्यामलाल ने भेजा है।

सुभद्रा : रख दे और जाके देख कि साहब तैयार हुये कि नहीं।

(नौकरानी के जाने के बाद सुभद्रा। दो-एक बार लिफाफे की तरफ हाथ बढ़ातर है, फिर रुक जाता है, जैसे वह छूने तथा डरती हुई खोलती है तो उसमें से तस्वीरें गिरती हैं। उन्हें उठाके देखती है। ये पिछले मान्ताज के फ्रीज फ्रेम ही हैं। तसवीरों का गड्डी बनाके लिफाफे में रखने लगती है तथा उसमें एक चिट मिलती है। चिट निकाल के देखती है।)

सुभद्रा (बुदबुदाकर) : तस्वीरें तो इस पापिन जोड़ी के और भी बहुत-सी हैं, मगर वही भेज रहा हूं जो शरीफ घरों में रखी-देखी जा सकें। तुम्हारा खास शुभ चिंतक।

(सुभद्रा चिट को वापस लिफाफे में डालती है और बिछावन पर गिरकर रोने लगती है। बाहर निकलने के लिए तैयार वृषभान आता है।)

वृषभान : तुम लेट कैसे गई सुभद्रा? जय मैमोरियल फाउण्डेशन के फंक्शन में नहीं चलना है?

सुभद्रा कुछ जवाब नहीं देती तो वृषभान भीतर आता है। देखता है कि सुभद्रा रो रही है। पूछता है : रो क्यों रही हो?

सुभद्रा : (रुंआसी) अभागे जय को याद करके रो रही हूं।

सुनकर वृषभान पास में बैठ जाता है। रुमाल निकाल के आंसू पोंछता है : आंसू पोंछ डालो सुभद्रा। ये पब्लिक फंक्शन भी जय की याद में ही हो रहा है।

सुभद्रा फिर रोने लगती है : अब तो उसे पब्लिक में ही याद करे हैं। पिराइवेट में तो कोई करे ना है।

वृषभान : इस तरह रोओ मत सुभद्रा। जरा सोचो, तुम रोने लगोगी तो मंगला पर क्या बीतेगी?

सुभद्रा : उस पर ना कुछ बीती, ना बीतेगी। वो ना रो रही। तुम भी ना रो रहे। सबके हिस्से का मैं ही रो लू हूं। अकेली।

वृषभान : दुख मनाने का सबका अपना अलग-अलग ढंग होता है सुभद्रा।

अब सुभद्रा उठ बैठती है और जैसे गरजती हुई कहती है : ना किसी को कोई दुख हुआ है, ना कोई दुख मना रहा है। आपको क्या? आपको तो दूसरा बेटा मिल ही गया है।

सुभद्रा उठ के खड़ी होती है और श्रृंगारदान से लिफाफा निकाल के वृषभान के पास पटकती है : और उस मरी को भी क्या है? उसे भी मिल गया दूसरा।

लिफाफा फेंकने से तस्वीरें बिखर जाती है। वृषभान उन्हें उठा के देखता है। लिफाफे में पड़े छोटे-से पत्र को भी पढ़ता है।

वृषभान : इन तस्वीरों में ऐसा क्या है सुभद्रा? जिस किसी ने सतबीर तथा मंगला के साथ-साथ की ये तस्वीरें खींची हैं और ब्लैकमेल करने के ख्याल से तुम्हारे पास भिजवाई हैं उसे कहलवा दो कि उन दोनों की अगर इससे ज्यादा इन्टीमेट तस्वीरें हों तो वो भी भिजवा दे।

तस्वीरों को दराज में डाल के वृषभान बंद कर देता है और पत्र को फाड़ कर फेंकता है : ये सारी तस्वीरें ऐसी हैं जो फाउंडेशन के दफ्तरों में लगी हैं, फंक्शन्स में ली गई हैं और दफ्तर के एलबम्स में भी लगी हुई हैं।

सुभद्रा : कितनी भी बड़ी बात हो जाए आपको तो कुछ लगे ना है।

वृषभान : बड़ी-से-बड़ी बात ये हो सकती है कि प्रिंस और मंगला एक-दूसरे से शादी करना चाह सकते हैं। और मैं समझता हूँ कि ये बहुत खुशी की बात होगी।

सुभद्रा : विधवा की शादी करोगे? दुनिया हम पर थूकेगी।

वृषभान : तुमने जिस दिन उसके हाथ में कांच की चूड़ियां पहनाई थीं तो ये कह के पहनाई थीं कि अब ये हमारी बहू नहीं, बेटी है। बेटी की तो शादी करनी ही होती है।

सुभद्रा : समाज क्या कहेगा?

वृषभान : समाज कोई हमसे अलग है? मैं इसे ठीक समझता हूं। हरशरण जी को भी कोई एतराज नहीं होगा। प्रिंस जिन मास्टर हवेलीराम को बाप मानता है, उन्होंने खुद विधवा से शादी की थी।

सुभद्रा : मंगला की शादी करने की बात करते हो और फिर भी जय को याद करने का दम भरते हो।

वृषभान : मैं जय को भूला नहीं हूं इसीलिए मंगला की शादी करने की बात करता हूं। वो तो हमसे साफ कहे गया कि मंगला को विधवा जीवन मत बितवाना। चलो फंक्शन में। उसके बाद मैं हबीब से कहूंगा कि प्रिंस को इस बारे में टटोल के देखे।

अनमने ढंग से उठती हुई सुभद्रा : जो मरजी आए सो करो।

हबीबउल्लाह का चैम्बर। हबीब और सतबीर गंभीर मुद्रा में बैठे हैं।

हबीबउल्लाह : तो बताओ बर्खुरदार क्या राय है तुम्हारी? बेवा से शादी करने में तुम्हें वसूलन कोई एतराज नहीं है?

सतबीर : नहीं जी।

हबीबउल्लाह : तो फिर?

सतबीर : जी मैंने कभी शादी की बात सोची ही नहीं।

हबीबउल्लाह : अब सोच लो।

सतबीर : हबीबउल्लाह साहब, माफ कीजिए। मेरे को ऐसा लगता है कि आप....किसी तरह घेर-घार करके मेरे को लाला वृषभान की जायदाद का वारिस बनाना चाहते हो।

हबीबउल्लाह : नहीं, ऐसी कोई बात नहीं है। तुम्हें उस जायदाद से कितना परहेज है ये मुझे मालूम है। मैं इस तरह के कानूनी कागजात बना दूंगा कि जायदाद से तुम्हारा कोई लेना-देना नहीं रहेगा। वो जय के बच्चों को मिलेगी। प्रिंस, समझने की कोशिश करो। ये लाला वृषभान का नहीं, मंगला का सवाल है। काका की वजह से, तुम्हारी मैगजीन और फाउन्डेशन के काम की वजह से, तुम दोनों को बहुत साथ रहना पड़ता है और सोसायटी इसका गलत मतलब लगाती है।

सतबीर : अगर मंगला जी भी ऐसा ही चाहती हों तो....।

हबीबउल्लाह : ऑफ कोर्स। उनसे तो पूछेंगे ही, तुमसे भी तो पूछना था।

वृषभान की स्टडी में सुभद्रा, वृषभान, हरशरण और हबीब बैठे हैं।

वृषभान : मुझे उसी की ओर से डर था। अगर वो राजी है तो कोई मुश्किल नहीं है।

तभी मंगला आती है।

हरशरण : लो, मंगला बेटी भी आ गई।

मंगला : बाऊजी आज आप बिना खबर किये आ गये? कोई खास बात है?

हरशरण : हां बेटी, तेरे भविष्य का फैसला करने आये हैं।

मंगला : बाऊजी आप तो मुझे हमेशा बच्ची बनाये रखेंगे। अब मैं बड़ी हो गई हूं। अपने भविष्य का फैसला खुद कर सकती हूं।

हबीबउल्लाह : तुम्हारी राय लेकर ही किया जायेगा।

वृषभान : बेटी ऐसा है कि जय मरने से पहले हमसे साफ कह गया था कि तेरी शादी करा दें।

मंगला : ये आजादी मुझे भी दे गये थे।

हरशरण : तो हमने और लाला वृषभान ने मिल के ये सोचा है कि तेरी शादी प्रिंस से कर दें।

हबीबउल्लाह : हमने प्रिंस से भी पूछ लिया है।

वृषभान : बेटी इसी में सबकी भलाई है।

मंगला : सवाल मेरा है कि सबका है?

हरशरण : तेरा भी, हमारा भी। आखिर तू हमारी है।

मंगला : आप बदनामी से बचाने के लिए मेरी शादी करना चाहते हैं? जो लोग प्रिंस के साथ मेरे घूमने-फिरने का बुरा समझते हैं वो तो उससे शादी करने को और भी ज्यादा बुरा समझेंगे और बदनाम करेंगे।

वृषभान : उसकी हमें कोई फिकर नहीं है।

मंगला : और मेरी भावनाओं की पापा?

वृषभान : मैं तो समझता था तुम खुश होगी।

मंगला : मैं उसी काम से खुश होऊंगी जो अपनी मरजी से करूंगी। आप और बाऊजी मिलकर दुबारा अपनी मरजी से मेरी शादी नहीं करा सकते। मेरे मन में आज तक प्रिंस से शादी करने की बात कभी नहीं आई। श्यामलाल जी ने जय के मन में जरूर ऐसा शक डाला और अब अम्मा के मन में डाल रहे हैं। लेकिन जिस

दिन मुझे कभी भी, किसी से भी, शादी करने की इच्छा हुई तो सबसे पहले आपसे कहूंगी।

* * *

हवेलीराम का क्वार्टर। रात का समय। लाजो बैठी पुराने कपड़ों की मरम्मत कर रही है। वह दूध के ग्लास को हाथ से छूकर देखती है : मास्टर जी का दूध रखा-रखा ठण्डा हो गया होना है। हां!

हवेलीराम आता है। लाजो मुस्कुराती है : आपकी उमर बड़ी लम्बी है मास्टरजी। मैं अभी आपके ही बारे में सोच रही थी।

हवेलीराम : लम्बी उमर पर खुशी मनाऊँ कि अफसोस करूं, समझ मैं नहीं आता।

लाजो : अफसोस करें आपके दुश्मन। दूध आपका ठण्डा हो चला है। फिर गरम करके दूं कि ऐसा भी चल जाना है?

हवेलीराम : दूध कैसा भी नहीं चलेगा लाजोजी। इस उम्र में रात का खाना और दूध दोनों जारी रखोगी तो मैं थुलथुला होता चला जाऊंगा।

लाजो ग्लास थमाते हुये कहती है : अब आपको किसने देखना है मास्टरजी? लो, पी लो दूध।

हवेली हंसता हुआ दूध पीने लगता है : आप तो देखोगी लाजोजी।

लाजो : मेरे तो आप खूब देखे हुए हो मास्टरजी।

हवेलीराम : वर्जिश भी इन दिनों ठीक से नहीं हो पाती। पालिटिक्स में फंसाकर आपने मेरा सारा कार्यक्रम चौपट करा दिया है।

लाजो : मैं तो पूछना ही भूल गई। इस समय क्या हुआ हरशरणदास जी के यहां मीटिंग में?

हवेलीराम : पालिटिक्स हुई। पालिटिशियंस की मीटिंग में और हो भी क्या सकता था?

लाजो : फिर झगड़ा शुरू हो गया दोनों घरों में?

हवेलीराम : झगड़ा खतम हुआ ही कब था लाजो जी? सबसे बुरी बात ये है कि हरशरणदास जी मुझे भी इस झगड़े में घसीटने लगे हैं। कहते हैं कि सन् बासठ के चुनाव में धर्मचंद जी वाली सीट के लिए आपका नाम आगे बढ़ायेंगे।

लाजो : बढ़ाना ही चाहिए। आप धर्मचंद जी से हर माने में बेहतर हो। तो आपने क्या कहा?

हवेलीराम : मैंने कहा, अभी तो पूरा डेढ़ वर्ष पड़ा है। पहले कितना एका था आपस में, और अब...।

लाजो : वो एका अंग्रेजों से आजादी लेने वास्ते था।

हवेलीराम : तो क्या हमने आजादी आपस में लड़ने वास्ते ली है?

लाजो : आजाद मुल्क में कोई भी जीहुजूरी करने के लिए मजबूर नहीं ना है, इसलिए मतभेद सामने आ रहे।

हवेलीराम : मतभेद और स्वार्थ दो अलग-अलग चीजें हैं लाजो जी। मुझे आपकी पालिटिक्स समझ में नहीं आती जो स्वार्थों की टकराहट को मतभेद कहती है।

रोशन और राजराजेश्वरी आते हैं और उन्हें बहस करते देखकर कोने में खड़े रहते हैं।

लाजो : और मेरे को मास्टरजी आपकी फिलासफी समझ में नहीं आती है जो हर बात पर छाती पीट-पीटकर स्यापा डालती है।

हवेलीराम : बुरी बात में तो स्यापा डाला ही जायेगा। देश की जनता को विचारधारा के नहीं, भाषा, प्रांत, जाति, धर्म के आधार पर बांटा जा रहा है। ये कोई ऐसी बात नहीं जिस पर भंगड़ा डाला जाए। खुशी से नाचा जाए।

रोशन : पिताजी, टोकने वास्ते माफी चाहता हूँ। कभी आपने भंगड़ा डाला है?

लाजो : तुम लोग कब आ गये?

राजराजेश्वरी : ज्यादा देरी नहीं हुई माताजी। आप लोगों के बस एक-दो डायलॉग ही सुने हैं।

राजराजेश्वरी टिपिन लाजो की ओर बढ़ाती है। लाजो उसे लेती हुयी कहती है : मैं तेरे से नाराज हूं बीवीरानी। पहले तो तू वहां जाती ही क्यूं है? जाती है तो जल्दी क्यूं नहीं आती?

रोशन : मैं इसे इस करके ले जाता हूं क्योंकि हस्पताल मेरे रेस्तोरां के एकदम पास है।

राजराजेश्वरी : और लो, वो चिट्ठी देना तो भूल ही गए।

रोशन हवेलीराम को जेब से चिट्ठी निकाल के देता है। हवेलीराम चिट्ठी खोलता है और लाजो को बताता है : उत्तरकाशी से है। दयावती की।

पढ़ते-पढ़ते वह गंभीर हो जाता है : (पढ़ते हुये) प्रज्ञावतीजी बीमार हैं और इलाज नहीं करा रही हैं। मैं बहुत सोचने के बाद आपको चिट्ठी भेज रही हूँ, क्योंकि मेरा अनुभव ये है कि बहनजी आप लोगों को सबसे ज्यादा अपना मानती हैं। आप लोग

फौरन यहां आयें। शायद आपके कहने से बहन जी इलाज के लिए राजी हो जायें।

हवेलीराम : मैं सोचता हूं कल सबेरे निकल जाऊं।

रोशन : मगर पिताजी कल तो कारपोरेशन में आपके महकमे के बारे में बहस है।

हवेलीराम : सो तो है। लेकिन ऐसी चिट्ठी पाने के बाद मैं यहां कैसे रह सकता हूँ पुत्तर?

राजराजेश्वरी : पिताजी, आप परसों चले जाना। समझ लेना कि चिट्ठी एक दिन और देर से मिली।

हवेलीराम : मैं इतना समझदार नहीं हूं बीवीरानी।

लाजो : मैं सतबीर को ले के कल निकल जाती हूं। आप यहीं रहो मास्टरजी।

रोशन : माताजी ठीक कहते हैं। आपसे ज्यादा जरूरी तो सत का वहां पहुंचना है। आप भाई हो, वो बेटा है। आप प्रा हो वो पुत्तर है।

हवेलीराम : सत्यवीर एक अरसे से वृषभान हौरी से खिंचा-खिंचा रहने लगा है। पता नहीं वो राजी हो कि नहीं?

लाजो : उसको मैंने मना लेना है। आप कोई फिकर मत करो मास्टरजी। मैं और वो मिल के कोशिश करने हैं तो वीरांवाली ने इलाज कराने वास्ते जरूर राजी हो जाना है।

हवेलीराम : बल्कि आप तो उसे यहीं ले आना। यहां बेहतर इलाज हो सकेगा।

सतबीर अपने छापेखाने में बैठा मैगजीन के पेज प्रूफ पास कर रहा है। उसे झपकी आ रही है। फोरमैन एक और फरमा ले के आता है और पूछता है : पहला फरमा ले जाऊं?

लाजो रोशन के साथ पहुँचती है और कहती है : तूने तो हद कर दी पुत्तर। सारी रात घर नहीं आया। और अब नाश्ता करने वास्ते भी नहीं पहुंचा।

सतबीर : नाश्ता मैंने यहीं कर लिया था माताजी। आप इधर कैसे आ गये?

लाजो : तेरे को साथ ले चलने।

सतबीर : घर तो मैंने अब आप आ जाना था। मेरा काम पूरा हो गया।

लाजो : तेरे को उत्तरकाशी चलना है। मैं तेरा भी सामान अटैची में रख लाई हूं।

सतबीर : लाला वृषभान हौरी अब मेरे को क्या कहलवाना चाहते हैं प्रज्ञावतीजी से? हबीबउल्लाह साहब से जो कहलवाया था वो काफी नहीं था क्या?

लाजो : मेरे को पता नहीं है हबीबउल्लाह साहब से क्या कहलवाया था। और उत्तरकाशी में प्रज्ञावतीजी नहीं रहते, वीरांवाली रहती है।

रोशन : वो तेरे माताजी हैं। कल रात ही खबर आई कि वो सख्त बीमार हैं। तुम ज्यादा सोच मत। तांगा बाहर रुका है, स्टेशन जा माताजी के साथ।

सतबीर : ठीक है, मैं जरा फोरमैन को बता दूं।

आश्रम की फुलवारी, जहां लाजो और सतबीर चेहरे पर सफर की थकान लिये पहुंच रहे हैं और दयावती फूल चुन रही है। लाजो दयावती को टोकती है : दयावती बहन...।

दयावती : लाजो बहन...? आप लोगों को मेरी चिट्ठी देर से मिली क्या?

लाजो : कल ही मिली। अब हम दिल्ली रहते हैं, आपने जालन्धर के पते से भेज दी। प्रज्ञावती जी इधर ही हैं?

दयावती : हां, मगर आप लोग उनसे ये मत कहना कि मैंने आप लोगों को बुलवाया है।

लाजो : आप बेफिकर रहो।

वीरांवाली तख्त पर लेटी हुई है। दयावती प्रवेश करती है : बहनजी आपके दर्शनों के लिए कुछ लोग आये हैं।

वीरांवाली : तुम्हें पता है दयावती कि अब मैं एकांतवास कर रही हूं। आश्रम की गद्दी पर अब तुम बैठ चुकी हो।

दयावती : कोई और होती तो मैं यहां आने से रोक देती। इन्हें नहीं रोक पाई।

दयावती के पुकारने पर आगे-आगे लाजो और पीछे-पीछे सतबीर आता है। वीरांवाली और लाजो एक-दूसरे को देखते हैं। वीरांवाली खुश होती है : आओ लाजवन्ती बहन।

लाजो बीमार वीरांवाली से लिपट जाती है : ये क्या हालत बना छोड़ी अपनी?

वीरांवाली उठकर बैठती है : शरीर तो व्याधियों का मन्दिर होता है लाजवन्ती बहन। आप लोगों के वास्ते नाश्ते का कुछ करवाऊं? और दयावती, इन्हें ठहराना किधर है? यहीं कि गैस्ट हाऊस में?

दयावती : मैं सब कर दूंगी बहनजी। आप लेटी रहो आराम से।

दयावती के जाने के बाद वीरांवली पूछती है : और सुना लाजो, बगैर खबर किये किस तरह आ गई?

लाजो : जब तूने मेरे को अपनी बीमारी की खबर नहीं ना की तो मैंने भी बगैर खबर किये इधर आना था।

वीरांवाली : तुझे खबर दी किसने? दयावती ने?

लाजो : हां, अभी यहां पहुंचने पर। सत, इधर आ पुत्तर। वीरांवाली को किसी ने समझा सकना है तो तूने ही।

वीरांवाली : समझाना क्या है? आ पुत्तर, इधर बैठ मेरे पास।

सतबीर आता है और वीरांवाली के कहने पर हिचकिचाता हुआ बैठ जाता है।

लाजो : अभी दयावती बहनजी बता रहे थे कि तू इलाज नहीं ना करा रही है?

वीरांवाली : लाजो मैं थक गई हूं इलाज कराते-कराते। रोग शैय्या पर लेटे रहने वास्ते जिन्दा रहूं ये तो कोई ठीक बात नहीं ना है।

लाजो : तो अपने को आप मार देना, ये कोई चंगी बात है?

वीरांवाली : संन्यास ले लिया है, फिर शरीर का मोह क्यों करूं? छोड़ ही क्यों न दूं इसे?

सतबीर : शरीर छोड़ने की बात जिस उम्र में कही जाती है, अभी उस उम्र में आप पहुंचे नहीं हो। और जो आप सच पूछो तो हमारे यहां तो हर प्रार्थना में यह कहा जाता है कि मैं सौ साल तक जीऊं।

वीरांवाली सतबीर की ओर देखती है।

लाजो : तू इसका पुत्तर है। सत, तू ही समझा इसे।

सतबीर वीरांवाली के माथे पर हाथ रखता है : आपको अपना मोह नहीं है ये तो ठीक है, लेकिन औरों को आपके वास्ते जो मोह है उसकी तो आपने कद्र करनी चाहिए। क्या आप हमारी खातिर अपना इलाज नहीं करवाओगे माताजी?

सतबीर के मुँह से बड़ी मुश्किल से ये शब्द निकलते हैं। वीरांवाली उसे गले से लगा लेती है।

लाजो : इलाज वास्ते अब मना मत कर वीरांवाली।

सतबीर : माताजी आपकी दवायें किधर हैं?

वीरांवाली : दवायें तो मैंने फिंकवा दीं।

इतने में दयावती आती है। आंखों के सामने के दृश्य को देख के ठिठकती है, फिर बोलती है : लाजवन्ती बहन। आप मुंह-हाथ धो लो। नाश्ता लग रहा है।

सतबीर : नाश्ता तो हम बाद में कर लेने हैं, पहले डाक्टर से इनकी दवायें लाकर दो।

दयावती खुश होती है : बहनजी तैयार हो गईं इलाज के लिए?

लाजो : बल्कि आप तो डाक्टर को बुला ही लाना। उससे सलाह करके हम इन्हें दिल्ली ले जाने हैं। इलाज बेहतर हो सकना है।

वीरांवाली : दिल्ली से मैं कोई नाता नहीं रखना चाहती लाजो।

लाजो : क्यों भला?

वीरांवाली : मेरे उधर जाने से दूसरों को अशांति मिली, आप मेरे को भी। हबीबउल्लाह साहब इधर आये। उनसे पता चला कि सुभद्रा बहन का बेटा बीमार है। वो सोचती हैं कि मेरे जादू-टोने से बीमार हुआ है। फिर उसकी मौत की खबर मिली। सुनकर मन इतना उचाट हुआ कि मैंने अपने आश्रम से भी संन्यास ले लिया।

लाजो : दिल्ली से तेरा नाता इस तरह टूट सकता है भला? उधर तेरा इकलौता पुत्तर रहता है।

वीरांवाली : वो मैं तेरे को दे चुकी हूं।

लाजो : तो मैं लौटाने वास्ते आई हूं।

सतबीर : मैं तो आपसे नाता जोड़ने आया हूं, आप तोड़ने की बात मत करो माताजी। दिल्ली चलो मेरे साथ। मेरे को मौका दो सेवा करने का।

वीरांवाली कुछ कहती नहीं, निगाह फेर के सोचने लगती है। उसकी आंखें भरी हुई हैं। सतबीर उसका मुंह अपनी ओर करता है और उसके आंसू पोंछता है : 'हां' कर दो माताजी। क्‍ योंकि 'ना' तो मैंने सुननी ही नहीं। 'हां' कर दो। मेरी खातिर। अपने उन परभाईजी प्राजी खातिर, जिन्होंने आपके पुत्तर को पाल-पोस के बड़ा किया। चलोगे ना?

वीरांवाली सिर हिला के हामी भरती है।

दिल्ली के किसी अस्पताल के जनरल जनाना वार्ड में वीरांवाली बेड पर लेटी हुई है। हवेलीराम के साथ लाजो भी है। लाजो वीरांवाली को कुछ खिला-पिला रही है और हवेलीराम पूछ रहा है : जरा-सा माथा दुखने पर सारा घर सिर पर उठा लेती थी। और अब इतनी बीमारियाँ और इतनी तकलीफ में दवा तक नहीं ली तुमने वीरांवाली?

वीरांवाली : तब मैं रईसजादी थी वीरजी, अब संन्यासिनी हूँ।

रोशन और राजराजेश्वरी आते हैं। रोशन पांव छूता है : पैरीपोना भुआजी!

वीरांवाली : जीता रह रोशन!

राजराजेश्वरी पांव छूती है। रोशन उसके बारे में बताता है : ये आपकी बीवीरानी, मेरी महारानी राजराजेश्वरी।

वीरांवाली : सदा सुहागन रह बीवीरानी।

आशीर्वाद देने के बाद वीरांवली नोटिस करती है कि राजराजेश्वरी का पांव भारी है : अरे, ये तो उम्मीदों से है। रब तेरे को सौ पुत्तर दे।

राजेश्वरी : बुआजी, फिलहाल तो एक ही काफी है।

रोशन : कुल एक बेडरूम वाला घर है भुआजी। सौ पुत्तर हो गये तो ना तो आप सो सकेंगे ना हम।

वीरांवाली : तेरा बड़ा मकान भी बन जाना है पुत्तर। झाईजी कहा करते थे कि बाऊजी ने तेरे रूप में फिर से अवतार लिया है। तो बाऊजी ने तो तू देख, गरीबी में भी पैदा होकर एक नहीं दो बड़े-बड़े मकान बनवाये।

राजराजेश्वरी : ये तो कल ही माताजी से कह रहे थे कि मैं वैसा ही मकान बनवाऊंगा जैसा कूचा राधाकिशन में था।

राजराजेश्वरी मुस्कुराते हुए कहती है लेकिन सहसा उसके चेहरे पर यह भाव आता है कि उसे बहुत दर्द हो रहा है।

लाजो : क्या हुआ बीवीरानी?

हवेलीराम : रोशन तू इसे यहां क्यों लाया? घर पर आराम करने देता।

रोशन : जी मैंने सुना था इस हालत में लाना ही अस्पताल चाहिये। मैटरनिटी वार्ड इससे ऊपर ही है। चलो राज। अच्छा भुआजी, तो चलता हूं। लौट के मिलता हूं। आपके पोते के साथ।

वीरांवाली : तू हमारे बाऊजी का किस तरह का अवतार है? वो तो इतना हंसी-मजाक नहीं करते थे।

रोशन : बच्चों के सामने नहीं करते थे।

हवेलीराम : और तू बुजुर्गों के सामने भी करता है। अब जा बीवीरानी को डाक्टर के पास ले जा।

वीरांवाली : तू भी जा लाजो।

लाजो : सतबीर डाक्टर से बात करके आ जाये फिर चली....लो, आ गया।

सतबीर दरवाजे से झांकता है : पिताजी! जरा इधर आ जाओ।

हवेलीराम उठ के जाता है : क्या बात है पुत्तर?

कॉरीडोर में हवेलीराम और सतबीर। सतबीर बताता है : डाक्टर कहता है हमने बहुत देर कर दी लाने में।

हवेलीराम : अब कोई....उम्मीद नहीं?

लाजो भी बाहर आ जाती है और सुन लेती है : क्या बात है मास्टरजी? डाक्टर ने जवाब दे दिया?

सतबीर : नहीं माताजी, वो कहते हैं ऑपरेशन से ठीक हो सकता है, लेकिन ऑपरेशन तभी कर सकते हैं जब हालत सुधरे।

हवेलीराम : और हालत सुधर नहीं रही है। मेरे ख्याल से हमें आश्रम वालों को बता देना चाहिए। और....लाला वृषभान को भी।

सतबीर : उसके वास्ते भुआजी ने मना किया हुआ है।

लाजो : मेरे को मना किया हुआ है सत, तेरे को नहीं। तेरे को वो रोक भी नहीं सकती। पुत्तर ने माताजी की बीमारी की खबर पिताजी को करनी ही हुई।

हवेलीराम : तू अगर सच पूछे पुत्तर तो वीरांवाली को सारा दुख ही इस बात का है कि उसके सब कुछ बता देने से तू अपने पिताजी के नजदीक आने की बजाय उनके और दूर हो गया।

लाजो : पुत्तर जो तूने आप जाकर लाला वृषभान को बुला लाना है तो इससे वीरांवाली को बहुत खुशी होनी है।

सतबीर : माताजी, इससे इन्हें नाराजी होनी है और मेरे को शर्मिन्दगी।

लाजो : वीरांवाली मेरी सहेली है पुत्तर। मैं जानती हूं उसके मन की बात। अगर उसके मन में कोई इच्छा है तो यही कि तेरे और लाला वृषभान में मेल हो जाये।

हवेलीराम : जा पुत्तर, लाला वृषभान को बुला ला। अपने पिता से मिलने में शर्मीन्दगी कैसी?

सतबीर : पिताजी मैं आपको किस तरह समझाऊं?

लाजो : मेरे को तो तू बस इतना समझा दे कि क्या तेरे को इस समय भी अपनी शर्मीन्दगी उस औरत की खुशियों से ज्यादा बड़ी मालूम हो रही है, जिसने तेरे को जन्म दिया?

हवेलीराम : जा पुत्तर! ये प्रायश्चित जरूरी है तेरे लिए। वृषभान बीमार था मगर तूने उसे तकलीफ दी। अब जब कि वो अपना दूसरा बेटा खो चुका है, उससे दूर-दूर रह के तू उसे और तकलीफ पहुंचा रहा है।

सतबीर : पिताजी मैं सिर्फ उनकी दौलत से दूर-दूर रहना चाहता हूं।

हवेलीराम : दौलत मत ले बेशक। दिल तो मत तोड़। जा।

वृषभान और सुभद्रा घर के बाहर लान में बैठे हैं। वृषभान के साथ में एक किताब है और सुभद्रा के हाथ में क्रोशिया। दोनों खामोश हैं। वृषभान उबासी भरता है। उबासी के साथ 'राम' कहता है : राम...।

सुभद्रा : कुछ कहा जी ?

वृषभान : नहीं।

दोनों फिर खामोश हो जाते हैं। सुभद्रा का क्रोशिया गिर जाता है। उसे उठाते हुए गहरी सांस भरती है। वृषभान किताब से निगाह उठाता है : क्या हुआ?

सुभद्रा : कुछ नहीं। चाय बनाऊं तुम्हारे लिए?

वृषभान : मन नहीं है।

सुभद्रा : बच्चे घर में ना हों तो तुम्हारा किसी काम के वास्ते मन ना करता।

वृषभान : बच्चों को लेकर तो मंगला सबेरे ही गई है मैके। मगर मैं इधर कुछ दिनों से जाने क्यों बहुत बेचैनी महसूस करने लगा हूँ।

सुभद्रा : कल रात ठीक से सोये भी ना आप। नींद में बड़बड़ाते ही रहे।

वृषभान : क्या कह रहा था?

सुभद्रा : वही जो सबके सामने ना कह सको हो।

गार्डेन का फाटक खुलने की आवाज सुनकर वृषभान निगाह उठाता है। सतबीर आया है।

सतबीर : नमस्ते जी!

वृषभान : आओ बेटे। आज तो एक अर्से बाद दिखाई दिये?

सतबीर : मैं अपने काम में बिजी था।

सुभद्रा : यहां आना तो तुमने बिल्कुल ही छोड़ दिया था प्रिंस। आज कैसे भूल पड़े?

सतबीर : जी एक तो मैं माफी मांगने आया था।

वृषभान : माफी तो मैं मांगना चाहता हूं बेटे कि मैंने तुम्हारे सामने हबीब से ऐसा प्रपोजल रखवाया जिसके लिए मैंने मंगला की रजामंदी पहले से नहीं ले रखी थी।

सतबीर : मैं आप भी इस शादी के हक में नहीं था। मैं तो ये कहने आया हूं कि आपने कई बार आशीर्वाद भरा हाथ उठाया और मैंने बेमुरव्वती से उसे झटक दिया। इसके वास्ते मैं आपसे माफी चाहता हूं। आपसे दुश्मनी करने का, आपको दुख पहुंचाने का गुनाह भी किया है। सजा दीजिए या माफ कीजिए।

सतबीर उसके कदमों में झुकता है। वृषभान बहुत 'मूव' होता है और उसे गले लगाता हुआ कहता है : मैं तुम्हारा बाप हूं प्रिंस, जज नहीं। मैं तुम्हें प्यार ही प्यार दे सकता हूं। सजा या माफी मुझसे मत मांगो।

सतबीर : मेरे को आपको एक खबर भी देनी थी। मेरे माताजी सख्त बीमार हैं।

सुभद्रा : क्या हुआ लाजवन्ती बहन को? पिछले हफ्ते तो मुझे मिली थीं मंगला के मायके में।

सतबीर : वो नहीं।

वृषभान : वीरां....वाली।

सतबीर हामी में सिर हिलाता है।

सुभद्रा : मैं गाड़ी लगवाती हूं।

वीरांवाली अस्पताल में अकेली लेटी है। सतबीर भीतर झांकता है : माताजी।

वीरांवाली : तेरे माताजी तो मेरे भरजाईजी के पास हैं।

सतबीर : नहीं मैं आपसे ही कह रहा था। ये लोग आए हैं।

वीरांवाली देखती है कि वृषभान तथा सुभद्रा सतबीर के पीछे खड़े हैं।

वीरांवाली : जा पुत्तर, ऊपर से लाजो को बुला ला।

सतबीर चला जाता है। सुभद्रा वीरांवाली की ओर बढ़ती है : बहन तुम इनसे जी भर के बातें बाद में कर लेना, पहले मेरी सुन लो। पहली तो ये कि मैंने इनका दिया बेटा खो दिया लेकिन तुमने लौटा दिया, इसके लिए मैं तुम्हारा बड़ा मान करती हूँ। वो अभी आके इन्हों से मेल कर गया।

वीरांवाली : सतबीर आपके यहां गया था?

वृषभान : तुमने नहीं भेजा था?

वीरांवाली : ना, मैंने तो उससे मना किया था।

सुभद्रा : तो दूसरी बात मेरे को यही कहनी थी बहन कि तुम इन्हें गैर क्यों समझती हो? इधर तो बिचारों को तुम्हारी खबर ही नहीं मिलती। यहां क्या पड़ी हो जनरल वार्ड में? बढ़िया ये बढ़िया डाक्टर से इलाज करवाओ।

वीरांवाली : मैं संन्यासिनी हूं बहन। मैं तो इलाज तक नहीं कराना चाह रही थी। सतबीर की जिद से आ गई।

सुभद्रा : तो मेरी जिद पर घर चलो। तुम संन्यासिनी नहीं हो, सुहागन हो। तुम्हारा भर्तार सामने है, तुम्हारा जवान बेटा सामने है। फिर तुम कैसे जोगन बनी घूम सकती हो?

वृषभान आगे बढ़ता है : इधर आओ जी।

सुभद्रा पर्स से सिंदूर का डिब्बा निकाल के देती है। वृषभान ठिठकता है। सुभद्रा लगभग जबदरस्ती उससे चुटकी भर सिन्दूर उठवा देती है।

वृषभान : वीरांवाली।

वीरांवाली वृषभान की ओर देखती है और गर्दन हिलाती है कि 'नहीं'।

सुभद्रा : इन्हों से क्या पूछते हो? अपने से पूछो। तुम्हारे मन ने तो इन्हें सदा सुहागन माना है।

वृषभान : वीरांवाली की मांग तो मैं बहुत पहले भर चुका था। विलायत से लौटने के बाद। देहरादून में।

सुभद्रा : देहरादून में क्या हुआ इसकी मुझे ठीक-ठीक खबर तो ना थी, लेकिन इतना जरूर पता था कि कुछ हुआ। बुआजी बताती रहती थीं मेरी मां को तुम दोनों के बारे में।

वीरांवाली : आपको बहुत बुरा लगता होगा?

सुभद्रा : पता नहीं कैसा लगता था। मुझे तो जिन्दगी भर वैसा ही लगता रहा है। उसे अच्छा कहूं कि बुरा?

मुस्कुराती हुई सुभद्रा वृषभान को इशारा करती है : अब देखो क्या हो जी? मांग।

वीरांवाली : नहीं।

सुभद्रा : ये तो आप बता रहे हैं कि इन्होंने पहले भी मांग भरी थी।

वीरांवाली : जिसकी मांग भरी थी वो जोगन हो गई।

सुभद्रा : जिसके कारण जोगन हुई वो फिर से सुहागन भी कर सके है। भरो मांग और इन्हें घर ले चलो।

वृषभान मांग भरने के लिये हाथ बढ़ाता है। वीरांवाली रेजिस्ट करती है : तुम्हारा जिन्दगी भर साथ निभाने का दम भरने वाला प्यार भले ही ढोंग रहा हो वृषभान, मेरा संन्यास ढोंग नहीं है।

वीरांवाली वृषभान का हाथ कलाई से पकड़े हुए है। एक हिचकी के साथ उसकी मौत होती है और उस झटके से वृषभान के हाथ का सिन्दूर थोड़ा-सा वीरांवली की मांग में गिर जाता है। वृषभान घबड़ा उठता है : वीरांवाली....। डाक्टर....।

वृषभान उठ के जाने लगता है। उधर से सतबीर और लाजो आते हैं।

वृषभान : बेटा डाक्टर को बुलाओ।

लाजो वीरांवाली की ओर दौड़ती है और उसे हिला के देखती है : वीरांवाली.... वीरांवाली....।

सुभद्रा फोन सुन रही है। हम वृषभान के कमरे में हैं।

सुभद्रा : (फोन पर) अच्छा जी, मैं कह दूंगी। मैंने कहा जी।

फोन रख देती है। वृषभान को ढूंढती है। जैसे जीभर अकेले में रोया हो वैसी आँखें लिये वृषभान बाथरूम से बाहर आता है। भर्रायी आवाज में पूछता है : क्या हुआ?

सुभद्रा : हवेलीरामजी का फोन है। वो कहते हैं कि प्रज्ञावतीजी को उत्तरकाशी ले जा रहे हैं। वहीं समाधि दिलाएंगे। आप जाओगे? आपके कपड़े रख दूँ?

वृषभान सिर्फ गर्दन हिला के 'हां' करता है और मुंह फेर लेता है। उसकी आँखों में आंसू हैं। सुभद्रा उसके पास आती है। खुद सुभद्रा की आंखों में आंसू हैं : जब मुझसे और कुछ भी ना छिपा है तो आंसू ही क्यों छुपाते हो जी? जितना दुख आपको हो रहा है उतना ही मुझे भी। मैंने तो जी आपको जबसे जाना है उसके नाम से ही जुड़ा हुआ जाना है। मैंने तो प्रेम का लफ्ज ही पहली बार आपके और उसके बारे में सुना। मेरा तो आधा टैम ये सपना देखने में बीता कि वैसा प्रेम शायद मुझसे भी करो कभी, और आधा टैम अपने को कोसने में कि हाय मैं उस मरी की-सी ना हो सकी। वीरांवाली के जाने से आपकी ही नहीं, मेरी जिन्दगी की भी धुरी टूट गयी।

वृषभान : मुझे किसी का श्राप था। जो भी मेरी जिन्दगी में आया, मैंने उसे दुख ही दिया। अगर मैं शादी नहीं करता तो कम-से-कम तुम तो दुख नहीं पाती सुभद्रा।

सुभद्रा : शादी तो बुजुर्गों की इस जिद के आगे लाचार होकर की आपने कि वंश चलाओ। और ये देखो कि जो मेरी कोख से जनमा वो तो....

सुभद्रा बाकायदा रोने लगती है। वृषभान उसे थपथपाता है। वो आसुओं पर काबू पाती है और अपनी बात पूरी करती है : वंश चलाने वाला भी वही देके गई तुम्हें।

सतबीर गार्डन में प्रवेश कर रहा है। सुभद्रा बैठी क्रोशिया का काम कर रही है।

सतबीर : माताजी आप लोग तैयार हैं?

सुभद्रा उठती है : हां, बुलाती हूँ। गुड़िया के संग खेल रहे हैं। हवेलीरामजी नहीं आये?

सतबीर : उन्होंने कहा है मेरे को अस्पताल से ले लेना। हमारे रोशन की बेटी हुई।

सुभद्रा तथा सतबीर अंदर को जाने लगते हैं कि छः साल की गुड़िया इन्हें मिलती है। सुभद्रा पूछती है : क्यों री गुड़िया, दादाजी को अकेला क्यों छोड़ आई?

गुड़िया : दादाजी सो गये छुपन-छुपैया खेलते-खेलते।

ये लोग वृषभान के कमरे में प्रवेश कर रहे होते हैं, जहां वृषभान एक आरामकुर्सी में आंखें मूंदे सिर टिकाए बैठा है। सुभद्रा पुकारती है : सुनो जी, प्रिंस आया है।

वृषभान कोई जवाब नहीं देता। सुभद्रा उसके कंधे पर हाथ रखती है : सो गये क्या? वीरांवाली को ले जा रहे हैं उत्तरकाशी।

कंधा हिलाती है। वृषभान ढेर हो चुका है। रोता हुआ सतबीर आगे बढ़ता है : किसी का इंतजार नहीं किया। चले गये उसी के साथ।

सतबीर क्रियाकर्म करने वाले की पोशाक में है। यानी सिर्फ एक धोती, बाल मुंडवाये हुये। उसके हाथ में दो अस्थिकलश हैं। नदी के घाट पर बैठा अस्थियां प्रवाहित करता है। दोनों के फूल पहले अलग-अलग बहते हैं, फिर पास-पास आ जाते हैं।

* * *

कुलभूषण के नये बड़े क्वार्टर का लॉन। सुबह। सुलोचना और कुलभूषण काफी

पी रहे हैं। कुलभूषण अखबार पढ़ रहा है। सुलोचना अभिनेत्री साधना की तस्वीरों वाली किसी फिल्म पत्रिका के रंगीन चित्र दिखाती हुई भूषण से पूछती है : जानते हो ये तस्वीर किसकी है?

कुलभूषण : नहीं।

सुलोचना : नई हीरोइन साधना की। पसन्द है तुम्हें?

अखबार से नजर हटाकर पत्रिका के पृष्ठ देखता कुलभूषण : शक्ल तो अच्छी है।

सुलोचना : यू थिंक सो? तो फिर मैं तुम्हें पसन्द क्यों नहीं हूं? कल सुशील कह रहा था कि लोचन जी आप बिल्कुल साधना जैसे लगते हो। डार्लिंग! इस पर तुम्हें कुछ नहीं कहना?

कुलभूषण गहरी सांस लेता है और अपनी टोन का तंज छिपाते हुए कहता है : मैं तो यही कह सकता हूँ कि तुम उस लड़की से बेहतर दिखती हो।

सुलोचना : चलो तंज में ही सही, तुम्हारे मुंह से कोई लफ्ज तो निकला मेरी तारीफ में। मैं दिखने में भले ही इससे बेहतर ना होऊं, मगर एक्टिंग तो इस लड़की से कहीं अच्छी कर सकती हूं।

कुलभूषण : जाहिर है। तुम औरत हो, ये लड़की है।

सुलोचना : वाज दैट सपोज्ड टू बी फनी? फार यौर इन्फोरमेशन, मेरे नये प्ले के डायरेक्टर इन्दर ने कल पब्लिक प्लेस में मेरी तारीफ की। और लोग उसे जीनियस कहते हैं।

कुलभूषण : तुम्हारे जैसे चन्द लोग। इन्दर के बारे में मेरी जबान ना खुलवाओ तो अच्छा है।

सुलोचना : उससे भी जैलस? फॉर हैवन्स सेक, वो मेरे पुत्तर बरगा है। और मैं उसे जंवाई बनाने की बात सोच रही हूं।

कुलभूषण : मगर मैं नहीं। और मेरी बेटी कुक्की भी नहीं।

सुलोचना : कुक्की मेरी बेटी नहीं है? क्या कमी है इन्दर में? खूबसूरत नौजवान है। पैसेवाले घर का है। आर्ट और कल्चर में इन्टरेस्ट लेता है।

कुलभूषण : उसका सारा आर्ट और कल्चर जनानियों तक महदूद है।

सुलोचना : ऐसा कुछ नहीं है। और तुम ये चाहते हो भूषण कि मेरी तरह मेरी बेटी की शादी भी एक रूखे आदमी से हो जाये?

कुलभूषण कुछ कहना चाहता है मगर नहीं कहता और फिर से अखबार पढ़ने लगता है।

दबे स्वर में सुलोचना : पिताजी आए हैं।

अखबार से नजर हटाकर कुलभूषण हवेली को आते देखता है और उठ खड़ा होता है : पैरोपोना पिताजी।

हवेलीराम : मुझे ये देख के खुशी हुई कि आज बीवीरानी भी जल्दी जाग गई है।

सुलोचना : पिताजी, अब तो मैं अलार्म लगा के ठीक छह बजे उठ जाती हूं। जब से मैंने आप से पूछ कर अपना वो बनाया है ना, वॉटस दैट हिन्दी वर्ड, किरिया-करम, तब से मेरा सारा लाइफ स्टाइल ही बदल गया है पिताजी।

हवेलीराम : क्रियाकर्म तो मरे हुए आदमी का किया जाता है बीवीरानी। प्रोग्राम को कार्यक्रम कहते हैं।

सुलोचना : अब आपसे रैगुलरली हिन्दी-उर्दू सीखनी है। पब्लिक में स्पीच देने में बड़ी डिफिकल्टी होती है।

हवेलीराम : हिन्दी तो कुक्की ही तुम्हें सिखा देगी। वो है कहां? मैं उसे ही बधाई देने आया हूं। अभी सैर कर रहा था, किसी ने अखबार में रिजल्ट दिखाया।

कुलभूषण : पिताजी वो तो रिजल्ट पढ़ के रो रही है। उसे टॉप करने की उम्मीद थी। एक नम्बर से गई बिचारी!

हवेलीराम : मैं समझाता हूं उस पागल को और अब अपने साथ ही ले जाता हूं। दादी की बहुत लाड़ली है ना।

सुलोचना : लाडली दादी की है और गई है दादा पर हण्ड्रेड परसेन्ट।

एक कमरा जिसमें ढेर सारी किताबें तथा पारिवारिक चित्र हैं। इनटलैक्चुअल-सी दिखने वाली इक्कीस-बाइस साल की लड़की कुक्की एक किताब खोले बैठी है मगर उसे पढ़ नहीं रही। उसकी आंखों में आंसू भरे हैं। हवेलीराम आवाज लगाता है : कुक्की।

सुनकर कुक्की चौंकती है। दादाजी को देख उसे बाकायदा रोना आ जाता है। वो उनसे जा चिपकती है : दादाजी मैंने आपसे वायदा किया था कि टॉप करूंगी, मगर नहीं कर सकी।

हवेलीराम थपथपाता है : तूने कोशिश करने का वायदा किया था पुत्तर, सो तूने की। इससे ज्यादा इंसान के बस में नहीं होता।

कुक्की : दादाजी, सिर्फ एक नम्बर और आ जाता।

हवेलीराम : कोई बात नहीं कुक्की। तुझे तो इसी बात का फख्र होना चाहिए कि हमारे खानदान में आज तक किसी ने न इतना आगे तक पढ़ा, और न किसी के इतने अच्छे नम्बर आए।

कुक्की : आपने भी नहीं?

हवेलीराम : हां, मेरे भी नहीं।

सुलोचना : पिताजी आप कुक्की का मन रखने वास्ते झूठ तो बोलो मत। वी ऑल नो, आपने बी.ए. में टॉप किया था।

हवेलीराम : बी.ए. में ना। उससे आगे की पढ़ाई में तो नहीं। और साइंस तो हमारे यहां इस कुक्की के सिवा किसी ने पढ़ा ही नहीं। तो कुक्की अब आगे क्या इरादा है तेरा?

सुलोचना : हमारा इरादा तो इसकी शादी करने का है पिताजी।

हवेलीराम : कोई लड़का है नजर में?

कुलभूषण : नहीं पिताजी। रिश्ता तो आप बेहतर सुझा सकने हो। आपने तो बहुत ज्यादा पालिटिकल कान्टैक्ट्स हैं।

हवेलीराम : जो मेरे कान्टैक्ट्स हैं, वो बीवीरानी के भी हैं। ये भी तो पार्टी में बहुत काम करती है आजकल।

सुलोचना : मैं तो बिगनर हूँ पिताजी। वैसे मैंने एक लड़का सुझाया तो है। अपने वो खैरातीमल जी हैं ना, उनका साला इन्दर।

कुलभूषण : वो मुझे बिल्कुल पसन्द नहीं पिताजी।

सुलोचना : इन्होंने तो बस उसे ही पस[illegible]ना है पिताजी जिसे आपने चुनना है। दुनिया में किसी के कायल हैं तो बस आपके।

हवेलीराम : अच्छा। मैं इस कुक्की को आज ले जाता हूँ अपने साथ। दो-चार रोज वहीं रह लेगी और इसकी दादी इसके लिए ढूंढेगी रिश्ता।

कुक्की : दादाजी, जो मेरी वहां शादी की बात होनी है तो मैंने साथ नहीं चलना। क्योंकि मैंने शादी नहीं, रिसर्च करनी है।

कुलभूषण : जा, माताजी ने तेरे वास्ते कोई अच्छा लड़का सर्च कर देना है जो तेरी रिसर्च में भी मदद कर सके।

हवेलीराम : तेरी दादी के रिश्ता खोजने में पी-एच. डी. मिल जायेगी।

कुक्की : दादाजी पहले आप कुछ लो तो। मम्मी, दादाजी के लिये....।

सुलोचना : मैं भी कैसी भुलक्कड़ हूं। मैंने तो खास आपके वास्ते बेल का शर्बत बना छोड़ा है।

हवेलीराम : नहीं बीवीरानी। मैंने तुझे बताया था ना, मेरे सधे-बंधे नियम हैं। घर में नींबू पानी पी के चला हूं और अब बस दिन की रोटी ही खाऊंगा।

कुक्की : दादाजी, कभी हमारी खातिर आप नियम तोड़ नहीं सकते?

हवेलीराम : अच्छा, आइन्दा मैं घर से पी के नहीं आया करूंगा। तब यहीं पिला देना शर्बत।

कुक्की : तो ठीक है, कल से पक्का?

कुलभूषण : तुझे तो पिताजी के साथ जाना है।

कुक्की : अरे हां। मम्मी मेरे कपड़े रखवा दो। मैं दो रोज वहां रहूंगी।

सुलोचना : जब तक निक्का और किट्टी तेरी नानीजी के साथ शिमले से लौट नहीं आते, तू वहीं रह। तेरा भी मन लगा रहेगा और दादी जी का भी।

हवेलीराम : और तीन दिन बाद तेरे दोनों चाचा मिल के दावत देने वाले हैं। मैं तो कहना ही भूल गया भूषण तुझे और बीवीरानी को। मंगल की रात वहीं खाना है।

कुलभूषण : ये दावत किस खुशी में है पिताजी?

हवेलीराम : रोशन ने अपनी कोठी बनाने वास्ते जमीन खरीदी है।

सुनकर सुलोचना के चेहरे पर ईर्ष्या का भाव आता है : और सतबीर ने भी जरूर कोई नई कामयाबी हासिल की होनी है।

हवेलीराम : हां, उसके प्रेस में नई मशीनें लग गई हैं।

कुलभूषण : और उसका पब्लिशिंग हाउस भी अच्छा चल गया है शायद।

सुलोचना : सब पिताजी की मेहरबानी है।

हवेलीराम : हर काम अपनी मेहनत से होता है बीवीरानी, किसी की मेहरबानी से नहीं। सतबीर और रोशन ने जो कुछ भी हासिल किया है, सब अपने-आप ही किया है।

सुलोचना : अनडाउटेडली पिताजी। आपकी तो सिर्फ ब्लैसिंग्स ही मिली उन्हें। आपको हमें भी देनी पड़नी हैं ब्लैसिंग्स। एक काम हमारा भी जरूर करवाना है।

हवेलीराम : अगर काम मेरे बस का हुआ तो ब्लैसिंग्स जरूर मिलेंगी बीवीरानी।

सुलोचना : आपके बस का क्या नहीं है पिताजी? आप तो बिल्कुल छा गये हो दिल्ली की पालिटिक्स पर।

हवेलीराम : मगर पालिटिक्स मुझ पर छायी हुई नहीं है बीवीरानी। बताओ क्या काम है तुम्हारा?

सुलोचना : मैं जरा ग्राउन्ड वर्क बना लूं, फिर आपको बताऊंगी।

हवेलीराम : जिस दिन खाना खाने आओ उस दिन बता देना। चलो कुक्की।

हवेलीराम का क्वार्टर। लोग फर्श पर दरी पर बैठकर खाना खा रहे हैं। रोशन, सतबीर, लाजो, कुलभूषण, हवेलीराम, कुक्की। राजराजेश्वरी सर्व कर रही है। रोशन की गोद में उसकी दो वर्ष की बच्ची लक्ष्मी बैठी है। गाते हुये जैसे वह लक्ष्मी को सुना रहा है : बोल कुड़िए बोल, कोठी बननी कि नहीं...? बोल कुड़िए बोल होटल खुलना कि नहीं...?

भीतर से सुलोचना सब्जी का बर्तन लेके आती है : जरूर खुलना है और खोलते भी क्यों हो रोशन? मैंने सुना निवेदिता बेच रही है। वही खरीद लो।

रोशन : पैसा चाहिए भरजाई जी, पैसा।

सुलोचना : राजकुमारी से शादी की है और लक्ष्मी जी को गोद में बिठाए हो। फिर पैसे की क्या कमी है?

रोशन अपनी बच्ची को प्यार करता है : इन्हीं लक्ष्मी जी का है सारा झगड़ा। (गाता है) मेरे मन की इच्छा और तेरे धन की बरखा का, बोल लक्ष्मी बोल संगम होगा कि नहीं...।

ये लोग हंसते हैं और लाजो पास बैठे हुए रोशन को ठुक्का मारती है : मसखरे। अपने होटल की बात किये चला जा रहा है। आज हम यहां शादी-ब्याह की बातें करने इकट्ठे हुए हैं।

राजराजेश्वरी : माताजी, हमने सतबीर की खातिर बात शुरू की तो थी।

सतबीर : मेरी शादी की बात फिर से शुरू हुई तो मैंने यहां से उठ के चले जाना है।

लाजो : छत्तीस साल का हो गया। शादी की बात कैसे नहीं करें?

सतबीर : वो ही मैं कहता हूं कि छत्तीस साल का हो गया हूं और अभी तक मेरी शादी की बात करते हो? मेरे तरेसठ साल के हो जाने पर भी मेरी शादी की बात करनी है?

लाजो : जब तक करेगा नहीं, बात तो करनी ही हुई।

हवेलीराम : इसे परेशान मत करो। वैसे भी बात कुक्की की शादी की होनी है।

कुक्की : मेरी शादी की बात हुई तो मैंने उठ के चले जाना है।

लाजो : लड़कियों के उठ के चले जाने के बाद भी शादी की बात खत्म नहीं होती पुत्तर।

सुलोचना : राज तुम बैठ जाओ कुक्की के पास। इसे कहीं मत जाने दो। बैठो ना, मैं परोस तो रही हूं।

राजराजेश्वरी : तुम बैठ जाओ जीजी। ये तो वैसे ही अच्छा नहीं लगता कि देवरानी जीमे और जिठानी खिलावे। और फिर आप तो हमारी मेहमान हो।

कुलभूषण : इस घर में तुम नयी मेहमान हो राज। लोचन तो बहुत पुरानी पड़ गई।

रोशन : गुस्ताखी माफ प्राजी, राज ने कभी भी अपने को इस घर में मेहमान नहीं समझा।

सुलोचना : बीवीरानियों ने तो घर में रहना ही मेहमाननवाज बन के हुआ। एम. आई. राइट पिताजी?

हवेलीराम : क्वाइट। मगर मेहमाननवाजी में ज्यादा मत खिला डालो मुझे। पेट फूल गया।

सुलोचना : आज तो खाओ पिताजी। आज तो रोशन और सत की कामयाबी पर दावत हो रही है।

हवेलीराम : इनकी कामयाबी से मेरा सीना फूलना चाहिए बीवीरानी, पेट नहीं।

सब लोग हंसते हैं। लाजो खाना खत्म कर थाली ले के उठती हुई कहती है : राज, लोचन तुम अब बैठ जाओ। मैंने परोस देना है।

राजराजेश्वरी रोशन के पास बैठ जाती है लेकिन सुलोचना नहीं बैठती।

सुलोचना : पिताजी खा लें, फिर बैठूंगी मैं तो।

रोशन : भरजाईजी, पिताजी के पालिटिक्स में चले जाने से आप में बदलाव किस तरह आ गया?

सुलोचना : बदलाव तो सुना तुममें आया है। देखते-ही-देखते क्या-से-क्या हो गये। कहां-से-कहां पहुंच गये।

रोशन : मगर जहां आप हो वहां तो मैंने कभी नहीं पहुंच सकना।

सुलोचना : हम तो वहीं-के-वहीं रह गये रोशन। मैं कल भूषण से कह रही थी कि पिताजी के पालिटिक्स में आने के बाद और तो और, सत ने भी अच्छा धन्धा जमा लिया है। पहले तो इसे पैसे के नाम से ही चिढ़ थी। कल म्युनिसिपल कमिश्नर साहब बता रहे थे कि सत ने इधर बड़ा पैसा पीटा है।

सतबीर : भरजाईजी, मेरे बिजनेस का न पिताजी के पालिटिक्स में आने से कोई वास्ता है और ना म्युनिसिपल कमिश्नर की मेहरबानी से।

सुलोचना : मैंने कोई बात की म्युनिसिपल कमिश्नर की मेहरबानी की?

सतबीर : इतना नादान मत बनो। आपके मन में क्या है, हम खूब समझते हैं।

लाजो आती है : सत ये क्या ढंग है बात करने का? बीवीरानी तू बैठ।

हवेलीराम : बैठ जाओ, अब तो मैंने भी खा लिया।

हवेलीराम थाली ले के हाथ धोने के लिए उठता है। सुलोचना उससे थाली ले लेती है। कुक्की भी खाना खा चुकी है, वो सुलोचना से थाली ले लेती है।

लाजो : अब तू बैठ बीवीरानी। खाना खा ले। फिर आराम के साथ कुक्की की शादी के बारे में बात कर लेने हैं।

हवेलीराम के क्वार्टर के जिस कमरे में जाफरी लगी हुई है, उसके बाहर चारपाइयां

और कुर्सियां रखी हैं। हवेलीराम, लाजो, सतबीर, सुलोचना तथा कुलभूषण हैं। यहां कुछ बैठे, कुछ खड़े हैं। ऐसा लगता है कि मेहमान अब विदा होने वाले हैं। कुक्की भीतर से आती है और सौंफ, इलायची तथा बीज ले के सुलोचना की ओर बढ़ाती है : मम्मी, आपने सौंफ नहीं लेनी?

सुलोचना : थैंक्यू बेटे जी। मैंने मुंह में चुइंगम डाल छोड़ी है।

हवेलीराम : ला एक इलायची दे। लाजोजी, कुक्की तो इन लोगों के साथ जाने लगी है। इसकी शादी का किया कुछ तय?

लाजो : बात तो कई जगह की। मगर क्या है मास्टरजी कि इतनी पढ़ी-लिखी लड़की के रिश्ते में दिक्कत आती है।

कुलभूषण : जिन्हें पढ़ी-लिखी बहू लाने में एतराज हो ऐसे अपनढ़ों के यहां तो मेरे को अपनी बेटी ब्याहनी भी नहीं।

लाजो : वैसे दो-एक लड़के देखे मैंने और कुक्की को दिखाये भी। एक तो जिस स्कूल में पढ़ती थी उसके प्रिंसिपल का बेटा है कुंदन। एम.ए.बी.एड. है। सरकारी स्कूल में लगा हुआ है।

सुलोचना शब्द को खींच के बोलते और नाक-भौं सिकोड़ते हुए : मास्टर लगा हुआ है?

सतबीर : पिताजी भी तो मास्टर रहे।

सुलोचना : पिताजी कोई मामूली मास्टर नहीं हैं। वो तो ग्रेट मैन हैं।

अन्दर से राजराजेश्वरी तथा रोशन आते हैं। रोशन तंजिया कहता है : लो जी, भरजाईजी ने भी मान लिया तो अब कोई डाउट नहीं रहा पिताजी की ग्रेटनैस बारे।

राजराजेश्वरी एक कटोरदान कुक्की की ओर बढ़ाती है : कुक्की इस डिब्बे में तुम्हारे वास्ते दादीजी के बनाये तोशे रख दिये।

हवेलीराम : नोशा ढूंढने को कहा, तोशा थमा दिया।

लाजो : नोशा बताया तो। प्रिंसिपल साहब का बेटा।

हवेलीराम : तुमने मास्टर से शादी की इसका मतलब ये थोड़ी है कि सभी मास्टर से शादी करेंगे?

राजराजेश्वरी : वेदप्रकाश तो मास्टर नहीं है।

लाजो : अब मैं उसी के बारे में बताने लगी थी। रामदित्ताजी का बेटा है।

कुलभूषण : वो, जो लोहे के व्यापारी हैं?

लाजो : हां। एम.ए. तक पढ़ा है। अब दुकान में बैठने लगा है।

सुलोचना : वो वेदप्रकाश तो माताजी हिन्दी में पी-एच.डी. है और पाजामा-कुर्ता पहनता है। जरा भी स्मार्ट नहीं है।

लाजो : अच्छे खाते-पीते घर का तो है।

सुलोचना : इस तरह तो इन्दर क्या बुरा है? खैरातीमल जी का साला?

रोशन : उसका जीजा हेरा-फेरी का मास्टर है और वो आप हेरा-फेरी का ग्रैन्ड मास्टर है।

सुलोचना : तुम तो आप हाल तक उनके साथ उठते-बैठते रहे हो?

रोशन : तभी तो कह रहा हूं।

सतबीर : खैरातीमल जी पालिटिक्स में पिताजी से दुश्मनी करते हैं। हम उनके साले से रिश्ता कर सकते हैं क्या?

सुलोचना : पिताजी और खैरातीमल जी एक ही पार्टी के हैं फिर दुश्मनी का सवाल किधर से पैदा हो गया?

हवेलीराम : बीवीरानी ठीक कहती है।

सुलोचना : ओ....पिताजी, मुझे इससे याद आया कि मैंने कहा था ना आपसे एक काम करवाना है?

हवेलीराम : ये क्या है?

सुलोचना अपना पर्स खोलती है और उसमें से एक कागज निकाल के देती है : ये मेरा बायो-डेटा है पिताजी।

हवेलीराम : इसका मैं क्या करूंगा बीवीरानी?

सुलोचना : पिताजी, वो इस तरह है कि मेरी धर्मचंद जी से बात हुई थी। शायद हरशरण के लोग उन्हें अगले इलैक्शन में लोकसभा का टिकट न मिलने दें।

हवेलीराम : तो?

सुलोचना : वो आपका सपोर्ट चाहते हैं।

रोशन : भरजाईजी एक्सक्यूज मी, आपका बायोडेटा देखकर पिताजी धर्मचंद जी को किस तरह सपोर्ट करने लगेंगे?

सुलोचना : रोशन ये पालिटिक्स के मामले हैं, इनमें तुम चुप ही रहो। पिताजी वो इस तरह है कि अगर आपने धर्मचंद जी को सपोर्ट कर देना है तो उन्होंने मैट्रोपोलिटिन काउन्सिल वास्ते आपका और म्युनिसिपल कारपोरेशन के वास्ते मेरा कैन्डिडेचर सपोर्ट कर देना है। बल्कि वो तो कह रहे थे कि उन्होंने आप को चीफ एक्जेक्युटिव काउंसिलर बनवा देना है।

हवेलीराम : उनका धन्यवाद कर देना बीवीरानी और कह देना कि मास्टर हवेलीराम ने जिन्दगी भर मास्टर हवेलीराम के सिवा और कुछ नहीं बनना चाहा। पिछली मर्तबा कारपोरेशन का चुनाव दोस्तों की जिद पर लड़ लिया था, अबकी वो भी नहीं करना।

सुलोचना : आपको तो पता ही है पिताजी कि धर्मचंद जी जिस सीट को दो बार जीत चुके हैं, हरशरण उनको वहां से हटाना चाहते हैं। खैरातीमल जी तो खबर लाये थे कि हरशरण धर्मचंद के खिलाफ आपके भी सिगनेचर लेने आये।

हवेलीराम : हां आए थे। और उनसे भी मैंने यही कहा कि मुझे अब कोई चुनाव नहीं लड़ना।

सुलोचना : पिताजी, आप फिर भी मेरा नाम तो रिकमण्ड कर ही सकते हो? इस मामले में तो अपने रैफ्यूजी लोगों के साथ रह सकते हो?

हवेलीराम बायोडेटा वापस कर देता है : सभी लोग मेरे अपने हैं बीवीरानी।

सुलोचना फिर से बायोडेटा देने की कोशिश करती है : पिताजी प्लीज...।

कुक्की : क्यों दादाजी को परेशान करती हो? तुम्हें पता है कि वो गुटबाजी से दूर रहते हैं।

लोचन का ड्रेसिंग रूम। वो कुक्की को सजाती हुई समझा रही है : तू कहती थी दादाजी गुटबाज नहीं हैं। नहीं होते तो हरशरण ने ऐसे ही उन्हें धर्मचंद जी वाली सीट से टिकट मिलने का भरोसा दिला देना था?

कुक्की ताली बजाती है : अब दादाजी एम.पी. हो जाने हैं। तुम्हें किसने बताया मम्मीजी?

सुलोचना : इन्दर ही खबर ले के आया है। इतना क्लैवर मूव किया तेरे दादाजी ने कि पहले कह दिया कि मैं कोई भी इलैक्शन कन्टैस्ट नहीं करना चाहता। और फिर काम्प्रोमाइज कैन्डीडेट बन के लोकसभा का टिकट पा लिया। खैर, जरा थोड़ी लिपस्टिक लगाने दे।

कुक्की : नहीं मम्मीजी।

सुलोचना जबरन उसके लिपस्टिक लगा देती है : नहीं कैसी? बन-संवर के जाती नहीं है और कहती है कि क्लब में कोई बात नहीं करता। और ये चश्मा भी उतार देना।

कुक्की : इसे उतार के मुझे कुछ दिखता नहीं मम्मी।

सुलोचना : और इसे पहन के तू लोगों को कुछ नहीं दिखती। सुना नहीं है? बॉयज डोन्ट मेक पासेज एट गर्ल्स हूं वीयर्स ग्लासेस। और सुन, थोड़ी जनरल बातचीत भी करना। हमेशा पढ़ाई की बात करती है, इसमें किसी को दिलचस्पी नहीं होती।

कुक्की : मम्मीजी आप क्यों जबरदस्ती इन्दर के साथ मेरे को भेज रहे हो? इन्दर

को मेरी कम्पनी बिल्कुल पसन्द नहीं है। वो तो यहां भी जब आता है, बस आपसे बातें करता है।

सुलोचना : तेरे से वो किस तरह बात करे? या तो तू चुप रहती है या फिर साइंस की बातें करती है। हर किसी को साइंस में इन्टरेस्ट नहीं होता। वहां जनरल बातें करना और सबसे मिलना।

उसकी ड्रेस ठीक करते हुए बाहर ले जाती है जहां इन्दर सोफे पर बैठा हुआ है। वो इन्हें आते देखकर रिस्पैक्टफुली उठता है : हैलो कुक्की। आज तो तुम पहचान में ही नहीं आ रही हो।

सुलोचना : सच तो ये है इन्दर कि तुमने अभी तक इसे पहचाना ही नहीं। ओ.के.। टेक केयर ऑफ हर।

इन्दर : सर्टेनली। और हां मम्मीजी, जिससे भी मेरी शादी होगी मैंने उसका मेकअप आपसे ही करवाना है।

सुलोचना : मैंने बहुत खुशी से करना है।

इन्दर : बॉय मम्मीजी, बाय...।

भूषण के यहां डाइनिंग टेबल पर रात का खाना रखा हुआ है। भूषण कोई मैगजीन पढ़ता हुआ आता है और अपनी जगह पर बैठता है : लोचन, मेरे को तो बुला लिया डिनर वास्ते और आप कहां चली गई?

लोचन भीतर से कोई डोंगा ले के आती है : सर्वेण्ट फिर भाग गया। मैं कहती हूं आउटहाउस में दफ्तर के चपरासी बसा लो, उनके बीवी-बच्चों ने कर देने हैं घर के सारे काम।

कुलभूषण : मैं इसके उसूलन खिलाफ हूं।

सुलोचना : दुनिया उसूलों को भूलती है, तुम्हीं उसूलों से चिपके हो।

खाते हुये कुलभूषण को कुछ याद आता है। वह पूछता है : कुक्की किधर है?

सुलोचना : वो इन्दर के साथ पिक्चर देखने गई है।

कुलभूषण : तुम उसे रोज-रोज इन्दर के साथ क्यों जाने देती हो?

सुलोचना : क्योंकि मेरा इरादा इन्दर से उसकी शादी कराने का है। छह महीने हो गये, तुम्हारे पिताजी हौरी ने कुछ नहीं किया।

कुलभूषण : इन्दर खैरातीमल के करप्ट घराने से ताल्लुकात रखता है।

सुलोचना : तो तुम्हारा अपना घराना किधर से दूध का धुला हुआ है? उसूल वास्ते एक तुम ही हो इस खानदान में।

कुलभूषण : मेरे पिताजी नहीं हैं?

सुलोचना : तुम्हारे पिताजी? हिपोक्रेट नम्बर वन। उस दिन मेरे से कहा कि मैं तो कोई भी इलैक्शन कनटैस्ट नहीं करना चाहता और लोकसभा वास्ते अपना नाम आगे बढ़वा लिया।

कुलभूषण : पिताजी से मेरी आज ही बात हुई। वो बिल्कुल डिसइन्टरेस्टेड हैं।

सुलोचना : उन्होंने तो होना ही हुआ डिसइन्टरेस्टेड। वरना संत किस तरह कहलायें? उन्हें लोकसभा पहुँचाने में इन्टरेस्ट वो व्यापारी लोग ले रहे हैं जिन्होंने आगे चलकर उनसे खूब बैनेफिट लेना है।

कुभूषण : वॉट नानसेन्स।

सुलोचना : मेरे को तुम्हारे सैन्स पर तरस आता है भूषण। याद है तुम्हें म्युनिसिपल कमिश्नर बनाने से पिताजी को कितना परहेज था? फिर उन्होंने म्युनिसिपल कमिश्नर बनाया एक ऐसे आदमी को जो सत का दोस्त है और इसी दोस्ती का नतीजा है कि सत का कारोबार एकाएक चमक उठा है।

कुलभूषण : म्युनिसिपल कमिश्नर पोएट है और इसी नाते सतबीर से उसकी थोड़ी-बहुत पहचान है।

सुलोचना : पोएट माई फुट। वो तुम्हारे पिताजी की ओर से पैसा लेने वाला एजेंट है। पैसा सतबीर के पास जाता है।

कुलभूषण कुछ-कुछ कन्विन्स हो रहा है, मगर झुंझलाता है : ओ शटअप! सतबीर इस तरह का बंदा होता तो क्या लाला वृषभान का सारा छोड़ा हुआ पैसा मंगला के बच्चों के नाम ट्रस्ट में रखा देता?

सुलोचना : और उन बच्चों में से एक तो उसका पाला हुआ ही है। और दूसरा भी क्या खबर, उसी का हो? मंगला के साथ तो शुरू से ही घूमता-फिरता है। सब तुम्हारी तरह संत नहीं होते भूषण। रोशन के पास किधर से पैसा आ रहा है कभी सोचा है? कोठी के नक्शे बन रहे हैं। निवेदिता से होटल की डील करने गया था लेकिन वो मानी नहीं।

कुक्की आती है : ओ मम्मीजी, फिर लड़ाई शुरू हो गई।

सुलोचना : लड़ नहीं रही पुत्तर जी, तेरे डैडीजी को समझा रही हूं। और इन्दर किधर?

इन्दर कमरे में आता है : मैं कुक्की के पीछे-पीछे।

पहले सुलोचना और फिर भूषण से मुखातिब होता है : गुड इवनिंग सर।

कुलभूषण : गुड इवनिंग। हाऊ वाज द पिक्चर?

इन्दर : डल जी। वो तो कुक्की साथ थी इसलिए एंड तक बैठा रहा।

कुक्की : और मैं समझती रही कि आप देखना चाहते हो।

सुलोचना : एक-दूसरे को अपने मन की बात बताते रहो तो गलतफहमी कभी न हो।

इन्दर : ठीक है मम्मीजी, तो कल आप मेरे साथ चलकर मेरे नये फ्लैट वास्ते फर्नीचर पसन्द करवा दोगे ना?

सुलोचना : पुत्तर तेरा फ्लैट भी सजवा देना है, तेरा घर भी बसवा देना है। शादी तो कर।

इन्दर : मम्मीजी, आप जैसी कोई घर-बाहर सब सम्हालने वाली मिले तो करूं शादी।

सुलोचना : मेरी जैसी तो तुझे पुत्तर एक ही मिल सकनी है। कुक्की।

कुक्की बहुत ही ज्यादा शर्माती है और अंदर चली जाती है।

इन्दर : अगर मेरे को उसके लायक समझते हो तो.... मेरे को क्या एतराज हो सकता है?

हवेलीराम का क्वार्टर। बीच वाले कमरे में शाम के वक्त कुक्की, लाजो कुलभूषण, सुलोचना, हवेलीराम बैठे हैं। रोशन-राजराजेश्वरी भीतर से ट्रे में खाने-पीने की चीजें लेकर बाहर आते हैं। रोशन : लो जी रोशन के घर आओगे, होटल के मजे पाओगे।

तीन चाय भूषण परिवार के सामने और नींबू पानी हवेली-लाजो के सामने रखता है : टी फार थ्री। एंड नींबू-पानी फॉर मास्टरजी एंड लाजोजी।

राजराजेश्वरी : शर्म नहीं आती माताजी का नाम लेते?

रोशन : हमारे पिताजी को नहीं आती।

सतबीर आता है। वह बहुत खुश नजर आ रहा है : पिताजी खुशखबरी लाया हूं। अभी-अभी हरशरण जी बरफवाले ने बताया कि आपको लोकसभा के लिए उम्मीदवार बनाया जा रहा है। आपके ही नाम पर सब रजामंद हुए।

हवेलीराम बहुत दुखी होता है : मुझे फिर घसीट लिया।

सुलोचना मुंह मटकाती है। रोशन एक लड्डू उठाकर सतबीर के मुंह में डालता है : इसी खुशी में लड्डू खा बिरादर।

सुलोचना : एक लड्डू मेरी ओर से भी खिला रोशन। एक खुशखबरी मेरे को भी देनी है। मैंने कुक्की की शादी इन्दर से तय कर दी है और अगले मंगलवार को इसको चुन्नी चढ़ाने के लिए आने वाले हैं।

*   *   *

हवेलीराम के क्वार्टर का मुख्य कमरा। सुबह। हवेलीराम प्रेस प्रूफ पढ़ रहा है और लाजो कोई कपड़ा रफू कर रही है : मास्टरजी आप फिर प्रूफ पढ़ने बैठ गये। सत कह के गया है कि उसने मुड़ के पढ़ लेना है।

हवेलीराम : खाली बैठे-बैठे भी क्या करूं?

रोशन गाता हुआ पहुँचता है : याहू...। चाहे कोई मुझे जंगली कहे, कहने दो जो कहता रहे...।

हवेलीराम : लोग क्या कह रहे हैं, इसकी फिकर करनी चाहिए पुत्तर।

रोशन : लोगों का क्या है पिताजी, कुछ भी कहते रहते हैं। जब भी बोलता है उनका स्वार्थ बोलता है। लाला धर्मचंद कल तक आपको गालियां निकाल रहे थे और आज बड़े जोरों-शोरों से आपका इलैक्शन प्रोपेगण्डा कर रहे हैं।

लाजो : लाला धर्मचंद?

रोशन : हां माताजी। वो समझते हैं कि पिताजी ने कुक्की का रिश्ता खैरातीमल के साले से करके उनकी तरफ दोस्ती का हाथ बढ़ाया है। अब पिताजी उन्हें राज्यसभा में भिजवाने की मदद करेंगे। मेरी तो अभी सारी बातें हो नहीं पाई।

लाजो : हां खैरातीमल तो उनका खास बन्दा है। अच्छा, तब तो आज शाम वो भी जरूर आने हैं लड़कों वालों के साथ।

हवेलीराम : आज शाम है कुक्की की कुड़माई? मैंने तो कुछ और प्रोग्राम रख लिया।

लाजो : कैंसिल करो उसे। आपका तो शुरू से यही है कि सियासत में डूबे रहो, घर-द्वार भूले रहो।

सतबीर आता है।

रोशन : सुना भई सतबीर, लेटेस्ट क्या खबर है इलैक्शन फ्रन्ट पर?

सतबीर : सब बढ़िया चल रहा है। अब तो धर्मचंदजी के गुट वाले भी खूब काम कर रहे हैं। पिताजी के अपोनेंट की जमानत जब्त हो जानी है।

हवेलीराम : सत मैंने पहले भी कई बार कहा है कि धर्मचंद जी का गुट, हरशरण जी का गुट, इस तरह की बातें मत किया कर।

सतबीर : असलियत को छिपाने से क्या फायदा है?

हवेलीराम : मेरी असलियत मेरा आदर्श है। आज की डाक देख ली है?

सतबीर : हां, और तो सारी रूटीनी चिट्ठियां थीं। मैंने सारी निपटा दीं।

एक चिट्ठी हवेलीराम को देता है : इसे आप देख लो।

हवेलीराम : क्या है ये?

सतबीर : किन्हीं स्नेहलता जी ने लिखा है कि जिस इन्दरलाल से आप अपनी कुक्की की शादी करा रहे हो, उससे मेरी शादी हो चुकी है।

लाजो : कौन है ये स्नेहलता?

रोशन : ये वही होनी है जो खैरातीमल जी के यहां बहुत आती-जाती थी।

सतबीर : कोई शरीफ लड़की है?

रोशन : उतनी ही शरीफ है जितने खैरातीमल जी आप हैं। या कि जितना इन्दर है, जिसके प्लेज में ये पहले पार्ट लेती थी।

हवेलीराम : ये तो लिखती है कि अगर आप लोगों ने अपनी पोती की सगाई की तो उसका भी वैसा ही हाल होना है जैसा मेरा हुआ। अब क्या करना चाहिए लाजोजी?

लाजो : कुछ नहीं। हमने तो पहले ही कह दिया था कि यहां रिश्ता करना ठीक नहीं है।

हवेलीराम : हमारे कह देने भर से हमारी जिम्मेदारी खत्म नहीं हो जाती। सत्त जा, ये चिट्ठी कुलभूषण को दे आ। उनसे कह आ कि इस बारे में जो पता हो सके, पता कर ले।

लाजो : इसे क्यों आप भेज रहे हो? बीवीरानी ने आपकी भलमनसाहत का भी गलत मतलब लगाना है। उसने यही कहना है कि आपको रिश्ता पसन्द नहीं था, इस करके भांजी मार दी।

और होता भी ठीक वैसा ही है, जैसा लाजो ने अनुमान लगाया था। स्नेहलता नाम की लड़की की चिट्ठी सतबीर कुलभूषण को जाकर देता है। पढ़कर कुलभूषण चिंतित होता है मगर उसकी पत्नी सुलोचना तथा सास मोहिनी कुलभूषण के कान भरती है कि यह सारी कारिस्तानी उसके पिता हवेलीरामजी की है। माँ-बेटी अभियोग लगाती है कि वह नहीं चाहते कि कुक्की की शादी खैरातीमल के साले इन्दर से हो। और इसीलिये आज ही के दिन कहां तो मंगनी की रस्म होनी है और आज ही स्नेहलता नामक बदचलन तथा बदमिजाज लड़की की इन्दर के खिलाफ अनाप-शनाप अभियोगों भरी चिट्ठी हमारे पास भिजवा दी उन्होंने। सुलोचना कुलभूषण के सामने यह रहस्य भी उजागर करती है कि स्नेहलता नाम की इस लड़की ने मेरे पास भी इसी आशय की चिट्ठी भेजी थी और फोन पर भी बताया था कि इन्दर से उसकी शादी हो चुकी है और अब अपनी बेटी की शादी उसी इन्दर के साथ करने का फैसला मैं स्थगित कर दूं। सुलोचना स्नेहलता नाम की उस लड़की को न सिर्फ बदचलन तथा बदमिजाज, बल्कि चरित्रहीन तथा ब्लैकमेलर भी ठहराती है।

पत्नी सुलोचना तथा सास मोहिनी की जिद, कह लीजिये दबाव, में आकर

कुलभूषण को मजबूर होना पड़ता है और बड़े ही धूमधाम के साथ कुक्की की सगाई की रस्म इन्दर से हो जाती है। रस्म खत्म होने के बाद लड़के पक्ष की ओर से मौजूद मेहमानों के नाश्ते-चाय का कार्यारम्भ होता है। मिठाई का डब्बा लिये लाजो धर्मचंद के करीब आती है और डब्बा पकड़ाती है : बधाइयाँ होवें धर्मचंदजी....।

धर्मचंद : तुमको भी होवें और मेरे यार हवेली को भी। आज इससे एक और नाता जुड़ गया।

हवेलीराम : हमारा नाता तो बहुत पुराना है धर्मचंद।

धर्मचंद : सन् उनी सौ इयारा का।

हवेलीराम : तू दिल्ली दरबार देख के आया था और तूने वो कविता सुनाई थी–.... *हजरत ड्यूक कनाट को देखा, सबसे ऊंचे लाट को देखा।*

धर्मचंद गहरी सांस भरता है : दोस्त, आजादी की लड़ाई में मैंने और तूने क्या कुछ नहीं देखा? क्या कुछ नहीं सहा? जब अभी तेरे को लोकसभा का टिकट मिला तो लोग कहने लग पड़े कि मास्टर हवेलीराम ने आपसे दुश्मनी की। मैंने उनसे कहा हवेली तो दुश्मनों से भी दुश्मनी नहीं कर सकता, मैं तो उसका दोस्त रहा हूं। नये-नये स्वराजी बने हुए दिल्ली के कुछ सेठ-साहुकार मुझ पुराने इन्कलाबी से जरूर दुश्मनी कर सकते हैं, हवेली किस तरह कर सकता है? वो तो आप मेरी तरह पुराना इन्कलाबी है। ये खैरातीमल यूं बोला कि लालाजी आपकी सीट छीन ली हवेलीराम ने। मैंने कहा कि मेरा सब कुछ उसी का है, फिर छीनने का सवाल ही कहां पैदा होता है?

हवेलीराम : तू तो जानता है धर्मचंद, मेरी आखिर तक यही कोशिश रही कि दोनों गुटों में समझौता हो जाये और सीट तेरे को ही मिले।

धर्मचंद : तेरे से तो मेरे को कोई शिकायत ही नहीं है दोस्त। मैं और तू तो पुराने इन्कलाबी हैं। मैंने और तूने तो सरमायादारों और रजवाड़ों के खिलाफ मिल के काम करना है। मैं सच कह रहा हूं हवेली, आज पार्टी को बहुत खतरा है। एक ओर कम्युनिस्टों से तो दूसरी ओर कैपिटलिस्टों से।

हवेलीराम : इस खतरे के बारे में फिर कभी तकरीर करना धर्मचंद। चुन्नी चढ़ने के बाद तो औरतों का गाना-बजाना होना है।

धर्मचंद : जरूर। शुरू कराओ जी।

मोहिनी, संतोष, सोनिया वगैरह ढोलक, चिमटा वगैरह बजाना शुरू करते हैं। गीत शुरू ही हुआ होता है कि दरबान से जूझती हुई अठाइस-उनत्तीस साल की स्नेहलता गेट के भीतर आने की जिद करती है। दरबान उसे रोकना चाहता है : जबरदस्ती कैसे भीतर आती हैं? हम बोला साहब नहीं मिल सकते!

स्नेहलता : मैं मिल के ही जाऊंगी मिस्टर कुलभूषण से। वो कैसे अपनी बेटी की सगाई मेरे पति से कर रहे हैं?

कुलभूषण आगे बढ़ता है। सब लोग स्तब्ध रह जाते हैं। संगीत बंद हो जाता है।

स्नेहलता से कुलभूषण पूछता है : आपके पति?

स्नेहलता : हां, ये इन्दरजीत मेरा पति है। इसकी शादी मुझसे हुई।

कुलभूषण : इन्दर ये लड़की क्या कह रही है?

इन्दर : बकवास कर रही है डैडीजी।

सुलोचना : आप यहां से फौरन चली जाओ स्नेहलता, वरना मैंने पुलिस बुला लेनी है।

हवेलीराम : तुम इसे जानती हो बीवीरानी?

सुलोचना : हां, ये वही है जो सारी दुनिया में ब्लैकमेल करने के लिए बदनाम है।

स्नेहलता : हवेलीराम जी आप नेकी और सच्चाई के फरिश्ते समझे जाते हो और आपको मैंने चिट्ठी लिखी। फिर भी आप ये पाप होने दे रहे हैं?

हवेलीराम : इन्दर, पुत्तर इस लड़की को तुम जानते हो क्या?

इन्दर : हां दादाजी। इसने मेरे साथ दो-एक नाटकों में काम किया है।

खैरातीमल : आप मेरे से पूछो मास्टर हवेलीराम। ये एक शरीफ घर की लड़की है जिस पर रहम खाकर मैंने अपने दफ्तर में काम दिलवा दिया था। लेकिन ये चोरी करती थी इसलिए इसे निकालना पड़ा।

स्नेहलता : ये झूठ है। मैंने कभी कोई चोरी नहीं की। आपने मुझे इसलिए निकाला कि आप धर्मचंद जी की गुट में शामिल हो गये।

हवेलीराम : तुम पार्टी में काम करती हो?

धर्मचंद : ये पार्टी का काम करती नहीं बिगाड़ती है, और यहां भी इसलिए पहुंची है कि कहीं तेरा-मेरा मेल न हो जाए।

सुलोचना : दरबान इसे धक्का मारकर बाहर करो।

स्नेहलता : देखिये मास्टर हवेलीराम जी, आप भी न्याय नहीं करेंगे?

पर्स से एक तस्वीर निकाल के देती है : ये देखिये मेरी शादी की तस्वीर। अब बोलो इन्दर, तुम्हारी मेरे से शादी हुई कि नहीं?

हवेलीराम तस्वीर देखने लगता है। इन्दर तथा कुक्की स्तब्ध हैं।

इन्दर : मुझसे तुम्हारी शादी एक नाटक में मंच पर हुई।

सतबीर : वो नाटक तो मैंने भी देखा था। मगर ये तस्वीर तो उसकी नहीं मालूम होती।

कुक्की अपने जेवर उतार के फेंकने लगती है। वह एकदम से खड़ी हो जाती है

और उसकी गोद से सगुन की चीजें गिर जाती हैं। नारियल लुढकता हुआ स्नेहलता की तरफ जाता है।

मोहिनी कुक्की को पकड़ती है, जो गुस्से में है और रोने-रोने को है : मैंने नहीं करनी ये शादी।

मोहिनी : इस तरह नहीं कहा जाता पुत्तर।

सुलोचना : सतबीर, तुम क्यों हमारी बेटी की जिन्दगी तबाह करने पर जुटे हुए हो?

सतबीर : मैं तो तबाह होने से बचाने की कोशिश कर रहा हूं।

सुलोचना : हमने कहा बचाने को?

हवेलीराम : ये सब हो क्या रहा है?

खैरातीमल : ब्लैकमेल हो रहा है। इस लड़की को पता है कि मैंने इन्दर को काफी जमीन-जायदाद देनी है।

धर्मचंद हवेलीराम के पास पहुंचता है : हवेली, इस लड़की का यहां आना उसी गंदी पालिटिक्स का एक नमूना है जिसका मैं शिकार हुआ हूं।

हवेलीराम आश्चर्य से धर्मचंद की ओर देखता है : इसका पालिटिक्स से क्या सम्बन्ध?

धर्मचंद : अभी बताता हूं। स्नेहलता इधर आओ।

स्नेहलता धर्मचंद के करीब आती है : जी...।

धर्मचंद : ये मास्टर हवेलीराम मेरे पुराने दोस्त हैं। मैं इन्हें तुम्हारे बारे में कुछ बताने जा रहा हूं। अगर मैं झूठ बोलूं तो मुझे टोकना। **धर्मचंद हवेलीराम की तरफ मुड़ता है :** ये स्नेहलता एक गरीब अनाथ लड़की है। इसे मदन गोपाल जी न पाला। मदन गोपाल रिश्ते में हरशरण का साला लगता है। ये लड़की घर से भाग गई और चोरी के इल्जाम में फंसी रही। तब मदन गोपाल ने इसे हरशरण के सुपुर्द किया। इन्होंने इसे पार्टी में रखा।

स्नेहलता : उन्होंने मेरा हृदय परिवर्तन किया। वो मुझे बदी की दुनिया को छोड़कर नेकी की दुनिया में लाये।

धर्मचंद : लेकिन तुम पर बदी हावी रही। तुम आज भी यहां आई हो तो हरशरण के कहने पर बखेड़ा खड़ा करने वास्ते।

स्नेहलता : मैं कोई बखेड़ा करने वास्ते नहीं। अपना हक मांगने वास्ते आई हूं।

सुलोचना : बक-बक लगा रखी है बड़ी देर की। कैसा हक मांगने आई है? जो तेरी सचमुच शादी हुई है तो मुकदमा कर। अदालत में अपने गवाह ला।

इन्दर : ला किधर से सकती है? मिला ना दादाजी को जिस पुजारी ने शादी करायी।

स्नेहलता : मैं गवाह कहां से लाऊं? इन्होंने सबको पैसे दे-दे के खरीद लिया है।

धर्मचंद : इन्होंने किसी को नहीं खरीदा है स्नेह। हां तेरे को हरशरण बरफवाले ने जरूर खरीद लिया। उनके पास ही है फालतू पैसा ऐसे कामों वास्ते।

कुलभूषण : पिताजी क्या करना चाहिए?

हवेलीराम : मेरी तो कुछ समझ में नहीं आता।

मोहिनी : समझने को है क्या? इसको धक्के देकर बाहर करो।

मोहिनी आगे आती है और उसके आगे जाते ही कुक्की अपना एक-एक जेवर उतारती है और संयत होकर अपनी बात बोलती है : जिसको जो समझना हो आराम से समझता रहे। मेरे को एक बात समझ में आ चुकी है कि मैंने इन्दर से शादी नहीं करनी।

दावत के इंतजार वाले कमरे में मिठाई वगैरह की सजी-सजायी प्लेटें अनछुई रखी हैं। कमरे के दूसरे कोने पर सुलोचना मोहिनी की छाती में मुंह छिपाकर रो रही है। लाजो, हवेली, भूषण आते हैं। लाजो सुलोचना को बताती है : बीवीरानी, हम जा रहे हैं।

सुलोचना : अब इधर बचा क्या है आपके वास्ते? सगाई तुड़वानी थी, तुड़वा गये।

लाजो : हमने कोई ना तुड़वाई। हमारी तरफ से इसके वास्ते कोई मना नहीं ना है। मर्जी हो बेशक करो।

मोहिनी : बहनजी, गुस्ताखी माफ। अपने दादा की शह पाकर ही कुक्की ने इतना बावेला मचाया।

हवेलीराम : मैंने तो सिर्फ इतना ही कहा कि लड़की की मर्जी के खिलाफ शादी नहीं की जानी चाहिये।

मोहिनी : तो अब आप ये भी सुन लो कि इस बदनामी के बाद लड़की की शादी किधर भी नहीं होनी।

सुलोचना : इन लोगों से ये क्यों कह रहे हो मम्मीजी? इन्हें हमारी फिकर थोड़ो ना पड़ी है। कहीं भी कुछ अच्छा होते देखते हैं, नहीं होने देते। मेरे को कारपोरेशन का टिकट मिल रहा था, नहीं मिलने दिया। मेरी बेटी का अच्छा रिश्ता हो रहा था, नहीं होने दिया।

हवेलीराम : बीवीरानी मुझ पर गैर-जिम्मेदारी का इल्जाम भले ही लगाओ मगर ये मत कहो कि मैं अपनों से दुश्मनी करता हूं। कुक्की की मुझे उतनी ही फिकर है जितनी कि तुम्हें। मैं वादा करता हूं कि चुनाव का झंझट खत्म होते ही मैं इसका कहीं बढ़िया जगह रिश्ता करा दूंगा।

लाजो : नहीं मास्टरजी, आप बीच में मत पड़ो। इन्हें करने दो।

हवेलीराम : लाजोजी अपने पुत्तर और बीवीरानी की बात हो रही है, परायों की नहीं। बल्कि भूषण मैंने तो रामदित्ताजी और उनके बेटे वेदप्रकाश को काफी टटोल भी लिया था। फिर बीवीरानी ने इन्दर से बात पक्की कर ली तो मैं चुप लगा गया।

कुलभूषण : वेदप्रकाश तो मेरे ख्याल से कुक्की को भी पसन्द है। आप ये रिश्ता करा सकें तो नथिंग लाइक दैट।

हवेलीराम : उसे मैं राजी करा लूँगा। रामदित्ता मेरा स्टूडेन्ट रहा है और मेरी बहुत कद्र करता है। मेरा कहा कभी टाल नहीं सकता।

* * *

सुलोचना अपने कमरे में मुंह फुलाये लेटी है। सामने कुर्सी पर हैंगर से उसकी नई सूट टंगी हुई है। भूषण सीटी बजाता और टाई का नॉट ठीक करता आता है। हैंगर से टंगे कपड़े उठा के दिखाता है : लोचन ये क्या? कपड़े चेंज नहीं किये?

लोचन : मैंने नहीं जाना तुम्हारे पिताजी को बधाई देने वास्ते।

कुलभूषण : तुम्हें तो जरूर चलना चाहिए। तुम तो उनके वास्ते बीवीरानी होने के साथ-साथ पार्टी वर्कर भी हो।

सुलोचना : मैं तो उनके वास्ते दुश्मन हूं। इसी करके मेरा हर बनता काम बिगाड़ते हैं। उस दिन कह गये, कुक्की का रिश्ता मैंने करा देना है। कराया?

कुलभूषण : चुनाव के बाद कराने को कहा था।

सुलोचना : चुनाव के बाद भी उन्होंने कुछ नहीं करना है। प्लीज भूषण, ट्राई टू अण्डरस्टैण्ड। वो मेरे को, तेरे को, कुछ नहीं लगाते।

कुलभूषण हैंगर के कपड़े सुलोचना की ओर बढ़ाता है : प्लीज, कपड़े बदलो और साथ चलो, वरना उन्हें बुरा लगना है।

ड्रेस उठा के फेंकती है : तुम जाओ, लगाओ जयकारा।

हवेलीराम के क्वार्टर के बाहर इकट्ठी भीड़ लोकसभा उम्मीदवार के रूप में हवेली

की जीत की जयकार कर रही है। सतबीर लड्डू बांट रहा है। रोशन ढोल बजा रहा है। हवेलीराम लाजो तथा बरफवाले के साथ बाहर आता है। वो मालाओं से लदा हाथ जोड़े हुए है : भाइयो-बहनो आपसे मेरी.......

हरशरण : भाइयो, खामोश। हवेलीराम जी कुछ कहना चाहते हैं आपसे।

खामोशी होती है और ढोल बजना बंद हो जाता है। हवेली भीड़ को सम्बोधित करता है : सबसे पहले तो मैं आपका धन्यवाद करना चाहता हूं कि आपने इस चुनाव में पार्टी की खातिर रात-दिन काम किया। फिर मैं आपसे विनती करना चाहता हूं कि मेरी जय न बोलें। लोकतंत्र में जीत किसी एक आदमी की नहीं होती, जनता की इच्छा की होती है। अगर मेरी जीत हुई है तो महज इसलिए कि मेरी पार्टी का काम, उसका प्रोग्राम वोटर का मन जीत सका।

और अन्त में मुझे आपसे कहना है कि अब कोरे वादों और नारों से काम नहीं चलने का। जीत ने आपकी-हमारी पार्टी पर, आप और हम पर, ये जिम्मेदारी सौंपी है कि वादों को पूरा करने के लिए ठोस काम करें।

हरशरण : एक बात मास्टर हवेलीराम कहना भूल गये। नारे लगाते-लगाते आपका गला सूख गया होगा। पीछे शामियाने में जाइए, वहां चाय-पानी का इंतजाम है।

कार्यकर्ता : मास्टर हवेलीराम, आप खाने-पीने वाले बन्दे नहीं हैं। तब इन्होंने किधर से करनी हुई खाने-पीने की बात?

हरशरण : सो तो है हंसराज।

कार्यकर्ता : लाला धर्मचंद ने इनको हरवाने वास्ते खिलाने-पिलाने में कितना पैसा खर्च कर दिया पता है?

हरशरण : तो भी ये सबकी जमानतें जब्त करवाके जीते। और अभी तो देखना हंसराज, हम धर्मचंद के खिलाफ क्या कुछ करवाते हैं।

हवेलीराम : हरशरणदासजी मैं माफी चाहता हूं। न गुटबंदी करूंगा और न गुटबाजी की बात सुनूंगा।

हरशरण : गुटबंदी सिर्फ आपके चाहने से खत्म नहीं होगी मास्टर हवेलीराम। वो तो तब खत्म होगी जब धर्मचंद भी चाहेगा।

हवेलीराम : मैं उसकी बात नहीं जानता, अपनी जानता हूं। आप को ये समझ लेना चाहिये कि न मेरा कोई गुट है, और न मैं किसी के गुट में शामिल हूं।

रोशन आता है : खुशी के मौके पर ये क्या बहस छिड़ गई?

हरशरण : वही पुरानी बहस है, आदर्श और असलियत की। और सुनाओ रोशन तुमने अपना मकान बनाया नहीं?

रोशन : अभी होटल वास्ते ही पैसा नहीं ना जुटा हरशरणदास जी।

हरशरण : अरे! अभी तक पैसों का इंतजाम नहीं हुआ?

रोशन : जी नहीं। मैं तो इस बारे में आपसे सलाह करना चाहता था।

हरशरण : मुझसे जो हो सकेगा जरूर करूंगा।

रोशन : आप बैंक के डायरेक्टर हो। आपसे क्या नहीं हो सकना?

हरशरण : तू मेरे घर आकर बात करना। कोई-न-कोई रास्ता निकाल लेंगे।

कुलभूषण आता है। उसे आता देख हरशरण बातचीत खत्म करता है : आओ भई कुलभूषण।

कुलभूषण : नमस्ते जी हरशरणदासजी। कैसे हैं जी?

हरशरण : मजे में हूं। अपनी वाइफ को नहीं लाए तुम?

कुलभूषण : लोचन की तबीयत नासाज है।

कुलभूषण, लाजो तथा हवेलीराम की तरफ बढ़ता है। लाजो पूछती है : भूषण पुत्तर, क्या हुआ बीवी रानी को?

कुलभूषण : लोचन कुक्की को लेकर बहुत परेशान हो गई है। इस बारे में मैं आपसे बात करना चाहता था पिताजी।

हवेलीराम : भीतर चलो।

ये लोग भीतर कमरे में पहुंचते हैं। हवेलीराम बैठ जाता है : अब बता पुत्तर।

कुलभूषण : एन्गेजमेन्ट होने के बाद रिश्ता तोड़ने से कुक्की की बहुत बदनामी हो गई है। हम जहां भी बात चलाने की कोशिश करते हैं, टका-सा जवाब पाते हैं।

लाजो : बदनामी वाला काम इन्दर ने किया और बदनामी कुक्की की हुई! वाह!

कुलभूषण : इन्दर की शादी तो दूसरी जगह तय भी हो गई, माताजी।

हवेलीराम गहरी साँस भरता है : समरथ को नहीं दोष गुसाईं।

कुलभूषण : लोचन कुक्की पर गुस्से होती रहती है और वो बिचारी रिसर्च-विसर्च छोड़कर दिन भर रोती रहती है।

लाजो : उसे तू मेरे पास भेज दे पुत्तर! मैंने दे देनी है उसे बहादुरी की सीख। मैंने तो मर्दों की दुनिया में आज से पचास साल पहले भी अपने को असमर्थ नहीं ना समझा था।

कुलभूषण : माताजी, कुक्की ने बहादुर हो जाने से ही जमाने ने ना बदल जाना है, और ना उसकी शादी हो जानी है।

हवेलीराम : तू जाकर बीवीरानी से कह दे कि पिताजी ने वेदप्रकाश से रिश्ता कराने की वादा किया था, उसे जरूर पूरा करेंगे।

कुलभूषण : वहां से भी कोई उम्मीद नहीं है पिताजी। लोचन के मम्मीजी

वेदप्रकाश के माताजी से मिल आए थे। वो कहते हैं कि हमसे बात चलाने के बाद इंदर से रिश्ता क्यों किया? और उसके टूट जाने के बाद हमारे पास किस मुंह से आये हो?

लाजो : ये तो वो ठीक कहते हैं। तूने इंदर से रिश्ता करने वास्ते राजी होकर बड़ी गलती की पुत्तर।

कुलभूषण : एक बात और भी है पिताजी। मुझे अब मालूम हुआ है कि रामदित्ताजी की हमारी डिपार्टमेंट से भी डीलिंग रहती है।

लाजो : वाह, तो क्या इसी मारे उनके यहां बेटी नहीं ब्याही जा सकती? मास्टरजी, आप जाकर बात करो रामदित्ते से।

रामदित्ता की गद्दी। सामने मुंशियाना डेस्क रखी है और वो गावतकियों से टिककर बैठा हवेलीराम को भरोसा दिला रहा है : जनानियों की बातों में मत जाओ मास्टरजी। ये रिश्ता तो मैंने-आपने तय करना है। मैंने तो वेद की मां से कहा कि मेरे वास्ते कुक्की भूषण की बेटी बाद में है, मेरे गुरु मास्टर हवेलीराम की पोती पहले है। मेरे वास्ते तो ये बड़े फख्र की बात है कि आपने मेरे बेटे को इस लायक समझा।

हवेलीराम : लड़का तुम्हारा सचमुच बहुत ही अच्छा है रामदित्ता।

रामदित्ता : आपकी पोती में कौन-सी कमी है? और मास्टरजी, सबसे बड़ी बात तो ये है कि लड़के को लड़की पसन्द है। उसकी देखी हुई है यूनिवर्सिटी में।

हवेलीराम : तो ठीक है। मैं भूषण से जाकर कह दूंगा कि तैयारी करे।

रामदित्ता : आप उससे ये भी कह देना मास्टरजी कि जिस घर में बेटी ब्याहने चला है उसे बर्बाद करने में ना जुटा रहे।

हवेलीराम : बर्बाद?

रामदित्ता : हां। जिस महकमे से हमारा पिछले पन्द्रह साल से वास्ता पड़ रहा है उसमें पिछले महीने से बड़ा हाकिम होकर आया है। आते ही उसने तो हमारी पूरी नाकेबंदी करा दी है।

कुलभूषण अपने घर के बरामदे में हवेलीराम और सुलोचना के साथ बैठा बता रहा है : पिताजी मैंने किसी भी इनडिविजुअल की नाकेबंदी नहीं की है। मैं तो बस बेईमानी खत्म करना चाहता हूं। कबाड़ के नाम पर वहां अच्छा माल बेच दिया जाता है।

सुलोचना : सब जगह कुछ ना कुछ होता रहता है। इसके मतलब ये तो नहीं ना है कि जिनके यहां बेटी का रिश्ता हो सकता है उनसे झगड़ा कर लो।

कुलभूषण : आप लोग समझने की कोशिश करो। इस डिपार्टमेंट पर करप्शन के इल्जाम लगते रहे हैं।

सुलोचना : मेरे डैडीजी कहा करते थे कि कुछ कुर्सियों पर तो बैठना ही ये सोचकर चाहिए कि बेईमानी का इल्जाम लगना ही लगना है। जिसका काम नहीं करना है, उसने तो जरूर कहना है कि इन्होंने दूसरी पार्टी से घूस ली।

हवेलीराम : रामदित्ता तो कह रहा था कि तेरी सख्ती का उल्टा असर पड़ा है। तेरे मातहत अफसर कहते हैं कि पहले जितनी घूस में काम नहीं करेंगे, क्योंकि जोखम ज्यादा है।

सुलोचना : मैं तो हमेशा इनसे कहती हूं कि इनकी ईमानदारी की वजह से बेईमानी बढ़ती है।

कुलभूषण : पिताजी, रामदित्ता जी से कहो कि जो अफसर घूस मांगता हो उसके खिलाफ लिखित शिकायत दें।

सुलोचना : शिकायत लिखकर मुसीबत मोल लेनी है उन्होंने?

हवेलीराम : पुत्तर एक बार मिल के उनकी बात सुन ले। ये तेरी बेटी की शादी का मामला है।

कुलभूषण : बेटी की शादी का मामला है तो इस वजह से बेईमानी करूं पिताजी?

हवेलीराम : मैंने ऐसा नहीं कहा पुत्तर। मैंने तो सिर्फ ये कहा कि रामदित्ता को बगैर सबूत बेईमान करार मत दे। उसके धन्धे में रोड़े मत अटका।

कुलभूषण : मैं सोचूंगा पिताजी।

राजराजेश्वरी लाजो की चोटी कर रही है। रोशन पास में बैठा 'जरा नजरों से कह दो जी, निशाना चूक ना जाए' गाता-गुनगुनाता कुछ हिसाब कर रहा है और लाजो से निगाह बचा के राजराजेश्वरी से इशारे कर रहा है। लाजो राजराजेश्वरी को इशारा करते पकड़ लेती है : क्या बात है राज?

राजराजेश्वरी : माताजी मैं इनसे कह रही हूं कि हिसाब पर ध्यान दें। इन्हें अभी ले जाना है हरशरण जी के पास।

लाजो : वो दिलाने लगे हैं होटल वास्ते उधार?

राजराजेश्वरी : हां माताजी। जल्दी ही हमारा अपना होटल हो जायेगा।

लाजो : और कोठी?

रोशन : कोठी बना के क्या करना है माताजी? पिताजी को जल्दी ही बड़ी-सी सरकारी कोठी मिल जानी है।

सैर के लिये तैयार हवेलीराम पीछे से आता है।

लाजो : आज तो सैर वास्ते आप टाइम से जल्दी जा रहे हो मास्टरजी।

कलाई घड़ी पर नजर दौड़ाता हवेली एक क्षण कुछ सोचता है और गहरा सांस ले के कहता है : सोचता हूं, भूषण को समझा आऊं कि उसने रामदित्ता वाला काम क्यों नहीं किया?

रोशन : मैं भी चलता हूं अपके साथ। मेरे को हरशरण जी के यहां जाना है।

हवेलीराम : इधर तेरी उससे इतनी क्या बात होने लगी?

रोशन : होटल वास्ते बैंक से रुपया उधार दिलाने में मदद कर रहे हैं वो मेरी।

हवेलीराम : तूने इस बारे में मुझसे पूछे बगैर ही बात कर ली?

लाजो : बिजनेस से आपको दिलचस्पी होती तो करता मास्टरजी।

हवेलीराम : हरशरणदासजी बिजनेस में ही नहीं, पालिटिक्स में भी हैं। उनसे लेन-देन की कोई भी बात करने से पहले मुझसे पूछना चाहिए था।

रोशन : बैंक से उधार लेने की ही बातचीत की है पिताजी। एवज में कुछ देने की नहीं।

हवेलीराम : मैं पावर पालिटिक्स में आना ही नहीं चाहता था और अब आया हूं तो फूंक-फूंक कर कदम रखना चाहता हूं।

लाजो : बेशक रखो मास्टरजी, मगर ये नहीं ना समझो कि हर बात में हेरा-फेरी है।

कुलभूषण अपनी कैबिन में। उसके साथ उसका मातहत अफसर एस.बी. लाल है। कुलभूषण के आगे एक फाइल खुली है और वो हाथ में कलम लिये हुए है। लाल उसे कन्विन्स कर रहा है : आप तो इस मामले में ओवरकांसस हो रहे हैं सर। साइन कीजिए।

कुलभूषण : तुम तो जानते हो लाल कि मेरे वास्ते पोजीशन जरा डेलीकेट है, क्योंकि रामदित्ताजी के बेटे से मेरी बेटी के रिश्ते की बात चली हुई है।

लाल : सर रामदित्ताजी ने माल के लिए सबसे ज्यादा दाम लगाये हैं इसलिए ईमानदारी का यही तकाजा है कि माल उन्हें दिया जाये। वो आज आपके रिश्तेदार होने जा रहे हैं इसका मतलब ये तो नहीं कि ये महकमा अपने पन्द्रह साल पुराने क्लायण्ट से नाइंसाफी करे?

कुलभूषण क्षणभर सोचता है फिर फाइल में दस्तखत करके उसे आउट-ट्रे में रख देता है।

रामदित्ता और एस.बी. लाल क्लब में। एस.बी. लाल रामदित्ता को बधाई दे रहा

है : बधाई रामदित्ता जी। सबसे सख्त अफ्सर ने भी आपका काम झटपट कर दिया। मिठाई इस बार डबल होनी चाहिए।

रामदित्ता : लो, मिठाई खिलाने में हम कभी पीछे रहे?

रामलभाया उधर से गुजर रहा होता है : मिस्टर लाल, किस बात की मिठाई खा रहे हो रामदित्ता जी से?

लाल : इनके बेटे का रिश्ता हमारे साहब की बेटी से होने जा रहा है ना।

लभायाराम : अब तो इनके पौ बारह हैं मिस्टर लाल। इनका सारा काम पड़ता है आपके महकमे से। आपके साहब बन जाने हैं इनकी बीवीरानी के बाप और आपके मिनिस्टर इनकी बीवीरानी के दादा।

रामदित्ता : क्या मतलब?

लभायाराम : आपने रेडियो में सुना नहीं? मास्टर हवेलीराम डिप्टी मिनिस्टर बन गये हैं।

लाल : तब तो चांदी है हमारे साहब की।

कुलभूषण और लोचन के बीच बरामदे में बातचीत चल रही है। कुलभूषण बता रहा है : नहीं, मेरा उसी महकमे में बना रहना ठीक नहीं लगता। मैंने कुक्की की शादी वास्ते छुट्टी की दरख्वास्त के साथ-साथ ट्रांसफर की भी मंजूरी करा ली है।

सुलोचना : तुम तो हद करते हो भूषण। कोई मेरे डैडीजी बरगा होता तो जिन्दगी भर इसे ना छोड़ता। खुदा का शुक्र है तुम्हारी ये पोस्टिंग कम-से-कम कुक्की का रिश्ता कराने में तो काम आई।

कुलभूषण : बाय द वे लोचन, मैंने इधर डील की गई तमाम इम्पोर्टेन्ट फाइलें वापस मंगवाईं और उन पर लिख दिया कि नये अफसरों तथा मिनिस्टरों को रैफर कर दी जायें। मैं नहीं चाहता कि लोग समझें कि मैं जाते-जाते खूब घोटाले कर गया।

सुलोचना चिन्तित होती है : उनमें रामदित्ताजी वाली फाइल तो नहीं थी?

कुलभूषण : वो भी थी।

सुलोचना : भूषण फार हेवंस सेक! घोटाला तो ये किया है तुमने।

शाम। कुलभूषण का घर। शादी की गहमागहमी। सजावट के लिए बिजली के बल्ब लटकाएं जा रहे हैं। लाजो और सुलोचना सजावट देख रहे हैं। परेशान हाल रोशन आता है : माताजी, पिताजी किधर हैं?

लाजो थोड़ी दूर पर बैठे संध्या करते हवेलीराम की ओर इशारा करती है : वो देख, संध्या कर रहे हैं।

रोशन : बहुत ही गड़बड़ हो रही है माताजी।

सुलोचना : क्यों, क्या हुआ?

रोशन : रामदित्ताजी ने बारात लाने से इंकार कर दिया है।

लाजो : क्यों भला?

रोशन : वो कहते हैं इस बारे में पिताजी से ही बात करने हैं। घर पर नहीं, दफ्तर में।

रामदित्ता का कमरा। उसके सामने मुंशियाना डेस्क रखा है। पास ही हवेलीराम बैठा है।

हवेलीराम : रामदित्ता....क्या ये एक तरह से मुझ पर दबाव डालने वाली बात नहीं होगी? उधर मेरी पोती दुल्हन बनी बैठी है और इधर तुम ये कह रहे हो कि बारात तभी आयेगी जब मैं मिनिस्टरी से तुम्हारा काम करा दूंगा?

रामदित्ता : नहीं मास्टरजी, ये आप गलत बात कर रहे हो। मैं सिर्फ ये अर्ज कर रहा हूं कि मैं तब तक बारात नहीं ला सकता जब तक आप लोग मेरे को बेईमान समझ रहे हो।

हवेलीराम रामदित्ता के चेहरे को पढ़ने की कोशिश करता है। थोड़ी देर तर्जनी और अंगूठे को बंद आंखों पर फेरता हुआ बैठा रहता है, फिर सहसा फोन उठाकर नम्बर घुमाता है : लाल साहब, मैं हवेलीराम बोल रहा हूं। क्या रामदित्ताजी का कोई केस मिस्टर कुलभूषण मुझे रैफर करने के लिए बोल गये हैं? ...अच्छा। तो इस बारे में उन्होंने अपनी तहकीकात कर ली थी? ...अच्छा। ...नही मैं क्यों तहकीकात करना चाहूंगा? मुझे कुलभूषण पर पूरा भरोसा है, और आप पर भी। तो बराये मेहरबानी आप ऐसा कीजिए कि रिलीज आर्डर अभी बनवा के मेरे दस्तखतों के लिए मिस्टर कुलभूषण के घर में ले आइए। धन्यवाद!

क्लब में लभायाराम एक ड्रिंक ले के उदास बैठा है। श्यामलाल आता है और लभायाराम की ढोड़ी उठाकर व्यंग्यभरी मुस्कान मुस्कुराता है : राम-राम मिस्टर लभायाराम।

लभायाराम : बैठो श्यामलाल जी।

श्यामलाल बैठता है और जैसे लानतें बरसाता है : ये कैसी सूरत बना रखी है प्यारे भाई? देख के यूं लग रहा है मानो मन-ही-मन ये गा रहे हो (गाकर) दुंख के दिन अब बीतत नाहीं, दुख के....। सुख के दिन थे, एक सपना था....।

लभायाराम गहरी सांस भरता है : अगर सहगल जैसी आवाज होती तो मैं जरूर यही गा रहा होता।

श्यामलाल : मगर क्यूं प्यारे भाई? तुम्हारी तो इस समय पांचों उंगलियाँ घी में और सिर कड़ाही में है। जोरू के दादाजी नेता, अपने चाचाजी मंत्री, चाचाजी के पास महकमा पकाने-खाने वाला और इधर तुम्हारा हाजमा ही खराब हो गया हो तो बात दूसरी है।

लभायाराम : श्यामलालजी, आपको पता है कि क्या हो रहा है?

श्यामलाल : अजी श्यामलाल को क्या पता? श्यामलाल तो हर जगह से दुत्कारा जा चुका है। तुम्हारे जैसे कल के लौंडों ने तो खिलाफ बयान दे के जेल भिजवा दिया। क्यों भइया, वृषभान जी अब बहुत काम आ रहे होंगे तुम्हारे?

लभायाराम : वृषभान ने तो हमारा धंधा ही चौपट करा दिया। सप्लाई का सारा काम उनको ही मिलने लगा है।

श्यामलाल : वृषभान की माशूका का भाई मिनिस्टर है। इस समय तो सारे काम प्यार-मुहब्बत से होते है।

लभायाराम : समझ नहीं आता कि क्या करें। हरशरण तो न बिजनेस में हम लोगों की चलने दे रहे हैं, और न पॉलिटिक्स में।

श्यामलाल : ऐसा है प्यारे भाई, जो गाड़ी तुम्हारी बिल्कुल ही ठप्प पड़ गई हो तो हमें बक्शीश कर दो हम चला लेंगे।

लभायाराम : मतलब?

श्यामलाल : प्यारे भाई, श्यामलाल निहायत मतलबी आदमी है और मतलब की ही बात करेगा। पहले तो कुछ मंगवाओ पीने को और फिर वादा करो कि धर्मचंद जी से कह के मेरा बिजनेस में कहीं डोल बिठवाओ। फिर सुनो मेरी सारी प्लानिंग।

लभायाराम अपने सामने पड़े ड्रिंक के ग्लास की तरफ इशारा करते हुये श्यामलाल से पूछता है कि यही ब्रांड चलेगा कि कोई और? श्यामलाल जवाब देता है कि बिल्कुल यही और बार-बार यही। लभाया बेटर को आवाज लगाकर श्यामलाल के लिये ड्रिंक मंगवाता है।

श्यामलाल किसी कोठी के बाहर खड़ा है। भीतर से किसी औरत के ठुमरी गाने की आवाज आ रही है। बाहर कई जूते खुले हुए रखे हैं जिससे लगता है कि अन्दर कोई महफिल जमी है। एस.बी. लाल आता है और कोठी के बाहर खड़े श्यामलाल को देखकर पूछता है : कहिए श्यामलालजी, आज इतने दिनों बाद क्यों याद किया?

श्यामलाल : अजी आपको तो तभी बुलाया जा सके है, बुलानेवाला जब संगीत

सुनने से भी ताल्लुक रखता हो और सौदा की बात करने से भी। और आप जानो, संजोग बार-बार हो नहीं पाता।

लाल : संगीत में शौक से सुन लूंगा श्यामलालजी, मगर सौदे की बात सुन के क्या करूँगा? आपको शायद पता नहीं कि हमारा मिनिस्टर कितना सख्त आदमी है।

श्यामलाल : फिर भी लोग-बाग काम करा ही ले जा रहे हैं। रामदित्ता का काम हो रहा है कि नहीं?

लाल : उससे तो उनकी रिश्तेदारी है।

श्यामलाल : लाला वृषभान का हो रहा है कि नहीं?

लाल : लाला वृषभान का काम हरशरणदास बरफवाले करवा ले जाते हैं। साथियों की बात ज्यादा टाल नहीं पाते मास्टर हवेलीराम।

श्यामलाल : इसी का तो ब्यौरा ला के दो हमको। यही सौदा करना है।

लाल : उससे क्या होगा?

श्यामलाल : तुम्हें और हमें एक सख्त मिनिस्टर से एक साथ छुट्टी मिल जाएगी।

अखबबार का रिपोर्टर केबिन। रिपोर्टर टाइपराइटर के सामने बैठा टाइप कर रहा है और श्यामलाल रिर्पोटर के सामने आकर बैठता है : आज मैं तुम्हारी बड़ी पुरानी शिकायत दूर करने आया हूँ। तुम कहा करो हो ना कि जब भी आऊं हूँ किसी की तारीफ में दो-चार लाइनें छपवाने आऊं हूँ।

जर्नलिस्ट : किसी ऐरे-गैरे की तारीफ छापने से अखबार नहीं बिकते श्यामलालजी।

श्यामलाल : जभी आज मैं एक खासम-खास की बुराई छपवाने आया हूँ।

एक बड़े लिफाफे में रखे हुए बहुत सारे कागजात रिपोर्टर की ओर बढ़ाता है : ये लिफाफा रख लो। इसी में सारा मसाला है। बाकी धमाकेदार खबर तो तुम्हें खुद बनानी पड़ेगी।

रिपोर्टर एक नजर डालता है : *(फुसफुसाकर और ताज्जुब से)* मास्टर हवेलीराम के बारे में यह सब? इसमें कहीं जरूर कोई गड़बड़ है श्यामलालजी। मास्टर हवेलीराम तो ईमानदारी के पुतले हैं। उनके...

श्यामलाल : ईमानदारी की पोल खोलोगे प्यारे भाई, जभी तो धमाका होगा।

जर्नलिस्ट : मगर श्यामलालजी, मास्टर हवेलीराम के आदर्शों का तो ये हाल है कि बड़ी सरकारी कोठी तक में रहने नहीं गये।

श्यामलाल : इसी को तो कहते हैं ढोंग! इधर सरकारी कोठी में न जाने का नाटक कर रहे हैं और उधर घूस के पैसों से अपने लिए कोठी बनवा रहे है।

जर्नलिस्ट : अजी नहीं श्यामलाल जी। ऐसा हो ही नहीं सकता कि हवेलीराम घूस के पैसों की कल्पना तक कर सकें।

श्यामलाल : तुम्हें यकीन न आता हो तो खुद मास्टर हवेलीराम से पूछ लेना।

हवेलीराम के क्वार्टर का मुख्य कमरा। राजराजेश्वरी हिसाब-किताब कर रही हैं। रोशन बैठा हुआ मकान का नक्शा देखता हुआ गा रहा है : मेरे महबूब तुझे मेरी मोहब्बत की कसम...।

राजराजेश्वरी : काम के समय मोहब्बत का नाम न लिया करो।

रोशन : मोहब्बत का नाम ले ही इस करके रहा हूँ कि काम अटके नहीं। *(गाकर)* मेरे महबूब तुझे मेरी मोहब्बत की कसम, फिर मुझे गरमा-गरम चाय का प्याला दे दे...।

रामराजेश्वरी : कितनी चाय पीते हो?

बाहर से हवेलीराम आता है। उसके हाथ में कुछ पेज प्रूफ है : कोठी बनाने की इतनी जल्दी क्या थी तुम लोगों को?

राजराजेश्वरी : जी माताजी ने कहा कि आप सरकारी कोठी तो लेते नहीं हो, हमें अपनी ही बना लेनी चाहिए।

हवेलीराम प्रूफ पढ़ने बैठता है : तुम्हारी माताजी ये नहीं समझतीं कि मेरे बेटे इस तरह से होटल खोलते रहे, कोठी बनाते रहे तो लोग क्या सोचने लगेंगे?

भीतर से लाजो आती है : इसमें लोग क्या सोचने लग पड़ने हैं? रोशन ने किसी का पैसा लूटकर नहीं ना खोलना होटल? कोठी बनाने वास्ते उसने कहाँ से कितना कर्जा लिया, इसका भी सारा हिसाब है।

हवेलीराम : माहौल कुछ अजीब-सा है लाजोजी। तरह-तरह के इल्जाम लग रहे हैं। लगाये जा रहे हैं। कभी हर हिन्दुस्तानी महान बनने का सपना देख रहा था और आज हर किसी की यह तमन्ना है कि हर किसी को टुच्चा साबित कर दे।

लाजो : मास्टरजी महानता के सपने पर ध्यान दो, टुच्चा साबित कर दिये जाने के डर पर नहीं।

हवेलीराम : महानता के सपने पर कैसे ध्यान दूँ? यहाँ तो रोज व्यावहारिकता का तकाजा होता है। सत्ता की राजनीति मुझे बिल्कुल समझ में आती नहीं लाजोजी। आपने देखा नहीं, हरशरणदास जी किस तरह मुझसे मंगला के काम करा ले गये?

लाजो : क्या गलत करा ले गये? आप लभाये का कर देते तो ज्यादा ठीक होता? आपको तो गलतियां निकालने का शौक है। इसी करके मिनिस्टर होने के बाद भी प्रूफ पढ रहे हो।

हवेलीराम : लाजोजी तुम भी तो मिनिस्टरानी होकर रफूगिरी कर रही हो।

लाजो : आपने कपड़ा फाड़ के लाना हुआ तो मैंने रफू करना ही हुआ ।

हवेलीराम : मेरी कुर्सी में एक कील निकली हुई थी। इसीलिए कहा है कि सियासी गद्दी पर ध्यान से बैठना चाहिए।

लाजो : ध्यान से जरूर बैठो मास्टर ज़ी, पर न गद्दी की कीलों से डरो, ना ताज के काँटों से।

फोन की घंटी बजती है। हवेलीराम रिसीवर उठाता है। फोन के दूसरे सिरे पर हरशरणदास बरफवाले हैं। दोनों की पूरी बातचीत फोन पर होती है।

हवेलीराम : हैलो। हाँ हरशरणदासजी, आज्ञा कीजिए।

हरशरण : मुझे अभी-अभी पता चला है मास्टर हवेलीराम कि धर्मचंद वगैर आपके खिलाफ अखबार में धमाकेदार खबर छपवा रहे हैं। उसके बाद पॉलिटिकल सर्कल में बहुता हंगामा होगा। आप संकट में पड़ेंगे, पार्टी भी।

हवेलीराम : मैंने तो आज तक कुछ ऐसा नहीं किया हरशरणदासजी जिससे मुझे या पार्टी को धर्मसंकट हो।

हरशरण : अजी मैंने ऐसा कब कहा? मैं तो कह रहा हूँ कि डिस्टोर्टेड न्यूज छपने से गड़बड़ होगी। इसलिए धर्मचंद से कौम्प्रोमाइज करना जरूरी है। आप सबसे पहले तो ये करें कि वो आर्डर मंगला को नहीं, लभायाराम को ही दिलवा दें।

हवेलीराम : माफ कीजिए हरशरणदासजी। मैं उन लोगों में से नहीं हूँ जो फाइल में अपना आदेश बार-बार बदलते हैं। किस डिस्टोर्टेज न्यूज से इतना डर रहे हैं आप?

हरशरण : वो ये छपवा रहे हैं कि जबसे आप डिस्पोजल्स के इंचार्ज हुए हैं, टेण्डर हर बार रामदित्ता का खुल रहा है।

हवेलीराम : इसलिए खुल रहा है कि माल का सबसे ज्यादा दाम वहीं लगाते हैं।

हरशरण : वो लोग ये साबित करने जा रहे हैं कि रामदित्ता दाम इसलिए ज्यादा लगाते हैं कि उन्हें पता है कि आप कबाड़ के नाम पर अच्छा माल उन्हें दिलवायेंगे।

हवेलीराम : ये सरासर झूठ है।

हरशरण : सच सिर्फ ये है मास्टर हवेलीराम कि आपको पता नहीं है कि आपके नीचे वाले क्या कुछ करते रहे हैं। और धर्मचंद वगैरह आपके खिलाफ सिर्फ यही बात नहीं छपवा रहे। वो ये भी साबित करने जा रहे हैं कि आप मेरा और लाला वृषभान का काम इस मारे करा दो हो कि हम आपके खासम-खास वालों में से है।

और धर्मचंद, लभायाराम, एस. बी. लाल तथा श्यामलाल की चौकड़ी के षड्यन्त्रों का शिकार हवेलीराम सचमुच बनता है। अपने चहेतों की गैर-कानूनी मदद करने, आर्थिक लाभ पहुँचाने तथा हरशरण वाले मामले में मोटी रकम की घूस खाने

सम्बन्धी खबरें अखबार में छपती हैं और सच्चाई तथा ईमानदारी का ढोंग ओढ़े रहने सम्बन्धी अभियोगों की बौछारे हवेली पर होनी शुरू होती हैं। उसके खिलाफ जाँच आयोग का गठन होता है। अपने खिलाफ राजनीति कि इस रूप-रंग को देखकर हवेली न सिर्फ हैरान तथा परेशान होता है, अन्दर-अन्दर बल्कि टूटने भी लगता है और उसी मानसिक हालत में मंत्री-पद समेत संसद की सदस्यता तक से इस्तीफा दे देता है। आयोग की रिपोर्ट हालांकि हवेली को पूरी तरह पाक-साफ़ ठहराती है, मगर राजनीति एवं स्वार्थी राजनेताओं के अन्दर उभर रहे भ्रष्टाचार एवं भाई-भतीजावाद के मद्देनजर भविष्य में फिर कभी राजनीति या समाज सेवा जैसे सत्कार्यों की तरफ कदम बढ़ाने से हमेशा-हमेशा के लिये वह संन्यास ले लेता है।

दिन-रात की अपनी मिहनत-मशक्कत की बदौलत रोशन तथा सतबीर के कारोबार दिन दूनी-रात चौगुनी तरक्की करने लग गये है। एक ढाबा मलिक के रूप में अपने कारोबार शुरू करनेवाला रोशन तरक्की करता अच्छे-भले की हैसियत को प्राप्त करता है। सतबीर न सिर्फ एक बड़े प्रेस का मालिक बल्कि एक बड़े एवं प्रतिष्ठित पब्लिशर की हैसियत तक पहुँचता है। और तो और हवेली की बहत्तरवीं वर्षगांठ पर रोशन अपनी नयी कोठी का गृह-प्रवेश समारोह पूरे धूम-धाम के साथ आयोजित करता है।

समय जैसे तेजी के साथ सरपट भाग रहा है और उसी तेज रफ्तार के साथ आजाद भारत की राजनीति, राजनीति का स्तर, यहाँ के नये-पुराने राजनेता और सारे कुछ को देखते-महसूसते हवेली उदास जरूर होता है, हताश महसूस नहीं करता। भले पड़ोसी चीन तथा पाकिस्तान से कुल मिलाकर तीन-तीन बड़ी लड़ाइयों के सुपरिपाम-दुष्परिणाम जो भी हुए हों, हवेलीराम को सबड़े बड़ा आघात तब लगता है सन् 1977 के आम चुनाव में पूरे देश से जब कांग्रेस का सफाया होता है। तीसरा साल बीतने-न-बीतते देश पर कांग्रेस की सत्ता फिर से बहाल होती है। दो साल बाद हवेली की नब्बेवीं वर्षगाँठ है। उम्र का नब्बेवां साल वह पूरा कर रहा है। विशुद्ध पारिवारिक स्तर पर वर्षगाँठ समारोह का आयोजन किया गया है। पोते-पोतियों समेत परिवार के सारे सदस्य उपस्थित हैं, एक लाजो को छोड़ कर। यह दिन देखना उसे नसीब नहीं था, सो पहले ही वह दुनिया छोड़ गयी। रोशन, जो अपने होटल व्यवसाय के सिलसिले में सिंगापुर गया हुआ है, फोन करके हवेलीराम को नब्बेवीं वर्षगाँठ की बधाई देता है। सतबीर आता है और पारिवारिक सदस्यों एवं अंतरंग कुछ शुभेक्षुओं से घिरे हवेली से आग्रह करता है कि सारी तैयारियां पूरी हो गयीं, अब आप केक काटने की रस्म पूरी करिये। रस्म शुरू होती है और इसी के साथ हर मायने में देश का सर्वाधिक प्रशंसित, ऐतिहासिक एवं यादगार टेलीविजन धारावाहिक 'बुनियाद' समाप्त होता है।

●●●

बुनियाद : पात्र-परिचय

लेखक	:	मनोहर श्याम जोशी
निर्देशक	:	रमेश सिप्पी एवं ज्योति स्वरूप

प्रमुख कलाकार

सुधीर पांडेय	:	लाला गेंदामल
गिरिजा शंकर	:	गेंदामल का बड़ा बेटा (रलियाराम)
आलोकनाथ	:	गेंदामल का छोटा बेटा (हवेलीराम)
किरण मुनेजा	:	रसिया-हवेली की छोटी बहन वीरांवाली, वृषभान की पूर्व प्रेमिका एवं बाद की साध्वी प्रज्ञावती
आशा सचदेव	:	रलियाराम की पत्नी शानो उर्फ सन्नो
अनिता कं[illegible]	:	हवेलीराम की पत्नी लाजवंती उर्फ लाजोजी
विनोद नागपाल	:	श्यामलाल
विजयेन्द्र घटगे	:	वीरांवाली का पूर्व प्रेमी वृषभान
अंजना सुमताज	:	वृषभान की पत्नी सुभद्रा
अभिनव चतुर्वेदी	:	वृषभान-सुभद्रा का इकलौता बेटा
कंवलजीत सिंह	:	वृषभान-वीरांवाली की जायज संतान सतबीर
दिलीप ताहिल	:	हवेलीराम का बड़ा बेटा कुलभूषण
सोनी राजदान	:	कुलभूषण की पत्नी सुलोचना
मजहर खान	:	हवेलीराम का छोटा बेटा रोशनलाल
क्रुतिका देसाई	:	जय की पत्नी एवं सतबीर की प्रेमिका